KB235292

호설암

호설암 1

초판 1쇄 인쇄_ 2006년 6월 20일
초판 1쇄 발행_ 2006년 7월 3일

지은이_ 고양(高陽)
펴낸이_ 김영곤
기획 • 편집_ 임병주
영업 • 마케팅_ 정성진 이종률
관리_ 이인규 이도형
제작_ 강근원 이영민

펴낸곳_ (주)북21 달궁
주소_ 경기도 파주시 교하읍 문발리 파주출판문화정보산업단지 518-3 (413-756)
전화번호_ 031-955-2100(대표)
팩스번호_ 031-955-2251
이메일_ dalgoong@dalgoong.com
홈페이지_ http://www.dalgoong.com
출판등록_ 2000년 4월 10일 제16-1646호

ISBN 89-5877-205-0
ISBN 89-5877-204-2(세트)

값 10,000원

고양 지음 ─ 김태성+정미화 옮김

호설암

달궁

차례

신뢰받는 상인의 원형, 호설암

호설암胡雪巖은 1823년 절강浙江 인화仁和 : 지금의 항주杭州에서 태어났다. 어릴적 이름은 순관順官이었고, 나중에 광용光墉이란 이름으로 불렀다. 부친은 이름이 녹천鹿泉, 호가 지전芝田으로 벼슬길에 나가지 않고 조용히 은거하며 살았다. 모친 김金씨와 슬하에 4형제를 낳았으며, 호설암이 장자였다.

호설암은 어릴 적부터 남달리 총명하여 부친의 기대가 매우 컸지만 성년이 되기도 전에 부친이 세상을 떠나자 가족의 생계를 위해 전장錢莊의 견습생으로 들어가야 했다.

1840년, 아편전쟁이 발발했을 당시 호설암의 나이는 열여덟 살이었다. 1842년, 청淸 정부는 전쟁에 패하고 외압에 못 이겨 남경南京조약을 체결했다. 그 이후로 각종 불평등 조약이 연이어 체결되었고, 서구 열강은 틈나는 대로 청 조정의 허점을 파고들며 무리한 요구를 했다.

이로 인해 백성들의 생활이 피폐해지면서 농민들의 봉기가 끊이지 않았다. 그 가운데서도 홍수전洪秀全의 태평천국운동은 청 정부의 통치를 무력화시키면서 전국을 혼란과 곤경으로 몰아넣었다. 그런 와중에서 일어난 제2차 아편전쟁의 패배로 청 왕조는 또다시 치명적인 타격을 입게 되었다. 아편밀수와 전쟁 배상금, 내전에 필요한 군비, 자연재해, 관원들의 부정부패 등 온갖 악재로 인해 청 정부의 재정상황은 급속도로 악화되었다. 국고가 텅 빈 채 나라 전체가 총체적인 곤경에 빠진 상황에서 양무洋務운동을 진행하고 변방을 수비하는데 많은 자금이 필요하게 되었다.

이처럼 복잡하고 위급한 현실이 많은 자본을 보유하고 있는 상인들에게 정치참여의 가능성을 제공했고, 상품경제의 발전과 서세동점의 여파로 농업을 중시하고 상업을 경시하던 전통적 관념이 서서히 무너지기 시작했다. 사람들은 의리를 중시하고 이익을 경시하던 중의경리重義輕利의 사상에서 해방되어 더 이상 이익의 추구를 부끄러워하지 않았다. 민족의 위기가 날로 가중되는 현실에서 민족자본주의의 발전에 대한 요구를 반영한 중상重商의 주장들이 터져 나와 조야의 의식 있는 인사들의 지지를 얻게 되었다. 이러한 갖가지 상황들이 하나로 결집되면서 중국 사회에서 상인들이 영향력과 실력에 기초한 포부를 펼칠 수 있는 분위기가 무르익어갔다. 이는 중국 역사상 공전의 변화였고, 초기 자본주의의 경제체제를 형성과 근대로의 행보를 가속화하는 계기가 되었다. 당시에 상해를 출발하여 양자강을 따라 티베트까지 장기간의 여행을 하고 돌아와 『양자강을 가로질러 중국을 보다 *The Yangtze Valley and Beyond*』라는 여행기를 남긴 이사벨라 버드 비숍Isabella Bird Bishop 여사는 당시를 이렇게 기술하고 있다.

"중국은 이미 상업과 산업의 기초를 갖추고 있었고, 근면하고 부지런한 인성을 지닌 백성들이 풍부한 자원을 바탕으로 산업혁명의 부재에도 불구하고 다분히 아시아적 자본주의와 근대로 향하는 느린 행진을 하고 있었다. 뇌물과 부패, 공금횡령, 관료들의 비인간적인 횡포 등 봉건사회의 구조적 문제들이 산재해 있긴 하지만, 가장 민주적인 인재선발 장치인 과거제도는 특별한 부작용 없이 운영되고 있었다. 민간의 비밀결사들이 크고 작은 봉기를 일으켰고, 여러 지역에서 군벌이 발호할 가능성도 적지 않았지만 이 모든 사회적, 자연적 조건들이 동전의 양면과 같은 것이라 그 운용과 발휘에 따라 긍정적인 것이 될 수도 있고 부정적인 것이 될 수도 있었다. 적어도 서구 제국들이 중국을 상대로 이기적인 경쟁에 몰두하지만 않았다면 충분히 대청제국이 망하지 않도록 도울 수 있었을 것이고, 국방력과 상업의 발전을 이끌어 그 열매를 함께 누릴 수 있는 방법을 모색할 수 있었을 것이다."

이러한 시대를 살면서 호설암은 일생동안 도광道光, 함풍咸豊, 동치同治, 광서光緒 등 네 황제를 거쳤다. 이 시기는 5천년 중국 역사에 있어서 신구의 세력교체가 가장 극명하게 드러났던 대 격동의 시기였다. 거듭된 내우외환으로 인한 고통에 새로운 사조의 물결이 가져다주는 고통이 겹쳐졌고, 새로운 사조의 조수 속에 격동과 질곡이 교차했다. 호설암은 이처럼 희망과 우환이 병존하고 기회와 도전이 동시에 존재하는 시대 변혁의 중요한 길목에서 기회를 놓치지 않고 거상巨賈으로 성장할 수 있었다. 그가 중국의 근대 민족 상공업이 흥성하기 시작한 시기의 뛰어난 상인 가운데 가장 대표적 인물임에는 의심의 여지가 없다.

호설암은 열세 살 때부터 금융업종인 '개태開泰'라는 상호의 전장에서 도제로 일하기 시작했고 열여섯 살이 되자 총명함과 뛰어난 화술을 인정받아 '포가'로 일했다. '포가'란 전장의 대외 연락업무를 전담하는 영업사원으로서, 호설암은 이 일을 통해 전장의 유력한 직원으로 성장하는 동시에 금융업의 중요한 노하우를 완전히 터득하게 되었다. 그런 다음 왕유령王有齡과의 인연으로 그의 연반捐班을 도와준 덕분에 마침내 1860년 3월에 자신의 '부강阜康' 전장을 개업했다.

1860년 3월 태평천국군이 처음으로 항주에 입성하자 절강과 항주의 수많은 문무관원들은 피난하거나 죽임을 당했고, 백성들에게 횡포를 일삼던 부유한 상인들과 지방 유지들은 각지로 뿔뿔이 흩어졌다. 하지만 호설암은 이러한 변화에도 전혀 놀라지 않고 실제적인 행동으로 청 정부에 충성을 다했을 뿐만 아니라 항주 백성들의 고통을 덜어주기 위해 수많은 일들을 실천으로 옮겼다. 그는 현지의 안찰사에게 자신이 직접 병사들을 훈련시켜 신병으로 투입할 것을 제안했고, 안찰사는 이런 제안을 받아들여 용병을 초모하여 훈련시키는 동시에 부강 전장의 은자 2천 냥을 모병 경비로 사용했다. 얼마 후 호설암의 도움을 받았던 왕유령이 절강 순무로 부임하면서 호설암과 관방의 결합관계는 더욱 밀접해지게 되었다. 호설암의 갖가지 제안에 귀를 기울이기 시작한 왕유령은 성 전역에 명령을 내려 모든 군향軍餉의 지급을 호설암의 부강 전장을 통하게 했다. 이리 하여 호설암은 절강성 전시 경제의 절반을 장악하게 되었고, 이런 특권을 활용하여 거대한 부를 축적할 수 있었다. 하지만 호설암은 돈을 벌면서도 돈이 없어 시신을 매장하지 못하는 사람들을 위해 관재를 마련해주고 장사를 지내주었으며, 전역에 지친 병사들의 질병을 치료하기 위해 다량의 약재를 기증하는 등 갖가지 선행을 베푸는 것을 잊지 않았다.

같은 해 말, 태평천국 반란군이 두 번째로 항주를 침공했고, 왕유령은 성을 지켜내지 못한 자책감으로 자결했다. 이 때 왕유령의 부탁으로 상해로 양곡과 군수물자를 구하러 갔던 호설암은 화물선을 따라 항주 전당강가에 도착하여 이 소식을 듣고 성 밖에서 사흘을 기다렸다. 호설암은 결국 사태를 만회할 수 없다는 판단에 항주성을 향해 세 번 절을 올린 다음 다시 배를 몰고 돌아갔다.

왕유령이 자결한 지 얼마 후 죄종당左宗棠이 왕유령의 뒤를 이어 절강 순무로 부임했다. 일부 사람들은 전란으로 인해 돈을 벌기 어려운 시기임에도 불구하고 호설암이 이미 거액의 양곡과 군화를 빼돌려 잠적해버렸다며 무책임한 비난을 퍼부었다. 한창 이런 의혹이 난무하는 차에 호설암이 다시 그들 앞에 나타났다. 그는 화물을 분산시켜 객상으로 위장한 뒤 강을 거슬러 20만 석의 양곡을 운반해 온 것이었다.

동남의 각 성이 태평천국군에 함락되어 군향의 부족으로 큰 어려움을 겪고 있던 좌종당은 호설암의 보고에 크게 기뻐하며 그를 '진정한 시대의 호걸'이라 극찬했고, 1866년에는 황제에게 올린 상주문에서 호설암을 대단히 유능한 인물이라고 칭찬했다. 이 때부터 호설암과 좌종당 사이의 20년 교우가 시작되었다.

좌종당이 완전히 파괴된 항주성에 진주하여 재건을 시도하면서 가장 믿을 수 있는 인물은 호설암이었다. 호설암은 갖가지 지략과 구체적인 시정방법으로 수많은 갈등과 문제들을 해결했고, 전후의 재정적 위기를 해소해주었다. 호설암은 번고藩庫의 수입과 지출을 대리하기 시작했고, 각 성의 자금이 호설암의 손을 거치지 않으면 절강성으로 들어올 수 없었다. 호설암은 이러한 특권을 기반으로 엄청난 이익을 내 자신의 부강 전장을 이른바 '금자초패金字招牌'로 발전시켜 나갔다. 아울러 이런 기회를 놓치지 않고 무역업에 손을 대 전국 각지에 상점을 열었고, 불과 몇 년 사이에 자본금이 수 만 냥에 달했다.

본격적인 양무운동에 나서기 시작한 좌종당은 양무를 수행하기 위해서는 무엇보다도 국내외 모든 분야를 두루 연결할 수 있는 뛰어난 인재가 필요했다. 가장 먼저 좌종당의 눈안에 든 인물이 바로 호설암이었다. 호설암은 일찍이 좌종당이 태평천국군을 진압할 때 관원과 상인이라는 두 가지 신분을 자유자재로 활용하면서 상해와 영파寧波 등 서양 상인들이 밀집해 있는 통상항구를 오가며 프랑스 세관의 세무관과 영파 주재 함대 사령관 등과 접촉했다. 그 결과 중국과 프랑스의 유민遊民들을 모아 의용군을 조직해 좌종당이 이끄는 청군과 연합하여 태평천국군을 공격함으로써 눈부신 군공을 세웠다.

좌종당의 추천으로 '복건보용도福建補用道'의 직함을 얻게 된 호설암은 동치同治 황제에 의해 복건으로 발령되었다. 호설암의 건의로 좌종당은 1866년 에 복주선정국福州船政局을 설치하고 선정국의 모든 재정을 전적으로 호설암의 손에 맡겼다. 같은 해 말에 좌종당은 섬감陝甘 총독으로 부임하게 되어 복건을 떠나면서 특별히 조정에 상주문을 올려 자신의 뒤를 이를 사람이 호설암 한 사람뿐이라고 역설했다. 실제로 호설암은 좌종당의 신임을 저버리지 않고 선정국을 성공적으로 이끌었고, 그 후로도 수많은 양무활동에서 눈부신 성과를 이룩했다. 한 마디로 말해서 호설암은 중국의 초창기 양무에 있어서 가장 뛰어난 성과를 이룩한 실천가 가운데 하나였고, 이러한 성과를 그 자신의 축재에도 중요한 계기로 활용했다.

1967년부터 1881년 사이의 15년 동안 좌종당의 염군捻軍과 섬서 회군回軍 진압 그리고 그 후에 있었던 신강新疆 지역 수복 과정에서 호설암은 상해를 근거지로 하여 서양 각국의 총과 대포를 비롯한 무수한 화기와 군수물자를 지원했다. 여섯 차례에 걸쳐 호설암이 좌종당을 지원한 액수는 1,770만 냥에 달했다. 물론 호설암은 나중에 좌종당으로부터 엄청난 보답을 받아 중국의 '제일부상第一富商'으로 자리 잡는 기초를 다질 수 있었다. 러시아와 영국 제국주의자들이 신강을 노려 중국 영토를 삼키려는 의도를 드러내자 호설암은 대거 군수물자를 사들이고 서양의 자금을 차입하는 등의 방법으로 좌종당의 신강 수복을 지원했다.

1878년 좌종당과 섬서陝西 순무의 공동 추천으로 호설암은 마침내 조정으로부터 '황색 마고자'를 하사받고 '홍정상인紅頂商人'이라는 미칭을 얻기에 이르렀다.

호설암의 성공은 시대의 흐름과 기회를 적시에 파악하는 능력 외에 관장官場과 상해商海 전체를 활용하는 기술에 있었다. 그는 총명하고 담력과 식견이 뛰어났을 뿐만 아니라 변화무쌍한 현실상황에 적응하는 임기응

변의 기지가 남달랐다.

호설암은 전장에서 일개 말단 직원으로 일하면서도 관리 임명을 받지 못하고 있는 왕유령이라는 인물을 위해 선뜻 자신의 전재산을 투자했다.

청조 말기에는 관료사회가 극도로 부패하여 무수한 관직을 이른바 '연관捐官'이란 이름으로 돈을 받고 팔았다. 호설암은 이러한 연관 과정에서 자금의 출납을 대행함으로써 두둑한 이익을 챙기고 자신의 지명도를 높이는 동시에 연관을 통해 관원이 된 사람들로부터 적극적인 지원을 얻어냈다. 1860년을 전후하여 큰 부를 축적한 후에는 자신도 연관에 참여하여 1866년 좌종당이 태평천국군을 진압한 후에는 복건보용도 안찰사라는 직함을 얻기에 이르렀다.

이처럼 관료사회와 상인의 세계를 넘나들며 자신의 재력과 영향력을 구축했던 것이 호설암이 탁월한 경쟁력을 갖게 된 원동력이었다. 호설암은 이런 식으로 얻은 재물과 명성을 혼자서 누리지 않고 부모관의 입장이 되어 백성들에게 적당한 방법으로 재분배했고, 국태민안을 위해 아낌없이 헌납하는 넉넉함을 보였다. 이 또한 진정한 기업인이 보일 수 있는 도덕경영의 지혜였다. 이 점에 대해 호설암은 이렇게 말한다.

"작은 장사를 하려면 수시로 변하는 상황에 순응하면 되지만 큰 장사를 하려면 먼저 나라의 안정과 이익을 생각해야 한다. 세상이 태평해지면 무슨 장사인들 못하겠는가? 그 때가 되면 내가 나라를 도운 것처럼 나라도 당연히 내게 보답을 할 것이다."

호설암에게 있어서 국가의 안정과 번영은 곧 시장의 안정과 번영인 셈이었다. 위기가 기회일 수 있다고 하지만 재화의 창출과 유통이 불가능할 정도의 혼란은 절대로 기회가 될 수 없는 것이다.

이러한 역사적 상황을 배경으로 전개되는 이 소설에서 호설암의 뛰어난 경영전략 외에 우리가 놓치지 말아야 할 점이 있다. 호설암은 자신과 인연을 맺은 모든 사람들을 몰락하고 실패한 인생에서 진취적이고 성공적인 삶으로 전환할 수 있도록 적극적으로 도왔다는 사실이다. 왕유령王有齡은 호설암의 도움으로 연관을 통해 고급 관료가 되었고, 아주阿珠 일가는 하루 벌어 하루 먹고 사는 선가船家에서 일약 비단시장을 좌지우지하는 사상絲商으로 발전했다. 혜학령은 뛰어난 언변과 용기로 호설암의 참모가 되면서 새로운 가정을 꾸리게 되었고, 구풍언九豊言과 고응춘高應春은 구차한 더부살이 인생에서 대 사업가로 변신하게 되었다. 유불재有不才와 아교저阿巧姐, 심지어 강호나 화류계 인물인 우오尤五와 아칠阿七, 칠고내내七姑乃乃, 부용芙蓉 등 호설암을 알게 된 거의 모든 사람들이 사업과 인생에서 크게 성공했다.

주변 인물들의 이런 긍정적인 변화발전은 호설암의 신뢰경영의 결과물로 다음 단계 사업에 결정적인 실천 역량으로 작용하게 된다. 다양한 사업을 전개하고 나서 그간의 사업 내역을 결산하는 대차대조표에서 호설암이 얻은 이익은 거의 제로에 가까웠다. 하지만 호설암의 사업의 목적은 재물에 있는 것이 아니라 언제든지 재물을 창출해낼 수 있는 사람에 있었다. 호설암의 사업은 별다른 수익을 남기지 못하고 일단락되었지만 그 뒤로 그는 자신의 도움을 받아 크게 성공한 사람들과의 관계와 협력을 바탕으로 결국 청대 최고의 거상이 되었고, 조정으로부터 '홍정상인'의 명예를 얻게 되었다.

호설암이 펼친 사업은 이른바 '윈윈게임'이다. 일반적으로 기업활동은 내가 얻는 것만큼 누군가 잃게 되고, 남이 많이 잃을수록 내가 더 많이 얻게 되는 '제로섬게임'으로 인식되고 있다. 그러나 진정한 기업인은 남을 이기게 하고 자신은 더 크게 이기는 사람들이다. 남을 망하게 함으로써 자신이 부유해진다면 이는 사업이 아니라 일종의 폭력이자 범죄일 것이다.

사업은 돈으로 하는 것이 아니라 사람으로 하는 것이다. 이러한 상고商
賈의 진리를 호설암은 철저하게, 그리고 아름답게 실천했다. 그가 중국
역대 3대 상성商聖으로 추앙받고 있는 이유가 바로 여기에 있고, 이것이
이 소설이 우리에게 주는 가장 중요한 가치이자 의미일 것이다.

호설암, 그는 신뢰받는 상인의 원형原形이었다. 이 소설을 읽은 이 땅의
모든 기업인들이 호설암의 파란만장한 삶 속에 녹아 있는 중국 5천년의
진정한 상인정신을 본받기를 바라 마지 않는다.

2006년 6월 20일

김태성

프롤로그

영국 회사인 맥클리 은행이 중국 상해에 최초의 근대식 은행 지점을 설치한 것은 청나라 함풍咸豐 7년(1856)이었다. 당시 중국 전역에서는 산서방山西幇과 영소방甯紹幇이라 불리는 두 개의 상방이 금융 산업을 양분하고 있었다.

북쪽 지방에 기반을 둔 산서방은 표호票號가 그 중심이 되었고, 영소방은 전장錢莊을 주축으로 삼아 남쪽 지방을 관할했다. 표호는 산서성 사람들이 사용하던 증권은행에서 출발했으며, 전장은 기본 업무인 환전과 은행 업무를 겸하던 일종의 금융기관이었다. 산서방은 지역을 대표하는 기현祁縣과 태곡太谷, 평요平遙 등으로 나누어져 있었다. 기방과 태방, 평방을 합쳐 삼방三幇이라 불렀다.

표호의 창시자는 평요 출신의 뇌복태雷履泰였다. 뇌복태는 같은 현에 사는 이李씨라는 사람에게 고용되어 천진天津에서 일승창日昇昌이라는 안료상을 경영하는 것으로 사업을 시작했다. 이 때가 건륭乾隆 말년(1796)이었다.

일승창은 뇌복태의 주도면밀한 경영에 힘입어 사업이 날로 번창했고, 차츰 중국 전역으로 그 세력을 확장했다. 그 결과 일승창은 사천 지방에까지도 상호가 알려질 정도였다. 뇌복태는 수시로 사천을 드나들면서 안

료의 일종인 동록銅綠을 공급하여 상당한 신용을 쌓았다.

사천성은 '촉도난蜀道難'*이라는 말이 생겨날 정도로 교통이 불편한 지역이었다. 때문에 이 지역을 드나들면서 현금을 휴대하는 것은 매우 위험천만한 일이었다. 뇌복태는 이런 문제를 해결하기 위해 일승창에서 은자銀子를 받고 전표를 떼어 준 후, 전표에 따라 지정된 장소에서 은자를 현물로 교환해 주는 방법을 고안했다. 일종의 이체 송금법이었다. 이체 송금 시에는 회수匯水라 불리는 소정의 수수료가 붙었다.

회수는 액수가 고정되어 있는 것이 아니라 세 가지 기준에 따라 각기 다르게 산출되었다.

첫째는 두 지역 간의 거리로서, 거리가 멀수록 회수가 높게 책정되었다.

둘째는 은자의 유통 상태로서 소도시에서 대도시로 갈 때는 회수가 적었고, 반대의 경우에는 회수의 금액을 크게 매겼다. 소도시에서는 은의 유통이 순조롭지 못했기 때문이었다. 현금이 부족한 상태에서 전표를 받게 될 경우 고객의 전표 수수료까지 환불해 주었다.

셋째 기준은 은의 무게와 크기였다. 은을 일정한 규격으로 주조한 덩어리를 은정銀錠이라 불렀는데, 은정의 크기는 통상 세 가지였다. 가장 큰 것은 50냥짜리로, 두 손으로 받쳐 들기 편하게 양쪽 끝이 위로 솟아 있는 말굽 형태로서 '원보元寶'라 칭했다. 원보 중에서 각 성의 관청에서 나오는 것은 따로 '관보官寶'라 했다. 원보보다 작은 것은 중정中錠으로서, 무게는 열 냥이고 모양이 원보와 같아 '소원보小元寶'로 불렸다.

은정 중 가장 많이 사용된 것은 저울추 모양으로 된 석 냥 또는 다섯 냥짜리 은과銀顆였다. 이 밖에 쇄은碎銀이라 불리는, 무게가 일정치 않은 은 부스러기들도 있었으며, 각 성에서 특별히 제작한 것도 다수 통용되었다.

---

* 촉도난蜀道難__중국 서부에 위치한 옛 촉나라의 관문으로 이백의 시 '촉도난'에서 유래. '높고 험한 곳'이라는 의미.

예컨대 절강성에서 만든 '원사元絲'는 아래가 오목하고 위가 볼록하여 쌓아 두기에 편하게 만들어졌다. 다양하게 제작된 은정은 품질도 천차만별이어서 전표를 교환할 때 잦은 마찰을 빚었다.

이체 송금은 전표에 따라 은을 현물로 내주는 방식이라 '표호'라 불렸다. 옛날의 현금 운송은 몸에 직접 휴대하지 않을 경우, 표국標局에 가서 운송을 위탁하는 방법밖에 없었다. 표국은 중국 청대에 사람이나 물건의 호송을 전담하던 일종의 운송 회사였다. 그러나 이러한 방법은 비용이 많이 들고, 시간도 오래 걸렸으며, 도중에 산적들에게 강탈당하는 등 위험도 컸다. 운송 사고가 발생할 경우 표국에서 배상을 해주긴 했지만 절차가 복잡했고, 적지 않은 시간이 소요되었다.

표호가 처음 생기자 규모가 큰 사업을 하던 대부분의 상인들이 이를 받아들여 부업으로 겸업했다. 표호의 운영 형태는 점점 발전되어 함풍 초년에는 조직적인 전문 표호가 등장했다.

북쪽 지방에서 표호가 활성화되자 양자강 이남의 전장들도 자신들의 이익을 보호하기 위해 표호의 영업 내용을 모방한 이체 송금 업무를 시작했다. 이로 인해 표호는 장강 이남으로 세력 확대가 불가능해졌다. 이체 송금 이외에 저금이나 현금 보관 같은 사소한 업무를 통해 영업 영역을 확대할 수 있을 뿐이었다. 표호와 전장의 영업 형태는 서로를 모방한 결과 거의 동일해져 버렸고, 규모에 있어서만 표호가 전장을 다소 앞섰다.

영소방이 전담하다시피 했던 전장업은 점차 진강방鎭江幇으로 대세가 넘어갔다. 동치同治에서 광서光緒 초년(1874)에 이르는 시기에는 전국 최대의 전장이 표호의 규모를 능가했고, 영소방에서 완전히 독립했다. 이것은 당시 금융업계에서 전례를 찾아보기 힘든 매우 특별한 사건이었다.

이 전장의 상호는 '부강阜康'이었고 주인은 항주杭州 사람이었다.

작은 상인은 재물에 투자하고, 큰 상인은 사람에 투자한다

왕유령은 복주福州 출신이었다. 그의 부친은 보도補道라는 하급 관직에 있으면서 절강浙江과 항주를 수년간 떠돌다가 타향에서 불귀의 객이 되고 말았다. 남겨 놓은 이렇다 할 재산도 없어 시신을 복주로 운구할 때에는 운송비조차 부족한 실정이었다.

형편이 안 좋은데다 사고무친인 왕유령의 행색은 그야말로 말이 아니었다. 그는 매일 꾀죄죄한 몰골로 '매화비梅花碑'라는 찻집에 틀어박혀 궁상을 떨면서 용정차龍井茶 한 주전자로 시간을 때우기 일쑤였고, 점심 때는 엽전 네 닢을 주고 구운 소병燒餅 두 개를 사 먹는 것이 전부였다.

서른이 넘은 사내가 처지가 궁색하여 끼니도 제대로 해결하지 못하고 있으니 남들로부터 업신여김을 당하는 것도 당연했다. 게다가 허우대는 멀쩡하면서 두 눈은 노상 하늘을 향하고 있어 그와 상대하려는 사람은 거의 없었다.

그런데 유일하게 왕유령과 상대하는 20대 후반의 한 청년이 있었다. 왕유령은 그 청년이 '소호小胡'*라 불린다는 것 외에는 아는 바가 전혀 없었다. 소호는 어려서부터 사방팔방 모르는 게 없었고, 항상 미소를 머금은

---

* 소호小胡 __ 당시에는 결혼하지 않은 사람의 성 앞에 '소小' 자를 붙여 애칭으로 사용했다.

얼굴에 마음씨가 넓어 사람들과 관계가 매우 좋았다.

왕유령과 소호는 처음에는 얼굴을 마주칠 때 서로 목례를 주고받는 정도에 지나지 않았다. 왕유령은 소호의 신분이 무엇인지 몰랐고, 소호 역시 왕유령에 대해 아무것도 알지 못했다.

소호의 옷차림은 항상 깨끗하고 화려했다. 여름에는 가는 모시 장삼을 깨끗이 빨아 입었고, 안에는 작은 비단 마고자를 껴입었다. 소호는 항상 하얀 백죽포白竹布 버선에 검정색 공단 겹신을 신고 다녔다. 누더기 청포 장삼을 걸치고 다니는 왕유령에 비하면 소호는 귀공자라 불리기에 충분했다. 이런 처지라 왕유령은 소호와 마주치면 자괴감에 빠져 슬금슬금 꼬리를 빼고 있었다.

그러던 어느 날 왕유령은 매화비에서 소호와 마주쳤다. 그날따라 차를 마시러 온 사람들이 많아 소호와 왕유령은 우연찮게 합석하게 되었다. 바둑을 두 판 두고 왔다는 소호는 진지한 얼굴로 왕유령에게 말을 걸었다.

"왕형, 저랑 같이 좀 갑시다. 제가 한상 차리겠습니다."

'한상 차린다'는 말은 항주에서 통용되는 속어로, 비싼 술집에 가서 대접하겠다는 뜻이었다.

"고맙긴 하지만 그렇게까지 돈을 쓸 필요가……."

"제가 자청해서 그러는 건데요, 뭘. 자, 보세요."

소호는 전대를 열어 왕유령에게 보여 주었다. 안에는 두 냥짜리 쇄은이 들어 있었다. 과분한 환대지만 차마 뿌리칠 수가 없어 왕유령은 소호를 따라 자리에서 일어났다.

왕유령과 소호는 한참을 걸어서 성황산城隍山, 즉 '말을 달리다 처음 만나게 되는 오산吳山 제일봉'에 당도했다. 두 청년은 집집마다 켜져 있는 저녁 등불이 한눈에 내려다보이는 널따란 산마루터에서 한담을 하며 대작을 시작했다. 술잔이 세 순배쯤 돌아가고, 한담도 어느 정도 시들해져 갈

무렵 소호가 갑자기 목청을 높이기 시작했다.

"왕형, 왕형께 드릴 말씀이 있습니다. 오래 전부터 물어보려고 했던 건데, 보아 하니 왕형께서는 하시는 일이 전혀 없는 것 같더군요. 제가 마의상법*을 좀 볼 줄 아는데 왕형의 얼굴은 귀인貴人의 상에 속합니다. 그런데 어째서 허구한 날 밤늦게까지 찻집에서 뭉개기만 하시는지 이해가 안 가는군요."

소호의 말에 왕유령은 가볍게 고개를 가로저었다. 그러고는 성황산의 명물인 기름떡을 천천히 씹으면서 두 눈을 먼 곳을 향해 고정시켰다. 왕유령은 입을 꾹 다문 채 망연한 표정을 짓고 있었다.

"나더러 무슨 말을 하라는 건가?"

왕유령은 고개를 돌려 소호를 뚫어지게 쳐다보았다. 마치 대판 싸움이라도 벌이려는 듯한 기세였다. 그러더니 체념하는 투로 말했다.

"장사를 하자면 밑천이 있어야 하고, 벼슬을 하려고 해도 돈이 드는 게 아니겠나? 애당초 빈털터리인 내가 낯선 사람에게 무슨 말을 할 수 있겠나?"

"벼슬을 하신다고요?"

소호가 의아한 듯 되물었다.

"어떻게 벼슬을 한다는 겁니까? 왕형도 저와 마찬가지로 제대로 글공부를 하신 것 같진 않은데 어디서 벼슬이 공짜로 떨어지기라도 한단 말입니까?"

"연관捐官이란 것도 있지 않은가?"

"연관이란 돈으로 벼슬을 사는 것 아닙니까?"

"그렇다네."

왕유령의 말을 듣고 난 소호는 실망한 표정을 지었다.

돈을 주고 벼슬을 사는 방법에는 크게 두 가지가 있었다. 장사를 해서 돈을 많이 번 다음 연관을 통해 부에 명예를 더하여 자신의 지위를 높이는 것이 그 중 하나였다. 양주揚州 지방의 소금장수들은 저마다 수천 냥의 돈을 들여 성내 각 도의 장관 관직을 샀다. 그런 다음 그들은 지방관들과 호형호제하면서 친밀한 관계를 유지하다가 관청에 관계된 일이 생길 때마다 조용히 사람을 보내 일을 해결하곤 했다.

과거와 인연이 닿지 않아 낮은 벼슬자리를 차지하고 있던 하급 관리들도 연관제도를 자주 이용했다. 하급관리들은 아무리 노력해도 처지가 나아지지 않으면 하는 수 없이 얼마 되지도 않는 집과 전답을 몽땅 팔아 친지를 통해 연관했다.

하지만 소호의 생각은 달랐다. 왕유령처럼 아직 나이가 많지 않은 사람이라면 각고의 노력을 경주하여 어려운 상황을 지혜롭게 극복하는 것이 올바른 삶의 자세였다. 그런데 이러한 시도조차 해보지 않고 의식주마저 위태로운 처지에 망상에만 사로잡혀 연관을 생각하고 있으니 어찌 한심한 일이 아니겠는가!

자신을 비웃는 듯한 소호의 표정을 본 왕유령은 단숨에 술 몇 잔을 입 안에 털어 넣었다.

"소호!"

그러고는 조심스럽게 입을 열었다.

"자네에게 알려 줄 사실이 한 가지 있네. 자네가 믿을지 모르겠지만, 선친께서 살아 계실 때 날 위해 염전을 관리하는 염대사鹽大使의 관직을 하나 연관해 두셨다네."

소호는 깜짝 놀라지 않을 수 없었다. 왕유령의 눈빛을 보니 결코 허튼 소리는 아닌 것 같았다. 하지만 소호는 짐짓 내심을 감추고 입술을 이죽

거려 보았다.

"아이고, 이거 큰 실례를 범했습니다그려. 몰라뵈어서 정말 죄송합니다. 알고 보니 왕 대인大人이셨군요! 여태까지 줄곧 함자를 그대로 불렀으니 정말 죽을죄를 졌습니다."

"날 놀리지 말게!"

왕유령이 쓴웃음을 지으며 말했다.

"사실을 말하자면 자네를 제외하고는 누구에게도 이런 얘기를 한 적이 없네. 그런 나를 그렇게 놀려 대서야 쓰겠나!"

왕유령의 말에 소호는 짐짓 정색을 하면서 물었다.

"놀리는 게 아닙니다."

"그렇다면 더 이해할 수가 없군요. 왕형께서 염대사의 관직을 갖고 계시다면 절강성 연해에 수십 개의 염전이 있는데 어째서 보결을 하지 않고 계시는 겁니까?"

"소호 자네는 하나만 알지 둘은 모르는구먼!"

연관이라는 것은 그저 관직의 껍데기를 사는 것에 불과했다. 관원의 자격을 취득하려면 이부吏部에서 발급하는 관직증명서를 받는 보결補缺을 해야 했다. 그런데 보결을 하려면 먼저 이부에 보고하여 이른바 투공投供이라 불리는 예비 심사를 거친 다음, 모 지역으로 배치되어 정식 발령을 기다려야 했다. 왕유령은 아직 투공도 거치지 않은 상태인데 어찌 보결을 운운할 수 있단 말인가?

이러한 연관의 보결 절차에 대해 자세히 설명하고 나서 왕유령은 다시 말을 이었다.

"소호, 내가 말한 밑천이란 것은 바로 경사京師로 올라가 투공하는 데 드는 비용을 말하는 걸세. 사정이 좀 더 나아지면 연관하여 얻은 관직을 더 나은 관직으로 바꾸는 개연改捐을 할 생각이라네."

"어떤 관직으로 개연한다는 겁니까?"

"지현知縣으로 바꿀 생각이네. 염대사는 정팔품이고 지현은 정칠품이니 개연하는 데 돈이 꽤 들 걸세. 그만큼 출세의 전망이 크게 다르거든."

"어떻게 다른데요?"

"염전만 관장하는 염대사는 그런대로 재미가 괜찮지. 하지만 내실이 별로 없어. 작은 관직인 지현은 일개 현의 우두머리에 불과하나 사람을 죽일 수도 있고 살릴 수도 있는 권한이 주어지거든. 잘만 하면 대단한 사업을 벌일 수가 있지."

이 몇 마디에 소호는 조금 전까지 왕유령을 깔보았던 것이 크게 잘못된 생각이었음을 깨닫고 공손히 예를 갖추었다.

"다시 말하자면, 지현은 누가 뭐래도 정인관正印官인 만큼 염대사와는 비교도 할 수 없다는 애길세. 이미 후보 관원인 사람이 또다시 후보 관직을 연관할 수 있겠나? 도처에 모리배들뿐이라 내 성격에도 맞지 않고 말이야."

"맞아요. 그건 맞는 말씀입니다."

소호는 연달아 고개를 끄덕였다.

"그렇다면 연관에 필요한 밑천이 대충 얼마나 됩니까?"

"다 합쳐서 은 500냥 정도는 있어야 할 걸세."

"우와!"

소호는 더 이상 말을 잇지 못했다.

왕유령도 더는 이 문제에 대해 언급하지 않았다. 은 500냥은 결코 적은 액수가 아니었다. 소호에게 그렇게 큰 돈이 있을 리도 없고, 설사 있다고 해도 빌려 주지 않을 것이기 때문이었다. 두 사람은 말없이 술잔만 비웠다.

날이 어두워 오자 왕유령이 먼저 자리를 떨치고 일어섰다. 소호도 그를 붙잡지 않았다. 그저 아무 일도 없다는 듯 한마디 던질 뿐이었다.

"왕형, 내일 오후에도 여기서 기다릴 테니까 이리로 오십시오."

왕유령이 의아한 듯 물었다.

"또 무슨 할 얘기라도 있나? 할 얘기가 있으면 지금 하지."

"사실은 부탁드릴 일이 한 가지 있는데 지금 말씀드리기는 좀 곤란할 것 같습니다. 내일 오후에 다시 얘기하기로 하지요. 꼭 오셔야 합니다. 여기서 기다리고 있겠습니다. 안 오시면 오실 때까지 가지 않고 기다릴 겁니다."

소호가 집요하게 매달리는 바람에 왕유령도 승낙하지 않을 수 없었다.

다음날 오후, 왕유령이 약속대로 그 자리에 가서 보니 소호는 그림자도 보이지 않았다. 차 한 잔 마시는 데는 기껏해야 몇 푼밖에 들지 않았지만 왕유령에게는 그것도 적지 않은 지출이었다. 왕유령은 산길을 따라 걸어서 그냥 집으로 돌아갈 심산이었다.

성황산에는 여러 개의 묘당廟堂이 있었다. 그 앞에서 약장수들이 무술 시범을 보이고 장기판과 갖가지 놀이마당을 벌이고 있었다. 돈을 쓰지 않고도 실컷 눈요기할 만한 곳이 한두 군데가 아니었다.

왕유령은 여기 기웃 저기 기웃 하면서 홍일형산紅日衡山까지 갔다가 혹시나 하고 다시 발길을 돌려 원래 만나기로 했던 장소로 되돌아와 봤지만 소호의 모습은 여전히 보이지 않았다.

왕유령은 졸지에 진퇴양난에 빠지고 말았다. 돌아가자니 약속을 어기는 꼴이 되고, 계속 기다리자니 날이 벌써 저물어 저녁 끼니가 걱정이었다. 기다린 지 반나절이 지나자 그는 갈수록 더 초조해졌다. 왕유령은 발걸음을 다시 돌려 산 아래를 향해 걸어가면서 마음속으로 생각했다.

'내일 소호를 만나면 한마디 해줘야 되겠군. 내 형편을 전혀 모르는 것도 아니면서……. 밖에서 차를 마셔야 하는 것도 생각했어야지. 이렇게

사람을 놀릴 수가 있단 말인가?'

몇 발짝이나 옮겼을까, 뒤에서 누군가가 자신을 부르는 목소리가 들려왔다.

"왕형, 왕형!"

고개를 돌려 보니 다름 아닌 소호였다. 손에는 천으로 만든 전대를 들고 숨을 헐떡이며 얼굴이 온통 땀범벅이 되어 달려오고 있었다.

소호를 보자 왕유령은 방금 전의 불쾌했던 기분이 반쯤 풀리긴 했지만 그래도 퉁명스럽게 따져 묻지 않을 수 없었다.

"이보게, 이제야 나타나면 어쩌자는 건가?"

"오래 기다리셨지요? 정말 죄송합니다."

소호는 왕유령을 위로라도 하듯 만면에 미소를 띠면서 말을 이었다.

"어쨌든 다행입니다. 이렇게 늦게라도 올 수 있었으니 말입니다. 자, 우리 앉아서 얘기하지요."

왕유령은 소호가 이런 말을 하는 의도를 알 수가 없었다. 왕유령은 말없이 소호를 따라 천천히 나무 그늘 밑에 마련된 자리로 가서 차 두 잔을 시켰다. 소호는 뭔가를 감추는 듯한 표정으로 지나가는 행인들에게 경계의 눈길을 보내면서 손에 든 전대를 꼭 움켜쥐는 것이었다.

"소호!"

왕유령이 더 참지 못하고 다그쳐 물었다.

"내게 부탁할 일이라는 게 도대체 뭔가? 어서 말해 보게!"

"이걸 열어 보십시오. 다른 사람들이 보면 절대 안 됩니다."

소호는 목소리를 낮춰 말하면서 전대를 왕유령에게 건네주었다.

지나가는 행인들이 볼까 조심하면서 살며시 전대를 열어 보니 안에는 은표銀票와 약간의 쇄은이 들어 있었다. 쇄은만 해도 족히 열댓 냥은 되는 것 같았다.

"이게 어찌된 일인가?"

"왕형께서 연관하시는 데 필요한 밑천입니다."

왕유령은 할 말을 잊고 말았다. 한순간 가슴이 뭉클해지면서 눈두덩이 금세 뜨겁게 달아올랐다. 왕유령은 쏟아질 것 같은 눈물을 억지로 참으면서 전대를 탁자 위에 내려놓았다.

"한번 세어 보시는 게 좋을 겁니다. 그중에는 300냥짜리도 하나 들어 있는데, 경사에 있는 대덕항大德恒에서 발행한 은표예요. 사람을 보고 은자를 내주는 게 아니라 은표를 보고 내주는 거니까 절대 잃어버리시면 안 됩니다. 그리고 별도로 약간의 잔돈을 은표로 바꿔 왔는데 전부 유명한 상점들 거예요. 전혀 문제 될 게 없을 겁니다."

소호는 덧붙여 자신이 늦은 이유를 설명했다.

"은표를 바꾸는 일만 아니었다면 이렇게 늦지 않았을 거예요."

왕유령은 그제야 할 말이 생각났다.

"소호, 무엇 때문에 내게 이런 친절을 베푸는 건가?"

"친구 아닙니까!"

소호가 웃으면서 대답했다.

"제가 보기엔 왕형의 처지가 평지에 떨어져 개에게 물려 죽는 호랑이와 같았습니다. 마음속에 있는 어려움을 털어놓지도 못하는 영웅의 말로라고나 할까요. 어쨌든 왕형을 돕지 않으면 제 잠자리가 편치 못할 것 같아서요."

"허, 참……."

왕유령은 끝내 참지 못하고 눈물을 보이고 말았다. 두 줄기 뜨거운 눈물이 뺨을 타고 소리 없이 흘러내렸다.

"이러지 마세요, 왕형. 이러시는 건 대장부의 기개가 아닙니다."

왕유령은 눈물을 거두고 정신을 가다듬었다. 이제까지 살아오면서 많은 사람들을 사귀었지만, 자신의 처지는 물론 이름조차도 모르는 생면부지의 타인으로부터 이렇게 커다란 은덕을 입게 되니 뭐라 감사해야 할지 몰랐다. 그래서 어색한 표정으로 물었다.

"소호, 아직 자네 이름도 물어보지 못했네 그려."

"제 이름은 호광용胡光墉입니다. 자字는 설암雪巖이지요. 왕형은요? 왕형의 존함은 어떻게 되십니까?"

"나는 설헌雪軒일세."

"설헌과 설암이라!"

호설암은 이렇게 중얼거리더니 손바닥을 비비며 또다시 얼굴에 미소를 띠었다.

"거 참 잘됐네요! 발음이 거의 비슷해서* 마치 한 사람 같잖아요. 왕형은 저를 설암이라 부르고, 저는 왕형을 설헌이라 부르면 되겠군요."

"그래, 그러면 되겠군! 설암, 그런데 한 가지 더 물어볼 게 있네. 자네 집안은……?"

"그냥 조그만 점방을 하나 운영하면서 먹고사는 정도입니다. 그다지 떠벌릴 만한 건 못 되지요. 그건 그렇고, 언제쯤 출발하실 생각이십니까?"

호설암은 자세히 이야기하고 싶지 않은 듯 말을 돌렸다.

"오래 지체할 수 없지. 세간을 대충 정리해 놓고 사오일 내로 떠날 생각이네. 모든 게 순조롭게 진행되기만 하면 연말에는 돌아올 수 있을 걸세. 설암, 내가 잘 돼서 다시 절강으로 돌아올 테니까, 우리 형제처럼 함께 지내도록 하세."

"거 좋지요!"

---

* 중국어로 발음하면 두 사람의 이름은 '쉐엔'으로 거의 같다.

호설암은 '거 좋지요'라는 말이 입버릇이었다.

"내일 모레 여기서 다시 만나기로 하지요. 제가 약간의 노자를 더 준비해 드리도록 하겠습니다."

"알았네. 꼭 오도록 하겠네."

이틀 후, 왕유령은 점심 식사를 마치고 곧장 약속 장소로 갔다. 그는 헌옷 가게에서 산 뻣뻣한 명주 장삼에 양사亮紗 마고자를 걸치고 손에는 서연기舒蓮記로 유명한 항주 부채를 하나 들고 있었다.

차를 마시며 기다리고 있는데 날이 어두워져도 호설암은 나타나지 않았다. 수소문해 볼 만한 곳도 없는 터라 그냥 더 기다리는 수밖에 없었다.

날은 몹시 더웠다. 성황산 위로 냉차 장수들이 줄지어 올라왔다. 왕유령은 이마가 아플 정도로 지나가는 행인들을 유심히 쳐다보면서 호설암을 찾았지만 그의 모습은 끝내 보이지 않았다.

밤이 깊어 갔다. 사람들은 제각기 흩어져 돌아가고 찻집들도 좌판을 거둬들이기 시작했다. 그제야 왕유령은 더 기다릴 수 없다는 생각에 자리에서 일어났다. 배를 이미 빌려 놓았기 때문에 출발을 미룰 수도 없는 노릇이었다. 다음날 오경五更 정각에 배를 타기로 되어 있기 때문에 호설암과 작별 인사를 나눌 시간조차 없는 셈이었다.

왕유령이 경사를 향해 북상한 지 얼마 되지 않아 절강의 정국에는 커다란 변화가 일고 있었다. 순무巡撫 상대순常大淳이 호북湖北으로 전출되고 운남雲南 순무 황종한黃宗漢이 절강으로 발령을 받아 부임하게 된 것이었다. 황종한이 부임할 때까지 번사藩司라 불리는 포정사 춘수椿壽가 직위를 대신하고 있었다. 백성들은 춘수를 존경하는 의미로 번대藩臺라 불렀다.

황종한은 자가 수신壽臣이고 복건성福建省 진강晉江 출신으로, 도광道光

15년(1835)에 과거에 급제하여 한림학사가 된 인물이었다. 인재도 많고 과거운도 융융하던 함풍 2년에 순무가 된 사람은 황종한과 광동廣東의 섭명심葉名深, 그리고 강서江西의 장비張菲 등 모두 세 명이었다. 이품 대원이 된 사람으로는 하계청何桂淸과 여현기呂賢基, 팽온장彭薀章, 나순연羅洵衍, 그리고 항주의 허내쇠許乃釗 등이 있었다. 그 가운데 허내쇠는 형 허내진許乃晋과 마찬가지로 내각학사를 지내기도 했다.

황종한은 능력이 뛰어난 인물로 알려지긴 했지만 사생활과 치가治家에 관한 평판은 대단히 좋지 않았다. 일설에 의하면 그는 부임 직후 춘수로부터 5만 냥이나 되는 거액의 뇌물을 받아 내려 했으나 춘수가 이를 거절하는 바람에 적지 않은 갈등과 마찰이 있었다고도 했다.

때는 바야흐로 조운*이 개혁의 소용돌이에 휘말려 있던 시대였다. 해양 봉쇄가 해제되고 하천의 수로가 개방되면서 태평천국이라는 전란까지 겹쳐 강소성江蘇省의 소주蘇州와 송강松江, 태창太倉 등이 새로 조운을 위한 수로로 이용되기 시작했다. 절강성에서는 새로운 변법變法이 시행되면서 춘수가 번대의 관직을 맡는 동시에 순무 서리를 겸임하게 되어 권한의 범위가 크게 확대되었다.

조운의 '조'는 원래 배를 이용한 곡물 수송을 지칭하는 말이었다. 곡물 수송은 여러 해 동안 강의 운하를 이용해 왔는데, 처음에는 황하를 이용하다가 점차 내지로 통하는 운하를 활용하기 시작했다. 강희康熙 연간에는 치수治水에 조예가 깊었던 근보瑾輔와 우성룡于成龍이 각각 시기를 달리하여 중하中河를 개척함으로써 근 1천여 년에 이르는 긴 공사가 마침내 끝나고 대운하망이 완공되었다.

남쪽의 항주에서 시작하여 북으로 북경에 이르면서 절강과 강소, 산동

* 조운漕運__강소와 절강의 곡창 지대에서 조세로 거둬들이는 쌀을 운하를 통해 경사인 북경으로 운송하는 일.

山東, 하북河北의 네 성을 관통하여 전체 길이 2천여 리에 달하는 이 수로는 대청大淸 정부에 거의 150년 만에 운하의 완성과 이를 통한 운송 사업의 혁신적 발전이라는 큰 기쁨을 가져다 주었다.

한 가지 아쉬운 것은 황하의 사정이 갈수록 나빠져 일부 지역에서는 하저河低에 모래가 쌓이는 바람에 주민들이 가옥을 고지대로 옮기는 소동을 벌이고 있다는 점이었다. 수방水防을 전적으로 제방에 의존하게 되어 '강물 위에 띄운 배가 하늘 위로 나는[春水船如天上行]' 듯한 지경인데도 이를 속수무책으로 바라만 볼 수밖에 없었다. 퇴적물의 영향으로 가경嘉慶 말년(1819)에 이르러서는 내지로 통하는 운하마저 거의 불통될 지경이었다. 조정에는 이와 관련된 상소가 연이어 올라왔고, 조운 개혁을 주장하는 사람들도 곳곳에서 나타났다.

가경 말년에 제언괴齊彦槐라는 사람이 〈해운남조의海運南漕議〉라는 제목의 글을 발표하여 당시 조운의 상황을 자세히 분석, 설명하면서 한꺼번에 대대적인 보완책을 시행할 것을 주장하기도 했다. 그러나 이러한 조운 개혁안은 지방의 대리大吏들이 거부하는 바람에 뜻을 이루지 못했다.

그러나 상황은 뜻밖의 일로 반전되었다. 호남湖南 안화安化의 문의공文毅公 도주陶澍가 안휘성安徽省 순무로 있다가 강소로 전출되면서 일대 개혁을 실시했다. 그 결과 그동안 누적되어 온 소금과 조운의 폐단을 일소하게 되면서 제언괴의 건의가 비로소 이루어졌다.

순무 도주는 제언괴의 건의에 따라 개혁을 직접 주도하면서 상해에 해운총국을 설립했다. 그런 다음 관동關東의 콩과 보리를 실어 나르던 사선沙船 1천 척과 '삼불상三佛像'이라 불리던 해선海船 10여 척을 고용하여 두 차례에 걸쳐 쌀 150만 석을 천진으로 수송했다. 결과는 대성공이었다. 조운을 해운총국이 관할하자 시간과 비용이 크게 절감됐고, 운반된 쌀의 품질도 그대로 유지할 수 있었다.

운송을 맡았던 상선商船들은 조운을 통해 북상했다가 돌아오는 길에 콩을 싣고 남하하면서 순차적으로 짐을 부렸다. 빈 배로 돌아가게 된 해선의 감독자에게는 운송량에 따라 상으로 관직을 수여했고, 이러한 조치는 대대적인 환영을 받았다.

그러나 일석이조의 이 개혁안은 첫 시행 이듬해에 폐지됐다. 관리들이 크게 반발했기 때문이었다. 하운河運은 관리들이 백성을 수탈하여 재물을 불릴 수 있는 유일한 수입 기반이었다. 그들로서는 새로운 하운 개혁안이 달가울 리 없었다. 조운은 이전처럼 하운을 이용하여 운송하는 방식으로 되돌아갔다.

조운의 폐단과 양곡 징수의 부정은 불가분의 관계에 놓여 있었다. 양곡 징수의 권한은 주현州縣에 속해 있었는데, 이를 관장하는 정칠품의 정인관을 특별히 '대노야'라 불렀다. 대노야는 형사刑事와 조세라는 두 가지 커다란 업무를 주관하는 사야師爺*들을 고용해야 했다. 따라서 소흥紹興의 사야들을 초빙하려면 최소한 형사 업무를 주관하는 형명刑名사야와 조세 업무를 담당하는 전곡錢穀사야 두 사람이 필요했다. 대노야들의 부정 축재는 모르는 사람이 없을 정도로 심했는데, 이는 모두 이 두 명의 지방 장관을 통해 거둬들이는 것이었다.

사야들의 본래 업무는 계산에 있는 것이 아니라 상황을 잘 파악하는 것이기 때문에 몇 가지 유형의 사람들을 능수능란하게 다룰 줄 알아야 했다.

첫 번째 부류는 서판書辦들로서, 이들은 직위를 대대로 세습하면서 한 손에 치부책을 들고 어느 집에 어느 정도의 전답이 있으며 얼마의 세금을 납부해야 하는지 일일이 기록하되 타인에게는 절대 비밀로 했다.

* 사야師爺__해당 지역의 사정을 잘 아는 참모로서 주로 과거시험에 붙지 못한 지식인들이 도맡았다.

두 번째 부류는 '특수 인물'들로서, 그들이 납부하는 양곡에는 항상 전문 명칭이 붙여졌다. 한때 관직을 지냈던 신사紳士들이 납부하는 양곡은 금미衿米라 했고, 거인擧人이나 수재秀才, 감생監生 등의 양곡은 요미料米라 불렀다. 이 두 가지 양곡은 많이 거둘 수 없는 것으로서, 정해진 양을 초과하여 거둬들일 경우 큰 문제가 발생했다. 그 밖에 송미訟米라 불리는 양곡이 있었는데, 이는 관리들을 조종하는 소송거간꾼이 납부하는 양곡으로서 역시 신경을 많이 써야 하는 항목이었다.

포악하고 탐욕스러운 관리들로서는 이러한 '특수 인물'들을 상대하기가 결코 쉽지 않았다. 이들이 납부하는 양곡은 항상 분량이 부족하거나 곡물의 품질이 형편없었다. 그럼에도 아무런 문제가 없는 것으로 처리되는 것이 상례였다. 심지어 세금을 양곡으로 납부한 것을 증명하는 영수증인 양관糧串을 허위로 발급하고 나서 양곡 납부의 증빙을 위해 쉬쉬해야 하는 경우도 있었다.

누군가가 편하기 위해서는 누군가가 고통을 당해야 했다. 각종 소모성 경비에다가 현縣의 대인大人 몫으로 가야 할 뒷돈이 모두 선량한 백성들의 부담으로 떨어졌다. 이를 부수浮收라 칭했는데, 사실상 조미에 있어서 가장 구린 부분이었다. 부수는 정액의 반이나 됐기 때문에 한 석에 다섯 두를 더 얹어 납부했다. 이런 일을 중간에서 처리해 주는 인물들이 포호包戶라 불리는 일종의 납세 청부업자들이었다. 포호들은 관리들과 결탁되어 있거나 관리를 협박할 수도 있는 자들이어서, 소작농들에게는 이들을 통해서 양곡을 납부하는 것이 훨씬 싸고 편리했다.

세 번째 부류는 조선漕船을 관장하는 자들이었다. 조선은 모두 관선官船으로 장부상 전체 숫자가 1만여 척에 달했지만 실제로는 6천여 척에 지나지 않았다. 이들은 운하 각지에 분산되어 주둔했고, 이들이 주둔하는 각각의 지역을 방幫이라 칭했다. 청나라 말의 비밀결사 조직인 청방靑幫의 이름도 여기서 유래된 것이다. 방에 속한 관리와 뱃사람들은 모두 방정幇丁이라 칭했는데, 여기에는 둔정屯丁과 기정旗丁, 첨정尖丁 등의 구별이 있었다.

첨정은 실질적인 두목으로서, 조漕를 보호하는 천총千總이나 파총把總들조차도 그의 지휘에 따라야 했다. 주현의 아문衙門에서 창고를 열어 징세를 시작하고 각 소작농들이 양곡을 납부하면 곧 조선들이 도착하여 이를 배에 싣게 되는데, 이 작업을 수태受兌라 했다. 징세와 수태가 동시에 진행됐기 때문에 이를 운반하는 배들로 강물은 쉴 새 없이 출렁거렸다. 겉으로 보기에 수태는 더없이 순조롭게 이루어지는 것처럼 보였지만 배 위에서는 갖가지 농간들이 벌어졌다.

첫 번째 농간은 이른바 '때깔 보기'였다. 조선은 정시에 출발하기 때문에 조운 총독이 수량을 확인하고 배가 통주通州 나루에 도착하여 입고를 시작하면 창장시랑倉場侍郞이 미질米質을 검사하도록 돼 있었다. 미질이 부적합할 경우·모든 책임이 조선에 돌려졌기 때문에 그들이 수태 작업 도중에 미질을 확인하는 것은 일면 타당한 일이었다. 그러나 미질의 좋고 나쁜 것을 결정하는 기준은 따로 마련되어 있지 않았다. 전적으로 보는 사람의 눈에 달렸기에 트집 잡기가 여반장이었던 것이다. 양곡 가마를 하나하나 눈여겨보다가 미질이 좋지 않다고 말하기 어려울 경우에는 건조가 덜 됐기 때문에 실을 수 없다고 우겨 대는 일이 허다했다.

창고를 열고 나서 열흘쯤 지나면 대부분의 창고가 곡식으로 가득 찼다. 이때 조운이 순조롭지 않으면 양곡을 저장할 만한 여지가 없다는 이유로 징세를 일시 중단했다. 이런 경우 소작농들은 양곡을 납부하지 못해 만사를 젖혀 놓은 채 하루도 좋고 열흘도 좋고 마냥 기다려야 했다. 이런 상태가 오래 계속되면 일손이 묶이는 것은 물론, 나중에는 운송비까지 부담해야 하기 때문에 백성들 사이에 불만이 쌓여 소요가 일어나곤 했다. 이렇게 일어나는 난동을 요조擾漕라 불렀다.

요조가 발생하면 책임은 지방관에게 돌아가 엄중한 문책이 뒤를 이었다. 요조는 자칫하면 민란으로 이어질 확률이 높았고, 탐관오리들은 이런 경우 십중팔구 목숨을 잃었다. 때문에 전곡사야는 서판들을 잘 지휘하여 '때깔을 보는' 기정들과 좋게 타협해야만 했다. 타협이 잘 이루어지지 않을 경우 조운을 감독하는 위원들은 시한을 넘기지 않으려고 일정을 재촉하게 되고, 방정들은 수태한 양이 부족하건 부족하지 않건 자신들의 운항에만 신경을 쓰게 마련이었다. 사태가 악화되면 주현은 자신이 직접 조운을 수배하여 부족한 양곡을 실어 나르게 되는데, 이를 수방교태隨幇交兌라 했다.

다행히 타협이 잘 이루어져 수태한 양곡이 무사히 운송되면 통관通關이라 불리는 영수증을 받았다. 이때 첨정이 앞에 나서서 개인 몫의 사비私費를 흥정하게 되고, 사비가 순조롭게 낙찰되면 다시 방 전체의 몫인 통방공비通幇公費를 흥정했다. 기정이 챙기는 수수료와 첨정의 사비, 그리고 통관 경비는 당연히 부수浮收에서 지급되었다. 그 다음에는 방정이 나서서 또 돈을 뜯었다.

수없이 많은 조례와 규정 때문에 배 한 척이 무사히 조운을 마치려면 줄잡아 오륙백에서 1천 냥까지 돈이 들어야 했다. 통과하는 과정도 산 너머 산이고 한 고개 넘을 때마다 홍포*를 내밀어야 했기 때문에 배 한 척에 대략 열댓 냥 가량의 은자가 들었다.

통주에 도착하면 더 많은 손들이 조선을 기다리고 있었다. 네 군데나 되는 관청을 거쳐야 하기 때문에 대개 중개인이 나서서 수속을 대리해 주는데, 관청 수수료 열 냥과 중개인 수수료 석 냥을 합쳐 배 한 척당 열석 냥의

----

* 홍포紅包 _ 중국인들은 축의금이나 세뱃돈을 비롯하여 모든 부조에 빨간 봉투를 사용한다. 여기에서는 뇌물로 건네는 돈 봉투를 의미한다.

돈이 필요했다. 조미의 하역이 끝나 입고를 시작하게 되면 손을 벌리는 자들이 헤아릴 수 없이 많아 적어도 너댓 냥의 은자가 더 들었다. 때문에 방정들로서도 돈을 뜯어내지 않으면 꼼짝달싹할 수 없는 형편이었다.

방정들의 고초는 여기서 그치지 않아 남에게 사기를 당하기가 일쑤였다. 조운 도중 구리나 아연을 싣고 뱃길을 재촉하는 대선이나 목재 운반선을 만날 경우에는 특별히 조심하지 않으면 안 되었다. 이들은 배를 난폭하게 운항했고, 충돌 사고를 일으켜 다른 배가 침몰하기라도 하면 여지없이 달아났다.

배가 침몰하면 방정은 집을 팔아서라도 배 값을 물어 주어야 했다. 때문에 방정들은 똘똘 뭉쳐 스스로 자신들을 보호하는 수밖에 없었다. 방정들의 조직인 청방은 이런 이유로 생겨나게 된 것이다. 방정들에게는 일반적으로 통칭되는 통초通草라는 이름보다 암암리에 불려지는 통조通漕라는 이름이 훨씬 더 어울렸다.

악습은 갈수록 심화되어 규모가 큰 남조南漕 해운으로까지 확대되었고, 마침내 함풍 원년에 큰일이 터졌다. 사건의 원인은 두 가지였는데 첫째는 사람이고, 둘째는 땅이었다.

문제를 일으킨 장본인은 호북성 출신의 양강兩江 총독 육건영陸建瀛이었다. 육건영은 일처리가 확실한데다 맺고 끊는 것이 분명해서 세인의 주목을 받던 인물이었다. 그는 도주의 정책을 그대로 이어받아 정사政事의 일관성을 추구했다. 도주가 소금에 관한 법률을 개정하자 회북淮北은 크게 번창한 반면 회남淮南은 전혀 변화가 없었다. 육건영은 회남에서 도주가 이루지 못한 공적을 그대로 이어받을 심산이었고 조운도 예외는 아니었다. 열정이 넘쳤던 육건영은 호부상서戶部尚書 손서진孫瑞珍의 지지를 얻어 해운海運의 부활을 준비하기 시작했다.

운하 전체에 큰 문제가 발생한 것은 그 시점이었다. 서주徐州 근처에 있는 풍현豊縣 이북의 제방이 터지면서 북쪽 운하 전체가 기울기 시작했다. 패현沛縣의 화산華山과 척산戚山이 미산微山, 소양昭陽 등의 호수에 잠기고, 청수淸水를 휘감는 바깥 지역이 범람하여 운하의 제방과 둑, 갑문 등을 집어 삼켰다. 위기를 느낀 조정은 재정 투자를 늘렸고, 다른 한편으로는 운하의 조속한 정비를 서둘렀다.

해운의 문제는 어명을 받은 양강 총독 육건영과 강소 순무 양문정楊文定, 절강 순무 상대순 등이 회동하여 준비하도록 되어 있었다. 회의 결과 함풍 2년에는 강소성의 소주와 송강, 상주, 진강, 태창太倉 등지의 조미漕米에 다시 해운을 사용하기로 결정되었다. 절강성에서 시험적으로 시행되는 이 해운이 다른 지역에까지 확대될지는 미지수였다.

호남 포정사로 있던 춘수는 이런 와중에 절강으로 발령받았다. 절강 안찰사按察使로서 사법 업무를 관장하던 황가한黃家漢은 춘수의 부임에 맞추어 다른 곳으로 전출되었다. 2년 후 홍군*이 광동과 호남 일대에서 봉기하자 호북의 민심은 극도로 흉흉해졌다. 청 문종文宗은 반도들을 평정하는 데 탁월한 수완을 보였던 상대순을 호북 순무로 발령하고 절강 순무는 춘수로 하여금 대리하게 했다.

그러나 춘수의 절강 순무 대리 업무는 순탄하지 못했다. 5월 이후 성도 항주를 중심으로 대부분의 주현에 극심한 가뭄이 닥쳤고, 이로 인해 여러 가지 어려움이 발생했던 것이다. 가장 큰 문제는 세곡 징수였다. 하천의 수위水位가 낮아져 수운이 어려워지면서 조운이 즉각 타격을 입었다. 수위는 쉽게 회복되지 않았고, 절강의 조운은 9월이 되어도 시작할 엄두를 못 냈다. 이는 전대미문의 심각한 상황이었다. 절강과 달리 강소 지역의 해운은 순조롭게 진행되었다. 조미 32만 석과 백미 2만 7천여 석이 5월 중

---

* 홍군洪軍 __ 홍수전의 농민반란군, 즉 태평천국군.

에 이미 조운에 들어가 무사히 통주에 도착했다.

가뭄이 한창 극성을 부리던 5월, 군사적 필요에 따라 각 성의 순무가 한 차례 인사 조정을 겪은 일이 있었다. 절강도 예외는 아니었다. 운남 순무 장량기張亮基가 호남으로 이동하고, 그의 자리를 포정사 황종한이 맡게 된 것이다. 황종한은 운남으로 가는 것이 썩 마음에 내키지 않아 절강으로 재발령되도록 사전에 손을 썼다.

황종한이 다시 항주로 돌아온 것은 1년 뒤의 일이었다. 항주의 상황은 예전과 같지 않았다. 순무 서리 춘수는 직무를 인계하고 나서도 여전히 번대의 직책을 수행했다. 황종한이 춘수에게 뇌물을 요구한 것은 이 시점 이었다.

춘수를 처음 접견하는 날 황종한은 그의 사모紗帽가 자신의 손 안에 있 다는 사실을 암시하면서 4만 냥의 홍포를 준비하라고 요구했다. 황종한 이 감히 이런 요구를 하고 나선 것은 춘수가 맡고 있는 조운이 이미 시기 를 상당히 어겼기 때문이었다. 상사가 춘수를 두둔할 마음을 먹기만 하면 천재를 구실로 얼마든지 경미한 처분을 받게 할 수 있었다. 그렇지 않을 경우 춘수는 엄한 문책을 면할 수 없는 상황이었다.

그러나 춘수는 황종한의 농간을 일언지하에 무시해 버렸다. 화가 난 황 종한은 춘수를 제거하기 위해 치밀한 계획을 짰다. 방법은 가까운 곳에 있었다. 기일이 늦었기 때문에 통주에 도착하여 양곡을 창고에 입고시키 고 돌아오려면 기한에 맞춰 회항하기가 어려운 터였다. 그렇게 되면 다음 해의 조운에 크게 영향을 미칠 것이고, 황종한은 그 일을 빌미로 춘수를 제거할 심산이었다.

속셈을 감춘 황종한은 어느 날 춘수를 무원撫院으로 불러들였다. 공사 를 논하는 척하면서 조운의 실정을 따져 묻기 위해서였다. 조운에 관한 얘기가 나오자 춘수는 긴장하지 않을 수 없었다.

"대인의 질문에 답변을 드리자면, 한마디로 말해서 처분을 기다리는 수밖에 없는 형편입니다."

춘수가 힘겹게 말했다.

"누가 처분을 받는단 말이오?"

황종한이 짐짓 시치미를 떼면서 물었다.

"당연히 사리司裏가 받아야 되겠지요."

순무에게 번대와 고사를 얘기할 때는 사리라 자칭하는 것이 관례였다.

"이런 일로 처분을 받아야 한단 말이오?"

황종한은 되묻는 것으로 슬며시 복선을 깔면서 화제의 방향을 바꾸었다.

"어떤 이유로 조운이 지연됐는지 귀사의 사정을 한번 설명해 보시오."

"그거야 당연히 가뭄으로 수심이 얕아진 연고지요. 이런 사정은 이미 상부에 진정해 두었습니다."

"가뭄이 시작된 건 5월 이후의 일이오. 정례에 따르면 본 성의 조운이 매년 언제쯤 시작되고, 언제 회수를 지나 회항하도록 되어 있소?"

한꺼번에 여러 질문이 쏟아져 나오자 춘수는 벙어리가 된 듯 말문이 막히고 말았다. 정례에 따르면 강서와 절강의 조운은 2월 말 이전에 시작되는 것이 원칙이었다. 세월이 흐르면서 정례가 다소 바뀌긴 했지만, 아무리 늦어도 4월을 넘길 수는 없게 되어 있었다. 그런데 벌써 가을바람이 불기 시작하니 반년이나 늦어진 형편이라 뭐라고 변명을 해야 좋을지 대책이 서지 않는 상황이었다.

춘수가 머뭇거리자 황종한은 입을 봉한 채 대답을 요구하는 무언의 압력을 가했다. 춘수는 별 수 없이 사태가 악화된 원인을 자세히 설명해야 했다.

"대인께서도 절강에서 시무하신 적이 있으시니 조방의 누적된 폐단에 대해 모르시지 않을 것으로 사료됩니다. 배를 움직이는 조정漕丁들이 중간에서 갖은 농간을 다 부리고 있지 않습니까? 예컨대 진조陳漕 조미를 배에 실을 때 사비를 요구하기도 하고……."

춘수의 말이 채 끝나기 전에 황종한이 그의 말문을 막아 버렸다.

"천하의 까마귀가 하나같이 검은 것처럼 다른 성의 조정들도 매한가지요."

"금년에는 사정이 좀 다릅니다. 어지에 따라 남조南漕 해운을 준비하고 있는 상황이라 조정들로서도 이를 주시하지 않을 수 없지요. 이것도 조운이 늦어진 주요 원인 가운데 하나입니다."

"도대체 뭘 주시한단 말이오?"

즉각 대답이 없자 황종한이 언성을 높이며 다시 물었다.

"남조 해운에 관한 조치는 내년에 새로 시행되는 일인데, 금년의 조운과 무슨 관계가 있단 말이오?"

숨통을 조여 오는 질문에 춘수는 또다시 말문이 막히고 말았다. 내년에 조운의 상황이 크게 변할 조짐이 있는 이상 조방들이 이를 주의 깊게 관찰하는 것은 당연한 일이고, 그러다 보면 당장 해치워야 할 조운에 신경을 덜 쓰게 되는 것이 불 보듯 뻔한 이치였다. 번대의 직분으로 무원의 서리를 겸하고 있는 이상 이를 재촉하지 않으면 안 되는 입장이었고, 그러지 못할 경우 자리에서 물러나야 하는 판국이니 춘수는 완전히 진퇴양난의 수렁에 빠진 셈이었다.

"이제 어떻게 하실 생각이오? 이런 난국을 어떻게 해결할 생각이냔 말이오."

황종한이 떨떠름한 표정으로 물었다.

"아, 예."

춘수는 허겁지겁 주워섬겼다.

"최선을 다해 조운을 독려하고, 늦어도 이번 달 안으로 전량을 선적하도록 하겠습니다."

"이번 달 안이라……."

황종한이 눈썹을 치켜세웠다.

"솔직히 말해서 난 지금의 상황을 잘 모르겠소. 어찌됐건 금년의 조운은 전임 상 중승中丞 이후 줄곧 노형이 맡아 왔으니 현명하게 처리하도록 하시오. 제반 문제가 발생하면 그때 다시 상의하도록 합시다."

황종한의 말 속에는 두 가지 속뜻이 담겨 있었다. 첫째는 아직 조운의 상황을 충분히 이해하지 못하겠으니 어느 정도 파악이 된 후에 다시 의논하자는 뜻으로 번복의 여지를 남기자는 것이고, 둘째는 조운의 책임을 춘수에게 전가시키려는 속셈이었다.

춘수는 원래 '상삼기'*에 속한 귀족 자제로서 여러 해 동안 각지의 지방관을 역임하면서 오늘에 이른 인물이었다. 어린 티는 벗었지만 사람들의 깊고 복잡한 속마음을 간파해 내기에는 연륜이 아직 부족했다. 춘수는 황종한의 마음속에 감추어진 사악한 저의를 알지 못한 채 몇 마디 더 이야기를 나누었다.

무원을 물러나온 춘수는 수하의 관리들을 불러 모아 대책 회의를 열었다. 아직 떠나지 않고 있는 조선漕船들을 하루빨리 출항시켜 절강성 밖으로 내보냄으로써 책임을 최소화할 수 있는 방법을 모색했지만 마땅한 수가 떠오르지 않았다.

이튿날 춘수는 즉각 독량도**를 비롯, 조운을 담당하는 관리들을 죄다 소집하여 무대 황종한의 의사를 전달하는 한편, 모두들 갖은 재주를 다 동원하여 최단시일 내에 조선을 출항시킬 수 있도록 해달라고 간곡히 부탁했다.

다른 곳은 별 문제가 없었으나 호주부湖州府에 속한 팔방八幫이 가장 큰 골칫거리였다. 호주부는 절강성 동남부의 곡창으로 추산되는 조미의 양이 38만 8천여 석에 달하고 중요한 위치를 점하고 있다는 사실을 이용하여 항상 팔방의 조선만을 고집했다. 춘수는 사태가 심각하다는 것을 깨닫고 자신이 직접 호주로 찾아가 조운을 독려해야겠다고 마음먹었다.

호주의 조운은 운하의 지류가 있어서 동쪽으로는 태호太湖 남안으로 통하고 강소성 경내의 대운하로도 통했다. 지류의 길이는 100리가 채 안 되지만 곡창 중에 곡창인 쌍림雙林과 남도南濤 지역을 연이어 관통했다.

남도의 갑부로 '사사팔상四獅八象'이라 불리는 자가 있었는데 전국에서 모르는 사람이 없을 정도로 명성이 자자한 인물이었다. 그는 번대가 당도했다는 소식을 듣고 관례에 따라 연관한 도대의 신분으로 지주의 예를 다했다. 그들이 안배한 잠자리와 음식은 소금 상인에 비할 바는 못 됐지만 아랫사람으로서 할 수 있는 온갖 사치를 다 부려 준비한 셈이었다. 그러나 애당초 일반 부호들이 누리는 것과는 여전히 거리가 있었다.

춘수는 그 지방의 명장名匠이 경영하는 원림園林에서 산해진미의 성찬을 대하고 앉았다. 술이 한 순배 돌 무렵 연회의 관례에 따라 놀이가 시작되었다. 남도의 부호들은 제각기 극단을 거느리고 있었는데 체말切末, 행두*** 등 갖추지 않은 것이 없었다. 이 자리에도 빼어난 놀이꾼들이 빠짐없이 집합하여 명곡****을 공연하게 되었다.

춘수는 연회의 환락에 흠씬 빠져들고 싶었지만 억지로나마 정신을 차리지 않을 수 없는 입장이었다. 그리하여 그는 이토록 호화로운 향연의 자리에서 우울한 기분으로 귀로는 《장생전長生殿》의 〈야우문령夜雨聞鈴〉을 들으면서 마음속으로는 사흘 낮 사흘 밤 동안 큰 비가 내려 운하의 수위

를 높일 수 있게 해달라고 빌었다. 조선들이 서풍을 타고 동쪽으로 항해하는 공상을 하는 가운데 마음은 자꾸만 좌불안석이 되었다. 춘수는 주인들의 만류를 재삼 고사하고 서둘러 행원으로 돌아왔다.

행원에는 벌써부터 많은 사람들이 와서 기다리고 있었다. 이들은 대충 세 가지 부류로 구분할 수 있었는데, 첫째는 조방의 영운천총領運千總들로서 명목상으로는 화물 호송을 관장하는 무관에 해당됐다. 이들은 원래 전통적 관례에 따라 무과의 거인擧人 중에서 선발하는 것이 원칙이었다. 두 번째 부류는 임시로 위탁된 호송관들로서 대부분 주현에서 차출했다. 세 번째 부류는 이른바 첨정들로서 각 조방의 진정한 수뇌들이었다.

첨정은 소병小兵에 해당하는 신분으로서 명나라의 위소*에서 발전된 제도였다. 소병과 이품 대원인 번대를 놓고 신분의 상하를 가리기란 여간 애매한 일이 아니었다. 평일에는 이들이 춘수를 만나기가 쉽지 않았지만 지금은 춘수가 이들의 비위를 맞춰야 하는 입장이었다. 조선을 뜨게 하기 위해서는 첨정들을 찾아가 얘기해 보는 수밖에 없었기 때문에 확실한 방법을 찾기 위해서 춘수는 한꺼번에 모두를 접견하겠다는 뜻을 전달했다.

행원은 어느 부호의 별채를 두 칸 빌려 쓰고 있었다. 날이 이미 어두워져 행원의 대청에는 환하게 기름등이 밝혀졌고 불빛에 비친 춘수의 모습은 더욱 처연해 보였다. 그가 거처하는 방에는 홍목 침상에 배나무로 만든 태사의太師椅가 두 개 놓여 있었고, 그 위에는 주현의 후보 관직에 해당하는 호송관들이 앉아 있었다. 천총과 첨정들은 한쪽 구석에 서 있었다.

쥐죽은 듯 조용하게 가라앉은 분위기 속에서 춘수가 쉰 목소리로 입을 열었다.

* 위소衛所__명나라 때의 군사 제도. 수도에서 황제를 호위하는 위소와 지방에서 치안 유지와 국방의 임무를 담당하는 위소로 나누어져 있었다.

"도대체 금년의 조미가 운송될 수 있는 겁니까, 없는 겁니까?"

늘어선 사람들은 서로 얼굴만 쳐다볼 뿐 아무런 대답도 못한 채 눈치만 살폈다. 이들 가운데 대답할 만한 자격을 갖춘 사람은 첨정들뿐이었다. 하지만 신분 관계 때문에 그들에게 강제로 입을 열게 할 수도 없는 노릇이었다.

춘수가 말을 이었다.

"제가 무대 어른 면전에 가서 속 시원히 말씀드리겠소. 한 달 내로 전량을 선적하겠다고 말이오. 현 상황으로 봐서는 방금 제가 한 말은 실행이 불가능할지도 모르오. 그러나 오늘 당장 명령을 내려 배를 움직일 수 있으면 움직일 수 있는 대로, 그렇지 못하면 그렇지 못한 대로 최대한 방법을 강구해 보겠소. 이런 식으로 하루하루 미루면서 목이 달아날 때까지 기다리고 있을 수만은 없지 않겠소!"

여차하면 모두의 목이 날아갈 수도 있다는 경고의 의미가 담긴 말이었다. 모두들 입을 다물고 숙연하게 앉아 있었다. 잠시 후 왼쪽 태사의에 앉아 있던 주현의 후보 관리 하나가 조용히 자리에서 일어났다.

"이제까지 줄곧 대인께서 전국을 주도하신 만큼 부하 된 저희로서는 목숨을 걸고서라도 조선을 띄워야 합니다. 조선은 국가가 관장하는 것이고, 금년에는 한재旱災로 인해 수심이 낮아지면서 조운이 지체된 만큼 아직 할 말은 있습니다. 그러나 조선을 출항시키지 않을 경우 못 한 것이 아니라 안 한 것이 되고 말지요."

좌중에 있던 사람들은 이구동성으로 '못 한 것이 아니라 안 한 것이다'라는 말을 되뇌었다.

주현의 후보 관리치고 곤궁하지 않은 사람은 하나도 없었다. 십수 년간 성내에 거하면서 시종 보결의 기회가 없었기 때문에 남은 것이라곤 당표當票 한 장밖에 없을 정도로 삶이 궁색해진 것이다. 간신히 호송관이라는 직책을 맡은 터라 조선이 움직여 나랏돈으로 고향에 돌아갈 수 있기를 학수고대하고 있는 사람들이었다. 이런 식으로 해서 언제 통주에 당도할 수 있는지는 문제가 되지 않았다. 조운이 지연된 데 대한 책임이 그들에게 떨어질 리는 없기 때문이었다.

조선이 움직이지 않는다면 그들이 성성省城으로 돌아갈 수 있는 방법은 전무했다. 조선이 움직이지 않는 한 화물 호송도 없기 때문에 그들로서는 무슨 일이 있어도 이런 출장의 기회를 놓칠 수 없는 입장이었다.

물론 춘수는 이들 후보 관리들의 속마음을 훤히 읽고 있었다. 나아가 이들의 위치가 경중을 따질 만큼 중요하지 않다는 사실도 잘 알았다. 이들은 힘도 쓰지 못할 뿐 아니라 그만큼 책임도 없는 사람들이었다. 때문에 그들의 발언은 그다지 신경 쓸 필요가 없었다.

춘수는 그들 뒤쪽에 서 있는 영운천총들을 쳐다보며 말했다.

"여러분들의 생각은 어떻소? 한번 같이 의논해 보도록 합시다."

영운천총들의 견해도 주현의 후보 관리들과 별 차이가 없었다. 다만 그들은 앞 다투어 주인이 되려고 하지 않고 모든 일에 있어서 첨정의 지시에 따르려 할 뿐이었다. 그 가운데 나이가 지긋한 사람 하나가 일어나 말했다.

"대인께서 직접 나서야 할 것 같습니다."

"내가 못 한다면 어떻게 하겠소?"

모두들 말이 없었다. 그의 생각에 찬성하는 게 아니라 감히 반박하고 나서지 못하는 것이었다. 그러나 이러한 침묵만으로도 반대의 뜻을 충분히 나타낼 수 있었다.

또 한 사람이 참지 못하고 입을 열었다.

"대인과 의견을 절충하기 위해 그들에게 '사람을 한두 명 보내 어떤 생각을 갖고 있는지 말해 보라'고 하면 되지 않겠습니까?"

'그들'이란 첨정을 의미하는 것이었다. 춘수는 고개를 끄덕이며 그 자리에 있던 첨정에게 말했다.

"내 생각에도 첨정들께서 의견을 말하지 않으면 안 될 것 같소."

"그렇게 하지요."

제법 나이도 들고 적당한 지위에 있는 듯한 첨정 하나가 말을 받았다.

"대인께서는 이제 가서 좀 쉬시죠. 저희들끼리 의논해서 뜻을 모은 다음 대인께 알려 드리도록 하겠습니다."

"좋소. 그럼 의논들 해보시오."

춘수는 침상에 앉아 후루룩 물담배를 빨았다.

팔방의 첨정들은 주랑 아래로 물러가 조용히 상의를 시작했으나 상당한 시간이 흘러도 결론을 내지 못했다. 각 방의 상황이 달랐기 때문에 의견도 분분하고 줄다리기의 요소가 많았던 것이다. 금년의 조운은 최대한 힘을 들이지 않는 것이 상책이라는 것이 공통된 견해였다.

그런 가운데 한쪽에서는 누적되는 손해의 배상을 면치 못할 바에야 차라리 배를 띄워 일을 줄이자는 견해를 내놓기도 했다. 다른 쪽에서는 조선을 띄우면 수많은 개인 화물을 실어 날라야 하고, 그렇지 않을 경우 손해를 배상해야 하는 공사公私 교차의 상황이라 어차피 가산을 탕진하는 것은 마찬가지라고 말하기도 했다.

수많은 얘기가 오갔지만 별다른 묘책은 나오지 않았다. 다급해진 춘수는 사람을 보내 속히 결론을 내라고 재촉했다. 하지만 하고 안 하고의 결정은 윗사람들의 얘기를 들어 보는 수밖에 없는 형편이었다. 따라서 한 가지 결론이 나오긴 나온 셈이었다. 즉, 해도 좋고 안 해도 좋다는 결론이었다. 각 방의 손해 배상은 한 번으로 끝나는 것이지 두 번 다시 반복되는 게 아니기 때문이었다.

"만일 조선을 띄우지 않는다면 금년도 조미는 돈으로 납부하는 수밖에

없소. 호부의 정장에는 조미 한 석당 은 두 냥으로 계정되어 있는데 현재
의 시가는 어떻소?"

춘수가 물었다.

"그건 미질에 따라 다릅니다."

결정한 후에 보고하겠다고 말했던 첨정이 대답했다.

"대충 7전에서 8전 사이가 될 겁니다."

"조선에 실려 있는 조미의 양은 얼마나 됩니까?"

"다 합쳐서 27만 6천 석입니다."

"그렇다면 한 석당 은 한 냥 두 전을 배상해야 하는데, 다 합치면 얼마
가 되지요?"

첨정의 속셈은 대단히 빨랐다. 잠시 중얼거리는 듯하더니 이내 계산이
나왔다.

"총 33만 1천 200냥의 은자를 배상해야 하는 셈이지요."

"만약에 조선을 띄우지 않는다면 은으로 상납하는 것도 가능할 것이
오. 하지만!"

춘수는 자못 심각한 표정을 지으며 되물었다.

"일이 그렇게 되면 33만 냥이나 되는 은자를 누가 부담해야 하는 거
요?"

"대인께서도 아시다시피 호주의 팔방은 전부 재정 사정이 좋지 않은
피방疲幫들입니다. 형편이 몹시 좋지 않습죠. 대인께서 특별히 조정들의
목숨만 좀 살려 주셨으면 합니다."

춘수가 쓴웃음을 지었다.

"흥! 당신들만 살고 나는 죽어도 좋단 말이오?"

이런 흥정은 완전히 의도적인 것이었다. 조방에는 둔전屯田도 있고 공
비公費도 있었기 때문에 이런 상황에 부딪힐 경우 각자의 재산과 수입으

로부터 일정액을 갹출하여 손해를 배상할 수 있었다. 손해 배상의 액수는 확정된 장정이 있는 것이 아니기 때문에 상황에 따라 대충 결정할 수 있지만 무엇보다도 각 방의 재정 상태를 고려해야 했다. 재정 상태가 좋고 공동 재산이 많은 왕방旺幇은 배상을 많이 하고 누적된 부채가 많은 피방은 배상을 적게 하는 것이다. 부유한 지역일수록 피방이 더 많았다. 부유한 지역일수록 그만큼 착취당하는 것도 많기 때문이었다. 형편이 가장 안 좋은 곳은 강소성 송강부에 속해 있는 조방들이었으며 호주의 팔방도 그다지 사정이 좋은 편은 아니었다.

손해 배상액의 부족분은 조방에서 부담하는 것을 제외하고는 주로 번대가 조미에서 징수하는 각종 부가세와 부수에서 지출하는 것이 상례였다. 따라서 이번 일의 처리는 실제로 번대아문과 호주에 속해 있는 팔방의 이익이 직결된 문제였다. 춘수는 목소리를 내리깔고 위엄 있는 자세로 그들과 손해 배상의 분담액을 담판 지을 심산이었다.

그러나 이것은 부득이한 경우에 취할 수 있는 일종의 퇴로에 불과했다. 일이 잘 성사되어 조선을 속히 출항시킬 수 있다면 임무를 수행하고 배상도 면할 수 있는 일인데 어찌 기쁜 일이 아닐 수 있겠는가? 춘수는 이런 생각을 하면서 다시 고개를 돌려 물었다.

"여러분들이 보기엔 조선이 뜰 수 있을 것 같소? 뜰 수 있다면 지금처럼 한가할 때 뜨는 게 좋지 않겠소?"

이 말은 모두가 기다리던 말이었다. 그 자리에 있던 주현의 후보 관원들은 사태의 전기가 생기는 듯한 느낌이 들자 모두들 마음이 들뜨기 시작하여 춘수의 고명한 결정을 칭송하고 나섰다.

명목상 조방을 대표하여 말했던 첨정만이 고개를 설레설레 흔들고 있었다. 그러나 맨 처음 그가 낸 의견은 조방을 대표한 것이 아니라 자신의 의중을 말했던 것이라 이런 시점에서 뭐라고 말해야 좋을지 정말 난감한 입장이었다.

"말해 보시오. 의견은 많을수록 좋은 거니까. 여러 사람이 모인 자리에서 함께 의논해 보도록 합시다."

첨정 개인의 생각에 의하면 조선을 띄우기 위해서는 맨 먼저 하상河床을 정리하는 동시에 각 지류의 갑문을 열어 운하의 수위를 높여야 하고, 그런 다음에 민간 선박을 고용하여 조미를 분산시켜 적재함으로써 조선의 하중을 가볍게 해야 한다는 것이었다. 사실 이 두 가지 작업이 선행되어야만 무리 없이 조선을 띄울 수 있었다.

"그럼 그렇게 하면 되지, 못 할 게 뭐가 있습니까?"

호송관 하나가 흥분해서 말했다.

첨정은 소리 없이 쓴웃음을 지었다. 춘수도 그 뜻을 알아차리고 비아냥거리듯이 물었다.

"노형은 말을 아주 쉽게 하시는데, 그렇게 하자면 돈이 얼마나 드는지도 잘 아시겠구려?"

"어차피 배상을 할 바에야 그 돈을 하상을 정리하고 민선을 고용하는 데 쓰면 될 게 아닙니까? 임무도 완수하면서 치수의 기반을 마련할 수 있다면 이거야말로 대인께는 더할 수 없이 큰 공적이 되는 게 아니겠습니까?"

이 말에 춘수의 마음이 움직이기 시작했다. 그는 조용히 고개를 끄덕였다.

"그것도 일리는 있는 말이오."

그러고는 중얼거리듯이 입속말로 물었다.

"한데 시일이 얼마나 걸릴지 모르겠구먼?"

하상 정리 계획은 공사 일정과 필요한 노동력, 공사 자재 등을 자세히 계산해 봐야 확실한 입안이 가능한 사업이었다. 분명 많은 사람이 모인 자리에서 쉽게 결정할 수 있는 일이 아니었다. 춘수는 능력을 갖춘 실무

자들을 선별하여 남게 하고 나머지 사람들은 모두 해산시켰다. 그런 다음 다시 구체적인 논의에 들어갔다. 이들 소수 정예 요원들이 모인 자리에서 우선적으로 거론된 문제는 자재의 조달 방법에 관한 것이었다. 그리고 실질적으로 이 문제를 풀 수 있는 단 한 가지 열쇠는 바로 돈이라는 데 의견을 같이했다.

조방에서 파견되어 자신의 생각을 말한 바 있는 첨정은 경험도 많고 세상 물정에도 밝아 이 계획이 결코 합리적이지 못하다는 사실을 잘 알고 있었다. 그러나 사람이 천하면 말도 가볍다는 통념에 막혀 춘수의 주먹구구식 계산을 말리지 못하고, 단지 조방에서도 있는 힘을 다해 이번 일을 도울 것이며 배당된 경비도 틀림없이 부담할 것이라고 장담해 둘 뿐이었다. 그러면서 그는 조방에서 그만한 액수의 경비를 부담하는 만큼 조선은 반드시 띄워야 하며 그 이상의 농간이 있을 경우 조방에서는 절대 이를 부담하지 않을 것이라고 정중하게 못을 박았다.

하상 정리 계획은 신속히 실행에 옮겨지기 시작했다. 이 일은 원래 지방관에게도 책임이 있기 때문에 호주부와 운하가 지나가는 오정鳥程, 귀안歸安, 덕청德淸 등 세 현이 인력과 자재의 동원을 책임져야 했다. 공문이 오가고 신사들을 소집하여 소견을 들어야 하기 때문에 착공하기까지는 오랜 시간이 소요되는 일이었다. 한시라도 앞당겨 일을 끝내기 위해서는 스스로 돈을 내서 민공民工을 수배하는 것이 최선의 방법이었다. 모든 준비가 끝나면 늦어도 8월 말 이전에는 조선의 운항이 가능할 것 같다는 판단이 섰다. 이에 간신히 한시름 놓게 된 춘수는 서둘러 성으로 돌아왔다.

가는 날이 장날이라고 거센 바람과 함께 비가 쏟아졌다. 다른 과객들에겐 전혀 반갑지 않은 날씨였지만 춘수에게는 오히려 매우 기쁜 일이었다. 기왕 내릴 바에는 며칠 동안 쉬지 않고 내렸으면 하는 것이 춘수의 바람이었다. 그래야 운하의 수위가 올라가 조선의 운항을 앞당길 수 있기 때문이었다.

임지로 돌아온 춘수가 가장 먼저 한 일은 무대 황종한을 배알하는 일이었다. 보고를 다 듣고 난 황종한은 다소 과장된 어투로 소신껏 일을 잘 처리해 줘서 고맙다며 춘수를 치하했다. 아울러 북경에서 내려온 소식을 전해 주었다. 조정에서는 이미 조칙을 내려 직예直隸 총독과 북통주에 부임해 있던 창장시랑에게 천진天津, 양촌楊村 지방으로부터 1천 500척의 박선駁船을 이끌고 산동성 임청臨淸으로 가서 서둘러 조미의 운송에 착수하라고 지시했다는 것이다. 직예 총독은 이에 대한 회신을 올려 양촌의 박선이 임청에 도착할 때쯤에는 강물이 얼어붙어 운항이 불가능하니 절강의 조미를 임청과 덕주 일대에 잠시 보관했다가 이듬해 봄에 해빙과 동시에 다시 북상시키는 것이 바람직하다고 건의했다는 내용이었다. 그리고 이러한 요청을 조정에서 받아들여 줄지는 아직 알 수 없는 상황이라고 했다.

춘수는 나쁘지 않은 소식이라고 생각했다. 그 역시 북쪽 지방의 추운 날씨 때문에 10월 이후로는 조선의 운항에 큰 지장이 있다는 사실을 고려한 바가 없지 않았던 것이다. 마침 직예 총독이 실제 상황에 근거하여 상소를 올렸다고 하니 이는 자신의 속마음을 대신 말해 준 것이나 다름없는 일이었다. 사실에 입각하여 정확한 판단을 내리기만 한다면 조정에서도 이를 승인하지 않을 수 없을 것이라고 춘수는 생각했다. 그렇게 된다면 조선을 임청까지만 몰고 가도 임무를 완수하는 셈이 되고, 설사 조금 지연된다 하더라도 각 지방의 사정이 한결같은 바에야 이에 대한 처분도 한데 희석되어 하나의 통안通案으로 처리될 것이 분명했다.

춘수는 하상 정리 작업이 예정대로 순조롭게 진행되지 못한다 할지라도 그다지 조급해할 것이 못된다고 생각했다. 현재 가장 중요한 문제는 직예 총독의 상소문에 대한 조정의 회신이 어떻게 내려오느냐 하는 것이었다.

조선이 출발하고 난 후에야 조정으로부터 상유上諭가 떨어졌다.

절강의 가방嘉幫과 항방杭幫의 조미는 조운이 문제없이 진행될 수 있을 경우, 원래의 지시대로 양촌의 박선을 이용하여 지금처럼 쾌청한 날씨에 신속히 운송하도록 하라. 혹시 운항 도중 부득이하게 임청이나 덕주에서 짐을 부려야 할 경우 현지의 창고 사정을 고려하여 창장시랑과 직예 총독, 조운 총독, 산동성 순무 등이 알아서 처리하라. 단, 매사를 신속하고 정확하게 처리하되 일을 서로 미루는 악습이 반복되지 않도록 각자의 책임 영역을 분명히 하여 착오가 없도록 하라.

춘수는 속으로 생각했다.

'조선을 출항시키길 잘했군! 상유에 따르자면 임청이나 덕주에서 뱃길이 막힐 경우 화물을 그곳에 잠시 보관하는 문제는 이미 허락을 받은 거나 다름없지. 하지만 식량이 부족한 상황에서 호방의 조미들이 그곳에 가 있는데, 혹시 창고가 부족하기라도 하면 정말 속수무책이 되고 만단 말이야······.'

그리하여 그는 무원에 나가 이 문제에 대해 무대와 상의해 보기로 마음먹었다. 황종한은 그를 보자마자 무척 반가워하며 입을 열었다.

"아, 마침 잘 왔소. 그렇지 않아도 무관을 시켜 귀관을 부를 생각이었소. 상의할 일이 한 가지 있소."

"말씀하시지요."

"아니, 아니오. 먼저 찾아온 용건을 말해 보시오."

춘수는 찾아온 이유를 설명하고 조운 총독과 산동성 순무에게 협조 공문을 띄워 절강성 호주에 속한 팔방의 조미가 이미 북상 중에 있는데 임청에 도착하여 박운이 불가능하고 부득이하게 잠시 짐을 부려야 할 경우 창고가 부족하여 쩔쩔매는 일이 없도록 미리 창고를 확보해 주도록 당부해 달라고 요청했다.

황종한은 춘수의 얘기를 들으면서 시종 고개를 가로저었다. 그러더니 춘수의 말이 끝나자마자 그에게 가까이 다가서며 따져 묻는 것이었다.

"조운에 관한 일은 귀사가 더 잘 알 것이오. 게다가 금년의 조운은 귀사에서 총관하지 않았소? 한데 회항 일자는 고려해 두었소?"

이 문제에 대해선 이미 생각한 바가 있었기 때문에 춘수는 적이 마음을 놓을 수 있었다.

"회항도 자연히 지연될 수밖에 없는 형편입니다."

"얼마나 지연된다는 거요? 귀사의 계획을 한번 말해 보시오."

황종한은 그의 대답이 끝나기도 전에 말을 가로막았다.

"이 문제는 임청의 사정에 따라 달라질 수 있습니다. 그곳에서 뱃길이 막힐 경우엔 내년 해빙까지 조운을 연기하는 수밖에 없습니다. 또 한 가지, 앞서 간 조선의 숫자도 고려해야 하는데 조선이 많을수록 연기되는 시일이 길어집니다."

"가장 빠른 게 언제요?"

"아무래도 내년 4월은 돼야 할 것 같습니다."

"그럼 회항은 언제 할 거요?"

"두 달 정도 걸리겠지요."

"그렇다면 내년 여름이나 돼야 조선들이 집으로 돌아갈 수 있다는 얘긴데, 배를 수선하는 데 또 한 달이 걸릴 것이고……. 빨라야 7월에나 각 현에 가서 조미를 수태할 수 있는 셈이 되는구면! 그럼 귀사의 내년 조운도 금년처럼 8월이나 9월까지 지연된다는 말이오?"

"그렇습니다. 하지만 내년에는 해운을 개용改用하게 되니까 별 문제 없을 겁니다."

"어째서 문제가 없다는 거요?"

황종한이 정색을 하며 따지고 들었다.

"아주 편하게 말씀하시는구려! 해마다 조운을 연기시키다가 언제 정상을 회복할 수 있겠소? 금년에는 귀사에서 책임질 일이 없다고 하더라도 내년부터는 모든 책임이 내게로 돌아오게 되어 있소. 귀사의 이런 업무 처리는 어차피 나에게 영향을 미치게 되어 있단 말이오!"

춘수는 일순간 무대의 낯빛이 변하는 것을 보고 뜻밖이라고 여겼지만 자신도 상삼기에 속하는 공자公子인지라 그의 무례함을 참지 못하고 되받아쳤다.

"말씀이 좀 지나치십니다, 대인! 어차피 제가 화물을 책임지는 이상 죽이든 살리든 제가 알아서 할 일 아닙니까? 대인께서는 무슨 이유로 그렇게 역정을 내시는 겁니까?"

"됐소! 그만합시다!"

황종한은 정말 화가 난 건지 아니면 일부러 그러는 건지 얼굴이 벌개진 채 맞받아치고 나섰다.

"좋소. 책임지는 것까진 좋은데 도대체 어떻게 책임을 지겠다는 거요?"

"올해의 조운을 제가 주관하도록 되어 있긴 하지만 대인께서 부임하신 후로는 모든 일을 대인의 재가를 받아서 실행해 왔습니다. 금년에 강소성에서 시험 운행한 해운이 커다란 실효를 거두고 있으니 대인께서 절강성의 내년도 조운도 강소성의 전례에 따라 시행할 수 있도록 상소를 띄우시면 될 게 아닙니까?"

"허허, 내 원 참!"

황종한은 계속 차가운 웃음만 짓고 있을 뿐이었다.

"귀사의 말투는 마치 군기대신* 같소이다. 내가 또다시 상소를 올렸는데도 상부에서 허락하지 않는다면 그땐 어떻게 하시겠소?"

"허락하지 않을 이유가 없습니다."

황종한은 갑자기 주먹으로 궤안几案을 내려치며 큰소리로 악을 썼다.

"여전히 그런 말투로군! 당신은 도대체 내게 의논하러 온 거요, 대들러 온 거요?"

춘수는 20년이 넘게 관직을 지켜 왔지만 이런 상사는 본 적이 없었다. 춘수는 속으로 생각했다.

'당신이 과갑科甲 출신이긴 하지만 나 역시 연관 따위로 관리가 된 것이 아니란 말이오. 관리로서의 경력을 말하자면 내가 절강성 번대이고 당신이 절강성 고사이니 단지 조정에 연줄이 있느냐 없느냐의 차이에 불과할 뿐이외다. 도광 15년 을미과만 하더라도……'

생각이 여기까지 미치자 춘수는 몸서리를 치면서 속으로 중얼거렸다.

'내가 지금 큰일을 그르치고 있구나!'

황종한과 같은 해 과거에 급제한 동년同年 중에는 군기대신도 있었으니 다름 아닌 소주의 팽온장이었다. 게다가 호부시랑도 둘씩이나 되는데, 하나는 복건성의 왕경운王慶雲으로서 황종한과 가장 친한 고향 친구였고, 또 하나는 동년이면서 매우 절친한 친구인 하계청이었다.

속담에 틀린 말이 하나도 없었다. 조정에 연줄이 없으면 관직을 유지하기가 어려웠던 것이다. 황종한이 감히 이렇게 안하무인으로 나올 수 있는 것도 결국은 조정에 있는 친구들을 등에 업은 수작이었다. 금년에 황종한이 입조했을 때도 황상께서 여섯 차례나 그를 접견했는 데 반해 춘수 자

---

* 군기대신軍機大臣 __ 청대에 군사와 정치의 업무를 관장하던 최고 기관인 군기처의 대신.

신은 황상의 용안조차 구경하지 못한 처지였다. 온갖 울분이 용솟음치는 가운데 춘수는 애써 감정을 억제하면서 황종한에게 사죄하는 수밖에 없었다.

"화를 거두시지요, 대인. 제가 어찌 감히 대인께 대들겠습니까? 모든 것을 대인의 분부대로 처리하겠습니다."

황종한의 화난 얼굴이 다소 누그러지면서 목소리도 한결 부드러워졌다.

"기왕에 함께 일하는 처지이니 도울 수 있는 한 힘껏 도와야 되겠지요. 하지만……."

황종한은 고개를 좌우로 흔들었다.

"어려워요. 정말 어려운 일이오."

춘수는 겨우 마음을 진정시키고 물었다.

"그럼 대인께서는 어떤 고견을 갖고 계십니까? 제게 말씀해 주시지요."

"그렇게 보채지 마시오. 내게도 생각할 시간이 좀 있어야 할 게 아니겠소?"

황종한은 찻잔을 들어 천천히 한모금 들이켰다. 그리고 당하에 대기하고 있던 무관에게 큰소리로 외쳤다.

"손님을 문밖까지 모셔다 드려라."

손님을 모시라는 말은 쫓아내라는 것이나 다름없었다. 거듭 무안을 당한 춘수는 황급히 무대아문을 빠져나와 가마에 올랐다.

그는 돌아오자마자 하인을 시켜 모든 문안文案들을 첨압방簽押房으로 집합시키고 나서 문을 걸어 잠갔다. 그리고 무원에서 있었던 일을 자세히 설명하면서 마음을 가라앉히지 못한 채 문안들을 향해 물었다.

"자, 여러분. 황 무대의 의도를 어떻게 판단해야 옳겠습니까?"

"황 무대는 별명이 '황 염라'인 만큼 얼굴을 잘 바꾸기로 소문이 나 있습니다. 이번 일은 여간 조심해서 처리하지 않으면 큰일이 나고 말 겁니다."

문안 한 명이 대답했다.

"어허!"

춘수는 고개를 가로저으며 뭔가 말을 하려다가 이내 입을 다물었다. 황 무대가 막 부임해 왔을 때, 그가 뇌물을 요구하는 것을 모른 척했던 일이 생각난 것이다.

"하늘 같은 공사公事에 땅덩이만한 은자가 드는구나!"

춘수는 크게 탄식했다.

"우선 무원에 떠도는 소문이 어떠한지 슬며시 가서 살펴보는 게 좋을 것 같습니다. 객관 같은 곳은 온갖 소문이 다 떠도니 이번 일에 관한 정보도 분명 얻을 수 있을 겁니다."

다른 문안이 목소리를 낮춰 말했다.

"아무래도 그게 좋을 것 같소."

저잣거리로 나간 문안들은 즉각 몇 가지 사실을 알아 왔다. 황종한이 내년도 조운의 수태를 조속히 마무리하고 기한 내에 통주에 당도할 수 있도록 하기 위해 조정에 상소를 올렸다는 내용이었다. 가장 늦게 돌아온 문안은 좀 더 확실한 정보를 얻어 왔다. 호주 팔방의 조선을 도중에 회항시키고 조미를 다시 창고에 입고시켰다가 내년도 신조新漕 때 함께 선적하기로 결정했다는 소식이었다.

한마디로 조방들만 골탕 먹이려는 수작이었다. 조방들은 하상 정리 작업에 드는 비용을 고스란히 배상해야 할 뿐만 아니라 화물의 호송을 맡은 후보 주현들의 공비도 사라지게 되고, 일년에 한 번밖에 벌 수 없는 운송비도 포기해야 되는 상황이었다.

춘수는 한숨을 내쉬었다. 안타까운 생각이 들었지만 어쩔 수 없는 노릇이었다. 번대인 자신으로서는 배상을 하지 않아도 되는 입장이었기에 그나마 다행스러웠다.

다음날 아침 무대아문으로부터 정식 공문이 하달되었다. 새해의 조운에 영향을 주게 될 것을 고려하여 금년도 호주 팔방의 조선은 모두 귀항하여 지시를 기다리도록 한다는 내용이었다. 춘수는 잠자코 있을 수가 없어서 즉시 사람을 보내 이런 조치가 대체 무슨 의미인지 무대에게 따져 보기로 마음먹었다.

그러나 황종한은 병을 핑계로 춘수를 만나 주지 않았다. 그러는 사이에 며칠이 훌쩍 지나갔다.

대엿새가 지나 또다시 공문 한 장이 내려왔다. 글을 다 읽고 난 춘수는 눈앞이 아찔해져 그 자리에 털썩 주저앉았다.

"황종한, 황종한, 이 더러운 놈! 네놈이 기어코 내 원수가 되고 마는구나! 날 끝내 사지로 내몰고 마는구나! 이 더러운 놈!"

춘수는 자신도 모르게 욕설을 내뱉었다.

황종한은 공문을 통해 자신이 절강성의 최고 행정장관으로서 특단의 조치를 내렸다고 밝혔다. 그리고 그 목적은 내년도의 조운을 제때에 무사히 완수하여 그 다음부터는 모든 것이 정상대로 회복될 수 있도록 하기 위함이라는 내용이었다. 그런데 그 방법이란 것이 잔인하기 그지없었다. 금년도 호주 팔방의 조미는 절강성에서 처리하되 그 대신 27만 6천 석의 조미를 호부에서 정한 가격에 따라 한 석당 은 두 냥씩 총 55만 2천 냥을 한 달 이내에 현금으로 납부하도록 결정했다는 것이었다.

이러한 수치는 춘수가 첨정들과 더불어 이미 계산해 보았던 것으로서 호부에서 정한 가격과 시가의 차액이 무려 22만 냥이나 되었다. 춘수가 호주로 달려가 그곳 사람들과 담판을 짓기 전에 무대가 이런 결정을 내렸다면 조방이 배상액의 대부분을 부담하고 번대는 약간만 부담하면 그만이었다. 그 약간의 액수마저도 부수의 항목에서 지출하고 한 해 동안 아무런 이득 없이 헛고생한 걸로 치부해 버리면 그뿐인 것이다.

그러나 이제는 상황이 완전히 달라져 버렸다. 하상 정리 공사에 드는 경비를 전액 조방에서 부담하는 것으로 미리 약정이 되어 있고, 이만한 돈을 염출하자면 조선을 운항시키지 않으면 안 되는 형편이었던 것이다. 이를 다시 취소하는 것도 조방들에게 면목이 서지 않는 일인데다 배상액의 차액까지 덮어씌운다면 조방들이 순순히 응할 리가 만무했다. 원만한 해결이 불가능한 상황이었다.

부수의 이익은 이미 지분대로 챙겼는데 이윤을 나눌 수 있을 만한 관계 요원을 어디 가서 다시 찾는단 말인가? 설사 찾아낸다 해도 5만에서 6만 냥이 고작일 터라 어차피 액수가 크게 모자랄 수밖에 없는 형편이었다. 상황이 바뀐 데 대한 모든 책임은 어차피 자신에게 돌아올 수밖에 없었다.

춘수는 온갖 회한이 교차하는 가운데 마지막으로 목숨을 건 싸움을 벌이기로 작정하고 측근들을 불러모았다. 모두들 '일을 해결하기 위해서는 사람을 먼저 해결해야 한다'는 일치된 견해를 보였다. 무대를 찾아가 현금으로 배상하도록 한 지시를 철회하고 20여 만 석의 조미를 내년도 조미와 함께 수태하게 해달라고 사정해 보는 수밖에 없다는 것이었다. 그렇게 된다 하더라도 조미를 창고에 들이려면 배에 있는 화물을 하역했다가 내년에 다시 배에 실어야 하고, 왕복 운송비에다가 식비와 두 차례에 걸친 운송의 각종 경비를 합치면 줄잡아 2만 냥의 은자가 따로 들어야 했다. 게다가 이에 따른 처분도 감수해야 하는 형편이었다. 어찌됐건 22만 냥의 은자를 배상하는 것보다는 한결 가벼운 일이었다.

두 가지 고통 가운데 비교적 가벼운 것을 택하기로 작심한 춘수는 마음을 단단히 먹고 무원을 향해 발길을 옮겼다. 대문 안에 친필로 쓴 편지를 들여보내자 곧 문지기로부터 회답이 왔다.

"어르신께서는 몸이 불편하시니 대인께서는 그만 돌아가시라는 분부십니다. 몸이 좀 좋아지면 다시 대인을 뵙고 말씀을 나누시겠다고 하시는군요."

춘수는 끓어오르는 울분을 억지로 삭이며 문지기에게 분부했다.

"들어가서 이부자리를 가져오너라. 무대를 만나지 못하면 난 돌아가지 않을 테다. 관청의 침상을 빌리는 수밖에 없구나!"

문지기는 이 말을 듣고 말도 안 되는 소리라 생각했는지 어색한 웃음을 띠며 춘수를 달랬다.

"대인, 이러시면 안 됩니다. 참으시지요. 보아하니 아주 급한 용무이신 것 같은데 소인이 다시 들어가 말씀드려 보겠습니다."

춘수는 객청에 앉아 한없이 기다리기 시작했다. 반 시간쯤 지났을까, 황종한이 고개를 치켜들고 얼굴 가득 완고한 표정을 지으며 나타났다. 황종한은 춘수가 뭐라고 입을 열기도 전에 큰소리로 다그쳤다.

"나를 만나지 않으면 안 되는 일이란 게 도대체 뭐요?"

춘수는 낮은 목소리로 처량하게 대답했다.

"몸이 불편하신 걸 모르고 소란을 피워 대단히 죄송합니다만, 몹시 어려운 사정을 말씀드리고자 찾아왔습니다."

"호주 팔방의 조미에 관한 일이라면 얘기를 꺼낼 필요도 없소. 이미 상부에 보고가 끝났으니까 말이오."

"뭐라고요?"

정말 청천벽력 같은 말이었다. 일순간에 하늘이 빙빙 돌면서 오한이 밀려왔다. 잠시 후 간신히 정신을 차려 보니 어디로 갔는지 황종한의 모습은 보이지 않았다. 무원의 무관이 낮은 목소리로 춘수에게 속삭였다.

"대인, 그만 돌아가십시오. 가마를 대령한 지 반나절이 지났습니다."

춘수는 눈을 감았다. 감긴 두 눈에서 눈물이 흘러내렸다. 마제수* 자락으로 눈물을 훔치며 몸을 부들부들 떨었다. 잠시 후 하인의 부축을 받으며 춘수는 한 걸음 한 걸음 후들거리는 걸음을 옮겨 간신히 무원을 빠져나왔다.

그날 밤, 춘수는 번대아문의 후원에 있는 첨압방에서 목을 매어 자살하고 말았다. 다음날 아침, 춘수의 시신이 발견되자 아문 전체에 곡소리가 요란했다.

비보는 황 무대의 귀에까지 전해졌다. 소식을 들은 황종한은 양심의 가책을 느끼기보다 자신에게 닥칠 화를 먼저 걱정했다. 이품 대원을 궁지로 몰아 죽게 했으니 죄명이 가벼울 수 없었다. 그때 불현듯 옛날에 있었던 한 공안 사건에 생각이 미쳤다. 춘수의 죽음과 비슷한 사건이었는데 조금만 손을 쓰면 화를 면할 수 있겠다는 생각이 들었다.

황종한이 떠올린 것은 12년 전에 섬서성陝西省 포성蒲城에서 일어났던 왕정王鼎 사건이었다. 당시 왕정은 간신 목창아穆彰阿와 함께 대학사의 신분으로 군기처에 배속되어 있었다. 포성 상국相國은 성정이 불같이 화끈하고 악을 원수로 여기는 데 반해 목창아는 음흉한 성격으로 어전 회의가 열릴 때마다 온갖 간교한 말과 표정을 동원하여 황상의 신임을 사는 데 주력했다. 그 결과 선종宣宗의 귀가 흐려지고 왕정은 눈 밖에 날 수밖에 없었다.

도광 22년에 임칙서*의 재임용을 결정하는 과정에서 왕정이 울분을 이기지 못해 자살을 하면서 유서를 남겨 목창아를 통렬히 비난한 일이 있었

<hr>

* 마제수馬蹄袖_말발굽 모양의 옷자락. 청대 남자의 예복을 의미함.
** 임칙서林則徐_청 말의 정치가. 절강 염운사, 강소 안찰사, 하남 포정사 등의 벼슬을 거쳐 흠차대신이 되어 아편 무역을 척결한 인물로서 나중에 태평천국군을 진압하기 위해 광서로 가는 도중 병사했다.

다. 이때 목창아의 충복으로 진부은陳孚恩이라는 자가 군기장경軍機章京으로 있었는데, 왕정이 입조하지 않는 것을 보고는 마음속으로 짐작되는 바가 있어 몰래 황궁을 빠져나왔다.

진부은이 향한 곳은 왕정의 집이었다. 왕정의 집에서는 예상대로 곡성이 천지를 진동하고 있었다. 진부은은 한림원 편수로 있으면서 뜻하지 않은 변고를 당해 몹시 괴로워하고 있는 왕항王抗에게 부친의 시신을 풀어 놓는 것이 좋을 거라고 권고했다. 왕항이 그 말을 옳게 여겨 부친의 시신을 끌어내리는 사이, 진부은은 왕정이 남긴 유서를 슬쩍 손에 넣었다.

내용을 읽어 보니 역시 자신이 짐작한 그대로였다. 진부은은 왕항을 불러 놓고 유서를 개인적으로 황상께 보고하되 목창아를 치죄할 필요는 없다고 설명했다. 또한 평소 왕정에 대한 황상의 인상이 좋지 않았음을 전해 주면서 신하가 자살한 것은 나라에 해를 끼치는 일이라고 거듭 왕항을 설득했다. 공연히 유서를 공개했다가 황상의 진노를 사는 날에는 부친의 명예가 실추되는 것은 물론, 가족들에게도 예측할 수 없는 화가 미칠 수도 있다고 겁을 주었던 것이다.

위협이 적중하여 왕항은 진부은의 꼬임에 넘어가고 말았다. 목창아는 유서를 고쳐 왕정이 몸에 고질병이 있어 이를 고민하다가 자살한 것으로 꾸며 버렸다. 선종도 약간의 의구심을 갖기는 했지만 목창아가 치밀하게 대비함으로써 이 사건은 아무 일 없이 넘어가게 됐던 것이다.

진부은은 목창아를 도와준 대가로 적지 않은 재물을 챙겼고 얼마 후 산동성 순무로 발령받았다. 부친의 뜻을 이루지 못한 왕항은 자신의 친구에게 관직을 넘겨주고 고향으로 내려가 울분에 찬 세월을 보내다가 죽었다.

목창아는 도광 15년, 을미과 회시會試의 최고 감독관인 대주고大主考를 맡아 시험을 총괄하기도 했다. 스승이 감독관이 되었으니 그 제자들이 후

광을 입게 된 것은 당연했다. 목창아의 문하생이었던 황종한은 이때 적지 않은 은덕을 입었다.

그 당시에는 '십객十客'과 '십자十子'라 불리던 선비 집단이 서로 쌍벽을 이루며 학문을 뽐내고 있었다. 십객은 진회秦檜와 자주 어울리며 학문을 논하던 열 명의 선비를 뜻했고 십자는 목창아의 문하에 있던 열 명의 제자들을 가리켰다. 황종한과 진부은은 십자 중에서도 '목문십자穆門十子'로 꼽히던 수제자들이었다.

춘수의 변고로 궁지에 몰리게 된 황종한은 끓는 가마솥에서 나무를 건져 내겠다는 각오로 측근을 보내 우선 춘수의 유서를 손에 넣었다. 그리고 친히 절강에 주둔하고 있는 장군과 절강 학정學政을 찾아가 배알했다. 이 두 사람이 상소를 장악하고 있어 이들을 잘 무마해야만 사건의 진상이 윗사람의 귀에 들어가는 일을 사전에 막을 수 있기 때문이었다.

물론 그는 다른 한편으로 팔기의 기적旗籍을 갖고 있는 관원들과도 간접적으로 접촉하여 춘수의 가족들을 무마해 놓은 다음에 번대의 유고를 조정에 보고했다. 목을 매어 자살했다는 사실에는 별도의 설명이 필요했기 때문에 황종한은 간단한 소견서를 첨부했다.

절강의 조운을 전조錢漕로 대신함에 있어 오랜 가뭄으로 징세가 순조롭지 못했던 바, 당 번대는 공사를 그르칠 것을 두려워하여 주야로 근심하다가 급기야 목숨을 가볍게 여기게 된 것으로 사료됩니다.

호주 팔방이 조미를 운송할 수 있는데도 이를 현금 배상으로 변경한 일에 대해서는 일언반구 언급이 없었다.

이와 동시에 황종한은 춘수의 유서를 고쳐서 제출하였다. 이때 함풍제咸豊帝는 등극한 지 얼마 되지 않은 시기라 일의 처리에 있어서 매우 정명한 태도를 유지했다. 황제는 유서의 내용 중에 '정절이 궁지에 몰려 살 수가 없다[因情節所逼, 勢不能生]'는 구절에 큰 의혹을 갖고 연신 고개를 좌우로 흔들었다. 공사의 처리가 어렵다는 것만으로는 스스로 목숨을 끊을 만한 충분한 이유가 못 된다는 결론을 내렸던 것이다.

숨겨진 사연이 있을 것으로 간주한 황제는 이튿날 황종한에게 재조사를 지시하는 공문을 내려보냈다.

번때의 사인을 다시 한번 자세히 조사해 보고 사실대로 보고하시오 추호도 감추는 일이 있어선 안 된다는 사실을 명심하시오

비슷한 시기에 절강 학정 만청려萬靑藜도 자신이 조사한 바에 따라 황종한이 올린 것과 같은 내용의 진보奏報를 올렸다. 황제는 그에게도 유사한 지시를 내렸다.

그 일은 이미 보고를 받았소 그리고 황동한에게 좀 더 자세히 조사하라고 일렀소 그대도 가까운 곳에 있으니 혹시 다른 소문이 들리거든 사실대로 보고하도록 하시오

일이 몹시 복잡하게 전개되는 것 같았다. 그러나 가장 중요한 사태의 진실을 알고 있는 사람은 황종한 자신뿐이었다. 춘수의 자살이 정말로 자신의 지나친 조치 때문이었다면 비록 양심에 걸리긴 하겠지만 자신에게는 도의적인 책임밖에 없는 것이었다. 공무상의 지시는 조금도 두려워할 일이 못됐다.

하지만 춘수를 죽음으로 몰아넣은 사람은 당연히 황종한이었다. 춘수의 죽음에 직접적인 원인이 된 '조운의 현금 배상'은 황종한이 춘수를 골

탕 먹이기 위해 의도적으로 지어낸 말이었다. 황종한은 이러한 방침을 시행할 생각이 추호도 없었으며 춘수가 이를 이행하지 못할 경우에 대비하여 이미 다른 방침까지 마련해 놓고 있었던 것이다.

군기처와 호부는 예전부터 관계가 매우 우호적이었다. 황종한은 내년도 조운에 다시 해운을 사용한다는 사실과 금년도 호주 팔방의 조미가 제때에 북상하지 못한다는 사실을 누구보다도 잘 알고 있었다. 이런 일은 여러 차례 개인적인 사신을 통해 이미 상의가 이루어진 상태였다.

춘수는 자세한 내막을 알지 못했고 황종한은 황종한대로 그런 사실을 입 밖에 내지 않았다. 해운을 다시 사용하게 된다는 사실을 알면서 조선을 제때에 회항할 수 없다는 이유로 철수시킨다는 것은 이치에 맞지 않는 일이었다. 더구나 조미를 현금으로 배상하게 한 일은 진보적인 개혁안과 전혀 부합하지 않는 조치였다.

황종한이 춘수에게 현금으로 배상하기로 한 결정을 조정에 이미 보고했다고 말했을 때, 춘수는 사태가 어쩔 수 없는 상황까지 왔으며 더 이상 이를 만회할 방법이 없다고 판단했던 것이다. 이미 보고를 올렸다는 말은 황종한이 꾸민 거짓말이었다. 따라서 가해자인 황종한은 춘수의 죽음에 대해 전적으로 책임을 져야 하는 입장이었다. 때문에 황종한은 갖은 수단을 다 동원하여 이런 사실을 은폐하기에 바빴고, 진상이 밝혀지지 않도록 하기 위해 만청려 등에게 도움을 청했던 것이다.

마음이 놓이지 않은 황종한은 거기서 그치지 않고 거액의 뇌물을 준비하여 측근을 통해 북경으로 올려 보냈다. 군기대신 팽온장 같은 사람들에게는 뇌물을 줄 필요 없이 동년의 신분으로 잘 봐달라고 부탁만 해도 되는 처지였다. 하지만 이런 사건을 그렇게 간단하게만 생각할 수는 없는 일이었다. 죽은 춘수는 상삼기의 기인*이었다. 만약 춘수의 친척 중에 고관이라도 한 사람 있어 그의 죽음에 대해 의심을 갖기라도 하는 날이면 문제는 걷잡을 수 없이 확대될 것이다.

지금까지의 관례에 따르면 이런 일이 발생할 경우 조정에서 밀사를 파견하여 실상을 조사하는 것이 원칙이었다. 조사는 통상 은밀히 진행되었으며 일이품 대원이 출경出京하게 되는 관계로 이를 호위하고 임무를 외곽에서 지원해 줄 방법 또한 치밀하게 마련되었다.

가장 빈번히 쓰인 것은 성동격서聲東擊西의 방법이었다. 이를테면 상유를 발표하여 아무개를 강소 지방으로 파견, 사찰하게 한다고 널리 공표하는 것이다. 이렇게 되면 사람들의 이목이 자연스럽게 그쪽으로 쏠리게 된다. 이렇게 파견된 사찰관의 신분은 대개 흠차**이기 때문에 통과하는 지역마다 융숭한 대접과 예우를 베풀게 된다. 이런 식으로 천천히 남하해 가다가 제남濟南쯤에 당도하면 갑자기 행로를 중단하고 관방官防으로 산동 순무를 불러 명단을 제시하고 아무도 모르게 신속히 밀사를 전개하도록 지시하는 것이다.

나머지 방법은 명실상부한 밀사로서 사건을 조사하게 하는 일이었다. 모某 대원이 외지로 부임하는 기회를 이용하여 사찰 요원을 모 지역으로 보내 사건을 내사하게 하는 것이다. 이럴 경우 대개는 밀유密諭를 공개하지 않고 있다가 목적지에 도착하면 총독이나 순무를 찾아가 밀유를 내밀면서 일시에 대옥大獄을 일으키게 된다.

춘수의 사건을 조사하기 위한 밀사도 바로 이런 방법으로 파견되었다. 밀사가 파견될 때 황종한이 춘수의 죽음에 관계되었다는 사실은 전혀 알려지지 않았다. 뇌물을 받은 군기처에서 철저히 손을 썼기 때문이었다.

흠차대신 하계청은 황종한과 동년으로서 을미과에 함께 합격한 인물이었다. 동년들 가운데 나이가 가장 어렸던 하계청은 용모가 준수하고 의

---

* 기인旗人__청나라 때 만주 귀족들을 일컬음.
** 흠차欽差__황제가 특명을 내려 직접 파견한 사신.

기가 강직하여 사람들과의 관계가 매우 좋았다. 그 해 가을 호부시랑이 강소 학정으로 전출되었는데 때마침 춘수 사건이 불거졌던 것이다. 이에 따라 팽온장을 비롯해 북경에 있는 몇몇 동년들은 강소 학정이 부임하는 길에 하계청을 밀사로 내려 보내도록 하는 상소를 올리게 되었던 것이다.

황제는 춘수의 죽음에 대해서만 의심을 가졌지 자신이 신임하고 있는 황종한이 관계되었으리라고는 꿈에도 생각지 못했다. 따라서 황종한이 하계청과 동년이라는 사실에 대해서도 전혀 문제 삼지 않고 군기처의 건의를 비준했다. 황제의 명을 받은 하계청은 흠차의 대명大命을 지닌 채 세모歲暮를 전후하여 북경을 떠나 은밀히 남행을 시작했다.

이러한 소식은 아주 빨리, 그리고 비밀리에 항주까지 전해졌다. 동기생인 하계청이 흠차대신으로 임명되었다는 소식을 듣자 황종한은 내심 기뻐했다. 안심할 수 없는 상황이긴 했지만 하계청이 내려오는 이상 일은 십중팔구 해결된 것이나 다름없었다.

어린 시절의 친구는
피를 나눈 형제와 같다

같은 날, 왕유령은 북통주北通州에 도착했다. 항주를 출발하여 오봉선烏蓬船을 타고 소주로 갔다가 다시 조선으로 갈아타고 북상하여 풍북豐北 하구에 도착한 것이다.

배에서 내려 수레로 갈아타려면 적지 않은 비용이 들었지만 왕유령은 줄곧 값이 싼 배와 마차를 이용했기 때문에 여비를 크게 절약할 수 있었다. 시간을 많이 허비했지만 거의 반년에 걸친 긴 여행 끝에 마침내 북통주에 도착한 것이었다.

북통주는 수륙 운송의 중심지라 창장시랑도 이곳에 주둔하고 있었으며 조선과 창고에 의지하여 생계를 유지하는 사람들이 부지기수였다. 때는 마침 조미의 입창入倉이 한창인 성수기였다. 조방과 일반 소비자들인 화호花戶 사이에 공무와 거래가 연일 활발하여 도시는 시끌시끌했다. 조정들이 가져온 개인 화물도 뭍으로 운반되어 판매되었기 때문에 찻집과 주막들이 문전성시를 이루었고 객점이나 목욕탕도 가는 곳마다 초만원이었다.

잠잘 곳을 찾아 기웃거리던 왕유령은 서관西關에 있는 흥발점興發店이란 객점에 이르러 걸음을 멈추었다. 안을 들여다보니 입구에 인마가 많지 않은지라 왕유령은 내심 쾌재를 불렀다. 긴 여행 기간 동안 왕유령은 이런 일에 상당한 요령을 터득했지만 객점 주인들 또한 뜨내기들을 상대하는 일에 이골이 난 사람들이었다. 성수기에는 싼 가격으로 방 잡기가 하늘의 별따기였는데 그때마다 왕유령은 관원 흉내를 내며 방을 얻곤 했다.

왕유령은 품속에서 흑수정으로 만든 검은 안경을 꺼내 쓰고 고개를 빳빳이 치켜든 채 객점 문 안으로 들어섰다. 시동 하나가 쪼르르 달려나와 그를 맞이했다. 왕유령은 시동이 입을 열기도 전에 근엄한 표정으로 분부했다.

"깨끗한 방 하나 주게!"

시동이 입가에 미소를 띠며 물었다.

"대인의 존함이 어떻게 되시는지요?"

"왕가일세."

"아, 그러세요? 남방에서 오셨겠군요?"

"응, 그래. 이부吏部에 공무가 있어서 왔지."

시동은 이런 후보 관원들을 익히 보아 왔기 때문에 첫눈에 모든 걸 알 수 있었다. 그리고 이를 실증하기라도 하듯이 순식간에 손님에 대한 호칭을 바꾸는 것이었다.

"왕 노야老爺."

시동이 입을 삐죽거리며 말했다.

"방이 아직 두 칸 남아 있긴 하지만 왕 노야께 내어 드리기가 좀 곤란합니다."

"이유가 뭔가?"

"지주아문知州衙門에서 사람을 보내 예약을 해놓았습니다. 반나절쯤 지나서 흠차대신 한 분이 도착하실 예정인데 대동하고 있는 인원이 무척 많다고 합니다. 때문에 서관 일대의 객점들이 지금 죄다 만원 사태지요. 정말 죄송합니다만 왕 노야께서는 다른 집을 찾아가 보시는 게 좋을 듯합니다."

시동은 거듭 고개를 조아리면서 양해를 구했다.

"허허……."

"왕 노야께서 사정을 좀 이해해 주십시오."

시동이 이렇듯 공손하게 사정을 설명하자 왕유령은 뭐라고 더 이상 할 말이 없었다. 그래도 사정이 사정인지라 다소 부드러워진 태도로 애걸해 보는 수밖에 없었다.

"이미 여러 집 다녀왔네만 자네가 방법을 강구해 주는 수밖에 없을 것 같네. 하루만 묵고 내일 아침 일찍 떠날 테니까 말일세."

하룻밤만 묵는다는 말에 일이 쉽게 풀릴 조짐이 보였다. 시동은 주인장에게 상의해 보겠다고 대답하고 안으로 들어갔다.

객점 주인들이 가장 골머리를 앓는 손님은 조선을 따라다니는 천총이나 파총 따위 직책의 무관들이었다. 그들은 관직이 높지 않으면서 고관대작이나 된 듯이 허세를 부렸다. 아무 데서나 입에 담지 못할 욕설을 내뱉는 것이 예사였고 곧잘 시동을 괴롭히며 소란을 피웠다. 총독이나 순무의 무관에 불과한 그들이 감히 이렇게 행패를 부리고 다닐 수 있는 것은 그들 배후에 이른바 '방'이라고 하는 든든한 세력이 있었기 때문이었다.

조방들이 비밀리에 유지하고 있는 조직은 아무도 그 자세한 상황을 알 수 없을 정도로 흑막에 가려져 있었다. 밖으로 알려진 것이라고는 그들의 단결력이 매우 강하다는 사실 하나뿐이었다. 일단 '때려 부숴라' 하는 고함이 터지기만 하면 어디선가 패거리들이 나타나 객점을 쑥밭으로 만들어 놓은 후에야 얘기를 시작하는 것이 그들의 관행이었다. 그들이 일단 행패를 부리기 시작하면 관가에 알리든 알리지 않든 간에 돈을 들여야 문제가 해결되었고 객점으로서는 무슨 수로도 이들을 막아 낼 도리가 없었다. 그나마 조금이라도 소란을 줄이기 위해서는 재빨리 관아에 알리는 것이 유일한 방법이었다.

왕유령은 그런 치들과 비교할 수 없는 손님이었다. 관직을 거들먹거리긴 했지만 선비 티가 꽤 나는 것이 애당초 도리가 없는 사람 같지는 않았다. 게다가 여행에도 익숙지 않은 것 같고 행색도 그리 대단해 보이지 않았기 때문에 시동은 확실한 대답을 잠시 보류하고 안으로 다시 들어갔던 것이다.

"왕 노야!"

시동이 달려나왔다.

"먼저 말씀드릴 게 있는데, 흠차대신께서는 이미 북경을 떠나셨답니다. 이곳에 오늘밤에 도착하실지 아니면 내일 아침 일찍 도착하실지 아무도 모르는 상황이지요. 혹시라도 오늘밤에 당도하시게 된다면 왕 노야께서 방을 양보하셔야 하는 판국입니다. 다시 말씀드리자면 왕 노야께서 주무실 방이 없게 되는 거지요. 만약 그렇게 된다면 방을 양보하셔서 잠시 저희들과 함께 부엌 구들 위에서 주무셔야 됩니다. 그래도 괜찮으시다면……."

"그럼, 괜찮고말고!"

피로에 지쳐 있던 왕유령으로서는 이것저것 따질 상황이 아니었다.

"머리 눕힐 곳만 있으면 되지 뭘 그러나."

시동은 서쪽 행랑채에 있는 독방 하나를 왕유령에게 내주었다. 방으로 들어가 여장을 풀자 유사劉四라 불리는 시동이 찻주전자를 대령하고 들어와 짐 푸는 것을 도와주었다. 유사는 왕유령이 이곳까지 오게 된 목적과 자초지종에 대해 물으며 몇 마디 얘기를 나누다가 돌아갔다. 세수를 끝낸 왕유령이 차를 마시고 있을 때 시동은 다시 기름등잔을 가지고 나타나 저녁 식사를 어떻게 하겠냐고 물었다.

통주에 도착했다는 것은 북경에 다 온 것이나 다름없었다. 마음에 여유가 생긴 왕유령은 두 가지 요리에 배갈 한 주전자를 시켜 천천히 마시면서 모처럼 얼큰하게 취했다. 여기까지 오게 된 것도 다 호설암 때문이었다는 데 생각이 미치자 불현듯 그가 보고 싶어졌다. 한창 생각에 잠겨 있을 때 주렴이 걷히면서 누군가가 안으로 들어왔다.

"노야, 사람을 청해 곡을 들어 보시는 게 어떠신지요?"

나긋나긋한 목소리였다. 왕유령이 고개를 들어 보니 서른 안팎의 젊은 여인네 하나가 서 있었다. 여인은 얼굴에 분을 진하게 바르고 머리는 회오리 꼬리처럼 높이 세워 금방울이 달린 은비녀를 꽂았다. 우아하게 차려입은 녹색 저고리와 검정색 치마에, 발에는 예쁘게 수놓인 빨간 꽃신을 신고 있었다. 그녀의 얼굴을 다시 한번 자세히 뜯어보니 피부는 좀 검은 편이었지만 눈동자는 뭔가를 열망하는 듯 교태가 흐르고 있었다. 술에 약간 취해 있던 왕유령이 그것도 등불 아래서 바라보았으니 절세의 미인으로 보이는 것이 당연했다.

북방의 퇴폐상에 대해 여러 차례 얘기를 들은 바 있던 왕유령이 손짓을 하며 말했다.

"이리 와 보시오."

여인은 살포시 미소를 지으면서 뒤쪽에 기다리고 있던 여인에게 손짓을 했다. 그러자 또 다른 여인이 들어와 큰절을 하면서 왕유령에게 묻는 것이었다.

"노야께서는 존함이 어떻게 되시는지요?"

"나는 왕가요. 그대는?"

"소녀는 금취金翠라고 합니다."

"금취라……. 음, 좋은 이름이군!"

왕유령은 여자를 머리에서 발끝까지 찬찬히 뜯어보고 나서 말없이 고개를 끄덕여 만족의 뜻을 표했다.

"왕 노야 한 분뿐이십니까?"

“그렇소. 나 혼자요.”

대답과 함께 왕유령이 말했다.

“우선 나가 있도록 하시오. 잠시 후에 유사를 시켜 다시 부르도록 하리다.”

금취가 애교 섞인 목소리로 말했다.

“고맙습니다, 왕 노야. 절대 잊으시면 안 됩니다. 유사를 시켜서 꼭 불러 주셔야 합니다.”

“알았소. 내 꼭 부르리다.”

금취는 눈웃음을 흘리며 주렴을 들추고 물러갔다. 왕유령은 계속 잔을 비우기 시작했다. 술이 다 떨어져 갈 때쯤에는 마음이 훨씬 더 느긋해졌다. 이렇게 술을 마시며 유사를 기다리고 있는 사이에 시간이 얼마나 지났는지 또다시 유창遊娼들이 찾아왔다. 이미 마음을 준 곳이 있는 상태였고 노류장화路柳墻花들에게 미안한 생각도 들어 왕유령은 큰소리로 유사를 찾았다.

“유사, 유사!”

유사는 앞마당에 있다가 자기를 부르는 소리에 쏜살같이 달려왔다. 그는 왕유령이 저녁 식사를 재촉하는 줄 알고, 들어오자마자 미안하다는 말과 함께 오늘 저녁에는 유난히 손님이 많아 주방에 일손이 딸린다고 둘러 댔다.

“천천히 드시면서 잠시만 더 기다려 주십시오. 정 뭣하시면 배갈을 한 병 더 갖다 드리겠습니다.”

“…….”

유사는 슬며시 웃었다.

“제가 잠시 후에 괜찮은 악사樂士를 하나 불러 드리지요.”

“악사라니?”

왕유령은 알면서도 짐짓 시치미를 떼면서 되물었다.

"아직은 너무 이르니까 조급해하지 마세요. 이경二更이 지나면 인적도 끊어지고 이 방은 고스란히 왕 노야께서 차지하시게 될 겁니다. 그때 소인이 사람을 불러다가 마음껏 즐기실 수 있도록 해드리겠습니다."

유사는 이렇게 말하면서 설명을 덧붙였다.

"제가 불러 드리려는 여자는 이 바닥에서 인기가 최고지요. 이름은 금취라 합니다."

왕유령은 빙긋이 웃으며 분부했다.

"술이나 좀 더 가져오너라."

이경이 될 때까지 술을 마시다 보니 술병은 어느새 두 개나 비어 있었다. 유사는 남은 안주를 치우고 차를 한 주전자 가지고 들어왔다. 곧이어 주렴을 들추는 소리와 함께 금취가 따라 들어왔다.

"왕 노야께서 얼마나 오래 기다리셨다고요!"

유사는 그녀를 향해 나무라듯 한마디 던지고는 이내 방문을 닫고 물러갔다.

금취는 차를 한잔 따른 다음 소매 안에서 분홍색 비단 손수건을 꺼내 찻잔 주위에 묻은 물기를 닦아 내고 두 손으로 받쳐 왕유령에게 건넸다. 북방의 여자이긴 하지만 자태가 몹시 부드럽고 고혹적이라 왕유령은 갈수록 그녀에게 매료되었다. 슬며시 그녀의 손을 잡으며 왕유령이 물었다.

"올해 나이가 어떻게 되는가?"

금취는 부끄러운 듯 미소를 머금은 얼굴로 되물었다.

"그건 왜 물으시는지요?"

"어째서 대답을 꺼리는 겐가?"

"꺼리는 것이 아니옵니다. 사실대로 말씀드리자니 나리께서 안 좋아하실 것 같고, 거짓으로 말씀드리자니 나리를 속이는 것이 마음에 걸려서 그러는 것이지요."

"허허, 내가 안 좋아할 게 뭐가 있겠나?"

왕유령은 매우 진지한 태도로 다그쳐 말했다. 금취는 매혹적인 두 눈으로 왕유령의 얼굴을 뚫어지게 쳐다보고 나서 고개를 숙였다. 왕유령은 손을 내밀어 가만히 그녀의 어깨를 보듬었다. 그녀의 긴 속눈썹이 가늘게 떨렸다. 간장을 녹이는 듯한 그녀의 자태에 취해 왕유령은 그간의 모든 시름과 근심을 잊고 금취를 품에 안았다.

왕유령은 오랜만에 단잠을 잤다. 여독이 채 가시지 않은 데다 하룻밤에 만리장성을 쌓은 탓이었다. 왕유령은 중간에 딱 한 번 깨어 베개 밑에 넣어 둔 은표를 확인하고 다시 꿈속으로 빠져들었다. 깊고도 편안한 잠이었다.

왕유령은 정오가 다 되어서야 잠에서 깼다. 잠을 깨운 것은 유사의 목소리였다. 밖을 내다보니 유사가 낮은 목소리로 어떤 손님에게 사과를 하느라고 쩔쩔매고 있었다. 어제 말한 방 주인이 이제야 나타난 모양이었다.

"왕 노야께서는 방을 구하지 못하고 여러 곳을 헤매 다니시다 저희 집에 들었습니다. 오랜 여독으로 병색이 있는 것 같아 그대로 밖에서 밤을 보내시게 할 수 없었지요. 나리, 화내지 마시고 잠시만 앉아 계시지요. 차 한 잔 드시는 동안 소인이 곧 방을 구해 드리겠습니다요."

유사의 입장이 난처하게 된 것을 안 왕유령은 재빨리 자리에서 일어나 옷을 주워 입었다. 그러고는 방문을 열어젖히며 소리쳤다.

"유사, 손님과 실랑이할 것 없네. 내가 방을 비우면 될 게 아닌가!"

왕유령은 유사와 실랑이를 하고 있는 중년 사내에게 다가갔다. 사내는 회색 천으로 겉을 댄 양피 두루마기에, 머리에는 작은 모자를 쓰고 발에는 호랑이를 잡을 때 신는다는 가죽 신을 신고 있었다. 왕유령은 한눈에 그가 자기보다 높은 신분이라는 것을 알아챘다.

"왕 노야, 죄송합니다. 정말 죄송합니다."

유사는 손님을 가리키며 왕유령에게 사과했다.

"이분은 흠차대신을 수행하시는 양 노야이십니다. 왕 노야께서 묵으신 방은 원래 이분 몫으로 예약되어 있었습니다. 소인이 따로 방을 구해 드릴 테니 왕 노야께서 양보하시고 우선 짐을 좀 꾸려 주시지요."

왕유령은 양 노야를 향해 고개를 끄덕이며 얼른 말했다.

"아하, 원래 이 방 주인이셨군요. 제가 실례를 범했습니다. 어서 안으로 드시지요."

"아닙니다. 괜찮습니다."

양 노야는 깍듯이 예의를 보이면서 대꾸했다.

"왕 노야, 그렇게 서두르실 필요 없습니다. 천천히 하십시오."

그의 어투는 완전한 운남雲南 사투리였다. 후음이 특히 무거운 운남 방언은 듣는 이에게 순박하고 유순한 느낌을 주는 것이 특징이었다. 왕유령도 어렸을 때 운남에서 자랐기 때문에 양 노야의 말에 친근함을 느끼면서 미소 띤 얼굴로 물었다.

"고향이 어디십니까? 곤명昆明쯤 되십니까?"

그의 어투도 어느새 운남 사투리로 바뀌어 있었다. 어휘는 다소 정확하지 않았지만 억양은 완전한 운남 방언에 가까웠다. 양 노야는 동향 사람을 만난 기쁨에 반색을 하며 되물었다.

"그럼 왕 노야께서도 운남 사람이십니까?"

"운남에서 태어났지요. 그래서 고향 사람들을 알아볼 수 있는 겁니다."

"이거 참 반갑습니다."

양 노야는 목소리를 높여 말했다.

"왕 노야, 번거롭게 방을 옮기실 것 없이 그냥 그곳에 묵도록 하십시오."

"그럴 수야 있나요! 자, 어서 안으로 드십시오."

"아닙니다."

양 노야는 진지한 표정으로 말을 이었다.

"사실을 말씀드리자면 전 아직 처리할 일이 남아 있습니다. 일 보러 가는 길에 제가 묵을 만한 방을 찾아보지요. 일이 마무리되는 대로 다시 올 테니 우리 모처럼 고향 얘기나 나눠 보도록 하십시다."

"네, 좋습니다. 그럼 기다리고 있겠습니다."

두 사람은 연신 공수*를 하며 인사를 나누었다.

"곧 오겠습니다. 아마 한 시간도 안 걸릴 겁니다."

방으로 돌아온 왕유령은 정신을 가다듬고 생각에 잠겼다. 이번 만남이 자신에게 커다란 행운을 가져다 줄 것 같은 느낌이 들었기 때문이었다. 양 노야는 인품이 온유할뿐만 아니라 관장의 소식에도 정통한 것 같았다. 문득 왕유령의 뇌리에 한 가지 계산이 번개처럼 떠올랐다. 양 노야는 흠차의 수행원인 만큼 북경의 사정을 손바닥 훑듯 잘 알 터였다. 연관을 위해서는 이부에 들어가 복잡한 일을 타진해야 했는데, 자세한 방법을 몰라 막막하던 차였다. 양 노야라면 그러한 일쯤은 식은 죽 먹기로 꿰고 있을 터였다.

생각이 여기까지 미치자 왕유령의 가슴은 기대감으로 한껏 부풀어 올랐다. 세면을 하고 단정한 모습으로 양 노야를 기다리는 것이 예의라는 생각이 들어 왕유령은 문을 열었다. 마침 다른 시동 하나를 앞세운 유사가 세수할 더운물과 차를 가져왔다. 유사는 왕유령을 보자 히히덕거리며 입을 열었다.

"왕 노야, 운이 정말 좋으십니다. 이번에 북경에 올라오신 일은 만사형

---

* 공수拱手_두 손을 맞잡아 상대방을 향해 위아래로 흔드는 인사 예법.

통할 것 같습니다."

"그래, 그래. 말만이라도 고맙구나!"

왕유령은 몹시 즐거운 표정이었다.

"유사, 잠시 후에 양 노야께서 나를 만나러 다시 찾아오실 텐데, 식사를 좀 대접하고 싶네. 자네가 내 대신 너무 성대하지도 않고 너무 초라하지도 않게 음식준비를 좀 해주게."

"알겠습니다. 그런 건 염려 마시고 제게 다 맡겨 주십시오. 아주 싸고 맛있는 음식으로 준비해 드릴 테니까요."

한 시간이 채 지나지 않아 약속대로 양 노야가 다시 나타났다. 손에는 조그만 물건을 하나 들고 있었다. 왕유령은 창문을 통해 멀리서 걸어오는 양 노야의 모습을 보고 재빨리 짐 꾸러미를 뒤져 토산품을 하나 꺼내 탁자 위에 올려놓았다. 그러고 나서 주렴을 걷고 천천히 밖으로 걸어 나갔다.

"용무는 잘 보셨습니까?"

"아, 예! 다른 사람들에게 맡겼지요."

양 노야가 대답했다.

방 안에 들어와 좌정한 후, 두 사람은 다시 한번 통성명을 했다. 양 노야의 이름은 양승복楊承福이었다. 왕유령이 양 대형이라 올려 부르자 그는 몹시 기뻐하는 표정으로 가지고 온 물건을 풀어놓았다.

왕유령은 질세라 자기가 준비해 놓은 선물을 먼저 꺼내 놓았다. 왕유령이 준비한 선물은 물매질한 대나무로 만든 부채가 두 개 들어 있는 상자였다. 이 부채는 항주에서 명성을 떨치고 있는 서연기舒蓮記에서 만든 것이었다. 부채 말고도 복대창宓大昌의 실담배가 한 곽 있었다. 이 실담배는 북쪽 지방에서부터 환관 집안의 규내에까지 알려져 있는 명품이었다.

"양 대형, 변변치 않지만 상견 예물로 받아 주십시오. 한데 겨울에 부채를 선물하는 게 왠지 시의에 맞지 않는 것 같군요."

왕유령이 웃으면서 말했다.

"아우님."

양승복은 그의 손을 잡으며 물건을 내려놓지 못하게 말렸다.

"내 말 좀 들어 보세요. 형 아우 간에 진심으로 하는 얘긴데 내 입장을 좀 생각해 주시구려."

"무슨 말씀이십니까? 서슴지 마시고 말씀해 보십시오."

"아우님께서 내놓은 이 토산품들은 이른바 '항주의 사대 명물'로 꼽히는 것들이라 나도 잘 알고 있습니다. 하지만 아우님께서 이런 선물을 내게 주시는 건 괜한 낭비가 아닐까 싶군요. 실담배는 우리 대인께 드리고 전 궐련을 피우는 게 좋을 것 같습니다. 부채도 그렇습니다. 나 같은 사람이 부채를 손에 들고 한들한들 거드름을 피운다고 어디 대인이 될 수나 있겠습니까? 이런 물건들은 가지고 계셨다가 경사에 들어가 다른 사람에게 선물하시는 것이 더 바람직할 것 같습니다. 그리고 한마디 덧붙이자면……."

양승복은 잠시 주저하더니 다시 입을 열었다.

"나는 우리 대인을 따라 남방으로 갑니다. 그곳에 가면 이런 물건들이 지천에 널려 있을 것 아닙니까? 아우님, 모든 일에는 계산이 우선되어야 하는 법입니다. 북방에 오셔서 사람들에게 선물할 남방 물건이 없다면 이것도 곤란한 일이 아닐 수 없지요. 게다가 난 남방으로 가는데 그곳의 물건을 내게 선물한다면 그건 올바른 산법이 아니지요."

그의 완곡한 거절 속에서 형이 아우를 타이르는 듯한 자상함을 느낀 왕유령은 예를 갖춰 물건들을 다시 거두는 수밖에 없었다.

"그럼 제가 거짓으로 예의를 갖춘 셈이 되는데요!"

"그게 아니라 애당초 예의를 갖출 필요가 없었던 거지요."

양승복은 이렇게 말하면서 자신이 가져온 보따리를 끌렀다. 자신은 왕유령의 선물을 받지 않으면서 오히려 그에게 선물을 주려는 것이었다.

양승복이 준비한 선물은 집에서 가져온 약으로서 자금정紫金錠과 제갈행군산諸葛行軍散, 그리고 노서시老鼠矢라 불리는 좁쌀만한 금색 알약이었다. 이 약들은 시중에 나와 있는 것들과는 근본적으로 다른 것이었다. 황궁의 어약방御藥房에서만 특별히 제조되기 때문에 재료도 진귀한 약재들만 사용하고 시중에서는 구할 수조차 없는 명약들이었다. 그러나 그의 대인이 태감太監의 직위를 이용하여 재물을 탐하는 터라 이런 명약이 많이 진상되는 실정이었다. 이를 특별히 왕유령에게 선물하려고 하니 돈도 안 들이고 서로에게 은혜를 베푸는 격이었다. 왕유령으로서는 이런 명약을 남방으로 가져가 사람들에게 선물할 수 있다는 것이 여간 행운이 아니었다.

양승복의 진지하고 성실한 태도에 왕유령은 내심 크게 감동하고 있었다. 잠시 후에 유사가 네 가지 요리에 신선로를 곁들여 주안상을 내왔다. 양승복에게 매료된 왕유령은 새로운 친구를 만난 기쁨으로 흔연히 술잔을 기울였고 두 사람은 서로의 행적에 대해 담소를 나누기 시작했다.

왕유령은 양승복을 만난 지 얼마 되지 않는데도 매우 오래 사귄 듯한 느낌이었다. 하지만 청탁의 말을 꺼내기에는 아직 교분이 얕고 대화가 부족하다는 생각이 들어 이번 북상의 목적이 주현의 자리를 연관하려는 것이라고 간단히 말해 주었다.

양승복은 그가 연관한 직위가 염대사라는 말을 듣고 크든 작든 간에 관리는 관리인지라 자기의 신분과는 어울리지 않는다고 생각하여 자괴감을 드러냈다.

"아이고, 이거 제가 너무 멋대로 까불었군요!"

"왜요?"

"저는 허드렛일이나 하는 일개 심부름꾼에 불과한데 어찌 왕 노야 같은 분과 호형호제할 수 있겠습니까?"

"그런 말씀 마십시오. 저는 그렇게 세속적인 사람이 아닙니다."

양승복은 술잔을 입에 댄 채 자신의 처지를 어떻게 정리해야 좋을지 몰라 한참 동안 생각에 잠겼다.

양승복이 천천히 잔을 내려놓으며 입을 열었다.

"이렇게 하시지요. 제가 한 가지 제안을 하겠습니다. 이번에 은자를 얼마나 준비해 가지고 오셨습니까?"

너무나 갑작스러운 질문에 왕유령은 '사람을 만나되 간단한 인사치레만 하고 속마음은 털어놓지 말아야 한다'는 행려의 격언을 떠올렸다. 그러나 이내 자신의 불경한 생각을 뉘우치면서 '이처럼 성실한 사람 앞에서 어찌 소인지심을 품을 수 있단 말인가' 하고 스스로를 자책했다. 왕유령은 사실대로 액수를 말해 주었다.

"500냥이 좀 안 됩니다."

양승복이 고개를 끄덕이며 말했다.

"주현의 자리를 연관하기에는 충분한 돈이군요. 하지만 최대한 비용을 줄이려면 별도의 방법이 있어야 하지요."

"다른 방법이라니요? 저는 당최 모르겠습니다. 양 대형께서 좀 도와주십시오."

"가당치 않은 말씀이십니다."

양승복은 이어서 설명을 계속했다.

"연관할 수 있는 명당은 아주 많습니다. 그쪽 내부 사정은 잘 알고 계시겠지요? 이부의 문선사文選司에 있는 서판들은 남들 등쳐먹기로 유명하지요. 이런저런 사정들을 충분히 염두에 두셔야 할 겁니다."

"상경하기 전 항주에서 아는 이들에게 얘기를 들은 바가 있습니다. 저는 우선 본반本班에 연관하여 결원이 생기는 대로 곧장 들어갈까 생각 중입니다."

"그렇게 하자면 돈이 많이 들지요."

수없이 많은 후보 주현들이 원문轅門 밖에서 북소리를 기다리고 있고 백발이 다 될 때까지 자리를 얻지 못하는 사람들이 부지기수였다. 왕유령은 정팔품의 염대사로서 정칠품의 지현으로 연관하려 하기 때문에 성에서 현결縣缺을 기다려 우선적으로 보용補用되는 기회를 만들어야 하는 처지였다. 이런 계산이 순조롭게 이루어지자면 자연히 비용이 많이 들어갔다. 양승복은 왕유령의 심산을 다 듣고 나서 자신의 견해를 알려 주었다.

"그럴 필요 없습니다. 관직을 얻으려면 먼저 믿을 만한 사람을 찾는 게 가장 중요하다는 걸 아셔야 합니다. 이부에 가서 돈을 쓰는 것은 무엇보다 연관을 하자는 것인데, 성으로 갔을 때 말을 잘 해줄 사람이 없을 경우 결원이 난다 하더라도 차례가 왕 노야께 돌아가지 않을 게 뻔합니다."

"허허, 그렇습니까?"

왕유령은 그 말이 잘 이해가 가지 않았다.

"설마 번대가 부部에서 정한 장정章程을 무시할 수 있을까요?"

"장정과 실제 상황은 별개의 일이지요. 번대는 얼마든지 구실을 마련하여 왕 노야를 탈락시킬 수 있습니다. 예를 들어 현의 현관縣官에 결원이 생겼다고 합시다. 그러면 번대는 현의 업무는 문풍文風이 뛰어나야 가능하기 때문에 학문이 깊은 갑과 출신이 아니면 안 된다고 단언해 버립니다. 이렇게 되면 연관은 애당초 불가능하게 되지요. 반대 경우도 마찬가지지요. 현의 업무가 매우 번다하기 때문에 이치吏治에 능하고 일재주가 뛰어난 사람이 맡아야 한다고 말해 버리면 갑과 출신들조차도 바지저고리가 되고 말지요. 코에 걸면 코걸이고 귀에 걸면 귀걸입니다. 잘 생각해 보십시오. 그렇지 않겠습니까?"

말을 듣고 나니 왕유령은 막혔던 무엇인가가 탁 트이는 느낌이 들었다.

왕유령은 양승복의 잔에 술을 가득 따랐다.

"양 대형의 말씀을 들으니 10년 공부를 마친 기분입니다."

"제 얘기는 우선 연관을 하지 않더라도 보결을 얻을 수 있다는 거지요."

세상에 이렇게 공교로울 수가 있을까! 왕유령은 자리를 박차고 일어나 한 차례 읍을 하며 말했다.

"양 대형, 소제의 앞길은 순전히 대형의 손에 달려 있습니다. 절 도와 주신다면 그 은혜 백골난망일 겁니다."

"이를 말이겠습니까!"

양승복도 덩달아 자리에서 일어나 그의 손을 잡아끌며 말했다.

"우선 앉으셔서 제 말 좀 더 들어 보세요."

양승복은 왕유령을 위해 한 가지 묘책을 강구해 냈다. 많은 돈을 들여 본반에 우선 연관하느니 차라리 비용을 아껴 지성분발指省分發하는 것이 낫다는 것이었다. 지성분발이란 주현에서 각 성에 분배하여 제비뽑기로 결원을 보충하는 것으로서 완전히 운수에 의존하는 방법이었다. 양승복 은 왕유령이 보연補捐할 때 그를 강소로 지명하여 발령받게 할 생각이었 던 것이다.

"우리 대인은 강소 학정으로서 그 신분이 강소 순무나 강녕장군江寧將軍 과 맞먹습니다. 양강 총독도 함부로 못하지요. 일단 아우님이 강소로 분 발되면 제가 우리 대인께 말씀드려 순무나 번대로 하여금 아우님을 잘 봐 주도록 하겠다 이겁니다. 그렇게 되면 아우님은 석 달 이내에 패를 걸 수 있을 겁니다. 보결된 직책이 좋을지 나쁠지는 운수에 맡겨야지요."

이거야말로 천재일우의 기연이었다. 왕유령은 너무 좋아 입이 다물어 지지 않았다.

'양 노야의 대인은 과연 어떤 사람일까?'

가만히 생각해 보니 자신은 양승복이 말하는 대인의 이름조차 모르고 있었다. 당장 물어보고 싶었지만 아직 때가 아닌 것 같았다. 반나절이나 이야기를 나누고 나서도 강소 학정이 어떤 사람인지조차 알지 못했으니 어찌 우스운 얘기가 아니겠는가!

양승복은 왕유령이 자신의 말을 믿지 못할까 우려했는지 한마디 덧붙였다.

"우리 대인은 동향 사람들을 보살펴 주는 것을 낙으로 삼고 있지요. 아우님은 운남 사람이나 다름없는데다 제가 안에서 말을 보탠다면 성공하지 않을 수 없을 겁니다."

술잔이 오가면서 이야기는 더욱 화기애애하게 이어졌다.

양승복은 일개 하인의 신분에 불과했지만 여느 잡역들과는 다른 인물이었다. 학식이 풍부하여 주인 대신 빈객을 접대하기도 하고 공사를 능숙하게 처리하여 주인의 신임을 듬뿍 얻었다. 북경의 동태 또한 속속들이 알고 있어 주인은 그를 가솔보다 더 아꼈다. 그러나 그의 친구들은 하나같이 야비하고 저속하여 담론의 대상이 되지 못했다. 그러던 차에 왕유령을 만나 과거와 공명을 논하고 대관 출신들과의 교유를 논하게 되니 구구절절 재미있고 흥겹지 않을 수 없었다. 양승복은 이렇듯 뜻이 맞는 지기와 더불어 술잔을 대하며 담소하는 것이 여간 유쾌하지 않았다.

"우리 대인은 배경이 아주 좋습니다. 동년들 가운데 나이도 제일 어리고 재기가 발랄하며 용모도 준수하지요. 다른 동년들이 앞 다투어 돌봐 주기 때문에 산관*한 지 10년도 채 안 돼서 시랑이 되었지요. 4년 전에 지방관 대인께서 돌아가시지만 않았더라면 2년여의 세월을 낭비하지 않고 벌써 상서로 승진했을 겁니다."

산관이란 말을 듣고 그것이 한림을 지칭한다는 것을 알아챈 왕유령은

* 산관散館 _ 하찮은 벼슬아치로 떠돌아다님. 여기서는 보직을 얻지 못하고 한림의 신분으로 대기하는 것을 말함.

조심스럽게 물었다.

"양 대형의 대인은 어느 과 출신이십니까?"

"도광 15년 을미과지요. 그 기세가 하늘을 찌를 듯해 이 방을 특별히 용호방龍虎榜이라 하는데 지금 모두들 한창 잘 나가고 있습니다."

양승복은 신이 나서 설명을 계속했다.

"우리 대인은 이 과의 49등이었는데 한림으로 낙점됐고, 50등이 군기대신인 팽 대인이었지요. 그는 한림으로 낙점되지도 못했는데 관운이 좋아 지금은 가장 높은 관직에 올라 군기처를 완전히 장악하고 있습니다."

정말 믿기 힘든 말이었다. 왕유령이 알기로 군기대신은 자격이 매우 엄격한 직책이었다. 팽온장이 벼락 출세를 했다는 사실도 믿기 어렵거니와 군기에서도 후진에 속하는 그가 어찌 이를 완전히 장악할 수 있었는지 알다가도 모를 일이었다.

"한 가지 궁금한 게 있습니다."

왕유령이 말했다.

"대군기大軍機는 한 분이 아니지 않습니까?"

대군기는 군무를 총괄하는 군기처의 우두머리들이었다.

"맞습니다. 여러 분이 계시지요. 하지만 앞에 있는 몇 분들이 일에서 완전히 손을 떼고 있습니다. 가장 원로인 분은 새상아새賽尚阿賽 대인인데 광서廣西 지방에 파견되어 장모*들을 격퇴하다가 패전하는 바람에 혁직革職당했지요. 그 외에 하여림하何汝霖何 대인이 계시는데 건강이 좋지 않아 병가 중입니다. 남은 사람이라곤 기준조祁寯藻 대인밖에 없는데 역시 원로인데다가 정신이 오락가락하여 집무가 불가능한 실정이지요. 그리고 정친왕鄭親王 가문의 여섯째 대인이나 어전대신御前大臣 숙순肅順 등은 그와 대립하면서 기분이 몹시 상해 갈수록 일을 등한시하고 있는 형편이지요. 그러다 보니 첫 번째 서열이 팽 대인에게 돌아간 겁니다. 그 밑에 두세 분이 더 계시지만 과명상으로는 선배이면서도 군기처로 들어온 이래로 줄곧 모든 일을 팽 대인에게 위임해 왔기 때문에 그가 완전히 주인 행세를 하고 있는 것입니다."

"아, 그렇군요! 그렇게 든든한 배경이 있었군요. 양 대형의 대인께서 상서로 승진하는 것도 시간 문제인 셈이겠네요. 힘이 가장 센 자리는 여전히 병부시랑이겠군요?"

양승복이 대답했다.

"이미 바뀌었습니다. 호부가 가장 세지요. 돈과 법을 동시에 관장하고 있으니 그처럼 좋은 자리가 어디 있겠습니까? 그리고 그런 자리에 자기 사람들을 앉히지 않으면 누굴 데려다 앉히겠습니까?"

그건 그렇다 치고 도대체 그 대인의 이름이 무엇이란 말인가! 왕유령은 궁금해서 조바심이 났지만 갈수록 더 입을 열기가 어려웠다.

식사가 끝나고 양승복이 자리에서 일어서자 왕유령도 그를 따라 거리로 나섰다. 왕유령이 거리로 나온 이유는 《작질전람爵秩全覽》을 사기 위해서였다. 《작질전람》은 큰 도회지라면 어디서나 살 수 있는 책으로 경성 유리창**에 있는 영보재榮寶齋에서 인쇄한 것이었다. 왕유령은 두 권을 샀는데 한 권은 금년도, 즉 함풍 임자년 하계분이고 한 권은 추계분이었다. 왕유령은 무심코 호부에 관한 내용을 찾아보다가 너무 놀란 나머지 자신의 눈을 의심했다.

맨 위에 선명하게 적혀 있는 한관漢官 호부상서와 시랑의 이름이 다름 아닌 손진수와 왕경운, 하계청 등이었기 때문이다. 하계청은 자가 근운根雲이요, 운남성 곤명 출신으로 기록되어 있었다.

'하계청이라……. 허, 그것 참 이상하군! 설마 이 사람이 바로 그 하계

---

* 장모長毛__머리를 길게 기르고 다닌다고 하여 태평천국군에 붙여진 별명.
** 유리창琉璃厰__주로 공예품과 서적을 파는 상점들이 집중되어 있는 북경北京의 명소.

청이란 말인가?'

왕유령은 속으로 몇 번이나 그 이름을 중얼거렸다.

'내가 아는 하계청은 본적이 운남도 아니고, 근운이라는 별호가 있다는 소리도 들어 보지 못했는데 그가 바로 이 사람일 수 있을까?'

왕유령은 마음속으로 말할 수 없는 홍분을 느꼈지만 성급하게 설칠 일이 아니었다. 그는 조용한 곳으로 가서 다시 한 번 곰곰이 생각해 보기로 마음먹었다.

객점으로 돌아온 왕유령은 방문을 걸어 잠근 채 지난 일들을 자세히 떠올려 보았다. 취기가 약간 남아 있는데다 예기치 못했던 사실을 접하고 보니 머릿속이 이만저만 혼란한 게 아니었다. 한참 만에야 간신히 기억의 실마리를 찾을 수 있었다.

이야기의 서두는 그가 부친을 따라 처음으로 운남에 갔던 때로 거슬러 올라갔다. 왕유령의 부친은 '섭燮'이라는 외자 이름에 '매림梅林'이라는 별호를 갖고 있었다. 집안이 가난하면서도 학문에 힘써 사람들의 존경을 한몸에 받았던 그는 가경嘉慶 23년 복건福建 향시에서 서른여섯 번째 거인으로 합격한 후 어렵사리 노자를 마련하여 북경으로 회시를 치르러 갔다. 시험관은 그의 권자卷子를 추천하여 올렸으나 주사主司가 이를 받아들이지 않았다. 가난한 선비는 과거에 낙제하여 처량한 신세가 되고 말았다. 다행히 전임 복건 순무 안검사顔檢已가 직예 총독으로 승진하여 그를 자신의 막부로 끌어들였다. 왕섭에게는 이것이 절호의 기회였다. 얼마 안 되지만 가족을 부양할 수 있는 수입을 얻을 수 있었으며, 굳이 여비를 낭비하면서 고향으로 돌아갈 필요 없이 다음 회시를 준비할 수 있기 때문이었다.

그러나 도광 3년, 왕섭에게 뜻하지 않은 일이 생겼다. 건강했던 조모가 갑자기 돌아가신 것이다. 왕섭은 상례를 치르기 위해 고향으로 돌아가야 했다. 회시는 3년에 한 번씩 있었는데 몇 번을 연달아 낙방하다 보니 왕섭은 어느새 중년이 되고 말았다. 과거에 합격하고 진사進士가 된다 하더라도 육부의 사관이나 주현의 관직이 고작이었던 터라 왕섭은 차라리 대도大挑의 길을 택하기로 했다.

대도란 나이가 많고 학문이 깊은 거인들을 구제하기 위해 창안해 낸 시험 방법이었다. 흠명欽命 왕공대신王公大臣이 직접 선발하도록 되어 있었는데, 우선은 의표儀表가 출중해야 하고 입이 무거운 사람이어야 이에 응할 수 있었다. 왕섭은 이 두 가지 조건을 충분히 갖추고 있었다. 그뿐 아니라 필력이 대단했고 총독의 막료까지 지냈으니 낙점은 따놓은 당상이었다.

예상대로 왕섭은 일등으로 대도에 합격했다. 합격과 동시에 운남으로 발령되어 하급 관리지만 관직의 길로 들어섰다. 운남으로 배속된 왕섭은 곡정부曲靖府 동지同知의 직책을 대신 맡다가 각 현을 떠돈 뒤에 마침내 수현首縣인 곤명에 자리를 잡게 되었다.

그러던 어느 날이었다. 공무를 마치고 집으로 돌아온 왕섭은 가마가 대문에 들어서는 순간 누군가가 방 안에서 책을 읽고 있는 소리를 듣게 되었다. 목소리가 청아하고 억양이 분명했다. 글의 내용에 담긴 의취가 그대로 솟아나와 듣는 이로 하여금 커다란 감동을 느끼게 하는 목소리였다. 방 안으로 들어온 왕섭이 하인에게 물어보았다.

"문간방에서 책을 읽고 있는 소년은 누구인고?"

"문지기 하씨의 아들입니다, 대인."

"음, 그래? 책 읽는 솜씨가 보통이 아니군. 어디 한번 데리고 와 보게나."

하씨의 아들은 즉각 왕섭에게 불려왔다. 왕섭은 천천히 소년을 쳐다보았다. 열너댓 살쯤 되었을까. 용모가 청려하고 기상이 또렷하여 뼈대 있는 가문의 서향자제書香子弟 같았다. 자세히 뜯어보니 기골이 청기한 것이 찾아보기 힘든 귀상이라 왕섭은 적이 놀라움을 금치 못했다.

"자네 이름이 뭔가?"

"예, 하계청이라 합니다. 계수나무 계자에 청명 청자지요."

소년의 대답 속에서 한림이 되어 청비당淸秘堂에 들어갈 징조가 역력히 느껴졌다. 왕섭이 다시 물었다.

"글을 써 본 일이 있는가?"

소년은 다소 부끄러워하는 낯으로 대답했다.

"쓰는 건 아직 배우지 못했습니다."

왕섭이 말했다.

"읽고 있던 서책을 좀 가져와 보게."

하계청은 이미 옷자락 안에 서책을 품고 있었다. 얄팍한 죽지로 된 두 권짜리 서책이었다. 하계청이 두 손으로 받쳐 건네준 책을 천천히 음미하듯 펼쳐 보고서 왕섭은 놀라움을 금치 못했다. 서책에는 이미 글이 지어져 있었다. 팔고문* 외에 시사詩詞도 있었는데 하나같이 문재가 넘쳐흘렀고, 서체도 대단히 훌륭했다.

왕섭은 고학苦學 출신이라 가난한 선비들의 고충을 십분 이해하고 있던 터였다. 왕섭은 하계청의 딱한 처지를 알고 연민의 정이 생겨 한 가지를 제안했다.

"내일부터 자네도 큰도령과 함께 글공부를 시작하게."

큰도령이란 다름 아닌 왕유령이었다. 이때부터 하계청은 왕유령의 서동이자 동창생이 되었다.

"그 하계청이 정녕 지금의 하계청이란 말인가!"

왕유령은 몇 번이나 혼잣말을 내뱉었다. 양승복의 거처를 묻지 않은 일이 자꾸만 마음에 걸렸다. 그러나 그가 다시 연락을 해 오기 전까지는 어쩔 도리가 없었다. 거처를 안다고 해도 당장 달려가 물어볼 수 있는 형편

---

* 팔고문八股文＿청대의 과거 시험에 사용하던, 극도의 형식미와 대구를 강조한 문체.

이 못 되었다. 설령 왕유령이 알고 있는 하계청이 양승복의 대인이라 해도 전혀 문제가 없는 것은 아니었다. 왕유령과의 기억은 하계청에게 있어 감추고 싶은 상처일 터였다. 자신의 과거를 알고 있는 왕유령을 하계청이 반갑게 대할지는 미지수였다. 혹시 그 하계청이 아닌 동명이인이라면 양승복은 자신이 그를 시기하는 것으로 생각하여 주인에게 추천하기를 꺼릴지도 모를 일이었다.

모든 것은 운에 맡겨 두는 수밖에 없었다. 기억이 틀림없다면 하계청은 자존심이 강하고 감정을 매우 중시하는 인물이었다. 함께 공부하는 동안 그들은 암암리에 서로 도움을 주고받았다. 하계청은 의론을 매우 좋아했고 생각이 보통 사람들과 달랐다. 때로는 몹시 즐거워하다가 쉽게 실의에 빠지기도 했는데, 어느 비 오는 밤에 그와 얼굴을 맞대고 앉아 고금을 넘나드는 대화를 나누었던 일은 아직도 잊혀지지 않은 추억으로 남아 있었다.

애석하게도 하계청과 함께 보낸 세월은 길지 않았다. 모친이 곤명에서 병사하자 왕유령은 시신을 수습하여 만 리나 떨어진 고향 땅으로 돌아갔고 그 이후로는 하계청을 다시 볼 수 없었던 것이다. 사실상 운남에서 부자가 헤어진 이후로는 전혀 상면의 기회가 없었다. 하계청은 왕유령보다 겨우 한두 살 손위였다. 그런 하계청이 어떻게 10여 년 전에 한림에 낙점될 수 있었는지 왕유령으로서는 이해가 되지 않았다. 게다가 그는 운남 출신도 아니어서 운남에서는 향시를 치를 수 없었다.

생각에 잠겼던 왕유령은 고개를 좌우로 흔들었다. 호부시랑이 강소 학정으로 파견한 하계청은 자신의 동창인 하계청과 공교롭게도 이름이 같은 동명이인에 불과한 것 같았다. 하지만 의문은 꼬리를 물고 이어졌다. 이름이 같은 두 사람이 어떻게 운남에 함께 있을 수 있단 말인가?

아무리 생각해도 이상한 일이었다. 양승복은 그가 주인으로 모시는 대인이 재기가 넘치고 용모가 준수하다고 말했다. 이러한 외모는 왕유령이

익히 알고 있는 하계청과 완전히 일치하는 형상이었다. 왕유령의 의구심은 시간이 흐를수록 깊어 갔다. 그만큼 모든 것을 명징하게 밝히고 싶은 욕구도 강해졌다.

날이 어두워지자 양승복이 찾아왔다. 두 사람은 네 가지 요리에 신선로를 곁들여 또다시 대작을 시작했다.

"오후에 아주 큰일을 한 가지 해치웠지요."

양승복이 말했다.

"그것 참 잘 됐군요. 그래, 무슨 일입니까?"

왕유령은 조바심을 감추고 물었다.

"배를 다 빌려 놓았습니다."

"아하! 그러셨군요."

왕유령은 마침내 하계청에 대해 물어보기로 결심했다. '양 대형의 대인'이란 애매한 호칭을 쓰지 않고 단도직입적으로 '하 대인'이란 호칭을 썼다.

"그래, 하 대인께서는 언제 도착하십니까?"

"내일 점심 때쯤 오실 것 같습니다."

"그럼 도착하자마자 배를 타시게 되나요?"

"아닙니다. 한 사나흘 이곳에 머무실 겁니다. 통주만 해도 우리 대인께 뭔가 청탁하려는 관리들이 수두룩하지요. 다른 건 몰라도 통영도通永道와 창장시랑의 식사 대접은 뿌리칠 수가 없을 것 같습니다. 그것만 해도 이틀은 걸리지요."

"그렇다면……."

왕유령은 매우 조심스럽게 입을 열었다.

"제가 하 대인을 좀 뵐 수 있을까요?"

양승복은 잠시 생각하고 나서 대답했다.

"이렇게 하는 게 어떨까요? 내일 아침 일찍 행원行轅에 나오셔서 우리 대인께서 도착하실 때쯤 문 앞에 서 계십시오. 그럼 제가 옆에 있다가 때맞춰 왕 노야의 수본을 올리겠습니다. 그런 다음 어떤 분부가 떨어지는지 보기로 하지요."

"네, 아주 좋은 방법입니다. 그렇게 하도록 하지요."

"한 가지 더 일러 드리고 싶은 게 있는데, 우리 대인께서는 아직 젊고 용모가 출중하신 분이라 사람을 대할 때 행색을 꽤 따지시는 편입니다. 혹시 두루마기는 가져오셨는지요?"

왕유령은 아차 싶었다. 왕유령이 길을 떠난 것은 5월이었다. 여름에 입는 두루마기를 챙기긴 했으나 겨울 두루마기는 아직 갖추지 못하고 있었던 것이다.

사정 얘기를 듣자 양승복이 말했다.

"물어보길 정말 잘했군요. 지금 옷을 맞추기에는 너무 늦었고 기성복을 파는 곳도 문을 닫았을 겁니다. 몸집이 저랑 비슷하시니 제 것을 잠시 빌려 입으시는 게 어떨는지요."

왕유령은 감동해서 말을 제대로 잇지 못했다.

"양 대형께 큰 신세를 지는군요."

밖으로 나간 양승복은 즉시 수가 놓여 있는 남색 저고리와 여우가죽 목도리, 검정색 공단 두루마기와 털모자 따위를 챙겨서 다시 돌아왔다.

"자, 골라 보시지요."

양승복은 옷 보따리를 풀어 팔품 대인의 정복과 메추리가 수놓여 있는 관복을 꺼내 바닥에 펼쳤다. 또한 왕유령의 신발이 낡아서 구멍이 두 개나 뚫려 있는 것을 발견하고 유사를 불러 신발 두 켤레를 사 오라고 시킨 뒤 돌아갔다.

왕유령은 객점 입구에 있는 이발소에 가서 머리를 다듬고 면도를 했다.

방으로 들어온 왕유령은 등잔불을 켜 놓고 정성껏 자신의 수본을 만들었다. 그는 자기 이름자 밑에 특별히 작은 글자로 '자 설헌, 일자一字 영구英九'라고 선명하게 적어 두었다.

다음날 아침 왕유령은 의관을 정제하고 거울 앞에 섰다. 과연 '부처는 금장이요, 사람은 의장이다[佛要金裝, 人要衣裝]'라는 말 그대로였다. 빌려 입은 새 두루마기가 몸에 잘 맞아 신수가 훤해 보였고 기분도 그만이었다.

왕유령은 유사를 시켜 인력거 한 대를 부른 뒤 곧장 양승복이 말한 행원을 찾아갔다. 서문 쪽에 자리 잡고 있어 대로가 훤히 바라다 보이는 아담한 청사였다.

기다리던 양승복이 반갑게 맞았다.

"일찍 오셨군요. 대인께서는 정오 때나 돼야 오실 것 같은데 우선 앉아서 차나 좀 드시지요."

순간 왕유령의 뇌리를 스치는 생각이 있었다. 수본을 내밀었을 때 내막을 알지 못한 양승복이 자신의 속마음을 이해하지 못하고 틀림없이 이런 욕을 하게 될 거라는 생각이 든 것이다.

'이 사람 아주 음흉한 친구로구먼! 그렇게 잘 대해 주었는데 속마음을 하나도 털어놓지 않다니 정말 믿지 못할 작자야!'

하계청과의 관계를 이러쿵저러쿵 사실대로 말할 수 있는 단계는 분명 아니었다. 그렇긴 해도 약간의 실마리는 비쳐 두어 오해를 사지 않는 게 좋겠다는 생각이 들었다. 대강 설명을 해 두고 자세한 상황은 차후에 설명해도 늦지 않을 터였다.

왕유령은 양승복의 옷소매를 잡아 끌며 귓속말로 소곤거렸다.

"양 대형, 혹시나 하여 미리 말씀을 드리리다. 잠시 뒤 하 대인을 접견할 때 대형께서 생각지 못한 이상한 일이 벌어질지도 모릅니다."

"무슨 일인데요?"

양승복이 다소 긴장된 말투로 물었다.

"하 대인께 뭐가 진언을 드리려고 하시는 건 아니겠지요?"

왕유령이 연달아 공수하며 대답했다.

"그런 건 아니니까 안심하십시오. 혹시 무슨 일이 벌어진다 해도 절대 대형께 화가 미치는 일은 아닐 겁니다."

"그럼 됐습니다. 저도 왕 노야께서 제게 해를 입히시리라고는 생각지 않습니다."

"그야 물론이지요. 그럴 리가 있겠습니까?"

말은 그렇게 했지만 왕유령은 은근히 불안했다.

"양 대형께서 이토록 온정을 쏟아 주셨는데 성의껏 보답은 못할망정 해를 끼쳐서야 되겠습니까?"

양승복은 아무 말 없이 고개를 끄덕였다. 뭐가 더 물어보고 싶었지만 관복을 갖춘 사내 하나가 말을 타고 쏜살같이 달려와 대문 앞에 멈추는 통에 말을 멈췄다.

양승복은 즉시 그쪽으로 달려갔다. 하 대인이 보낸 전령이었다. 전령은 하계청이 이미 통주에 당도했으며 현재 접관청接官廳에서 영접관들과 인사를 나누고 있다고 전해 주었다.

"곧 이쪽으로 오실 겁니다. 마음의 준비를 하십시오."

상황을 파악한 양승복이 왕유령에게 일러 주었다.

기다리는 내내 왕유령은 마음이 초조했다. 안면이 있긴 했지만 하계청과 왕유령은 신분이 하늘과 땅 차이였다. 자신이 알고 있는 하계청이 틀림없다면 어떤 호칭을 쓰고 무슨 말을 먼저 해야 할지 이만저만 난처한 문제가 아니었다. 두려움과 흥분이 교차하는 가운데 왕유령은 만사를 하늘의 뜻에 맡기기로 작정했다.

갈도喝道 소리와 함께 도착한 여덟 좌座의 대교大轎는 곧장 행원 안으로 들어섰다. 왕유령은 참반站班만 하고 수본을 올리지는 않았다. 가마의 주렴이 열리지 않았기 때문에 가마에 타고 있는 사람은 일개 후보 염대사가 영접 행렬을 참반하고 있다는 사실을 알지 못했다.

수본을 양승복에게 넘긴 왕유령은 하계청의 얼굴도 보지 못한 채 문간방으로 물러났다. 다른 사람 같았으면 공연히 헛수고했다는 생각에 기분이 상할 수도 있는 상황이었다. 그러나 왕유령은 오히려 짐을 덜었다는 듯 안도의 한숨을 내쉴 뿐이었다.

그때 갑자기 안에서 사람을 부르는 소리가 들려왔다.

"왕 노야 드시오!"

"왕 노야 드시오!"

틀림없이 왕유령을 부르는 소리였다. 뜻밖의 사태에 왕유령은 어찌해야 좋을지 몰라 안절부절못했다. 심장이 쿵쿵 뛰면서 머리가 하얗게 비는 느낌이었다.

"왕 노야!"

양승복이 헐레벌떡 뛰어왔다. 양승복은 왕유령의 옷소매를 잡아 끌더니 놀란 토끼 같은 표정으로 따져 물었다.

"왕 노야, 도대체 우리 대인과는 어떤 사이십니까?"

"양 대형……."

"왕 노야!"

양승복은 큰절을 올리고 나서 말했다.

"제게 그런 호칭을 쓰시면 안 됩니다. 우리 대인께서 아시는 날엔 호통을 치시며 절 운남으로 보내실 게 틀림없습니다."

"그럼 뭐라고 불러야 되지요? 그냥 양씨라고 부르면 되겠습니까?"

"그게 좋겠군요."

"우선 한 가지만 묻겠습니다. 대인께서 제 수본을 보시고 나서 뭐라고 말씀하시던가요?”

“아주 기뻐하시면서 옛 친구이니 당장 가서 모셔 오라고 하시더군요.”

왕유령은 그제야 마음이 놓였다.

“그렇습니다. 우린 오랜 친구 사이지요. 여러 해 동안 만나지 못했기 때문에 혹시 동명이인이 아닐까 걱정하고 있었던 겁니다. 그래서 자세한 사정을 한꺼번에 말씀드리지 못했던 것이지요.”

“아, 그랬었군요!”

양승복은 그제야 모든 의구심이 풀리는 것 같았다.

“그럼 어서 안으로 드시지요.”

양승복은 다시 한 번 고개 숙여 인사를 했다. 그런 다음 앞장서서 왕유령을 조그만 뜰로 안내했다.

작은 뜰은 원래 명상과 휴식을 위한 장소로 사용되던 곳이었다. 화초가 아담하게 어우러진 가운데 세 칸의 평옥이 나란히 들어서 있었는데 한가운데 위치한 문 위에는 ‘학헌鶴軒’이란 두 글자가 새겨진 자그마한 현판이 하나 걸려 있었다. 학헌에 들기 전에 먼저 시동 하나가 큰소리로 아뢰었다.

“왕 노야께서 드십니다.”

그러자 주렴이 걷히며 서른 전후의 남자가 걸어 나왔다. 백옥같이 흰 얼굴이었다. 머리에는 산호 매듭이 달린 흑단 모자를 쓰고 몸에는 청회색 박면포薄棉袍를 입었다. 백포 두루마기를 걸쳤고 발에는 흑단으로 된 버선을 신고 있었다. 신수가 수려한 것이 머리에서 발끝까지 가세가 청화한 귀공자의 품격이라 아무리 봐도 현직에 있는 이품 대원으로는 보이지 않았다.

왕유령은 오랜만에 만나는 그를 어떻게 대해야 할지 몰라 좌불안석이 되었다. 하계청이 먼저 입을 열어 옛 친구를 만난 반가움을 표했다.

“설헌, 헤어진 지 20년이 지났는데 여기서 자네를 다시 만나리라고는 꿈에도 생각지 못했네!"

목소리는 조금도 변한 게 없었다. 달라진 것이라곤 옛날에 '도령'이라는 호칭을 쓰던 것이 지금은 '설헌'으로 바뀐 것뿐이었다. 왕유령은 자신과 그의 신분이 하늘과 땅 차이로 벌어져 있다는 사실을 새삼 깨달았다. 이제는 그를 '소청小淸'이라 부를 수도 없고 '근운根雲'이란 자호는 더더욱 쓰기가 불편했다. 왕유령은 차라리 《작질전람》이란 책에서 발견한 그의 별호를 쓸까 하다가 그냥 관례官禮에 따라 '하 대인'으로 부르는 것이 낫겠다고 생각을 굳혔다.

"하 대인!"

왕유령은 큰절을 하면서 그를 불러 보았다.

하계청은 화들짝 놀라면서 두 손으로 옛 친구의 손을 부여잡았다.

"하 대인이라니! 이러지 말게."

동시에 그는 고개를 돌려 양승복에게 물었다.

"왕 노야께서는 수행원들을 데리고 오셨나?"

수행원에 대해 묻는 것은 사실 옷 보따리를 묻는 것에 다름 아니었다. 수행원을 데리고 왔다면 틀림없이 주인이 손님들을 맞게 될 것에 대비하여 갈아입을 옷 보따리를 챙겨 왔을 것이기 때문이었다. 말뜻을 알아차린 양승복은 망설임 없이 대답했다.

"왕 노야께서는 객점에 묵고 계십니다. 사람들도 데려오지 않으셨고요."

"그럼 즉시 갈아입을 옷을 준비해 드리도록 해라."

그러고는 다시 양승복에게 말했다.

"내가 보기엔 새로 지은 그 가죽 두루마기가 좋을 것 같은데 몸에 맞으실지 모르겠구나."

"알겠습니다."

양승복은 고개를 돌려 왕유령에게 말했다.

"왕 노야, 절 따라오시지요."

그는 왕유령을 데리고 동쪽에 위치한 사랑채로 들어가 주렴을 내려 버렸다. 왕유령이 주위를 둘러보니 사방에 걸린 그림에 전부 '근운'이란 낙관이 찍혀 있었다. 잠시 거쳐 지나가는 곳에 이렇게 세심한 배려를 해놓은 것이었다. 하계청의 위풍은 정말 대단했다. 20년의 노력 끝에 완전히 환골탈태換骨奪胎한 모습이었다.

양승복이 옷을 꺼내 놓는 사이 왕유령은 만감이 교차한 얼굴로 멍하니 앉아 있었다. 양승복은 왕유령이 옷 갈아입는 것을 거들어 주었다. 매우 좋은 친구였던 이들의 관계가 신분의 차이로 인해 '나리와 하인'의 처지가 되고 만 것이다.

"왕 노야!"

양승복이 말했다.

"옷이 아주 잘 맞습니다. 이따가 돌아가실 때도 이걸 그냥 입고 가시지요. 이 마고자와 두루마기는 제가 사람을 시켜 따로 보내 드리도록 하겠습니다."

"정말 고맙습니다. 너무 많은 신세를 지는군요."

왕유령은 그의 손을 잡았다. 마음으로 느껴지는 온정이 나복사蘿蔔絲라 불리는 새 양피 두루마기가 주는 온기보다 훨씬 더 따스했다.

"양형, 정말 뭐라고 감사해야 할지 모르겠습니다."

"그런 말씀 마십시오. 인생이란 건 모두 하나의 인연으로 엮여 있는 것이지요."

양승복이 거울을 하나 가져왔다.

"왕 노야, 거울을 한번 보십시오. 어제의 모습하고는 완전히 딴판이십니다."

왕유령은 거울에 비친 자신의 모습을 쳐다보았다. 관복을 입었을 때보다 훨씬 청신하고 산뜻한 모습이었다. 얼굴 가득 봄바람이 이는 것이 팔자수염만 하나 갖다 붙이면 영락없는 거부의 복상이었다.

한참 동안 거울을 들여다보던 왕유령이 별안간 큰소리로 웃기 시작했다. 양승복은 의아한 표정으로 그냥 바라만 보고 있었다.

"양형! 인생은 인연이라 하셨죠? 제가 보기엔 오히려 연극인 것 같습니다. 자, 보세요."

그는 지금 입고 있는 옷과 방금 벗어 놓은 관복을 번갈아 가리키며 말했다.

"이 옷들은 모두 무대 의상이 되는 셈이지요. 하지만 다시 생각해 보니 인연이란 게 있어야 이런 연극이 생겨날 수 있는 겁니다. 인생의 모든 우연과 조화는 전부 그 각각의 기연에 근거한다고나 할까요? 하지만 그 원리를 말로 설명할 수는 없는 노릇일 겁니다. 참으로 기이한 일들의 연속이지요."

"왕 노야의 말씀이 맞는 것 같습니다. 대인께서 기다리고 계실 테니 이제 그만 나가시지요. 앞으로 연극이 잘 진행되기를 바라겠습니다."

"아무쪼록 그래야지요."

왕유령은 비장한 얼굴로 고개를 끄덕였다. 연극을 하고 있다고 생각하니 두렵거나 거북한 기분이 전혀 들지 않았다.

하계청의 거처로 들어선 왕유령은 방 안에 들자마자 읍을 하며 감사의 뜻을 표했다.

"하 대인의 후사에 진심으로 감사드립니다. 정말로 '옷을 벗어 저를 감싸 주셨으니' 그 은혜를 어찌 말로 다할 수 있겠습니까?"

왕유령이 이렇듯 노련하고 침착하리라고는 꿈에도 생각지 못했던 하계청은 내심 놀라움을 금치 못했다. 동시에 마음속에 불편하게 자리 잡고 있던 걱정이 봄눈 녹듯 사라짐을 느꼈다.

하계청은 왕유령이 자신의 비천했던 과거를 아랫사람들에게 흘리지나 않았을까 내심 걱정했던 것이다. 왕유령의 사려 깊은 행동을 눈으로 보니 그런 걱정은 하지 않아도 될 것 같았다.

"어허! 너무 그러지 말게. 자네하고 나 사이에 어찌 구별이 있을 수 있겠나?"

하계청은 온화한 태도를 보이며 자신이 옛정을 잊지 않고 있음을 내비쳤다.

"이리 와서 앉게나. 거기보단 편할 걸세."

상탑床榻 위에는 여덟 개의 커다란 바구니가 놓여 있었는데 그 안에는 과일과 차, 다과 등이 다양하게 준비되어 있었다. 부뚜막 앞에 놓여 있는 백동 화로 속에는 발갛게 달구어진 석탄이 따닥따닥 소리를 내며 열기를 내뿜었다. 오랜 친구와 옛정을 나누기에는 더없이 알맞은 분위기였다. 왕유령은 흔쾌히 상탑 위로 가서 걸터앉았다. 하계청이 완전히 올라올 것을 권했으나 그것만은 끝내 거절했다.

양승복이 뚜껑 달린 다기에 차를 내오자 주인인 하계청이 호탕한 표정으로 분부했다.

"아주 귀한 손님이 오셨네. 왕 노야와 나는 어릴 적부터 호형호제하던 사이인데 20년 만에 처음 만나게 된 걸세. 모처럼 옛 애기를 나누고 싶으니 밖에 대령하고 있는 사람들을 전부 돌려보내게."

"알겠습니다."

양승복은 대답과 함께 한마디 덧붙였다.

"오늘 저녁에 연회가 있다는 걸 잊지 마십시오."

"알았네. 그건 이따가 다시 애기하도록 하지."

양승복과 아랫사람들이 모두 물러가자 방 안에는 주인과 손님 둘만이 자리를 마주한 채 남게 되었다. 서로 무슨 애기를 어디서부터 시작해야 할지 몰라 잠시 짧은 침묵이 흘렀다. 하계청이 다소 거북해하는 듯한 기색을 보이자 왕유령이 먼저 입을 열어 분위기를 이끌었다.

"20년 동안 뵙지 못했는데 그간에 대인께서는 줄곧 청운을 타셨더군요. 서안書案을 같이하던 서동이 정말 이처럼 귀한 관직에 오르게 될 줄은 꿈에도 생각지 못했습니다. 정말 기뻐하고 축하할 일이 아닐 수 없습니다."

다소 어색한 얘기였지만 어찌 됐건 대화의 물꼬는 튼 셈이었다. 하계청은 두 손을 내저으며 말했다.

"설헌, 우리 서로 호칭을 좀 바꿔야 되겠네. 남들 보는 앞에서야 조정의 관례상 부득불 관칭을 사용해야 되겠지만 우리끼리만 있을 때에는 그냥 근운이라 불러 주게."

"알겠네."

왕유령은 두말없이 그의 제안을 받아들였다.

"그런데 난 아직 자네의 대호가 어디서 유래된 것인지 모르고 있네."

"그냥 내가 지은 걸세. 근운根雲이란 '운남에 뿌리를 둔다'는 뜻이지. 사람이 근본을 잊어서는 안 되는 법 아니겠나!"

'아, 그랬었구나!'

왕유령은 속으로 중얼거렸다. 그의 해석대로라면 특별히 운남 사람이라는 표식을 달고 다니는 셈이었다. 그렇다면 그는 원적에 따라 향시에 합격한 것이 분명했다. 어쨌든 자신의 뿌리를 잊지 않는다는 것은 훌륭한 일이었다.

"큰어르신께서 작고하셨다는 소식은 나도 들었네."

하계청이 말을 이었다.

"하지만 불행하게도 비슷한 시기에 우리 선친께서도 세상을 떠나셨네. 부득이 조문을 할 수가 없었던 이유지."

하계청이 말하는 '선친'은 당시 왕유령이 '하씨'라고 불렀던 일개 하인이었다.

"나 역시 실례를 범한 셈이네. 자네 선친께서 작고하셨다는 사실조차 몰랐으니 말일세. 사실 난 자네가 과거에 급제하여 한림에 제수된 사실조차 까맣게 모르고 있었네. 그렇지만 않았더라도……."

그렇지 않았더라면 벌써 인편으로라도 안부를 전했을 거라는 얘기였다. 하계청은 이미 그 마음을 헤아렸다. 양승복이 대충 얘기를 했기 때문에 왕유령이 상경하게 된 목적이 연관에 있음을 알고 있었던 것이다.

"그럼 자네는 요 몇 년 동안 줄곧 절강에 있었겠구먼?"

하계청이 별 생각 없이 물었다.

"그렇다네. 북경에서 선친을 뵈었던 그 해에 향시를 치르기 위해 복건으로 길을 떠나지 않을 수 없었지. 바로 그때 염대사의 관직을 연관하여 절강성에 후보로 발령이 나는 바람에 줄곧 항주에 있었던 것일세."

"어떻게 세월을 보냈나?"

"에이! 그걸 어떻게 말로 설명할 수 있겠나? 정말 사람 꼴이 아니었지."

왕유령은 말을 하려다가 도로 입을 다물어 버리고 말았다.

"어려서부터 호형호제한 사이가 아닌가. 우리 사이에 못 할 말이 뭐가 있겠나?"

자존심이 상한 왕유령은 하인의 자제에 불과했던 하계청에게 굳이 지난 시절을 말하고 싶지 않았다. 그러나 출세를 위해 먼 길을 떠나온 마당이 아닌가. 왕유령은 생각을 바꾸어 그간의 사정을 자세히 설명했다.

"난 이번에 두 가지 기연을 갖게 되었네. 하나는 자네를 다시 만나게 된 것이고, 또 하나는 아주 우연히 좋은 친구를 한 명 사귀게 된 걸세. 옛 친구와 새 친구를 동시에 만나게 되었으니 이는 내 평생에 다시 얻기 힘든 쾌사라 아니할 수 없지……."

왕유령은 우연히 사귄 호설암이 자신에게 돈을 마련해 준 사연을 들려
주었다. 하계청은 흥미진진한 표정으로 그의 이야기를 끝까지 들었다.

"그 호설암이란 친구에게 나도 감사해야 되겠구먼! 그 친구가 너그러
운 은혜를 베풀지 않았다면 자네가 이렇게 북상해 오지 못했을 것이고,
우리가 다시 만나는 것도 불가능했을 테니까 말일세."

"그렇지! 보아하니 올 한 해는 내가 악운에서 벗어나 새로운 운세를 맞
는 한 해가 될 것 같네."

대화가 여기까지 오고갔을 때 양승복이 밖에서 큰소리로 외쳤다.

"대인께 아룁니다. 통영대아문에서 대인을 모시러 사람을 보내 왔습
니다."

"그래, 알았네!"

하계청은 무엇인가를 골몰히 생각하더니 양승복을 불러들였다.

"잠깐 들어와 보게."

양승복이 가까이 다가서자 하계청은 자기를 대신해서 왕유령에게 식
사를 대접하고 객점으로 사람을 보내 짐 보따리를 챙겨 오라고 분부했다.

왕유령은 집을 나선 이래로 가장 푸짐한 저녁상을 받았다. 어제 저녁까
지만 해도 서로 형 아우 하면서 술상을 마주하던 양승복이 매우 공손한
자세로 옆에서 식사 시중을 들었다. 왕유령은 그가 시중을 드는 것이 몹
시 불편했다.

식사가 끝나자 양승복은 객점에 가서 왕유령의 짐을 챙겨 왔다. 그 사
이, 왕유령은 상탑 위에 웅크리고 누워 한숨 자고 일어났다. 잠에서 깨자
종소리가 세 번 울리면서 하계청이 행관行館으로 돌아왔다. 두 사람은 편
안한 마음으로 낮에 하던 얘기를 다시 시작했다.

화제가 연관으로 넘어가자 하계청은 자세한 계획을 물어 왔다. 왕유령
은 양승복과 함께 세워 놓았던 계획을 솔직하게 다 얘기해 주었다. 왕유

령은 어떤 부탁도 섣불리 꺼내지 않았다. 굳이 청탁을 하지 않아도 하계청이 이번 일을 모른 체하지는 않을 것이란 생각이 들었기 때문이었다.

"연관은 지성분발指省分發이 좋겠지만 꼭 강소성을 지명할 필요는 없네."

"그럼 어느 성에서 하는 게 좋겠나?"

한참 뭔가를 골똘히 생각하던 하계청이 갑자기 고개를 쳐들었다.

"자네 혹시 알고 있나? 절강성에 커다란 사건이 하나 터졌다네."

그는 왕유령을 가까이 다가앉게 하고 소리를 낮춰 말을 이었다.

"내 정신 좀 봐. 자네는 당연히 모르겠지. 일이 터진 지 얼마 되지 않았으니까. 바깥 소식이 그렇게 빨리 전해지진 않았을 테지. 이 문제는 잠시 덮어 두기로 하세. 참, 절강 순무가 6개월 전에 경질되었다는데 혹시 그 일은 알고 있나?"

"그럼, 알고말고. 황 순무 말이지?"

"황수신은 나와 동년일세. 한창 황상의 총애를 받고 있던 차였지. 한데……."

하계청은 잠시 말을 멈췄다.

"자넨 차라리 절강으로 돌아가는 게 어떻겠나?"

왕유령은 하계청의 말이 무엇을 의미하는지 알지 못했다.

"절강이라니?"

그래서 확실하게 자신의 의중을 밝히기로 마음먹었다. 하계청과 함께 있는 것이 다른 성으로 가는 것보다는 나을 거라는 판단에서였다.

"내가 강소성으로 가는 걸 원하지 않는다면 자네 말대로 절강으로 돌아가도록 하겠네."

"자네 오해하고 있구먼!"

왕유령의 대답이 끝나기가 무섭게 하계청이 말을 받았다.

"자네가 강소성으로 가는 걸 내가 원치 않을 이유가 어디 있겠나? 사실대로 말하자면 내겐 어릴 적 친구가 하나도 없다네. 그래서 가끔씩 매우 적적할 때가 있지. 자네와 함께 있는다면 조석으로 만나 한담을 나눌 수 있으니 얼마나 즐겁겠나? 자네를 절강으로 보내는 것은 순전히 자네를 위한 일일세."

"그럼 내가 오해를 한 것 같군."

왕유령이 웃는 낯으로 말했다.

"그런데 그것이 어째서 나를 위하는 방법이란 얘긴가? 자세히 좀 말해 주게."

"강소 순무 양문정은 나와 별로 친하지 않은 인물이네. 나보다 한 과가 빨라 선배나 다름없지. 때문에 서로 왕래하기가 쉽지 않은 것은 물론이고, 내가 나서서 협상을 한다 해도 자네에게 좋은 자리가 돌아가기는 어려울 걸세. 그러나 절강은 다르네. 황수신이 각박한 인물이긴 하지만 내 편지를 갖고 가면 자네를 달리 대할 걸세."

"그렇겠군!"

왕유령은 반신반의하는 표정으로 대답했다.

"자네에게 좀 더 자세하게 설명해 주겠네. 그래야 걱정을 안 할 테니까. 하지만……."

하계청은 잠시 주위를 둘러보았다.

"이건 관방의 비밀이라 절대로 다른 사람에게 발설해서는 안 되네."

"여부가 있겠나!"

"황수신은 우리 을미과 동년들이 보살펴 주고 있는 인물일세. 모두들 그를 특별 대우하고 있지."

하계청은 탁자를 사이에 두고 앉아 있는 왕유령에게 목소리를 낮춰 가면서 설명을 계속했다.

"이건 둘째 문제고, 지금 그는 큰 사건에 연루되어 있다네. 상부에서는 나를 밀사로 파견하여 이 사건을 조사하게 했고. 무슨 말인지 알겠나? 그는 내가 흠차대신이란 걸 알고 있기 때문에 내 부탁을 안 들어줄 수가 없는 처지라는 말일세. 자네는 정말 운이 좋은 셈이야. 좀 빨라도 안 되고 더 늦어도 안 되네. 지금이 바로 절호의 기회야. 내가 그쪽으로 편지만 보내면 무슨 일이든지 원하는 대로 다 이루어질 걸세.”

“아하! 그런 사연이 있었군!”

왕유령은 자신도 모르게 탄성을 질렀다. 문득 ‘덕을 쌓아 자손에게 물려준다’는 말이 떠올랐다. 만일 선친께서 하계청을 발탁하여 돌봐 주지 않았더라면 자신에게 어찌 이런 기연이 돌아올 수 있었겠는가?

하계청은 연회에 참석하기 위해 외출했다. 창장시랑이 마련한 자리였다. 연회를 마치고 돌아오자 하계청은 또다시 술상을 준비하여 왕유령과 밤새도록 술잔을 기울였다. 20년 동안의 온갖 희비가 쏟아져 나오면서 화제가 끝없이 이어졌다.

그러나 왕유령의 마음속에는 여전히 입 밖에 낼 수 없는 한 가지 의문이 남아 있었다. 하계청이 어떻게 한림에 제수되었나 하는 것이었다. 왕유령의 생각대로라면 하계청은 국자감 학생 자격인 감생監生을 연관하여 향시에 참가했을 것이다. 여기에 합격하여 거인이 된 다음 다시 회시를 치러 진사가 되고 한림에 낙점되었을 터였다. 문제는 그가 운남 사람이 아닌데 어떻게 향시를 치를 수 있었느냐 하는 점이었다. 적관籍貫을 바꾸는 방법도 없지는 않았지만 그러기 위해서는 막강한 권력이 있어야 하는데 누가 그를 도와주었다는 말인가?

왕유령은 몹시 거북한 마음으로 하계청에게 물었다. 하계청도 뭔가 좀 불편한 듯한 표정으로 대답했다. 장황한 서두와 함께 늘어놓은 설명은 그러나 전부 북경의 관장官場에 관한 이야기였다. 하계청은 선종宣宗의 덕성을 거론하면서 그가 황위를 계승하게 된 비밀부터 이야기를 시작했다. 황제는 순전히 사부師傅 두수전杜受田의 지명에 의해 등극한 것이었다. 반면 함풍제는 황자皇子 시절에 인자하고 돈후한 덕량을 과시하여 선종이 황위를 그에게 물려주기로 결정하게 되었다는 얘기였다.

"지금의 황상은 나이는 비록 어리지만 영명하기가 이루 말할 수 없네. 틀림없이 뭔가 해낼 분이야."

하계청이 흥분한 목소리로 말했다.

"기운이란 건 돌고 돌게 마련일세. 그 기旗에 있는 영감들은 늙고 멍청해서 황상께 괄시를 당하고 있지. 점차 한인漢人들이 득세하고 있는 추세인데 황상께서는 한인 중에서도 젊고 과감한 인재들을 좋아하신다네. 늙어서 근력이 부치는 원로 관료들은 점차 관직에서 물러나고, 관직을 지킨다 해도 일은 하지 않고 뒷전에서 뭉개고만 있는 형편이라네. 지금 조정에는 새로운 바람이 불고 있는 걸세. 설헌, 바야흐로 명군을 만났으니 우리 한번 열심히 일해 보세!"

"날 어찌 자네와 비견할 수 있겠는가? 하지만 시랑에서 학정이 되어 3년 임기를 꼬박 채우면 상서는 안 되더라도 순무는 되지 않겠나. 정말 생각만 해도 가슴 벅찬 일일세!"

"자네도 너무 기죽지 말게. 병무가 빈번해지는 시기에는 지방관을 하는 게 군공을 세우는 데 있어서 유리한 점이 더 많은 법이지. 진급도 훨씬 빠르고 말이야."

하계청은 신이 나서 이야기를 계속했다.

"황종한이 비록 인품이 각박하고 대하기가 쉽지 않지만 그래도 해볼 만한 일일세. 자네가 그곳에 가서 열심히 하기만 하면 틀림없이 좋은 자리에 발탁될 수 있을 걸세."

"물론 자네 체면을 봐서라도 당연히 그래야겠지. 하지만……."

왕유령이 뭔가 말을 하려다 머뭇거리고 말을 못하자 하계청이 단도직입적으로 물었다.

"자네가 따로 생각하는 바가 있으면 속 시원히 꺼내 놓고 같이 상의해 보도록 하세."

"황 무대가 대단히 깐깐한 사람이라고 했는데 내 성질도 그리 만만치 않네. 그러니 서로 어울리지 못할까 걱정일세."

"그건 안심해도 될 걸세. 그가 깐깐하게 구는 건 상대가 누구냐에 따라 달라지니까. 나와 교분이 두터운 사이인 줄 알면 자네에게 함부로 하지 못할 걸세."

"그렇겠군!"

왕유령은 잠시 생각에 잠겼다가 아주 조심스럽게 물었다.

"한데 그에게 한 가지 사건이 생겨 상부에서 자네를 조사관으로 파견했다고 했는데, 그 사건이란 게 도대체 어떤 일인가?"

왕유령이 국가 기밀에 관해 묻자 하계청은 난색을 보이면서 잠시 생각에 잠겼다.

"어차피 자네도 알게 될 테니 지금 알려 줘서 안 될 건 없지. 하지만 국가 기밀인 만큼 절대로 다른 사람에게 발설해서는 안 되네."

하계청은 황종한이 춘수를 억압하여 죽게 했고 이에 대해 황상께서 커다란 의구심을 갖게 된 경위를 자세히 설명해 주었다. 왕유령은 얘기를 다 듣고 나서 내심 크게 놀랐다.

"이런 사건이 쉽게 해결될 수 있는 건가?"

"해결되지 못할 게 뭐가 있겠나? 조정에 아는 사람이 없으면 관직을 지키기 어렵다고 하지만, 반대로 아는 사람만 있으면 뭐든지 할 수 있지."

"그럼 춘수의 가족들은? 가족들이 순순히 포기하겠는가?"

"자네도 그런 생각을 했구먼. 춘수의 가족들은 당연히 소란을 피우려 들겠지. 하지만 황종한이 그런 문제를 해결하는 데는 귀신 아닌가? 그것까지 걱정할 필요가 없네."

하계청은 설명을 계속했다.

"춘수의 부인이 순무아문에 가서 여러 차례 곡을 하면서 소란을 피우고 탄원서를 써서 인편으로 북경에 올려 보내기도 했지. 하지만 아직까지 아무 일도 없었네. 그런 걸 보면 황수신의 재주도 보통이 아니야. 그가 어떤 방법을 써서 이번 사건을 무마해 놓았는지 자세한 내막은 나도 잘 모르겠네."

"그런 일이 있었구먼! 난 정말 처음 듣는 얘길세."

"관가의 시궁창에는 별의별 일이 다 있네."

하계청은 가볍게 비아냥거리며 한마디 덧붙였다.

"남의 일에 신경만 쓰지 않으면 별 문제 없을 걸세."

남의 한가로운 일에 관여하지 않는다는 말은 물론 왕유령의 신세에 관한 이해관계를 암시하려는 의도였다.

하계청은 왕유령에게 홍수전洪秀全과 양수청楊秀淸이란 자들이 반란을 일으킨 상황과 관군이 광서廣西에서 패전한 얘기를 들려주었다. 호남湖南과 호북湖北에도 관군이 투입되었으나 반란군이 불길처럼 빠르게 번지는 추세였다. 위기를 느낀 조정은 연관의 문을 크게 열어 인재를 두루 등용하기 시작했다. 연관의 대부분은 군량 조달을 위한 것이었고 자금을 많이 낼수록 조건이 좋았다. 연관을 준비하는 왕유령에게 분명 유리한 정국이었다.

하계청은 북경으로 들어가 가연加捐하면 좀 더 빨리 절강 후보가 될 수 있다고 귀띔했다.

"며칠쯤이야 여유를 가져도 되지 않겠나! 자네가 배에 오르는 걸 본 다음에 북경으로 움직일 생각이네."

왕유령이 웃으며 말했다.

"그럴 필요 없다니까. 난 폐하와 작별하는 자리에서 한 가지 유지를 받들고 왔네. 지금 한창 조미 해운이 진행되고 있는데 내가 호부에 가서 이 일을 관장해야 하는 처지지. 때문에 내려가는 도중에 절대로 소문을 흘려서는 안 된다는 엄명이 계셨네. 통주에서는 창장시랑과 잘 상의했지만 아무래도 며칠 더 머물면서 일을 지켜봐야 할 것 같네. 절강에 몰래 도착하게 되면 그때 다시 만날 수도 있지 않겠나? 내가 내일 사람을 보내 자네를 북경 관아까지 데려다 주도록 하겠네. 황수신에게 보낼 편지는 지금 당장 쓰도록 하지."

"날 관아까지 데려다 줄 사람이 있다니 정말 잘됐구먼! 이부 서판만 해도 이것저것 요구하면서 말을 잘 듣지 않아 잘 아는 사람이 도와주지 않으면 안 될 것 같네."

"내 말이 바로 그 말일세. 자네한테 한 가지 더 묻겠네만, 절강으로 돌아간 다음에는 어떻게 보결을 할 생각인가?"

왕유령은 당혹감을 감출 수 없었다. 하계청의 말은 관직을 살 만한 돈이 있느냐는 뜻이었다. 일단 패를 얻으면 그것이 실결實缺이든 서리든 현직 관리가 되어 대노야로 행세할 수 있다. 이렇게 되면 공관公館과 교마轎馬는 물론 의복과 수행원까지 이런저런 경비가 꽤 필요했다. 이를 전부 계산해 보면 절대로 적은 액수가 아니었다. 임용 이후 경비가 지급되긴 하지만 두세 달 쓸 돈은 미리 스스로 준비해야 했던 것이다.

"일단 패를 걸어 두면 사정이 곧 좋아지겠지."

"알겠네. 후보 주현은 한 번만 보결하면 될 테니 누구든지 나서서 자네에게 돈을 빌려 줄 걸세. 하지만 그런 돈은 절대 공짜가 아니라네. 부임하는 곳마다 따라다니며 사사건건 자네의 이름에 먹칠을 하려고 덤빌 걸세."

무슨 생각을 했는지 하계청은 몸을 일으켜 침실 안으로 들어갔다. 밖으로 나온 그의 손에는 은표 한 장이 들려 있었다.

"나도 별로 손이 크지 못해 이 정도밖에 도와줄 수가 없네. 아껴 쓰기만 하면 모자라진 않을 걸세."

은표의 총 액수는 800냥이었다. 충분히 쓰고도 남을 만한 돈이었다. 왕유령은 너무 좋아 입이 벌어지면서 눈에는 눈물방울까지 맺혔다.

"대은을 어찌 말로 다 갚을 수 있겠나. 장차 어떻게 해야 자네의 은혜에 보답할 수 있을지 모르겠구먼!"

"보답하고 안 하고가 어디 있겠나?"

하계청의 얼굴에는 은혜와 허전함이 교차하는 듯한 야릇한 웃음이 번졌다.

"이건 자네 어르신께서 날 거둬 주셨던 은혜에 대한 작은 보답일세. 그 어른이 아니었다면 내 어찌 운남에서 거인이 될 수 있었겠나."

"아무리 그렇다 해도 난 자괴감을 떨칠 길이 없네."

"그렇게 생각할 일이 아니라니까 그러네. 곰곰이 생각해 보게. 어려운 처지에 있는 자네를 아무 연고도 없이 선뜻 도와주었다던 그 호 아무개라는 친구도 사실은 자네의 능력을 알아보고 훗날을 위해 투자를 한 걸세. 자네도 이 점을 잊어서는 안 될 걸세."

이 말에 왕유령은 깊이 깨닫는 바가 있었다. 계속되는 기연과 행운으로 고무되다 보니 마음속에 웅지가 솟는 걸 느꼈다. 눈을 감으면 비단으로 수놓인 대로가 눈앞에 활짝 펼쳐지는 장면이 떠올라 황홀감에 정신이 흐려질 지경이었다. 보결이 이루어진 것도 아닌데 벌써부터 관직에 오른 것과 같은 흥분이 밀려왔던 것이다.

다음날 아침 일찍 일어난 하계청은 황종한에게 보낼 편지를 써 놓고 왕유령을 기다렸다. 편지는 형식을 갖춘 팔언체도 아니고 추천서 형식은 더더욱 아니었다. 편지의 내용은 온통 친구 사이의 사담으로 채워졌다. 맨 마지막에 가서야 왕유령에 대해 간단히 언급하면서 '어린 시절의 친구는 형제와 같다[總角之交, 誼如昆季]'고 적었을 뿐이다. 아울러 특별히 절강으로 보내는 터이니 잘 키워서 큰 재목으로 사용하라는 부탁을 곁들였다. 편지의 간절하고 진지한 어투에서 하계청이 황종한에게 공수하여 애원하는 모습을 보는 것 같았다.

편지가 봉해지자 왕유령은 하계청에게 자신과 동행할 사람을 요청했다. 왕유령은 내심 양승복이 동행해 주길 원했다. 그러나 하계청은 왕유령의 청을 들어줄 수가 없었다. 양승복은 하계청이 가장 믿고 있는 부하로 수많은 공사와 대인관계를 그가 다 관리하고 있었던 것이다.

"이렇게 하시지요."

양승복이 말했다.

"고승高升이 제일 적절할 것 같습니다."

고승도 성실하고 재주가 많은 인물이었다. 그 역시 흔쾌히 왕유령을 따라가길 원했다.

북경은 반나절 거리에 있었다. 왕유령은 엎드려 하계청에게 작별 인사를 올리고 양승복에게도 감사의 인사를 건넸다. 그런 다음 길을 재촉해 당일 저녁에 북경에 도착했다. 회관會館에 방을 잡으려 했으나 그 해에 임자 은과恩科가 있고 이듬해에 또 계유 정과正科가 있는 터라 방이 부족했다. 2년에 걸친 회시를 위해 과거에 낙제한 거인들과 새로 도전하는 거인들이 무더기로 몰려와 있었던 것이다. 발 디딜 틈조차 없는 형편이어서 빈 방을 구하기가 여간 어렵지 않았다. 게다가 왕유령은 염대사를 연관해 놓고 그 위에 다시 개연改捐을 모색하고 있는 처지였다. 내년 4월이면 크게 이름을 날릴 선비들과 함께 지낸다는 게 아무리 생각해도 어색했다. 결국 비용을 더 써서 서하西河 연변에 있는 한 객점에 여장을 풀었다.

때는 겨울이어서 날이 몹시 추웠다. 화로를 피웠는데도 객점 방 안은 마치 얼음굴처럼 싸늘했다. 고승은 재빨리 거리로 나가 피지皮紙와 밀가

루를 사 왔다. 약간의 풀을 쑨 다음 피지를 손가락 두 개 너비로 잘라 창문과 판벽의 틈새를 모두 발라 버렸다. 바람이 그치자 화로도 그제야 제 구실을 하기 시작했다. 방 안은 순식간에 포근한 봄날로 변했다. 왕유령은 저녁을 먹고 나서 고승과 함께 일에 관한 의논을 시작했다.

"나리, 제게 한 가지 생각이 있는데 한번 들어 보시겠습니까?"

고승이 말했다.

"내일이 바로 섣달 초여드렛날이니 열흘만 더 지나면 곧 봉인*이 있게 될 겁니다."

"아하! 그래?"

순간적으로 왕유령은 정신이 번쩍 들었다.

"한번 봉인하는 데 대략 한 달이 걸리니 그 안에 일을 처리하지 못하면 북경에서 설을 맞게 되겠군."

"그렇죠! 그렇게 되면 수지타산이 맞지 않습니다. 그래서 제가 곰곰이 생각해 봤는데 돈을 좀 더 쓰더라도 앞으로 열흘 동안 일을 서둘러서 처리하는 게 좋을 것 같습니다. 그런 다음 해가 바뀌기 전에 이곳을 출발하여 남방으로 돌아가시는 거죠."

"해가 바뀌기 전에 출발한다고? 그러려면 시간이 너무 빠듯하지 않을까?"

"전 순전히 나리를 위해 드린 말씀입니다. 북경에 아는 사람이 없다면 객점에서 설을 맞아야 하는데 그걸 어떻게 견디시겠습니까? 연초를 기점으로 음력 정월 대보름인 원소절元宵節까지는 어딜 가더라도 돈이 많이 깨지지요. 그럴 바에는 차라리 노상에서 설을 맞는 게 나을 겁니다. 그리고 한 가지 더 중요한 것은……."

고승은 왕유령에게 가까이 다가앉으며 말을 이었다.

"가능한 한 나리께서는 하 대인보다 한걸음 앞서서 도착하셔야 한다는 겁니다. 아니면 서로 엇비슷한 날짜에 절강에 당도하셔서 황 무대를 만나시는 겁니다. 그래야 하 대인의 편지가 효력을 발휘할 수 있을 테니까요."

이 말을 들은 왕유령은 고승의 뛰어난 식견을 다시 평가하게 되었다. 황종한은 야박하기로 소문이 자자한 인물이었다. 춘수 사건이 의외로 빨리 매듭지어지면 하계청의 청을 묵살할 수도 있는 상황이었다. 반대로 하계청이 절강에 도착하여 한창 조사를 벌이고 있을 때 청탁을 한다면 제아무리 황종한이라 해도 받아들이지 않을 수 없는 일이었다.

"자네 애길 들어 보니 그렇게 하는 게 좋겠군. 한데 길은 있는 건가?"

"길이야 항상 있게 마련이죠. 제가 내일 당장 나가서 찾아보겠습니다."

고승은 매우 자신 있게 대답했다.

"쉽지 않을 걸세."

"아닙니다. 반드시 싸고 좋은 길을 찾아내겠습니다."

왕유령은 편안한 마음으로 짐을 풀어 옛날에 연관한 염대사의 부조**를 꺼내 놓았다. 그런 다음 먹을 갈고 종이를 펼쳐 집안 삼대의 경력을 자세히 적은 다음 갖가지 문서가 다 갖추어졌는지 일일이 확인했다. 그러고 나서 20냥이나 되는 은자를 꺼내 고승에게 수고비로 건네주었다.

고승은 다음날 아침부터 동분서주하기 시작했다. 맨 처음 들려온 소식은 별로 좋지 않았다. 시간을 맞출 자신이 없는 게 아니라 비용이 생각보다 많이 든다는 것이었다. 별 진전 없이 사나흘이 훌쩍 흘렀다. 왕유령은 극도로 초조해졌고 고승 자신도 기분이 개운치 않았다.

두 사람이 당초 계획을 포기하고 북경에서 설을 맞기로 마음을 굳혀 가고 있을 무렵 갑자기 뜻밖의 전기가 찾아왔다. 이부의 서판 하나가 집안에 큰 화재를 당해 모자가 불에 타 죽는 변괴를 당한 것이다. 서판은 화재

---

* 봉인封印_결산 절차.
** 부조部照_순무아문에서 발급하는 일종의 신분 증명서.

사건의 책임으로 하옥되었는데 그 역시 몸에 심한 중상을 입어 사경을 헤매면서 애타게 동료들의 도움을 기다리는 형편이었다.

돕는다는 건 별게 아니었다. 돈 있는 자들은 돈을 내놓고 힘 있는 자들은 힘을 보태면 그만이었다. 돈을 낸 사람들은 고작해야 열 냥 또는 여덟 냥의 은자를 내는 것에 불과하여 힘을 보탠 사람들의 도움에 비해 너무나 보잘것없었다.

세밑이라 공사가 유난히 바빴고 각 부 아문들은 사관에서 서판에 이르기까지 모두들 이 일이 빨리 처리되기를 바랄 뿐이었다. 일부 기한이 정해져 있는 일들은 너무 오래 지체될 경우 처벌을 받을 수도 있었다. 때문에 이 기간에는 되는 일을 억지로 안 되게 하거나 공연히 트집을 잡는 일도 비일비재했다. 동료의 어려운 사정을 돕기 위해 그들은 나름대로 장정을 정해 놓고 일처리를 위한 공정 가격을 제시했다. 일종의 수수료였다. 공사를 제때에 처리하고 싶은 사람들은 평상시에 납부하던 액수에 비해 약간의 돈을 더 내야 했는데 이렇게 해서 거둔 돈은 전부 화를 당한 서판 몫으로 돌아갔다. 외부 사람들에게는 이런 방법이 본인이 직접 나서서 일을 보는 것보다 훨씬 편하고 돈도 덜 들었다. 관에서 일을 보아야 하는 사람들에겐 놓칠 수 없는 기회였다.

고승은 유리창의 필묵장에서 이런 소식을 전해 들었다. 고승은 잘 아는 사람을 찾아가 연관에 필요한 비용 문제를 상의하고 서둘러 객점으로 돌아왔다. 480냥 정도만 들이면 후보 주현으로 연관하여 절강으로 분발할 수 있다는 얘기를 왕유령에게 전해 주었다. 그 가운데 삼분의 이는 정식 비용이고 삼분의 일은 잡비로서 두 장의 은표로 따로 준비해야 한다는 것이었다. 항목의 비용은 신청자 본인이 직접 납부하고 잡비는 접수인을 통해 전달하도록 돼 있었다. 말 그대로라면 닷새 사이에 부조와 실수實收로 불리는 연납교은捐納交銀 영수증을 모두 받을 수 있는 셈이었다.

고승은 즉각 중간에서 일을 맡아 처리해 줄 지인을 찾아갔다. 때가 때인 만큼 모든 일은 순풍에 돛단 듯 순조롭게 해결되었다. 이제 남방으로 먼 길을 떠날 일만 남게 된 것이다.

그러는 사이 새해 아침이 밝았다. 길을 떠나려 했지만 마차도 배도 장사할 생각을 하지 않았다. 연관이라는 큰일이 해결된 터라 이제 늦지 않게만 돌아가면 그만이었다. 왕유령은 고승과 상의한 끝에 음력 정월 초닷새인 파오破五 이후까지 북경에 머물기로 결정했다.

고승은 명령이 내려지면 별다른 토를 달지 않고 철저히 따르는 인물이었다. 고승은 수레를 두 대 예약해 놓고 운임의 절반을 선납했다. 약정된 날은 정월 초이렛날로 먼 길을 떠나기에 딱 좋은 황도길일黃道吉日이었다.

왕유령은 고승과 함께 편안한 마음으로 북경의 여러 명소들을 구경했다. 군기처를 제외한 대소 아문들이 모두 봉인을 끝낸 상태여서 거리는 걸음을 재촉하는 사람들로 가득했다. 어떤 이는 수심이 가득한 얼굴로 설을 맞기 위해 사람들의 도움을 청했고, 어떤 이는 손에 등롱을 들고 다니며 빚 독촉을 했다. 밤이면 불꽃이 하늘을 수놓는 가운데 술집에선 정다운 웃음소리가 그치지 않고 흘러나왔다.

왕유령은 동향 친지들을 찾아볼까 하다가 그만두었다. 북경에 아는 사람이 더러 있긴 했지만 연초부터 찾아가 폐를 끼치고 싶지 않았다. 가지고 온 토산품이 별로 많지 않아 빈손으로 찾아가는 형국이니 그것 또한 예의에 어긋나는 일이었다. 일이 잘된 이후에 늠름한 모습으로 찾아가야 제대로 사람 대접을 받을 수 있는 세상이었다.

섣달 그믐날이 되자 회관의 집사들은 설 음식을 차려 놓고 인사들을 초대했다. 사람들은 연야반*을 돌려 먹고, 주령과 골패놀이를 하면서 저마

---

* 연야반年夜飯__섣달 그믐날 밤에 여러 사람들이 한 자리에 모여 먹는 민속 음식.

다 유쾌한 저녁을 보냈다. 노름에 익숙지 못한 왕유령은 일찌감치 객점으로 돌아왔다.

고승은 사전에 왕유령이 휴가를 주었기 때문에 객점에 남아 있지 않았다. 심부름하는 아이가 고승을 대신해서 화로에 불을 지피고 차를 가져다주었다. 적적해진 왕유령은 술을 시켜 마셨다. 홀로 취하는 일이라 여간해서 흥이 나지 않았다. 야화野花를 한 송이 꺾어다가 가절佳節을 함께 하고* 싶은 생각도 들었지만 고승에게 들켜서 망신을 사지나 않을까 두려웠다. 팔대호동八大胡同이라 불리는 크고 번화한 거리들이 지척에 있었지만 그런 곳에 가서 술과 음악을 즐기다가는 돈을 탕진하기 십상이었다.

새해를 축하하는 폭죽 소리가 가득한 가운데 왕유령은 혼자서 조용히 잠을 청했다. 그러나 아무리 해도 잠이 오질 않았다. 왕유령은 그동안의 삶을 돌아보며 몸을 뒤척였다. 생각해 보니 지나온 세월은 처량하고 서러웠다.

'이제 고생은 끝났다.'

왕유령은 입술을 굳게 다물었다. 앞으로는 희망이 더 많을 것 같았다. 그때 불현듯 하계청이 떠올랐다. 하계청처럼 정도正道를 걷지 않았으니 이미 그에게 한 번 진 것이나 다름없었다. 패배를 인정해야 했지만 그렇다고 승부가 끝난 것은 아니었다. 이것저것 따져 보던 왕유령은 자신이 결코 하계청에게 뒤질 이유가 없다는 결론을 내렸다. 하계청만큼 많은 책을 읽진 못했지만 어려서부터 부친의 신변을 맴돌면서 민생을 이해하고 이치吏治를 숙지한 터였다. 인내와 넉넉함으로 사람을 대하는 방법을 터득했기 때문에 서안에 파묻혀 세무에 능통하지 못한 서생과는 비교할 수 없는 자질을 갖추고 있었다. '세사에 밝고 능한 것이 모두 학문[世事洞明皆學問]'이라는 말처럼 스스로 자신의 능력을 과소평가하고 의기소침해 버리면 갖고 있는 능력과 자질마저 위축되어 버리고 마는 것이다. 때마침 좋은 기회를 맞이했고 나라에도 할 일이 많아 성명聖明한 군주가 위대한 치세를 도모하는 시기였다. 비록 풍진에 묻힌 속리俗吏의 역할이나마 금마옥당金馬玉堂의 학사學士에 뒤지지 않으리라!

생각이 여기에 미치자 왕유령의 가슴은 걷잡을 수 없을 만큼 뜨거워졌다. 대업을 이루고 말겠다는 굳은 웅지가 뭉글뭉글 솟아올랐다. 그러나 꿈을 실현하기에는 머리에 든 것이 너무 보잘것없었다. 사부詞賦의 문장은 아니더라도 민생을 이해하기 위한 최소한의 학문은 갖춰야 할 것 같았다.

다음날 왕유령은 책방으로 갔다. 유리창을 어슬렁거리는 사람들은 저마다 먹을 거리와 선물들을 사느라 분주한데 왕유령은 책벌레처럼 서포書鋪 안에만 앉아 있었다. 왕유령은 복장이나 태도가 벌써 이전같지 않았다. 주인장은 매우 조심스러운 표정으로 새해 인사를 올리며 과일 접시를 내놓았다. 그런 다음 성씨와 향리, 과명科名 등을 차례로 물었다.

"전 왕가이고 원적은 복건입니다. 간신히 향시에 붙었지요."

왕유령의 말투는 신과新科 거인擧人을 방불케 했다. 다행히 왕씨 성이 아주 흔해서 이런 모험을 해도 들통 날 염려가 없었다.

"아, 그러시군요! 왕 노야의 얼굴에 춘풍이 가득한 걸 보니 본과에서는 틀림없이 연승하실 겁니다. 미리 축하드립니다!"

"말씀만 들어도 고맙소이다. 장중에 논문을 지어 내야 하니 운세를 봐야겠지요."

"왕 노야께서는 관화**를 잘하시는군요. 보아하니 어르신네를 따라 외지 생활을 꽤나 오래 하셨겠습니다?"

"그렇습니다."

왕유령은 이런 식으로 문답이 더 계속되다간 곧 자신의 본모습이 드러
나고 말 것 같은 불안한 생각이 들었다. 이번에는 자신이 먼저 화제를 돌
려 질문을 던졌다.

"실용지학實用之學에 관한 좋은 책이 좀 있습니까?"

"왜 없겠습니까?"

주인장은 잠시 머리를 굴리더니 직접 서가에서 새 책을 한 권 꺼내 들
었다.

"왕 노야께서 이 책을 갖고 계실지 모르겠군요."

한눈에 하장령賀長齡이 쓴《황조경세문편皇朝經世文編》임을 알 수 있었다.
왕유령은 오래전부터 제목을 들어 왔던 책이라 흔쾌히 대답했다.

"한 권 주십시오."

"정말 좋은 책이지요. 오늘날의 실학을 자세히 논한 책이라 이 책 한 권
만 숙독해도 전시殿試의 책론策論은 걱정하실 것도 없습니다."

"양무洋務에 관해 논한 책은 없습니까?"

"양무에 관한 책이라……. 귀성의 임 대인께서 번역하신 책이 한 권 있
지요. 관원이라면 반드시 읽어야 할 책입니다."

주인장이 내민 책은 다름 아닌 임칙서의《서이사주지西夷四州志》로서 왕
유령도 한 권 갖고 있었다. 서점 주인은 왕유령이 어떤 분야의 책을 필요
로 하는지 금세 알아차리고 쉴 새 없이 몸을 움직여 한 무더기의 책을 가
져왔다. 왕유령은 책 가격이 제법 공정한데다 주인의 성의를 거절할 수
없어 전부 싸 들고 객점으로 돌아왔다.

왕유령은 객점 안에 두문불출하면서 책 읽기에 전념했다. 특히 눈길을
끈 것은 호남 안화安化의 도문의공陶文毅公 도주陶澍의 글이었다. 왕유령은
도주가 지은《황조경세문편》중에서 염법鹽法과 하운 업무, 조운에 관한
대목을 여러 번 반복하여 읽고 연구하면서 글자 하나도 소홀히 하지 않았

다. 그는 오래 전부터 도주의 정책을 마음속으로 지지하던 터였다. 그러던 차에 책을 통해 그가 펼친 정책의 핵심을 파악하니 저절로 염법과 조운을 개혁해야 하는 이유를 이해하게 되었던 것이다.

공리를 목적으로 일을 추진하면 그 과정에 발생하는 갖가지 폐단을 완전히 배제하기가 어려웠다. '울타리 길을 따라가다 보면 산림에 이를 수 있다[疏路藍縷, 以啓山林]'는 말이 있듯이 시간과 인재를 적소에 활용하기만 하면 힘 안 들이고 이익을 창출할 수 있었다. 일의 추진 과정에 생기는 부스러기 폐단을 완전히 없애다 보면 남의 권리를 침범하게 되어 스스로 엄청난 저항과 도전을 자초하게 된다.

왕유령은 도주의 체계적인 염무 원리와 조운 개혁의 논조를 읽어 가면서 이것이야말로 말 그대로 실사구시임을 확인할 수 있었다. 시간만 넉넉하다면 다 이루지 못할 일도 아니라는 생각이 들기도 했다. 무엇보다도 왕유령의 마음을 사로잡은 것은 언젠가 반드시 모든 폐단을 바로잡겠다는 도주의 굳은 의지와 필체에서 느껴지는 인간적인 매력이었다.

왕유령은 책을 덮고 가만히 세상 정세를 생각해 보았다. 모든 문제는 결국 한 가지로 귀결되었고, 그 귀결점은 다름 아닌 권력이었다. 왕유령은 '대장부가 하루 아침에 모든 권력을 잃지는 않는다'는 세상 사람들의 말이 하나도 틀리는 바가 없다고 생각했다. 이 말은 손에 권력을 잡고 있어야 남에게 이용당하거나 억울한 입장에 처하지 않고 물 흐르듯이 부드럽게 세파를 헤쳐 나갈 수 있다는 것을 의미하기도 했다. 세상을 마음대로 부리겠다는 큰 뜻을 품은 사람이라면 시국의 변화에 유념하지 않을 수 없었다.

마침 호북에서 온 차사差使 하나가 바로 옆방에 묵게 되었다. 둘 다 나그네 신세이다 보니 적적함을 달래기 위해 함께 술잔을 기울이게 되었다. 왕유령은 그에게서 호남과 호북의 정세를 자세히 들을 수 있었다. 왕유령은 그의 얘기를 듣고 나서야 비로소 홍양군洪楊軍, 즉 태평천국군이 장사長沙 이남을 공격하여 영향寧鄕과 익양益陽을 점령했다는 사실을 알았다. 홍양군은 수천 척의 민선을 약탈했으며 동정호를 건너 악주岳州를 접수하고 승세를 몰아 동쪽으로 남하, 11월에는 한양漢陽을 함락시켰으며 12월에는 성도인 무창武昌까지 진출했다는 것이다. 순무 상대순은 물론이고 학정과 번대, 얼사, 제독, 총병 그리고 도원과 지부, 지현, 동지에 이르기까지 성 전체의 문무 관원들이 전부 순직했다. 비참한 광경을 설명하면서 호북에서 온 차사는 술잔에까지 눈물을 뿌렸다.

왕유령도 마음이 아파 더 이상 술잔을 들 수 없었다. 상대순은 절강 순무로 있다가 자리를 옮겨 온 지 채 1년도 안 돼 변을 당한 것이다. 왕유령도 항주에 있을 때 그를 한 번 만나 본 적이 있었다. 순수하고 청렴한 서생이었다.

절강 순무로 있을 때 해적들을 소탕한 경험이 있다는 사실 하나만으로 조정에서는 그를 용병에 뛰어난 인재로 판단하여 호북에 파견, 홍군을 진압하도록 했다. 그는 황제의 유지를 받들어 자신이 지키던 성과 함께 장렬하게 전사한 셈이었다.

국토를 지킬 책임은 모든 지방관에게 골고루 있었다. 말단 관리까지 성과 함께 운명을 마친 이유는 거기에 있었다. 게다가 조정에서는 이미 각 성에 특사를 파견하여 자구책을 강구하라고 지시한 상태였다. 난세에 어찌 문무를 따지겠는가.

말에 오르면 도적의 무리를 베고, 말에서 내리면 초로가 되어야 한다는 말이 있었다. 문무를 겸비한 사람들이 유능한 관리로 대접받는 세상이었다. 왕유령은 이런 생각을 하면서 창가로 다가갔다. 지나가는 사람들을 내다보면서 왕유령은 《성무기聖武記》 같은 전쟁의 방략이나 병사의 훈련에 관한 책들을 구해 여행하는 동안 자세히 읽어야겠다고 마음먹었다.

왕유령은 정월 초이레에 육로를 이용해 북경을 출발했다. 북경을 벗어나면 천진 해로를 제외한 수륙의 모든 통로가 산동성 변경에 있는 덕주德州로 모였다. 운하는 북경을 출발하여 동쪽으로 흐르다가 이 지점을 경유하면서 서남쪽으로 방향을 바꿔 임청臨淸과 동창東昌을 거쳐 남하하게 된다. 육로는 경성을 출발하여 서쪽으로 이어지다가 동남으로 방향을 바꿔 평원平原과 우성禹城, 태안泰安, 임기臨沂 등지를 경유한 다음 강소성 경내로 들어와 청강포淸江浦에서 나뉘었던 수륙의 두 길이 다시 만나게 되는 것이다.

왕유령은 육로를 따라 20일 동안이나 쉬지 않고 내달렸다. 하루 종일 흔들거리는 수레에 앉아 잠시도 손에서 책을 내려놓지 않았다. 밤이 되어 객점에 투숙해서도 대두유 등잔 밑에서 뭔가를 쉬지 않고 적어 내려갔다. 이런 식으로 그는 어느새 《경세문편》과 《성무기》, 그리고 《서이사주지》를 전부 독파했다. 때로는 수레 안에서 혼자 생각을 가다듬으며 안으로는 조운과 염법, 병무 등을 깨우치고 밖으로는 변방 이민족들의 정세와 서양 세력에 대한 방비와 대책을 마음속에 새겼다.

수레는 왕가 진영을 향해 길을 재촉했다. 거기서 황하를 건너면 바로 청강포였다. 왕유령은 민간의 배를 고용하여 운하를 따라 곧장 항주로 갈 생각이었다. 배운 바를 증명하기 위해 그는 배로 갈아탈 수 있는 기회를 포기해 버렸다. 청강포에서 며칠 머물 계획을 세운 것이다. 한신韓信 장군으로 유명한 청강포는 남에서 북으로 통하는 수륙의 요충지이자 최대의 항구 도시였다. 강남의 하도 총독도 이곳에 주둔하고 있고 하무와 조운, 회염*의 운송과 판매가 모두 이곳을 주축으로 이루어졌다. 청강포를 중심으로 번성하고 있는 내외 산업을 두루 고찰하는 일은 앉아서 책 수십

----

* 회염淮鹽__회하 유역에서 나는 질 좋은 소금.

권을 읽는 일보다 중요했다.

왕가의 영내에 도착하니 장모의 반란이 갈수록 더 창궐하고 있다는 소식이 전해졌다. 아니나 다를까, 청강포에 이르니 벌써 심상치 않은 조짐들이 눈에 들어왔다. 가마의 행렬이 늘어선 가운데 이것저것 잡동사니들을 머리에 이거나 등에 진 외지 사람들이 떼를 지어 몰려들고 있었다. 사람들의 얼굴에는 하나같이 수심이 가득했다. 한 가지 분명한 것은 이들이 모두 남방에서 피난 온 난민들이라는 사실이었다.

고승이 낮은 목소리로 말했다.

"나리, 아무래도 큰일이 난 것 같습니다. 객점이 모두 만원일 것 같으니 나리께서는 차관茶館에 앉아서 짐을 보시고 소인이 객점을 찾아 다녀보는 게 좋을 것 같습니다. 방을 잡으면 소인이 살펴보고 나서 다시 나리를 모시러 오겠습니다."

"그래. 그렇게 하게."

왕유령이 고개를 들어 좌우를 살펴보니 길 한쪽에 바로 차관이 하나 눈에 띄었다.

"난 저기서 기다리도록 하겠네."

차관에 들어선 왕유령은 짐꾼에게 짐삯을 준 다음 잠시 앉아 쉴 만한 자리를 찾아보았다. 주위가 온통 어수선한 가운데 문가 쪽에 놓인 긴 탁자 하나가 비어 있었다. 고승이 잽싸게 달려가 의자 위에 쌓인 먼지를 입으로 훌훌 불어 떨어냈다.

"나리, 이쪽으로 와서 앉으시죠."

고승은 북방 사람이었기 때문에 남방의 수로를 이용해 본 적도 없고 당연히 이에 관련된 규칙도 전혀 모르고 있었다. 왕유령은 다행히 이런 규칙들을 어느 정도 알고 있었다. 왕유령은 재빨리 고승을 잡아 끌며 말했다.

"이건 아무나 앉을 수 없는 자릴세."

긴 탁자는 '마두馬頭 탁자'라 불리는 것으로 조방의 우두머리인 용두龍頭들이나 앉을 수 있는 자리였다.

"그래요?"

고승은 의아한 듯 머리를 긁적였다. 왕유령은 그에게 자세히 설명해 줄 방법이 없었다. 그러는 사이에 차 시중을 드는 차박사茶博士 하나가 손짓으로 그들을 불렀다. 고승은 자리가 마련된 것을 보고는 적이 마음을 놓으면서 재빨리 객점을 알아보러 밖으로 나갔다.

왕유령은 차를 마시면서 동석한 사람들에게 남방의 소식을 물어보았다. 들리는 건 너무나 비참한 얘기들뿐이었다. 무창이 무너진 다음 장모들은 크고 작은 선박 1만여 척에 그동안 약탈한 금은보화를 싣고 양자강 양안을 따라 동쪽으로 이동을 시작했다는 것이었다. 지나치는 주현마다 약탈을 자행하는데 차마 눈뜨고 볼 수 없는 지경이라고 했다. 이런 식으로 광제현廣濟縣의 무혈진武穴鎭까지 올라간 홍양군은 마침내 양강 총독 육건영陸建瀛의 병력과 마주쳤다.

호북은 양강 총독의 관할지가 아니었기 때문에 육건영은 흠차대신의 신분으로 성 밖에 나가 적을 맞았다. 그러나 결과는 참패였다. 녹영의 군기가 쇠하였고 새로 모집한 병사의 숫자도 보잘것없어 화산처럼 폭발하는 홍양군의 기세를 꺾지 못했다.

홍양군의 수군은 구강九江에서 호구湖口와 팽택彭澤을 거쳐 안휘성 경내에까지 진입했다. 소고산小孤山을 지키던 강소 안찰사는 방어를 포기한 채 달아났고 성도인 안경安慶의 문호는 아무런 저항 없이 열렸다.

2천 명 정도의 병력으로 성을 지키던 안휘성 순무 장문경蔣文慶은 육건영의 병사가 수비를 포기하고 패퇴하여 강녕江寗으로 돌아가는 것을 보고 창고에 보관 중이던 화물과 군량을 여주廬州로 옮겨 놓고 홍양군을 기다렸다. 그러나 성을 지키던 병사들은 홍양군이 닥치기도 전에 뿔뿔이 흩어졌다. 끝까지 성에 남아 있던 장문경은 무서撫署의 서원문에서 피살당했다. 이것이 바로 열흘 전의 상황이었다.

"열흘 전이라고요?"

왕유령이 크게 놀라며 물었다.

"그렇다면 지금 반란을 일으킨 장모들이 어디까지 와 있다는 말이오?"

"그건 잘 모르겠습니다."

동석한 피난민들은 고개를 좌우로 흔들며 수심이 가득한 얼굴로 대답했다.

"아마 무호蕪湖까지는 와 있을 겁니다. 어쩌면 벌써 강녕에 들어와 있을지도 모르지요."

왕유령은 대경실색하지 않을 수 없었다. 홍양군의 용병이 이 정도로 빠르단 말인가? 그는 반신반의하면서 애써 마음을 가라앉혔다.

따져 보면 그리 이해가 안 되는 일도 아니었다. 왕유령은 여행 도중에 독파한 많은 책을 통해 이미 충분한 지식과 통찰력을 지니고 있었다.

옛날부터 양자강 상류에서는 형주荊州가 가장 중요한 향진鄕鎭이었다. 일단 상류를 빼앗기면 적은 여세를 몰아 동쪽으로 내려와 하류 지역을 위협할 것이 당연했다. 때문에 역사적으로도 남조南朝가 금릉金陵에 도읍을 정한 후에 먼저 대장 형양荊襄을 보내 상류를 지키게 한 바 있었다. 같은 이유로 환온桓溫이 형주에 있으면 동진東晋의 군신들이 편히 자지 못했고, 남당南唐의 후주도 일찍이 상류를 상실하여 마침내 송 태조에게 평정당하고 말았던 것이다.

왕유령은 당장의 형세에 관해 확실한 견해를 갖게 되었다. 조정에 전략을 세울 줄 아는 인재가 없어 호광湖廣과 하남 지역에 병력을 집중 배치한 것이 가장 큰 잘못이었다. 홍양군의 북상에 대비했던 것이 오히려 강남의 공백을 초래한 것이다. 그로 인해 장모들이 부유한 동남 지방을 휩쓸고 지나가게 되었으니 이만저만한 실책이 아니었다.

　이러한 형편을 놓고 볼 때 금릉은 아무래도 방어가 불가능했다. 순간적으로 생각이 하계청에게 미친 왕유령은 가슴이 철렁 내려앉았다. 다시 생각해 보니 하계청은 금릉에 있을 것 같지 않았다. 왕유령은 이마의 땀방울을 닦아 내며 긴 한숨을 내쉬었다.

　"아직은 괜찮아, 아직은 아무 일 없다고."

　동석했던 손님들이 우울한 두 눈을 들어 자신을 응시하자 왕유령은 그제야 자신의 실수를 깨닫고 빙긋이 웃으며 서둘러 둘러댔다.

　"사지에 있는 친구 생각을 하고 있었습니다."

　왕유령은 하던 말을 흘려 버리고 앞에 앉은 사람을 향해 느닷없이 질문을 던졌다.

　"한 가지 여쭙겠습니다만 학대아문이 강음江陰에 있다는 게 맞습니까?"

　"글쎄요, 그건 잘 모르겠군요. 강소성에는 큰 관아들이 너무 많아서 어느 아문이 어디에 있는지 정확히 알기가 어렵거든요."

　"그리 어려울 것도 없지요."

　옆자리에 앉아 있던 사람이 웃으면서 끼어들었다.

　"맞습니다. 강소성에는 큰 관아들이 가장 많지요. 하지만 아문들은 하나같이 좋은 곳에 위치해 있습니다."

　그는 손을 들어 손가락을 꼽아 가며 나열하기 시작했다.

　"자, 그럼 청강포에서부터 따져 봅시다. 남하 총독은 청강포에 있고 조운 총독은 회안에 있으며 양강 총독과 주방 장군 그리고 강녕 번대는 강녕에 주둔하고 있지요. 강소 순무와 강소 번대는 소주에 있고 학정은 강음에, 양회, 염정鹽政은 양주에 주둔하고 있습니다."

　과연 강음에 있는 것이 틀림없었다. 왕유령은 재빨리 속으로 계산을 해

보았다. 운하로 양주에 도착한 다음 강을 따라 동쪽으로 가면 강음에 다다를 수 있다. 그곳에서 하계청을 만난 뒤 다시 무석無錫과 소주, 가흥 등지를 거쳐 항주로 돌아와도 늦지 않을 것 같다는 생각이 들었다.

한창 이런 생각을 하고 있는데 고승이 숨을 헐떡거리면서 뛰어 들어왔다. 간신히 방을 하나 구해 놓았는데 예약금을 주고 오긴 했지만 그 사이에 다른 손님이 오면 방과 예약금을 모두 날리게 된다는 것이었다. 병란으로 인해 도처에 억지와 무질서가 판을 치고 있는 형편이라 고승은 주인을 재촉하여 한시바삐 잡아 놓은 객점으로 가고 싶었다.

왕유령은 자리에서 일어나 찻값을 치르고 고승과 함께 밖으로 나왔다. 짐꾼을 하나 불러 무거운 짐을 맡긴 다음 고승이 이불 보따리를 들고 나머지 짐들은 왕유령 자신이 직접 들고 고승이 방을 잡아 놓은 객점으로 향했다. 간신히 구했다는 객점은 매우 작고 협소했다. 게다가 방이 주방 가까이 있어 연기가 가득한 것이 객실로는 전혀 어울리지 않았다. 하지만 길거리를 떠도는 난민들 처지에 비하면 작은 방 한 칸도 고마운 일이었다.

"자네는 어쩔 텐가? 자네도 쉴 만한 곳을 찾아야지."

왕유령이 걱정스러운 듯 고승에게 물었다.

"전 나리 곁에서 대충 뭉개면 되죠. 아니면 배를 빌려 먼저 가든가요. 그래 봤자 하루만 넘기면 되는데요, 뭘."

"고승! 난 강음으로 가서 하 대인을 한번 만나 봐야 할 것 같네."

왕유령은 마음속의 생각을 털어놓았다.

"그건 말씀이죠……."

고승은 대답을 질질 끌었다.

"제 생각엔 나리께서 곧장 항주로 돌아가시는 게 좋을 것 같습니다. 첫째는 하루라도 빨리 가서 보고를 올려야 하고, 둘째는 배를 두 번 더 갈아타는 것이 평상시라면 별일도 아니겠지만 요 며칠은 여간 힘든 게 아니라서 말입니다. 혹시 길이라도 끊기는 날엔 어떻게 하시겠습니까?"

고승의 식견은 정말 대단했다. 절강으로 분발하는 후보 주현이 도중에 길이 막혀 강소에 남게 된다면 보결은 꿈도 꾸지 못하는 처지가 되고 만다.

"자네 생각이 백 번 옳군."

왕유령은 고승의 얘기를 듣자마자 생각을 바꿔 가능한 한 빨리 배를 구해 절강으로 돌아가기로 마음먹었다.

다음날 아침, 거리에는 난민들의 수가 눈에 띄게 늘어나 있었다. 그리고 난민들을 따라 불행한 소식 한 가지가 도착했다. 무호가 이미 함락되었고, 관군의 해군 병력은 크게 패하여 복산진福山鎭의 총병영이 파괴되었다는 것이다. 홍양군은 병력을 수륙 세 방향으로 나누어 강녕으로 진격하는 중이었다. 근 200년 동안 병란을 전혀 경험하지 못한 강남의 백성들은 홍양군에 대한 두려움이 컸다. 그만큼 배를 구하기도 쉽지 않았다. 남방이 온통 전쟁의 불길에 휩싸이자 선주들은 홍양군에게 약탈당하거나 관군에게 배를 몰수당하는 것을 두려워하여 배를 내줄 때 마음껏 횡포를 부렸다.

하루 종일 뛰어다닌 결과 간신히 한 가지 희소식을 접할 수 있었다. 조정의 양곡을 운반하고 나서 빈 배로 돌아가게 된 절강의 조선 일부가 가는 길에 여객 몇 명을 태우려 한다는 것이었다. 한 사람 뱃삯이 은 스무 냥으로 평소의 열 배에 해당하는 큰 액수였다. 사정이 급한 왕유령으로서는 하는 수 없이 그 배를 이용하기로 결정했다. 조선을 이용하는 데는 몇 가지 큰 이점이 있었다. 도중에 황하의 제방을 지나거나 성의 경계지를 통과하기가 매우 편했던 것이다.

풍향도 순조로워 배는 아주 빠르게 물살을 갈랐다. 양주에 도착하니 벌써 강녕이 포위되어 있다는 소문이 들려왔다. 머리에 붉은 띠를 두른 홍양군 장모들이 80만 명이나 성을 포위하고 있다는 얘기였다. 성 안에는 4

천이 될까 말까 한 만족滿族 병사들과 1천 명 남짓한 녹영병綠營兵이 수비에 임하고 있었다. 그러나 명明 태조가 세운 강녕성은 견고하기로 소문난 곳이었다. 한순간에 무너져 버리진 않을 것이라고 사람들은 이구동성으로 예측했다. 하지만 그건 사람들의 착각이었다. 홍양군의 숫자가 80만이라면 강녕성을 공략하는 건 식은 죽 먹기일 터였다.

왕유령은 머릿속으로 그들의 전략을 가늠해 보았다. 홍양군은 부대를 둘로 나누어 한쪽은 동으로 가서 소상蘇常을 탈취하고 한쪽은 강을 건너 북으로 접근하여 중원中原을 경영하려 들 것이다. 그렇게 되면 강녕성은 고립무원의 지경에 빠져 싸워 보지도 않고 스스로 무너질 것이 불 보듯 뻔했다. 왕유령은 밤잠을 이루지 못하면서 뱃전에 부서지는 물소리에 귀를 기울였다. 마음속으로 온갖 사념이 밀려왔다. 갖은 생각을 다 해보았지만 기울어 가는 강남의 운명을 구할 방법은 도무지 떠오르지 않았다.

긴 여행 끝에 왕유령은 마침내 항주에 도착했다. 뭍으로 오르자마자 제일 먼저 생각난 것은 집이 아니라 호설암이었다. 행방이 묘연한 그를 찾기 위해서는 먼저 차관에 가 보는 수밖에 없었다.

고향으로 돌아와 보니 처리할 일이 너무나 많았다. 무엇보다도 급한 일은 이사할 집을 구하는 것이었다. 원래 살던 곳은 너무 좁은데다 겉모습도 초라하기 그지없었다. 우선 고승이 묵을 만한 장소가 없었기 때문에 왕유령은 집에 잠시 들러 차만 한잔 마시고 고승과 함께 거간꾼을 찾아갔다.

집을 사고 파는 거간꾼을 항주에서는 와요두瓦搖頭라 불렀다. 이들은 주로 차관에 모여 손님을 기다렸다. 온갖 장사꾼들이 차관에 모여 매매에 관한 정보를 교환하거나 연락을 취하곤 했는데, 이를 일컬어 차회茶會라 했다. 차회에 자리를 잡고 있던 거간꾼들은 왕유령의 옷차림과 행색을 대충 뜯어보고는 대고객이라 생각하여 우르르 몰려들었다.

"난 집을 사거나 팔 생각이 있는 게 아니라 한 칸 세를 들고 싶소. 그것도 아주 빨리. 가장 좋은 건 오늘 중으로 이사할 수 있는 것이오."

"집이 어디 그렇게 쉽게 구해지나요?"

모두들 크게 실망하는 표정으로 히죽히죽 웃으며 말했다.

"제가 그런 집을 하나 알고 있지요."

다행히 그 가운데 한 사람이 나서서 말했다.

"그래, 어떤 집이오?"

"방금 말씀하신 그대롭니다."

왕유령은 곧장 흥정에 들어갔다. 먼저 집의 구조와 크기를 묻고 방세를 물었다. 그다지 비싼 편은 아니었다.

"그럼 한번 가서 구경이나 해봅시다."

왕유령은 말을 아끼면서 약간의 관심을 나타냈다.

"보고 나서 마음에 들면 당장 약정을 하도록 합시다. 오늘부터 빌리는 걸로 말이오. 난 일을 시원시원하게 처리하는 편이오. 하지만 집이 너무 좁은 건 딱 질색이오."

"나리께서 말씀하시는 걸 들어 보니 복건福建 억양에 항주 억양이 좀 섞인 것 같은데 꽤 여러 해 동안 서호西湖의 물을 드셨겠습니다 그려. 그런데도 아직 이 항철두杭鐵頭가 한입으로 두말하지 않는다는 걸 모르고 계셨습니까?"

집은 청화방清和坊에 자리 잡고 있었다. 이 일대는 남송 이래로 가장 번화한 지역이라 항주 사람들은 상성上城이라 불렀다. 경관이 뛰어난 무대아문과 번대아문이 그리 멀지 않은 곳에 있어 원에 드나들기가 편리하다는 것이 왕유령에겐 가장 마음에 들었다. 집 안을 자세히 살펴보니 방이 다섯 칸인 정옥正屋인데다 안으로 들어서면 좌우 양쪽으로 사랑채가 나 있고 그 앞은 곧장 대청이었다. 집 뒤에는 조그만 죽림 사이로 정자가 하나 세워져 있어 그리 부유해 보이지도 않으면서 너무 초라하지도 않은 것이 왕유령의 신분에 딱 들어맞는 것 같았다. 왕유령의 낯빛을 살피면서 와요두가 입을 열었다.

"왕 노야께서는 정말 운이 좋으십니다. 원래 이 집에 사시던 장 노야께서는 산서로 승관陞官 발령이 나셔서 바로 어제 임지를 향해 떠나셨습니다. 이렇게 훌륭한 집을 당장 구할 수 있다는 건 보통 행운이 아니지요. 하루만 늦어도 임자가 달라질 수 있는 집인데 왕 노야께서 오늘 이 집을 보러 오셨으니 정말 공교로운 일이 아니겠습니까?"

"정말 공교로운 일이구려."

왕유령도 어렵지 않게 집을 구하게 되어 기분이 몹시 좋았다.

"서류를 준비해 주시오. 곧장 약정을 맺고 집을 빌리도록 하겠소."

"이사는 언제 하실 생각이십니까?"

고승이 끼어들었다.

"쇠뿔도 단김에 빼랬다고 오늘 당장 이사해 버리지. 정 어려우면 내일 하고."

이사는 다음날 하기로 결정했다. 준비해야 할 것들이 부지기수로 많았다. 우선 사람들을 사서 집을 청소해야 했고 필요한 가구들을 사들여야 했다. 빈궁한 집안 출신이라는 인상을 지워 버리기 위해 왕유령은 값이 제법 나가는 중고품 홍목 탁자와 의자를 사들였다. 이것 말고도 이전에 사용하던 탁자와 의자가 또 있었다. 운남에서 가지고 온 대리석 차탁과 의자였다. 대충 적당한 곳에 배치하니 꽤나 운치가 있어 보였다.

돈을 들이니 안 되는 일이 없었다. 새 집으로 이사한 지 겨우 이틀밖에 안 됐는데 모든 것이 착착 자리를 잡아 가면서 제법 사람 사는 집같이 느껴졌다. 주방에는 식모 아이가 있고 상방에는 심부름하는 아이가 딸려 있었다. 사랑채에는 네 명의 가마꾼들이 상주했고 교청轎廳에는 새로 짠 남니藍尼 가마가 자태를 뽐내며 서 있었다. 고승은 이들을 모두 관리하는 집사인 셈이었다.

이제 호설암을 찾아갈 차례였다. 왕유령은 신분이 이전에 비해 크게 달라졌지만 어려울 때의 친구 앞에서 그런 내색을 하고 싶진 않았다. 왕유령은 아침 일찍 일어나 옛날에 입던 면 두루마기를 걸치고 편안한 걸음으로 매일같이 들렀던 차관을 찾아갔다. 아는 사람들을 많이 만날 수 있었지만 유독 호설암만은 모습이 보이지 않았다.

"소호小胡는 어디 갔나?"

왕유령이 차박사에게 물었다.

"여기 안 온 지 꽤 오래 됐습니다."

"어허! 그래?"

왕유령은 갑자기 조바심이 나기 시작했다.

"어떻게 된 일이지? 도대체 어디로 갔단 말인가?"

"저도 잘 모르겠습니다."

차박사는 고개를 가로저었다.

"원래 신출귀몰하는 친구라 그가 어디 가서 무슨 일을 하는지 아무도 모를 겁니다."

"그렇다면……."

왕유령은 차 잎을 싸는 종이와 붓을 가져오라 하여 자신의 주소를 적은 다음 차박사에게 건네주며 정중하게 당부했다.

"혹시 소호를 보거들랑 꼭 이리로 날 찾아와 달라고 전해 주게."

차관을 나온 왕유령은 아무래도 마음이 놓이지 않았다. 차박사가 자신의 부탁을 한쪽 귀로 흘려 버리지 않을까 하는 생각에서였다. 왕유령은 다시 들어가 두 줌이나 되는 쇄은을 차박사의 손에 쥐여 주었다.

"어이구! 이러지 마십시오. 이러시면 안 됩니다."

"자네에게 주는 걸세. 날 대신해서 소호를 좀 찾아 주게. 소호가 날 찾아오면 그때 다시 사례하겠네."

차박사로서는 정말 뜻밖의 일이었다. 이전에는 차 한 주전자를 열예닐곱 번이나 우려먹고 점심 때는 소병 두 개로 한 끼를 때우던 왕유령이었다. 지금은 손에 잡히는 대로 쇄은을 꺼내 주니 모든 것이 놀랍고 신기할 따름이었다. 차박사는 어디 가서 큰 돈을 벌어 온 게 틀림없을 거라고 생각했다. 하지만 왕유령의 차림새는 여전히 돈 있는 사람의 모습이 아니었다. 소호를 찾기 위해 자신에게 적지 않은 돈을 주는 걸로 봐서는 뭔가 꿍꿍이가 있을 것이라는 생각도 들었다.

"어, 이거……. 정말 이러시면 안 되는데."

차박사가 되물었다.

"한데 나리, 한 가지만 여쭙겠습니다. 도대체 무슨 일로 소호를 찾으시는 건가요?"

"내겐 둘도 없이 소중한 친구일세."

왕유령은 얼굴 가득 웃음만 보일 뿐 더 이상 입을 열지 않았다. 이렇게 조치를 하고 나니 비로소 초조하던 마음이 가라앉았다. 차박사는 직업상 아침부터 저녁까지 이 사람 저 사람 만나고 상대하면서 두루 연통할 수 있는 위치에 있었다. 그들이라면 반드시 소호를 찾아낼 수 있을 것이라는 확신이 생겼다.

한 가지 걱정되는 일은 소호가 자신의 집을 쉽게 찾을 수 있을까 하는 것이었다. 왕유령은 사람을 시켜 방을 붙이거나 경조사가 있을 때 사용하는 붉은색 종이인 매홍전梅紅箋을 한 장 사 오게 했다. 그리고 종이에다 '민후悶侯 왕유령우王有齡寓'라고 큰 글씨로 쓴 다음 대문 밖에 내다 붙이게 했다. 이는 회보와 서신 연락을 위한 대비이기도 했다.

번서藩署에 들르기 전에 그는 먼저 안찰아문에 가서 친구를 만나 봐야 했다. 안찰사는 통상 얼사臬司라 하기도 하고 때로는 존칭의 의미로 얼대라 부르기도 했다. 성의 형명刑名을 관장하는 중요한 관직이었다. 왕유령의 친구는 바로 얼사아문의 형명고문으로, 성은 유俞씨요, 소흥紹興 출신이었다. 소흥 출신의 고문들은 전국 18개 성의 크고 작은 아문에 두루 분포했다. 때문에 '소흥이 없으면 아문이 없다'는 속어가 유행할 정도였다. 특히 주현관들은 일단 보결을 하면 가장 먼저 하는 일이 형명과 전곡錢穀의 막우*를 불러들여 심복으로 삼는 것이었다. 그래야만 순풍에 돛단 듯 순조롭게 명리名利를 추구해 나갈 수 있기 때문이었다.

왕유령의 친구 또한 형명에 있어 도가 튼 인물이었다. 그는 청 왕조의 법률책인 《대청률大淸律》을 훤히 꿰고 있을 뿐 아니라 머릿속에 잡다한 온갖 사건의 형례를 다 기억했다. 그리고 사건에 따라 법률과 형례를 자유자재로 적용했다. 적당한 형례와 문건을 제시하여 형부에 보고하기만 하면 그 누구도 그의 결정에 반박하지 못했다. 절강 얼대아문의 '유 고문'이라 하면 형부의 사관도 그 이름을 알아 줄 정도였다.

유 고문의 숙부는 일찍이 복건에서 고관의 막료를 지낸 인물이었다. 왕유령과 적잖은 교분이 있었지만 평소에는 왕래가 그다지 많지 않았다. 이날 그를 예방하게 된 것도 '일이 없으면 삼보전에 오르지 않는다[無事不登三寶殿]'는 말 그대로였다. 유 고문이 단도직입적으로 물었다.

"설헌 형, 어쩐 일로 찾아오셨습니까?"

"노형께 몇 가지 여쭤볼 일이 있어서 찾아왔습니다."

왕유령이 대답했다.

"아시다시피 전 원래 염대사의 관직을 연관해 놓고 있었습니다. 작년에 북경에 가서 과반過班을 신청하여 본성으로 발령을 받게 되었죠."

염대사에서 과반을 했다면 당연히 주현에 상당하는 관직이었다. 유 고

---

* 막우幕友__명청시대에 지방관서나 군대 안에서 관직 없이 업무를 돌보던 고문관.

문도 원래 팔품의 관직을 연관하여 허울 좋게 삼대에 걸쳐 벼슬을 하고 있는 처지였다. 이제 왕유령이 자신보다 높은 관직을 달고 나타나니 어깨에 힘이 빠져나가는 기분이었다. 유 고문은 강한 소흥 억양으로 입을 열었다.

"아이고, 이거 축하드립니다. 이제 제가 대인으로 모셔야 되겠군요."

"친구 사이에 그렇게 놀리지 맙시다. 한 가지 궁금한 게 있어 찾아온 것뿐이오. 춘 번대의 사건은 지금 어떻게 진행되고 있습니까?"

"그 사건을 알고 계셨군요?"

유 고문이 되물었다.

"물론이지요."

"그럼 황 무대의 경력을 잘 아시지요?"

"대충은 알고 있습니다. 그의 동년들이 조정에서 대단한 세력을 갖고 있다고요."

"바로 그겁니다. 그러니 더 물어보실 필요도 없지 않겠습니까?"

"하지만 듣자하니 조정에서 흠차대신을 파견하여 조사를 벌이고 있다던데, 그렇지 않습니까?"

유 고문이 대답했다.

"조사하나 안 하나 결과는 마찬가지지요."

"무슨 뜻입니까?"

"조사를 한다 해도 자기 편이 와서 조사할 테니 말입니다."

이 말이 무엇을 의미하는지 왕유령은 명약관화하게 알고 있었다. 그러나 하계청과의 관계를 밝히고 싶지 않은 마당이라 더 이상 깊게 따져 볼 도리가 없었다. 그래도 한 가지 분명히 알아 두고 넘어가야 할 것이 있었다.

"그럼, 그 자기 편이란 인사는 벌써 항주를 다녀갔습니까?"

"어허!"

유 고문은 매우 난처한 듯한 표정으로 왕유령을 바라보았다.

"설헌 형, 설헌 형께서도 웬만큼 아실 텐데요."

"아닙니다. 모르니까 특별히 여쭤보러 온 게 아니겠습니까?"

유 고문은 한동안 입을 다물고 있다가 마침내 낮은 목소리로 얘기를 시작했다.

"친구지간인데다가 특별히 여기까지 찾아오셨으니 말씀드리지요. 하지만 무대의 앞날이 걸린 일인 만큼 함부로 여기저기 다니면서 떠벌릴 성격의 일이 못 됩니다. 혹시 제게 물으신 말씀이 노형과 별 관계가 없는 일이라면 그냥 모르는 척하고 있는 게 자신을 보호하는 길이 될 겁니다."

유 고문의 말에 왕유령은 확실한 대답을 해주지 않을 수 없었다. 그러나 '현자는 숨길 줄 알아야 한다[爲賢者諱]'고, 자신과 하계청과의 관계를 그대로 말하지는 않고 단지 사람을 통해 하계청에게 청탁한 바가 있는데 황 무대가 이를 받아들였는지 여부가 궁금하다고만 일러 주었다.

"아, 그랬었군요! 이거 축하드립니다. 틀림없이 받아들여졌을 겁니다."

"그걸 어떻게 아시나요?"

"있는 그대로 솔직히 말씀드리죠."

유 고문이 말했다.

"하 학대께서는 이미 다녀가셨습니다. 바로 옆에 있는 성의 학정인데 아무 일이 없다면 왜 다녀갔겠습니까? 공연히 외부의 의심을 사게 되면 황 무대의 자리 보전에 오히려 더 불리하기만 할 텐데요. 그래서 행적이 드러나지 않게 은밀히 행동했던 것이지요. 예상대로 그는 어지를 받들어 황 무대를 비밀리에 조사하기 위해 내려온 것이었습니다. 그러니 계산이 없으면 만나 볼 필요도 없었겠지요. 한번 생각해 보십시오. 하 학대께서 위험을 무릅쓰고 이렇게 자신의 동년을 지켰는데 그의 청탁에 황 무대가 어찌 예를 갖추지 않겠습니까?"

"아하!"

왕유령은 자신도 모르는 사이에 입가에 웃음이 번졌다. 그는 지금까지 줄곧 일의 성사를 반신반의하면서 불안해하고 있었던 것이다. 하계청과 황종한, 두 사람의 교분이 하계청 본인이 말한 것만큼 그렇게 두터울까 의심을 해오던 터였다. 이제 그 주변 인물로부터 확실한 증언을 들었으니 더 이상 두 사람 사이의 신의를 의심할 필요가 없었다.

"한 가지만 더 알려 드리지요. 어지를 받들어 황 무대를 조사하는 일은 이미 상주까지 마친 상태입니다. 창고에 결손이 많고 조무도 제대로 이루어지지 않은데다 간 질환까지 겹쳐 스스로 목숨을 끊은 것일 뿐 별다른 사정은 없다고 보고했지요. 별다른 사정은 없다는 말이 어찌 편한 대로 그냥 말해 버린 것이겠습니까? 다 별다른 사정이 있기 때문이지요. 이건 황상을 속이는 대죄를 범하는 일이기도 합니다. 한번 생각해 보십시오. 그를 살리고 죽이는 것이 전적으로 하 학대에게 달려 있었는데 이를 감싸 주었으니 그를 위해 여간 큰 모험을 한 게 아니지요."

왕유령은 은근히 하계청이 걱정되었다. 황종한의 죄를 은밀히 방조한 이상 그 자신도 공범이 되기 때문이었다. 일단 일이 터지면 왕유령 역시 화를 면하기 어려운 실정이었다.

유 고문은 한술 더 떴다. 그는 왕유령이 무슨 생각을 하고 있는지 알지 못한 채 어깨를 두드리며 격려했다.

"그럼 등원하셔서 속히 편지를 전하세요. 열흘도 안 돼서 번대가 패를 내다 걸게 될 겁니다. 그때 가선 제가 참한 동향 친구를 하나 형명으로 물색해 드리겠습니다."

"맞아요!"

왕유령은 황급히 공수하며 그의 말을 받았다.

"이 일은 아무래도 노형께서 좀 도와주셔야 할 것 같습니다. 형명과 전관의 두 막우는 노형께서 저 대신 좀 물색해 주십시오."

"여부가 있겠습니까? 걱정 마십시오. 제 주변에 다 있습니다. 빨리 가서 정무나 처리하시지요."

왕유령은 즉시 번서로 찾아가 수본과 함께 넉 냥의 은자가 든 문포門包를 급행료로 내밀었다. 얼마쯤 기다리자 안으로 들어갔던 하인이 말을 전해 주었다.

"어르신네께서는 몸이 불편하셔서 내일 왕 노야를 접견하겠다고 하십니다."

원래 후보 주현은 수가 너무 많아 대단한 인물이 아니면 번대가 단독 접견을 피해 온 터였다. 왕유령도 이런 규칙을 잘 알고 있었다. 순리대로 하자면 반드시 한 번은 관행처럼 헛수고를 해야 했다. 왕유령은 고개를 끄덕이며 기다리던 가마에 올랐다.

권도權道와 상도商道는
같은 원리로 움직인다

　가마는 번서를 떠나 우성관佑聖觀 골목, 무대아문 앞에 도착했다. 가마
꾼들이 담장 밑을 두리번거려 보니 녹니 가마 몇 대가 세워져 있었다. 감
히 끼어들지 못하고 멀찌감치 떨어져 서원문 밖에 가마를 세웠다.

　왕유령은 가마에서 내려 고승과 서로 은밀한 눈길을 주고받고 대문 안
으로 들어섰다. 무대아문 문지기는 허우대가 유난히 큰 사람이었다. 문지
기는 왕유령의 관모를 보고 후보 주현인 것을 알아보았다. 고승이 옷소매
에서 수본을 꺼내자 제대로 쳐다보지도 않고 큰소리로 외쳤다.

　"소팔자小八子, 접견인 명부를 가져와라!"

　소팔자라고 불린 하인은 이목구비가 또렷하게 생긴 미소년이었다. 문
지기가 고승에게 말했다.

　"수본은 필요 없소."

　번대아문에서는 수본을 안으로 들여보내 접견 여부를 타진해 보는 게
원칙이었으나 여기에선 수본이 아무런 소용도 없었다.

　이런 일에 경험이 많은 고승은 서두르는 기색 없이 느긋하게 문지기를
구워삶았다. 마침내 문지기는 수본을 받아 대문 위에 올려놓았다. 대문
위에 있던 수문장은 수본을 손에 얹어 이리저리 살펴보더니 고승에게 물
었다.

"그대가 모시는 대인의 존함이 어떻게 되시오?"

"왕가이십니다."

고승이 하계청의 편지를 꺼내며 말했다.

"편지가 한 통 있는데 좀 전해 주십시오."

고승은 은자 몇 냥을 슬쩍 편지에 얹어 주었다. 문지기의 눈치를 살피면서 수문장이 대답했다.

"당연히 전해 드리지요. 잠시 갔다 오도록 하겠습니다."

그는 마지못해 억지로 일어나는 것처럼 부시시 몸을 일으켜 안으로 들어갔다.

왕유령은 인내심을 갖고 기다렸다. 무대아문은 관내가 넓어 안에까지 갔다 오는 데 꽤 많은 시간이 소요되었다. 어찌된 일인지 몇 시간이 지나도 수문장은 나타나지 않았다.

"어찌된 일이오? 사람이 들어간 지 반나절이 지나도 나오지 않으니……."

고승이 문지기에게 넌지시 물었다.

"아마 안에서 특별한 하명이 있으신 모양이지요."

그럴 듯한 추측이었다. 왕유령은 문지기의 말을 귓전으로 들으면서 속으로 생각했다. 황종한이 애당초 하계청의 편지를 무시해 버리고 자신을 안중에 두지 않는 것일지도 모르는 일이었다. 그렇지 않고서는 알현하러 온 사람을 이렇게 오랫동안 기다리게 할 리가 없는 것이었다. 왕유령은 자신이 직접 나서서 특별한 사정이 무엇인지 알아봐야겠다고 마음먹었다.

"유 이야가 나옵니다!"

그때 고승이 낮은 목소리로 말했다.

왕유령이 고개를 들고 바라보니 이해할 수 없는 모습이 눈에 들어왔다. 갈 때는 마지못해 끌려가듯 하던 수문장이 지금은 헐레벌떡 숨을 몰아쉬머 달려오고 있는 게 아닌가. 게다가 그는 왕유령을 뚫어지게 응시하면서 무어라고 소리를 치고 있었다. 긴급한 일을 알리기 위해 뛰어오는 사람 같았다.

왕유령은 정신을 가다듬고 그를 맞을 태세를 갖추었다. 유 이야는 왕유령의 면전으로 달려오자마자 엎드려 절을 올렸다.

"왕 노야, 우선 문방門房에 들어가 좀 앉으시지요."

그가 만면에 미소를 머금고 입을 열었다.

어째서 조금 전까지 거만을 떨던 친구가 갑자기 이렇게 공손해진 것일까? 차례를 기다리던 사람들이 모두 이상하다는 눈빛을 보내 왔다. 수정 모자를 쓴 칠품 관원에게 도대체 어떤 내력이 감춰져 있는 것일까? 모두 골똘히 유추하고 있는 듯한 표정이었다. 무대아문에서 무뚝뚝하고 건방지기로 소문난 유 이야가 이렇게 깍듯이 예를 갖추니 사람들에겐 그것이 낯선 풍경일 수밖에 없었다.

왕유령이 문방 안으로 들어서자 유 이야는 상석으로 자리를 마련해 주고 차까지 내오는 친절을 보였다.

"왕 노야께서는 공관이 어디십니까?"

유 이야가 친절하게 물었다.

"청화방에 있소이다."

왕유령이 자신의 주소를 알려 주자 유 이야는 사람을 시켜 이를 받아 적게 했다.

"이렇게 됐습니다."

그가 사정을 설명하기 시작했다.

"어르신께서 분부하시길 수본을 잠시 남겨 두시랍니다. 지금이라도 왕 노야를 뵙고 싶지만 일이 있어 자세한 대화를 나눌 시간이 없다고 하시더군요. 오늘 저녁에 다시 오셔서 함께 식사라도 하셨으면 하십니다. 관복을 입으실 필요도 없고요. 잠시 후에 공관으로 청첩을 따로 보내 드리겠습니다."

"그럼 그렇게 하지요."

왕유령이 진지한 얼굴로 대답했다.

"그런데 무대께서 절 너무 극진히 대하시는 것 같군요."

"어르신께서는 왕 노야가 같은 고향의 친구라고 하시면서 일반 규례대로 대하면 안 된다고 말씀하셨습니다. 제가 여기서 기다리고 있을 테니 저녁에 조금 일찍 건너오십시오. 관가*를 시켜 절 찾으시면 됩니다."

고승이 마침 문 밖에 서 있다가 그 소리를 듣고 천천히 안으로 걸어 들어왔다. 왕유령이 그를 부르며 말했다.

"고승, 이리 와서 유 이야와 서로 인사나 나누게."

"유 이야!"

고승이 먼저 예를 갖춰 큰절을 했다.

유 이야도 똑같이 예를 갖춰 화답했다. 관원들을 수행하는 하인을 이야二爺라 불렀다. 유 이야도 고승의 신분을 따지지 않고 그렇게 부르기 시작했다.

"고 이야! 이제 우린 모두 한편이니 무슨 일이 생기면 서슴지 마시고 찾아오십시오. 있는 힘을 다해 도와드리겠습니다."

"알겠습니다. 앞으로 유 이야의 신세를 져야 할 일이 한두 가지가 아닐 것 같은데 잘 좀 봐주십시오."

두 사람이 인사를 나누는 사이 왕유령은 자리에서 일어났다. 유 이야가 밖을 향해 소리쳤다.

"어이! 왕 노야께서 떠나신다. 가마는 어디에 세워 놓았나? 빨리 준비

---

* 관가管家__옆에 따라다니는 하인을 높여 부르는 말.

해서 대령하도록 하라!"

왕유령의 남니 가마는 줄곧 서원문 밖에 세워져 있었다. 가마가 대문 앞에 도착하자 왕유령은 팔자 걸음을 걸으며 여유 있는 자세로 가마에 올랐다. 그 뒤를 허리를 크게 숙인 유 이야가 따라갔다. 가마꾼들은 유 이야의 이런 모습을 곁눈질로 바라보면서 제각기 추측이 난무했다.

집으로 돌아와 기다리자 과연 황종한의 청첩이 날아왔다. 왕유령은 제시간에 맞춰 연회 장소로 갈 심산이었다. 유 이야가 관복을 입지 않아도 된다고 미리 언질을 주긴 했지만 무대가 예의상 한 말을 그대로 받아들일 수는 없는 일이었다. 왕유령은 관복을 챙겨 입고 수본을 준비했다. 고승에게는 그냥 두루마기만 걸치게 했다.

무대아문에 도착하니 유 이야가 미리 나와 기다리고 있었다. 유 이야는 왕유령을 서화청西花廳으로 안내했다.

"여기 잠시만 앉아 계십시오. 제가 안에 들어갔다 오겠습니다."

윗방으로 통하는 측문 밖에서 누군가가 기침하는 소리가 들렸다. 곧이어 하인 하나가 한 손에 은빛 수연통을 든 채 다른 손으로 주렴을 들추고 들어왔다. 왕유령은 황종한이 오고 있음을 알아차리고 재빨리 자리에서 일어나 공손하고 예의바른 자세로 아래쪽에 자리를 잡고 섰다.

황종한은 간편한 복장을 하고 있었다. 당나귀 얼굴에 사자 콧구멍이었다. 두 눈두덩은 푹 꺼져 있었다. 한눈에 상대하기 어려운 인물임을 알 수 있을 것 같았다. 왕유령은 긴장을 늦추지 않고 조심스러운 걸음으로 몇 발짝 앞으로 나아갔다. 그런 다음 무릎을 꿇고 문안 인사를 올렸다.

"아이고, 이거 왜 이러시오? 가당치 않소이다."

황종한은 오히려 왕유령에게 읍을 하며 따라온 하인에게 손님을 부축하여 일으키라고 분부했다. 그리고 정중한 예의를 갖추며 손님에게 상탑 위에 앉으라고 권했다. 왕유령은 이를 극구 사양하며 몸을 비스듬히 기울여 장의자 위에 얌전히 앉았다. 황종한도 차탁을 사이에 두고 왕유령과 마주하여 위쪽에 자리를 잡았다.

"저랑 근운은 동년들 중에서도 가장 친한 사이지요. 설헌 형께서 근운과 절친한 사이라 하시니 저와도 친구나 다름없습니다. 또한 동향이기까지 하시니 굳이 속세의 의례를 따질 필요가 없을 겝니다."

"대인을 만나 뵙게 되어 정말 감개가 무량합니다. 제가 어찌 예를 폐할 수 있겠습니까."

"원, 별 말씀을."

"모든 걸 대인께서 인도하시는 대로 따르겠습니다."

"오히려 제가 설헌 형의 고귀한 능력을 빌려야 할 것 같습니다."

황종한은 가세와 경력에 관해 자세히 묻기 시작했다. 그때 하인이 들어와서 자리가 다 마련됐고 배석할 손님들도 이미 도착해 있다고 알렸다.

"자, 그럼 그리로 가시지요."

안으로 들어가니 배석할 손님 둘이 기다리고 있었다. 둘 다 무서撫署의 문서를 주로 다루는 문안文案들이었다. 한 사람은 성이 주朱씨로 주서奏書를 관장하고 있었고 또 한 사람은 성이 진秦씨로 응수應酬 문장을 관장했다. 두 사람 모두 거인으로서 회시는 치를 생각도 하지 않고 오로지 황종한을 위해 일하는 처지였다.

그들은 이구동성으로 왕유령을 상석에 앉히려 했다. 왕유령은 적이 민망했다. 막 연관한 지현이 가장 윗자리에 앉는다는 것은 매우 거북스러운 일이었다. 그러나 여러 차례 권하는 통에 할 수 없이 왕유령은 상석에 앉았다.

얘기는 화기애애하게 진행되었다. 홍양군의 거센 기세가 무섭게 번지고 있는 터라 화제는 자연스럽게 그쪽으로 옮겨 갔다. 홍양군에 대한 의견은 각자가 다 달랐고 대화는 자연스럽게 열기를 더해 갔다. 이런저런 책을 많이 읽은 덕에 왕유령은 조금도 뒤지지 않고 대화에 낄 수 있었다.

술이 몇 잔 돌아간 뒤였다. 하인 하나가 들어와 황종한의 귀에다 대고 낮은 소리로 뭔가를 소곤거렸다. 황종한이 곧 큰소리로 분부를 내렸다.

"당장 가져오너라!"

하인이 들고 들어온 것은 자색 대인大印이 찍힌 공문서였다. 황종한은 봉투를 뜯어 읽어 보고 나서 문서를 주 사야師爺에게 건네주었다. 주 사야는 몇 행을 읽어 내려가다가 중간쯤에서 양미간을 좁혔다.

"강녕이 홍양군에게 함락됐소."

황종한이 마음을 가라앉히고 왕유령에게 말했다.

"이건 강소 순무가 보낸 공문이오."

"끝내 지켜 내지 못했군요."

왕유령이 허탈한 표정으로 중얼거렸다.

"양강 총독 육 대인은 어떻게 되셨습니까?"

"순직했습니다. 그것도 아주 비참하게 죽었지요."

황종한이 대답했다.

"장모들은 지뢰를 이용하여 두 곳의 성벽을 파괴하고 성 안으로 진입했습니다. 그러나 원현 유령劉令이 용감하게 저항하는 바람에 오래 버티지 못하고 퇴각했지요. 육 제군制軍은 장군서에서 아문으로 돌아오다가 흩어지는 장모들을 만난 모양입니다. 장모들이 닥치자 경호원들과 가마꾼들이 가마를 내버리고 도망쳤지요. 육 제군은 사정도 모른 채 가마 안에서 죽음을 당했답니다. 아! 정말 황당하고 비참한 최후가 아닐 수 없습니다."

황종한은 침착한 모습과 달리 몹시 긴장하고 있었다. 상대순과 장문경, 육건영 등 홍양군이 거치는 지역의 순무는 하나같이 그들에 의해 비참한 최후를 맞은 셈이었다.

지방의 대관으로서 팔좌*에 기거하면서 위풍과 권세가 북경의 관리와 비교할 수 없이 당당한 것이 순무 벼슬이었다. 하지만 전란이 발생한 다음부터는 영토를 지켜야 하는 책임 때문에 생사를 성과 함께 해야 하는 것이 또한 이들의 운명이었다. 홍양군에게 살해되지 않고 간신히 도망친다 하더라도 파직을 면할 수 없었다. 동시에 영토를 지키지 못한 죄명까지 뒤집어쓰게 되니 차라리 도망치지 않고 죽음을 택하는 것이 훨씬 나은 선택이었다. 황종한은 새삼 두려움에 몸을 떨었다.

세 사람은 착잡한 심정으로 술잔을 기울였다. 앞에 놓인 잔을 단숨에 비운 황종한이 심각한 얼굴로 왕유령을 쳐다보았다.

"설헌 형, 견문이 꽤 넓으신 것 같던데 노형께서 보시기엔 강녕이 함락된 이후의 시국이 어떻게 변할 것 같습니까?"

다분히 의도적인 질문이었다. 왕유령은 잠시 생각에 잠겼다가 신중한 표정으로 입을 열었다.

"반도의 기세가 예상외로 큰 반면에 강남의 방어는 형편없이 허술합니다. 게다가 강남의 백성들은 100여 년 동안이나 병란을 겪어 보지 않았기 때문에 민심이 크게 흔들리고 있는 실정이지요. 민심의 동요는 강소와 호남 일대로 확대되고 있습니다. 따라서 우선은 동요하는 민심을 안정시키는 일이 무엇보다 중요합니다."

진 사야가 끼어들었다.

"비관할 일만은 아닙니다. 다행히 이들에 대한 반격이 큰 실효를 거두고 있으니까요. 무창武昌이 수복된 이후로는 관군도 사기가 크게 오르고 있습니다. 흠차대신의 명령이 통하고 있는 상태이니 강녕도 곧 수복할 수 있을 겁니다."

왕유령은 무어라고 대꾸를 하려다가 그만두었다. 그가 무서의 문안인

* 팔좌八座__좌우복사左右僕射 및 육상서六尙書를 총칭하는 말로 조정을 상징하기도 한다.

데다가 초면이라 논박을 가하기가 어색했던 것이다. 왕유령은 미소로 진 사야의 의견에 화답했다.

"한 가지만 여쭤보고 싶습니다. 혹시 강소와 호남마저 함락된다면 그 다음에는 우리 성을 공격해 오지 않을까요?"

황종한이 물었다.

"글쎄요……."

왕유령은 신중히 대답해야 할 필요성을 느꼈다.

"저를 위해 대책을 좀 세워 주십시오."

왕유령을 시험해 보려는 의도가 다분한 말이었다. 고심하던 왕유령이 조용히 입을 열었다.

"홍양군은 화톳불이 거세게 들판을 태우는 기세를 보이고 있고 조정에서 방법을 강구하고 있지만 그 힘이 미약합니다. 어떤 명장도 소용이 없고 무력으로는 도저히 진압이 불가능한 실정입니다. 무창을 수복한 이래로 연전연승하여 큰 전공을 거두고 있긴 하지만 그건 어쩌다 그렇게 된 일이라 앞을 내다보는 근거로 삼을 수는 없을 것 같군요."

"어쩌다 그렇게 된 일이라니요?"

황종한이 다급하게 중간에 끼어들었다.

"냉정하게 말씀드리자면……."

왕유령은 잠시 난처해졌다. 질문을 받았으니 자신의 소견을 사실대로 답변해야 했는데 그러자니 진 사야의 말을 반박하는 꼴이 되었던 것이다. 왕유령은 진 사야를 향해 다소 미안한 듯 빙긋이 웃으면서 입을 열었다.

"홍양군은 백성들을 에워싸서 위협하면서 전군이 조금씩 동쪽으로 내려가고 있습니다. 관군은 그 뒤를 추격하고 있으니 실상을 들춰 보면 적이 버리고 간 땅을 수복하는 것이나 마찬가지지요."

"음!"

황종한은 고개를 끄덕이며 진 사야를 향해 말했다.

"상당히 일리가 있는 것 같지 않소?"

말을 계속해 보라는 듯 황종한은 왕유령에게로 눈길을 옮겼다.

"그러면 저의 일천한 소견을 말씀드리겠습니다. 지금 상황에서 중요한 것은 적을 완전히 소탕하는 일이 아니라 역적들이 더 이상 확산되지 않도록 막는 일입니다. 강소와 호남이 악전고투하면서 어느 정도만 시간을 벌어 주고, 그 사이 정예 병력을 파견하여 적이 진입할 수 있는 모든 길을 막아야 합니다. 이렇게 되면 서로 대치하는 상황으로 전세가 바뀌고 하루아침에 승부를 내기가 어려워질 것입니다. 관군은 그동안 병력이 분산되어 효과적으로 힘을 발휘하지 못했습니다. 적의 기세를 무디게 한 이후에 소탕군을 일으켜도 늦지 않을 것입니다."

"그렇다면 우리는 어떻게 해야 되겠소?"

"앞선 지역에서 패전을 거듭한 이유는 적을 앉아서 기다렸기 때문입니다. 본 성에서는 적이 변경에 임박해 올 때까지 기다리지 말고 먼저 군사를 내보내 요지를 가로막아야 합니다."

황종한의 얼굴이 밝게 펴졌다.

"나가서 적을 맞아들인다? 아주 멋진 전략이오."

황종한의 생각은 다른 곳에 있었다. 성문을 열고 밖으로 나가 적을 맞으면 전화戰火가 성 안을 침범하지 못할 것이고, 따라서 영토를 지키는 책임도 면할 수 있었던 것이다. 혹 패전한다 하더라도 남의 경내에서 패전하는 것이니 이래저래 책임을 면할 수 있는 여지가 충분했다.

'흠, 왜 진작 그런 생각을 하지 못했을까?'

황종한은 거듭 고개를 끄덕였다. 조정에서 내려온 유지 또한 다른 성의 전사戰事에 대해 무관심한 태도를 보이지 말라고 누차 당부하고 있었다. 이는 성 밖에 나가 적을 맞는다는 작전에 완전히 부합하는 칙령이었다.

상주를 관장하는 주 사야도 왕유령이 내놓은 견해를 대단히 높이 평가하면서 연신 고개를 끄덕였다.

"방법은 참 좋습니다."

황종한이 입을 열었다.

"하지만 실행하기가 그리 쉽지 않을 것 같군요. 병사를 훈련시키고 군량을 조달하는 일만 해도 결코 쉬운 일이 아니니까요."

"그렇습니다. 땅이 있어야 재물이 있고, 재물이 있어야 군량이 있으며, 군량이 있어야 병사가 있는 법일 테지요."

"그리고 병사가 있어야 땅도 있을 수 있겠지요!"

주 사야가 왕유령의 말을 받아 한마디 덧붙이자 좌중은 금세 박장대소하며 웃음바다가 되었다.

화제가 자연스럽게 군량을 마련하는 문제로 옮겨 갔다. 왕유령은 군량을 조달할 수 있는 근원, 즉 성내의 부유한 지역을 사수하는 것이 상책이라는 의견을 피력했다.

다음에는 조운에 관한 얘기로 화제가 넘어갔다. 조운이라면 왕유령이 오랫동안 생각해 오던 문제였다. 직접 운하의 바닥이 얕아지는 현상을 경험했던 왕유령은 아주 실감나게 얘기할 수 있었다. 당시 세상의 추이가 수천 년 동안이나 겪어 온 운하를 두려워하는 터라 여기서 더 몰락할 수는 없을 것 같았다. 설상가상으로 강남에는 반란의 불길이 거세어 운하의 유통을 보장하기가 어려워진 형편이었다. 조운을 해운으로 바꾸는 것이 필연적인 추세인 만큼 차라리 이를 서두르는 편이 바람직한 일이었다.

이러한 생각들은 왕유령 자신이 생각하기에도 대단히 실속 있는 것이었다. 황종한과 두 명의 문안들은 넋을 잃은 채 그의 의견에 귀를 기울였다. 어느 순간, 왕유령은 초면인 무대 앞에서 너무 떠들어 댄 것 같다는 생각이 들어 가슴이 철렁했다. 아무리 옳은 말이라 해도 그것이 지나치면 주제넘게 설친다는 인상을 주기 십상이었다. 밀려드는 후회와 자책감으로 자리가 파할 때까지 그는 더 이상 말을 하지 않았다.

차를 마실 시간이 되어서야 황종한은 왕유령의 연관 문제를 거론했다.

"아주 때 맞춰서 잘 도착하셨습니다. 번대를 만나 본 후에 다시 얘기하도록 하지요."

"네, 알겠습니다."

왕유령이 기어 들어가는 목소리로 대답했다.

"모든 일을 대인의 안배에 따르겠습니다."

"원, 별 말씀을요."

황종한은 슬그머니 찻잔을 들었다 놓았다. 집안을 돌보는 하인에게 파장을 알리는 일종의 신호이자 손님을 내보내라는 암묵적 지시였다. 하인은 이런 동작을 보기만 하면 무조건 목청을 높여 큰소리로 복창하도록 되어 있었다.

"손님 나가신다!"

하인의 복창에 왕유령은 황망히 자리에서 일어나 작별 인사를 올렸다. 황종한은 마지못해 화청문 앞까지 따라 나와 인사를 주고받은 다음 허리를 펴면서 걸음을 돌렸다.

유 이야가 아문 밖까지 왕유령을 전송했다. 소문대로 황종한은 보통 인물이 아니었다. 왕유령은 무대의 속마음을 알 수 없어 안달이 났다. 그의 태도를 판단할 수가 없었던 것이다. 어떻게 보면 매우 친절한 것 같고 어찌 보면 몹시 오만했다. 유 이야에게 상황을 물어보고 싶었지만 길거리에서 얘기를 주고받는 것은 마땅치 않은 일이었다. 내일 고승을 시켜 소식을 알아보기로 하고 더 이상 입을 열지 않았다.

대당大堂을 돌아 나오니 새로 '왕王' 자를 새겨 만든 두 개의 커다란 등롱이 눈에 들어왔다. 남니 가마도 문 안에 세워져 있었다. 유 이야는 손수

가마 문의 주렴을 걷어 주고 왕유령이 가마 안으로 들어선 후에야 낮은 목소리로 말했다.

"왕 노야께서는 너무 걱정하지 마십시오. 우리 대인께서는 원래 저러십니다. 돌봐 주기로 마음먹은 사람은 절대로 입에 올리지 않으시죠. 대인께서 직접 번대에게 말씀하실 겁니다. 번대는 예교禮敎를 몹시 따지는 편이니 왕 노야께서는 각별히 신경을 쓰셔야 합니다."

"번번이 고맙소."

왕유령은 공수로 감사의 예를 표했다.

"별 말씀을 다하십니다. 왕 노야가 우리 대인과 일을 하게 되었는데 어찌 제가 소홀하겠습니까."

"그렇게 생각해 주시니 나 또한 마음이 편하오. 은혜는 결코 잊지 않으리다."

이제 왕유령은 두 다리를 쭉 펴고 잘 수 있게 되었다. 그러나 아무리 생각해 봐도 이상하다는 느낌을 떨쳐 버릴 수가 없었다. 여러 해 동안 한가롭게 지내면서도 전혀 조급하지 않았는데 일단 보결을 해서 거의 성사된 것이나 다름없는 상황이 되니 오히려 더 초조하고 좌불안석이 되었던 것이다.

침상에 누워 반나절이나 이리저리 뒤척이고 나서야 왕유령은 한 가지 도리를 깨닫게 되었다. 관직을 갖는 것은 자기 자신만을 위한 것이 아니라 호설암의 기대에도 부응하기 위함이었다. 혹시라도 일을 그르칠까 봐 안절부절못했던 이유는 바로 여기에 있었다.

불현듯 한 가지 생각이 머리에 떠올랐다. 왕유령은 베개를 한쪽으로 밀어 두고 아내에게 물었다.

"여보, 오늘 혹시 나를 찾아온 사람 없었소?"

"호 소야란 분을 말씀하시는 건가요?"

왕유령의 아내는 대단히 후덕하고 총명한 여자였다.

"저도 하루 종일 기다렸는데 오시지 않더군요. 혹시 집을 못 찾는 게 아닌가 하고 노마를 시켜 문 앞에 나가 보라고 했는데 찾아오는 사람이 하나도 없었다는 거예요."

"거 참 이상한 일이로군!"

"이상할 거 없어요. 남에게 그렇게 큰 신세를 졌으면 사람들에게 물어서 어디 살고 있는지 알아봐야 될 게 아니에요? 제가 보기엔 천하의 무심한 사람들 가운데 당신이 첫째 손가락에 꼽힐 것 같군요."

"그때 상황에서 어찌 그런 생각을 할 수 있었겠소?"

왕유령은 당시의 상황을 되새기며 말을 이었다.

"너무 돌발적인 일이라 진위를 구별하기가 힘들 정도였소. 꿈을 꾸고 있는 것 같기도 했고 말이오. 꼭 일이 성사되어 열매를 맺진 못하더라도 꿈이 중간에 깨지나 말았으면 좋겠소."

"이것이 꿈이라면 꿈치고는 너무 기이하고 좋은 꿈이군요!"

왕유령의 아내는 즐거움에 겨워 감탄조로 말했다.

"당신이 통주에서 하 대인을 만나게 될 줄을 누가 알았겠어요."

"그러게 말이오. 여러 해 동안 소식이 두절된 데다가 내가 관보나 인명록 따위를 거들떠보지도 않으니 하계청이 그토록 몰라보게 출세해 있는 줄 어떻게 알았겠소. 생각해 보구려. 지금 이렇게 좋은 길이 열려 있는데 이 길을 가지 않고 계속 이곳을 지키며 죽도록 힘들게 살아갔다면 얼마나 우스운 일이겠소?"

"그러게 말예요. 이제 우리의 고생도 끝난 것 같군요. 뭐니 뭐니 해도 모든 게 돌아가신 당신 아버님께서 뿌려 놓으신 은공 덕분이에요. 호 소야를 만나게 된 것도 아버님께서 남모르게 음덕을 쌓아 놓으신 덕분이라고요."

왕유령도 마음속으로 아내의 말에 깊이 공감하고 있었다.

"공문에 들어서면 많은 수행이 필요하지. 주현관을 해나가려면 형명과 전관을 잘 장악해야 하고, 그러다 보면 적을 만들기도 쉽고 덕을 쌓기도 쉬운 법이오. 아버님께서는 독학 출신이시라 인정이 많으셨고 그 해엔 좋은 일도 정말 많이 하셨소."

"당신도 아버님을 좀 본받으세요. 자손들을 위해서 적선의 텃밭을 일구시라고요."

왕유령의 아내는 이렇게 말하고 나서 우울한 표정으로 한마디 덧붙였다.

"은혜를 입은 이상 보답하는 걸 잊어선 안 돼요. 지금 무엇보다 중요한 일은 호 소야의 종적을 찾는 일이라고요."

"어허, 그것 참. 당신이 나보다 호 소야를 더 생각하는 것 같구려."

그녀보다 더 괴로운 사람이 왕유령이었다.

"그 얘기는 그만하도록 합시다. 그 일만 생각하면 잠도 오지 않을 지경이오."

왕유령의 아내도 그가 내일 아침 일찍 번대아문을 찾아가야 한다는 사실을 알고 있었기 때문에 더 이상 잔소리를 늘어놓지 않았다.

다음날 오경, 잠자리에서 일어난 그녀는 일하는 아이와 노마를 깨워 왕유령이 일어날 때까지 모든 준비를 갖춰 놓았다. 조반을 마치고 의관을 챙긴 왕유령은 가마에 올라 흐뭇한 마음으로 등원에 나섰다.

그러나 등원은 또다시 허탕이었다. 번대 인계麟桂가 조미 해운에 관한 일 때문에 상해에 갔는데 열흘에서 보름 정도 지나야 돌아올 수 있다는 것이었다. 왕유령은 흥이 싹 가시는 허탈감을 간신히 추스르며 호사다마好事多魔라는 말로 자신을 위안하는 수밖에 없었다. 왕유령은 한가하게 소일하면서 매일같이 호설암을 기다리는 것으로 일을 삼았다.

며칠 뒤 왕유령은 지루함도 달랠 겸 얼사아문의 유 사야를 찾아갔다.

시국에 대한 소식을 물어보기 위해서였다. 경사에서 내려온 관보에는 각 성의 병력 훈련을 재촉하는 상유가 끊임없이 게재된다는 소식뿐이었다. 이는 가경 연간에 발생한 백련교白蓮敎의 난을 평정하기 위해 사용된 '견벽청야堅壁淸野'의 편법을 본뜬 것이었다. 각 성에 적을 두고 있는 대원들을 위임 파견하여 서로 도우면서 지키라는 오랜 원칙에 입각하여 향리의 병사 훈련을 스스로 해결하고 향토를 방위하게 하라는 지시였다.

견벽청야란 적들이 가져가지 못하게 모든 재물을 소개시키는 전술을 말한다. 상유에 규정된 원칙은 경성京城에 적을 둔 관원이 지방관과 함께 신사紳士들을 불러 일을 진행하는 것 외에도 몇 개가 더 있었다. 경성에 있는 각 부원의 당관과 한림翰林, 과科, 도道 등 가용할 수 있는 모든 인원을 다 동원하여 일을 처리하되 공명정대하게 하고 남의 눈에 거스를 경우엔 그 책임을 져야 한다고 못박고 있었다. 동시에 병사의 훈련을 담당할 신사들에게도 따로 훈령을 내렸다.

신사들은 크게 황은을 입은 몸이니 스스로 은거하지만 말고 적을 평정하고 원수를 갚을 수 있는 계략에 동참해야 할 것이다. 일체의 경비를 관리에게 처리하도록 해서는 안 된다. 일을 처리함에 있어서 크게 실효를 거두는 자들에게는 해당 독무督撫에게 수시로 상주케 하여 상급을 내릴 것이다.

"보이시죠?"

유 사야가 '일체의 경비는 관리에게 처리를 명해선 안 된다'고 규정된 부분을 가리키면서 말했다.

"조정은 각 성의 지방관들에 대해 가렴주구만을 요구할 뿐 진정으로 일을 해결하려는 의지를 보이지 않고 있지요. 쓰라린 마음은 말보다 먼저 흘러나오는 법입니다."

"이런 방법을 제정한 것은 아주 잘된 일인 것 같습니다. 이런 말이 있지요. '신사는 팔을 잡아당겨도 두려워하지 않으니 손을 놓아 주고 일을 하게 하라.' 하지만 모든 일은 사람을 최우선으로 해야 하는 법이오. 각지의 신사들을 다 합치면 적지 않은 숫자일 거요. 백성들을 착취할 마음만 있다면 지방관이 물어도 상유를 방패막이로 삼을 수 있으니 그 폐단은 말로 이루 다 할 수 없을 것 아니오."

유 사야가 고개를 끄덕이며 말했다.

"절강에는 누가 파견될지 모르겠습니다. 어쩌면 대순사戴醇士가 가장 유력할지도 모르지요."

"대순사가 누군가요?"

왕유령이 물었다.

"혹시 산수화로 유명한 대 시랑을 말하는 건가요?"

"맞습니다. 바로 그분입니다."

며칠이 지나자 과연 상유를 담은 관보가 내려왔다.

전임 병부시랑 대희戴熙, 내각학사 주품방朱品芳, 주란朱蘭, 호남 순무 육비천陸費泉 등에게 절강의 병사 훈련을 감독할 것을 명한다.

육비천은 성이 육이 아니라 육비로서 절강성 가흥嘉興 지방에만 있는 성씨였다.

"기운이 변하고 있습니다!"

유 사야는 얼마 후 다시 왕유령을 만난 자리에서 탄식조로 내뱉었다.

"조정은 대규모 정벌 전쟁을 감행하면서 맨 처음에는 대장군들을 귀하게 여기더니 그 다음에는 팔기군의 대원들을 기용하기 시작했지요. 그들 대부분은 조상 대대로 군공이 혁혁한 세가의 자제들이었습니다. 그러더니 지금은 한인漢人들을 기용하고 있습니다. 그것도 문인들을 말입니다. 이는 나라의 큰 변혁이 아닐 수 없습니다. 입으로만 병사를 논한 결과가 어떻게 될지 모르겠습니다.”

왕유령이 생각해 보니 크게 틀리지 않은 말이었다. 병사의 양성을 담당한 대신들은 절강성 외에 다른 성에도 있었는데 그들은 대부분 문인들이었다. 호남은 예부시랑 증국번曾國藩이 파견되어 일을 맡고 있었고 안휘는 내각학사 여현기呂賢基가, 그 밖의 각 성은 진사 출신으로서 그 성에 적을 둔 일이품 문신들이 파견되어 있었다. 심지어 내각학사 허내교許乃釗도 어지를 받들어 강남의 군무를 보살피고 있는 실정이니 서생이 병권을 장악하여 전장으로 달려가고 있는 셈이었다.

“설헌 형!”

유 사야가 다시 입을 열었다.

“성세를 만나는 것도 쌓아 놓은 복을 누리는 분수고 난세를 만나는 것도 다 사람이 알아서 해야 할 좋은 기회지요. 저 같은 놈이야 모시는 사람을 따라 이리저리 떠돌다 늙어 죽을 목숨이지만 설헌 형께서는 이렇게 좋은 기회를 잘 살리셔야 합니다.”

진심에서 우러나오는 격려를 들으니 왕유령은 마음속에 웅지가 생기고 갈수록 힘이 솟았다. 왕유령은 세상을 바꿔 보겠다는 큰 뜻을 품고 인계가 돌아오기만을 손꼽아 기다렸다. 빨리 그를 알현하고 직위를 위임받아 착실하게 대사를 벌여 볼 심산이었던 것이다.

다음날 저녁 식사를 마친 왕유령은 등잔 밑에 앉아 차분히 《성무기》를 펼쳤다. 다시 한번 세밀히 그 내용을 음미해 보기 위해서였다. 두어 장쯤 넘겼을까. 고승이 홍영모紅纓帽를 하나 손에 들고 들어와 문안을 올렸다.

“나리, 축하드립니다. 드디어 번대의 위찰이 떨어졌습니다.”

“뭐라고?”

왕유령은 고승의 손에 들려 있는 공문 봉투를 발견했다.

"번대아문에서 사람을 보내 전달해 왔습니다."

고승은 위찰을 왕유령에게 건네주었다.

봉투를 뜯어 보니 왕유령을 해운국의 좌판坐辦으로 위임한다는 글이 들어 있었다. 해운국 좌판은 조미를 조운에서 해운으로 바꾸면서 이를 전담하도록 설치한 기구로서 총판은 번대가 겸임하지만 실질적인 업무 책임과 권한은 모두 좌판에게 있었다.

왕유령은 정인관 자리를 얻지 못한 데 대해 크게 실망했다. 하지만 곧 마음을 고쳐먹었다. 일이 순조롭게 처리되었으니 얼마나 다행스러운 일인가?

"사람은 어디 있나?"

위찰을 가져온 사람을 말하는 터였다. 고승이 대답했다.

"아직 밖에 있습니다. 번대아문의 서판이 왔더군요."

"음, 그래. 자네가 보기엔 내가 그를 만나 보는 것이 좋을 것 같은가?"

"만나실 것까진 없지만 그래도 약간의 상을 내리시는 것이 좋을 것 같습니다."

"그야 물론이지. 내리고말고!"

왕유령의 아내는 벌써 이를 준비해 놓고 있었다. 누구든지 위찰을 갖고 나타나면 상을 내려야 한다고 오래 전부터 마음먹고 있었던 것이다. 그녀는 넉 냥의 은자가 든 홍포를 들고 밖으로 나갔다. 이를 본 고승이 황급히 달려가 왕 부인에게 축하의 인사를 올렸다. 부부는 새삼 서로 마주보며 자축의 즐거움을 나누었다. 집안의 노마와 식모, 가마꾼들까지 이 소식을 듣고는 모두 달려와 머리를 조아리며 축하의 인사를 올렸다. 왕유령의 아내는 이들에게도 각각 은 한 냥씩 상을 내렸다. 모두들 한데 모여 기쁨을 나누었지만 왕유령은 그래도 마음 한쪽 구석으로 뭔가 채워지지 않는 허탈감에 빠져 있었다.

어수선한 분위기가 가라앉자 왕유령은 한 가지 중요한 일을 생각해 내고 고승을 불러 물어보았다.

"번대는 돌아왔다고 하던가?"

"오늘 오후에 돌아오셨는데 도착하시자 곧장 등원하셨답니다. 필시 무대께서는 아주 확실한 지시를 내리셨을 겁니다. 그러니 밤중인데도 위찰을 들고 왔겠지요."

"그럼 내일 아침 날이 밝자마자 찾아가 인사를 올려야 되겠구나."

"당연히 그러셔야죠. 가마꾼들에게 미리 일러 놓았습니다. 인사를 올리는 건 물론이고 다른 분들에게도 한번 찾아가 인사를 하셔야지요. 제가 문방에 앉아 대충 계획을 잡아 보겠습니다. 방문할 사람들의 명단에 특히 유념하셔야 할 겁니다. 한 명이라도 빠지면 큰 실수를 범하게 되니까요."

왕유령은 그의 말에 크게 만족하며 연신 고개를 끄덕였다. 고승이 물러가 문방에서 명단을 챙기고 수본을 준비하는 동안 왕유령은 상방에 앉아 필묵을 움직였다. 항주로 돌아온 다음 황 무대를 알현하고 해운국의 좌판으로 위임되게 된 경위를 자세히 편지로 적어 강음에 있는 하계청에게 알리려는 것이었다.

편지를 다 쓰고 나니 열두 시가 지나 있었다. 왕 부인은 손수 남편에게 저녁참 시중을 들면서 일찍 잠자리에 들라고 재촉했다. 침상에 누워서도 왕유령은 온갖 생각으로 잠들지 못했다. 사람을 불러 필묵을 준비하라고 시킬까 하다가 내일 인사하러 갈 일이 걱정되어 그만두었다. 인계가 어떤 질문을 할지 궁금하기도 했다. 생각해 보니 그는 자신이 부임할 날짜를 직접 선택하는 것인지, 아니면 상부에서 지정해 주는 것인지조차 모르고 있었다. 혼란스런 마음이 간신히 가라앉자 괘종 시계가 어느새 큰소리를 내며 두 번 울렸다.

결국 세 시간밖에 자지 못하고 잠자리에서 일어났다. 즐거운 일이 눈앞에 있는데도 정신이 맑지 못했다. 한눈에 잠을 제대로 자지 못한 것을 알아볼 수 있을 것 같았다. 번대아문에 도착하여 수본을 내밀자 인계가 즉시 만나자고 청해 왔다.

머리를 조아려 감사의 인사를 올리는 동안 무언의 침묵이 흘렀다. 인계가 먼저 단조로운 어투로 입을 열었다.

"노형께서는 무대 어른이 보내신 분이니 앞으로 제가 신세질 일이 많을 것 같습니다. 매사에 너무 예의에 얽매이지 말고 편하게 일을 보도록 하십시오. 가까운 곳에 무대 어른이 계시지 않습니까? 일에 능하고 사람들과 화목하면 되는 것이지요. 웬만한 일들은 노형께서 직접 주인이 되셔서 처리해 주십시오."

왕유령은 황급히 고개를 숙이며 대답했다.

"가당치 않으신 말씀입니다. 무대 어른께서 절 돌봐 주시긴 하지만 실제로 절 위임하시는 건 바로 대인이십니다. 존비에는 구별이 있는 법이고 조정의 체례體禮도 있지 않습니까? 모든 일을 대인의 명령을 받들어 처리하겠습니다."

"아닙니다. 그러지 마세요."

인계는 계속 손을 내저었다.

"전 지금 노형과 무슨 명분을 따지자는 것도 아니고 책임을 떠넘기려는 것도 절대 아닙니다. 있는 그대로를 말씀드리는 것뿐입니다. 사실 무대 어른은 모시기가 좀 까다롭습니다. 게다가 조운도 갈수록 복잡해지고 있지요. 제 전임자는 이런 상황에 적응하지 못해 전출된 것입니다. 이런 조건을 만족시키지 못할 경우 서로 약간의 경계심을 갖게 되기가 십상입니다. 사실대로 말씀드리자면, 해운에 관한 업무가 전적으로 노형의 두 어깨로 넘어가게 됐으니 저로서는 마음이 편합니다. 앞으로 일을 처리해

나가시는 데 있어서 무대의 비위만 거스르지 않는다면 별일 없을 겁니다. 저는 그저 자리만 지키면서 하나하나 위로 전달하기만 하면 되는 거지요. 공사가 막힘없이 순조롭게 이루어지는데 편하지 않을 사람이 어디 있겠습니까?”

정말 솔직하기 그지없는 말이었다. 왕유령은 마음속으로 생각했다. 이런 상황이라면 황종한이 해운에 관여하려 할 것이고 그러다 보면 자연히 얼굴을 마주하게 되기가 십상일 터였다. 일을 잘 처리하기만 하면 보안*에 적지 않게 이름이 오를 것이고 복잡한 일은 무대를 앞세워 해결하면 그만이었다.

왕유령은 긴말하지 않고 공손하게 대답했다.

“전 아직 경험이 부족하고 지식이 일천합니다. 많은 지도 편달을 부탁드리겠습니다.”

“무슨 말씀을. 내가 뭘 지도할 수 있겠소? 하지만 해운에 관한 업무는 내 손에서 시작되는 것이니 모든 일을 노형과 상의하도록 하겠소이다.”

“알겠습니다.”

허리를 굽히는 왕유령에게 인계가 슬쩍 물었다.

“언제부터 공무를 보실 수 있겠습니까?”

기다리던 질문이라 왕유령은 즉각 대답했다.

“대인의 분부대로 하겠습니다.”

인계가 바깥을 향해 소리쳤다.

“밖에 아무도 없느냐?”

하인 하나가 달려와 황력皇曆을 넘겼다. 달력을 보니 사흘 후가 부임에 적합한 황도 길일이었다.

---

* 보안保案__부하의 표창을 내신하는 문서.

"사흘 후가 어떻겠소?"

"좋습니다."

"한데 노형의 수하에 사람이 몇 명이나 있습니까?"

왕유령에게는 아랫사람이 하나도 없는 형편이었다. 주현에 보결을 하자면 유 사야를 찾아가 사람을 좀 구해 달라고 부탁하면 될 일이지만 해운국의 상황은 어떤지 알 도리가 없었다.

그때 번개처럼 호 소야의 얼굴이 떠올랐다.

"한 사람밖에 없습니다. 성이 호인데 일을 아주 잘 합니다. 다만 그가 저와 함께 일을 할 마음이 있는지 아직 알지 못합니다."

"그렇다면 해운국 안에 사람들이 있으니 되도록이면 그대로 쓰도록 하세요."

상황을 알고 보니 이런 것이었다. 인계는 왕유령이 부임하면서 새로운 사람들을 데리고 올까 봐 걱정이 되었던 것이다. 왕유령은 인 번대가 매우 현실적인 사람이라고 생각했다.

"대인의 분부대로 하겠습니다."

왕유령은 다시 한 번 고개를 숙여 예를 표했다.

"혹시 무대께서 사람을 내려 보내실 경우엔 즉시 대인께 알리고 대책을 의논 드리도록 하겠습니다."

"그렇게 하십시다."

인계는 화제를 해운으로 옮겼다.

"절강의 조미가 해운으로 바뀌고 있는데 이 일을 새로 부임한 강소 번대 예량요倪良燿가 통틀어 관리하고 있습니다. 이 사람은 노형께서도 특별히 조심하셔야 할 겁니다."

"예."

앞으로의 실무와 관계된 대단히 중요한 이야기였다. 왕유령은 특별히 주의를 기울여 경청했다.

"다행히 우리 무대 어른의 뒷심이 더 세기에 망정이지 그렇지 않았더라면 벌써 이 자에게 먹혔을 거외다."

예량요의 능력에는 한계가 있어 절강의 해운을 총관하는 일이 그다지 순조롭지 못했다. 조정에서 엄하게 재촉을 가하자 예량요는 책임을 절강에 떠넘기기 위하여 절강의 신조新漕가 겨우 6만여 석밖에 되지 않는다고 보고했다. 그러나 실상은 이미 30여만 석의 조미가 상해에 도착해 있었던 것이다. 황종한은 사실에 입각하여 그의 보고를 뒤엎는 상주문을 올렸고 조정에서는 상유를 내려 예량요를 엄하게 문책했다.

"이런 곡절이 있는 만큼 일이 그다지 쉽지 않을 겁니다. 예량요가 호시탐탐 기회를 노리며 꼬투리를 잡고 있으니 노형께서도 이에 각별히 조심하셔야 할 겁니다. 이것이 첫 번째 주의 사항인 셈이지요."

"알겠습니다."

이어서 왕유령이 물었다.

"두 번째는 뭔가요?"

"둘째는 우리 절강성의 일부 지역이 아직도 매우 혼란하다는 겁니다. 특히 호주부湖州府는 지방 신사들의 횡포가 심하고 대부호들의 조미 분량 미달이 극심한 실정이지요. 금년도 신조만 해도 그렇습니다. 어지를 받들어 앞당겨 운송을 시작했는데도 갈수록 기한이 긴박해진다는 게 큰 문제입니다. 전임 지부知府도 조운을 잘못하여 해임됐는데 지금 제 생각으로는……."

인계는 갑자기 말끝을 흐려 버렸다. 이것이 무얼 의미하는 것일까? 왕유령은 바삐 머리를 굴려 보았다. 혹시 호주부의 조운을 떠맡기려는 것일까? 그것은 분명 아닐 터였다. 주현의 관리들이 실제로 결원되지도 않았는데 어찌 아무 일 없이 승급할 수가 있겠는가? 호주부에 속한 어느 현을 맡길 것이 분명했다. 그렇다면 이는 매우 절묘한 일이었다. 호주부에 속한 일곱 개 현 가운데 조미가 가장 많은 곳은 오정烏程과 귀안歸安, 덕청德淸 등 세 현이었다. 이 세 현은 워낙 부유하기로 유명해서 서로 앞다투어 보결하려고 달려드는 일등 대현이었다. 한 2, 3년 근무하고 상부에서 잘 보살펴 주기만 하면 지부로 승급할 전망이 가장 큰 곳이었다.

"한마디로 말해서 밖에는 예량요가 있고 안에는 호주부가 있는 실정이란 얘깁니다. 이 두 가지만 잘 대처하여 처리하면 일은 아주 간단해지는 겁니다. 나머진 부임하신 다음에 다시 얘기하도록 합시다."

인계는 여기까지 말한 뒤 대화를 끝맺고 찻잔을 들어 손님을 배웅했다.

번대아문을 나선 왕유령은 곧장 무서를 찾아갔다. 유 이야가 몹시 반기며 친절하게 축하 인사를 건넸다.

"어르신께서는 마침 항가호杭嘉湖와 영소대甯紹臺, 두 도대道臺를 초청하여 공사에 관해 의논하고 계십니다. 아무래도 왕 노야를 접견하실 시간이 없으실 것 같습니다. 일단 제가 가서 살펴보고 오겠습니다."

황종한은 두 명의 무관 병비도兵備道를 내실로 불러 성외로 나가 적을 막을 방법을 의논 중이었다. 시간을 내지 못한 황종한은 유 이야를 통해 말을 전해 왔다. 일단 일을 시작하면 모든 것이 다 정리될 터이니 너무 걱정할 필요가 없다는 내용이었다. 아울러 며칠 후에 짬이 나는 대로 그를 초청하여 모든 걸 자세히 의논하겠다는 다짐을 전해 왔다.

걱정할 필요가 없다는 말은 인계를 겨냥하여 한 말이었다. 왕유령은 황무대와 인 번대, 두 상관의 말을 종합해 보고 나서야 자신이 좌판에 위임된 것이 사실은 절강의 조미 해운을 완전히 책임져야 하는 자리에 발탁된 것임을 알 수 있었다.

"왕 노야께 사적으로 드릴 말씀이 좀 있습니다만……."

유 이야가 그를 한쪽으로 잡아끌며 목소리를 낮춰 말했다.

"대인께서 한마디 흘리신 얘기가 있습니다. 지금 군무가 매우 긴급한 실정이라 조미가 전적으로 군량을 좌우하고 있고 조정에서도 이를 대단히 중시하고 있답니다. 해운만 기한을 어기지 않고 잘 이행하면 왕 노야를 조정에 특별히 내신하여 파격적으로 등용되게 하겠다고 하시더군요. 화가 오든 복이 오든 전부 왕 노야 자신에게 달려 있다고 하셨습니다."

"정말인가? 무대께서 날 그토록 생각해 주신다니 뭐라고 말을 해야 좋을지 모르겠군. 돌아가면 꼭 좀 전해 드리게. 무대 어른의 기대를 저버리지 않겠다고 말이야."

유 이야는 꼭 전하겠다고 대답했다. 얼굴에 미소를 띤 채 유 이야는 잠시 머뭇거렸다. 그러고는 소매에서 두 장의 이력서를 꺼내 들었다.

"이게 뭔가?"

"하나는 제 외삼촌이고 하나는 저랑 의형제를 맺은 형님입니다. 왕 노야께서 좀 거둬 주십시오."

"알겠네. 그렇게 하지."

왕유령은 흔쾌히 확답하고 건네받은 쪽지를 보는 둥 마는 둥 집어넣었다.

부임과 함께 본격적으로 인사치례가 시작됐다. 명단을 준비한 고승은 가까운 거리에 따라 순서대로 뛰어다니기 시작했다. 주방장군駐防將軍과 얼사, 염운사, 항가호도, 항주부 등은 모두 상사에 속했기 때문에 수본을 사용해야 했다. 인화仁和와 전당錢塘 두 현은 평급이라 배첩拜帖을 사용했으며 그 나머지는 후보 도부道府나 주현으로서 문 앞에 가서 배첩을 보이기만 하면 됐다. 주인들은 관례에 따라 찾아오는 것을 극구 사양했지만 그렇다고 그만두어서도 안 되는 일이었다. 찾아다닐 곳이 많아 하루 종일 뛰어다녀도 모두 다니지 못할 지경이었다.

집으로 돌아오자 왕유령은 특별히 얼사아문으로 사람을 보내 유 사야를 저녁 식사에 초대했다. 두 사람은 술잔을 나누면서 이날 무사와 번대가 보여 준 태도에 대해 이야기하기 시작했다. 유 사야는 그가 차사로 위임된 것을 매우 기뻐하면서 그 직책은 통상 후보들 중에서 위임되는 것으로서 최소한 후보 지부는 되어야 차례가 돌아가는 게 원칙이라고 말해 주었다. 왕유령의 신분으로 차사에 위임된 것은 파격적인 발탁이라는 얘기였다. 아울러 주현의 정당正堂을 얻지 못한 것을 아쉬워할 이유가 전혀 없다고 왕유령을 타일렀다.

유 사야의 위로에 왕유령은 마음속에 남아 있던 꺼림칙한 기분이 말끔히 사라짐을 느꼈다. 그에게 직책에 임하는 자세와 요령에 관해 물어보면서 필묵을 처리해 줄 친구를 하나 구해 달라고 부탁했다. 유 사야가 추천한 인물은 성이 주周씨인 그의 사촌 동생이었다. 근면하고 부지런하며 모든 것을 보장할 수 있는 사람이라는 것이었다. 왕유령은 이를 흔쾌히 받아들여서 이틀 후에 곧장 관서關書를 보내 주겠다고 약속했다.

"노형에게 여쭤볼 일이 한 가지 더 있습니다."

그는 유 이야가 준 두 장의 이력서를 꺼내 유 사야에게 보여 주었다.

"무서에 있는 유 이야가 추천한 사람들인데 하나는 그의 외삼촌이고 하나는 의형제라고 하더군요."

"외삼촌에 의형제가 다 뭡니까?"

유 사야가 껄껄 웃으면서 말했다.

"모두 유 이야에게 돈을 먹인 사람들이지요. 왜 친형제라고 말하면서 부탁하지 않고요."

"아, 그랬었군요!"

왕유령은 다시 한 번 자신의 식견이 모자람을 깨달았다.

"보아하니 나이 든 자가 외삼촌이고 나이 어린 쪽이 의형제 같은데 어떻게 안배하는 것이 좋을지 한번 봐주시지요."

"유 이야는 천 년 묵은 여우 같은 친굽니다. 청탁을 안 들어줘도 안 되고 일일이 다 들어줘도 안 됩니다. 그의 술책에 조금이라도 말려들면 앞으로 골치 아픈 일이 많아질 겁니다."

유 사야는 젊은 사람은 원기가 왕성한 것을 고려하여 압운 요원으로 쓰고 나이 든 친구는 앉아서 수발收發을 전담하게 하는 것이 좋겠다는 의견을 내놓았다. 일사불란하고 적확한 배치에 왕유령은 혀를 내두르며 감탄을 연발했다.

축하 인사를 받느라 어수선한 가운데 사나흘이 훌쩍 지나갔다. 간신히 마음에 안정을 되찾은 왕유령은 가장 먼저 처리해야 할 문서들을 점검하기 시작했다. 그 가운데 왕유령은 새로운 사실 하나를 발견할 수 있었다. 황종한이 상주했던 30여만 석의 조미가 이미 상해에 도착해 있다는 말은 거짓이었던 것이다. 대부분의 조미는 아직 하운 중인 배에 실려 있었다. 만에 하나 접수가 늦어지는 날에는 심각한 문책이 돌아오게 되는 상황이었다. 때문에 전전긍긍하면서 항해를 재촉하고 있는 실정이었다.

한창 당혹감에 젖어 있을 때 황종한이 특별히 문순보文巡捕 한 사람을 보내 왔다. 긴급한 공무가 있으니 지금 즉시 등원하라는 얘기였다. 무대 아문에 도착한 왕유령은 먼저 은혜에 감사한다는 인사를 전했다. 앉은 자세로 인사를 받은 황종한은 왕유령이 몸을 일으키자 그는 즉시 공문 하나를 내밀었다.

"우선 이 상유를 한번 읽어 보시오."

왕유령은 그것이 군기처에서 하달된 유지로서 보통 정기廷寄라 불린다는 사실을 알고 있었다. 하지만 이름만 들어 봤지 정기를 직접 대하기는 이번이 처음이었다. 공문에 사용된 종이는 보통 백단첩으로 한 쪽에 5행씩 매 행이 스무 자로 되어 있고 영인이나 첨압*은 하나도 없었다. 군기처

---

* 첨압僉押__보증서 따위에 찍힌 서명 또는 수결한 것.

관인으로 봉인된 봉투만 없었더라면 이 별볼일없는 종잇조각을 성지라고 믿을 사람은 하나도 없을 것 같았다.

이런 생각을 하면서 왕유령은 즉시 상유를 읽어 내려갔다. 기억력이 뛰어난 그는 한 번만 읽고도 그 내용을 모두 기억할 수 있었다. 이번 상유도 여전히 조운을 재촉하는 내용이었다. 예량요의 보고에 대해 조정에서 더 이상 참지 못하고 보다 강력한 통첩을 내리는 것이었다. 이를테면 마지막 훈령이나 다름없었다.

절강성은 조미의 운송이 끝났다고 하나 강소성은 조운이 완료되지 않고 있는 실정이다. 유지를 받들어 이를 재촉하되 절대로 기일을 넘기지 말라. 더 이상 지체될 경우에는 짐이 예량요를 엄중 징계할 것이다.

"내겐 따로 경사에서 보내 온 사신이 있소. 양주가 함락된 이후로 방장 모동서毛東鼠가 수장守長을 맡고 있는데 갑문을 열어 수위를 높이는 방법으로 적선들을 쓸어 버리려는 전략을 세우고 있소. 고우高郵나 보응寶應쯤에 이르게 되면 장모들을 수몰시킬 수 있는데, 그러다 보면 백성들도 함께 그 안에 수몰되게 되어 있지요. 금년도 조미도 죄다 날아가게 되는 것이고요. 이런 연고로 해운으로 운송되는 조미에 대해 특별히 성화 같은 재촉을 해대고 있는 것이오."

거기까지 말해 놓고 황종한은 잠시 뜸을 들였다.

"말하자면 예량요는 또다시 일을 제대로 완수하지 못할 경우 목이 달아날 형편이오. 그러니 우리 절강성에서도 이에 대한 적절한 대비책이 있어야 할 것이오."

왕유령은 세심하게 귀를 기울이다가 마지막 한마디를 듣고 나서야 모든 것을 명약관화하게 파악할 수 있었다. 보고 내용과는 달리 절강의 조미는 실제로 전혀 진전되지 않았다. 만일 예량요가 파직되어 조사를 받게 된다면 전혀 거리낄 일이 아니었다. 그러나 실정과 계산을 대조하여 황 무대의 상주가 사실이 아니었다는 것이 드러나기라도 하는 날에는 큰일이 터지고 말 형편이었다. 이를 해결할 수 있는 방법으로 조미를 서둘러 상해로 운반하거나 해선들에게 납입 부족액을 전담시키는 것 말고는 별 뾰족한 대책이 없었던 것이다. 왕유령이 이런 뜻이 담긴 진언을 올렸으나 황종한은 아무런 표정도 보이지 않았다.

아무런 표정이 없다는 것도 하나의 표정이 될 수 있었다. 필시 불만을 나타내는 것이었다. 왕유령은 마음속으로 생각했다. 그에게 말을 하지 않고 닷새 또는 열흘 후에 조운이 해결된다면 그도 크게 만족할 것이다. 그러나 이는 확실히 장담할 수 없는 일이었다. 뒷날의 책임 관계를 생각해서라도 일단은 애매하게 대답해 두는 수밖에 없었다.

"밤낮을 가리지 않고 인원을 파견하여 조운을 재촉하되 추호도 소홀히 하는 바가 없도록 하겠습니다."

"그러는 수밖에 없겠지요."

황종한은 담담한 표정으로 한마디 던진 뒤 찻잔을 들었다 놓았다. 그리고 먼저 자리에서 일어나 허리를 구부정하게 숙이고 내실로 들어가 버렸다.

왕유령은 크게 낙담했다. 일을 시작한 지 며칠 만에 처음 무대를 만났는데 이처럼 난감한 입장에 빠지고 말았으니 상심이 이만저만이 아니었다. 황 무대가 부하들을 이렇게 대하기 때문에 모시기가 힘들다는 것을 뼈저리게 실감하는 순간이었다.

가마 안에서도 왕유령은 마음이 착잡하기만 했다. 2~3일 전 처음으로 큰 가마에 탔을 때의 의기양양하고 가슴 뿌듯하던 심정은 완전히 사라져 버렸다. 앞으로의 일을 고민하다 보니 지금 가마가 어디를 지나고 있는지 주의를 기울일 여유조차 없었다.

답답한 마음에 왕유령은 주렴 사이로 눈길을 주었다. 사람들은 어디론가 바삐 지나갔고 보이는 풍경은 왕유령의 마음속만큼이나 어수선했다. 바로 그때였다. 주렴 틈으로 낯익은 얼굴 하나가 희미하게 스쳐 지나갔다.

왕유령은 황급히 소리쳤다.

"가마를 세워라! 어서 가마를 세우라고!"

힘이 세고 걸음이 빠른 가마꾼들은 어찌된 영문인지 몰라 급히 걸음을 멈췄다. 그 사이 주렴 틈으로 비치던 그림자는 홀연히 사람들 속으로 섞이는 중이었다.

호서護書의 자격으로 가마 옆을 따라오던 고승은 주인의 외침을 듣자 즉시 가마 앞으로 뛰어갔다. 주렴을 들추고 나온 왕유령이 두 눈을 왕방울만 하게 뜨고 사방을 두리번거리는 것이 보였다.

뜻밖의 상황에 길 가던 사람들이 호기심을 갖고 몰려들어 기이한 눈으로 바라보며 주위를 에워쌌다. 고승은 주인의 체면이 크게 상할 것을 우려하여 목소리를 낮춰 외쳤다.

"나리!"

고승을 보자 왕유령이 말했다.

"빨리! 빨리 가서 저 검은 두루마기를 입고 있는 사람을 붙잡도록 하게."

고승이 보니 검은 두루마기를 입은 사람은 한둘이 아니었다. 주인이 말하는 사람을 어떻게 찾는단 말인가? 키가 얼마나 되고 몸매는 어떠하며 나이는 대략 얼마나 되는지 간단하게나마 설명을 해줘야 가서 찾아올 수 있을 것 아닌가?

"어서, 어서 가마를 내려라!"

고승이 당황하여 머뭇거리자 왕유령이 참지 못하고 가마의 옆구리를 내리쳤다. 자신이 직접 가마에서 내려 검은 두루마기의 사내를 쫓아갈 심산이었다. 갈수록 꼴이 말이 아니었다. 고승이 다급하게 소리쳤다.

“나리, 체통을 지키십시오. 도대체 누구를 찾으시는 건지 제게 말씀을 하십시오. 제가 가서 찾아오겠습니다.”

“또 누가 있겠나? 호 소야지.”

“아……. ”

고승은 머릿속이 환해지는 느낌이었다. 고승은 사람들 사이를 비집고 쏜살같이 달려나갔다. 호 소야가 어떤 사람인지는 주인으로부터 수도 없이 들은 터였다. 직접 보지는 않았지만 이미 선명한 인상이 박혀 있었다.

달리면서 지나가는 행인들을 유심히 살펴봤지만 검은 두루마기를 입은 사람은 수염이 하얗게 난 노인들뿐이었다. 또 한 사람이 있어 살펴봤더니 나이는 중년에 가까운데 생김새가 아무래도 호 소야는 아닌 것 같았다. 성씨를 물어봤지만 역시 호가가 아니었다. 고승은 마음이 급해졌다. 그는 주인과 호 소야 사이에 연락이 두절되긴 했지만 주인이 그의 모습을 잘못 볼 리는 없다고 굳게 믿고 있었다. 그렇다면 이렇게 짧은 순간에 호 소야는 어디로 사라졌단 말인가?

고승은 호 소야를 찾아 여기저기 정신없이 배회했다. 그때 ‘문짝밥’을 먹고 있는 사람들 가운데 범상치 않은 인물이 기적처럼 눈에 띄었다. 사내는 검은 두루마기를 걸치고 간이 의자에 앉아 정신없이 밥을 떠넘기고 있었다. 외모로 보아 틀림없이 주인이 애타게 찾고 있는 그 사람이었다.

항주의 음식점들은 송대宋代의 전통을 이어받아 위층에는 아담하고 품위 있게 좌석을 갖추어 놓고 아래층에서는 자리를 갖추지 않았다. 문을 내려놓고 그 위에 각종 음식을 늘어놓고 파는데 대부분 미리 만들어 놓은 요리와 안주들이었다. 거기에 등받이 없는 긴 걸상을 옆으로 벌려 놓고 아무렇게나 걸터앉아 밥을 먹는데, 이를 일컬어 ‘문짝밥’이라 했다. 밥 한 그릇의 양이 무척 많아 마치 탑을 세워 놓은 것처럼 높았고, 이에 익숙하지 않은 사람들은 꼭대기부터 먹어야 할지 아니면 허리 부분부터 먹어야 할지를 몰라 감히 젓가락을 대지 못하는 경우도 많았다.

때문에 허름한 차림의 서민들은 두루마기를 걸친 양반들이 이런 자리에 앉기라도 하면 모두 눈을 그쪽에 집중시키게 마련이었다. 첫째는 그런 사람들이 이런 자리에 오는 일이 극히 드물기 때문이고, 둘째는 그런 양반들이 이 특별한 밥을 어떻게 먹는지 구경하기 위해서였다. 양반들이 먹는 모습을 구경하면서 사람들은 '아마 먹지 못할 거야' 또는 '탑 꼭대기가 무너질걸!' 하며 속으로 낄낄거리곤 했다.

고승은 천천히 검은 두루마기를 걸친 사내에게 다가갔다. 옆모습을 자세히 뜯어보니 호설암이 틀림없었다. 고승은 밑져야 본전이라는 생각으로 이름을 불러 보았다.

"호 소야!"

주위에 있던 '허름한 옷'들이 모두 깔깔 웃어 댔다. 소야쯤 되는 사람이 어찌 이런 곳에서 문짝밥을 먹고 있겠냐는 뜻이었다.

고승은 항주에 온 지 얼마 되지 않았지만 이런 상황에 익숙해져 있었다. 때문에 자신도 이런 자리에서 호 소야를 부르는 것이 어불성설이라고 느꼈다. 하지만 그는 호설암이 틀림없었다. 호설암이 대답하기 곤란한 상황이라고 판단한 고승은 옆으로 다가가 낮은 목소리로 물었다.

"실례합니다만 혹시 성씨가 호가 아니십니까?"

사내가 의아한 눈으로 고승을 쳐다보았다.

"맞아요. 그런데 왜 그러시오?"

사내는 옷이 지저분하고 낡은데다 얼굴에 수심이 가득했다.

"존함이 설 자, 암 자가 맞으시죠?"

"내가 호설암인 건 맞습니다만……."

정말 호설암이었다. 호설암은 방금 집어 든 대나무 젓가락을 다시 내려놓으며 물었다.

“전 댁을 처음 보는 것 같소이다.”

고승은 호설암이 신세가 영락하여 문짝밥을 먹고 있는 것이라고 판단했다. 이런 자리에서 자기 어르신의 부임에 관한 소문을 들으면 호설암은 별로 반가워하지 않을 것 같다는 생각이 들었다. 고승은 자세한 설명을 생략하고 왕유령이란 이름만 입에 올렸다.

“제가 모시는 노야의 성이 왕씨인데 한눈에 호 소야를 알아보셨습니다. 호 소야께서는 식사를 그만하시고 저와 함께 가셔서 노야를 한번 만나 보시지요.”

고승은 호설암의 의중을 묻지도 않고 다짜고짜 손을 잡아끌었다. 고승은 손님을 기다리고 있던 가마 하나를 소리쳐 불렀다.

“댁의 노야가 도대체 누구신데요?”

어리둥절해진 호설암은 가마에 오르기를 망설였다.

“에…….”

고승은 한참을 망설이다가 낮은 목소리로 대답했다.

“저희 나리의 관인은 유 자, 령 자이십니다.”

“아니!”

순간 호설암의 눈빛이 밝아졌다.

“그분은 지금 어디 계십니까?”

“공관은 청화방에 있습니다. 호 소야, 어서 가마에 오르지 않고 뭘 망설이십니까?”

호설암이 가마에 오르자 고승은 가마꾼에게 주소를 설명해 주었다. 고승은 가마가 출발하는 것을 확인한 다음 곧장 왕유령에게 달려갔다. 왕유령은 크게 기뻐하며 서둘러 남니 가마에 올랐다.

앞서거니 뒤서거니 하면서 두 대의 가마가 거의 동시에 왕유령의 집 앞에 도착했다. 고승이 먼저 달려와 사람들을 시켜 중문을 열어 놓았다. 두

대의 가마는 대청 앞에 나란히 세워졌다.

가마에서 내린 두 사람은 서로 얼굴을 마주한 채 피차 꿈인지 생신지 몰라 한참 동안 침묵했다. 왕유령은 호설암의 초라한 행색에 코끝이 찡해지면서 눈언저리가 뜨거워졌다.

"설암!"

"설헌!"

두 사람은 서로의 이름만 부를 뿐 여전히 아무 말도 하지 못했다. 서로 하고 싶은 말이 목구멍을 가득 메웠지만 무슨 말부터 꺼내야 할지 알 수 없었다. 그들은 한동안 눈빛만 주고받았다. 답답함을 참다 못한 고승이 먼저 입을 열었다.

"이럴 게 아니라 호 소야를 모시고 어서 객청으로 드시지요."

"음, 그래!"

왕유령은 그제야 정신이 드는 것 같았다.

"자, 설암. 우선 앉아서 숨 좀 돌리게. 밖으로 나갈 것도 없이 후원으로 가지. 거기가 아주 시원할 테니까."

두 사람이 후당으로 들어서자 병풍 뒤에 앉아 있던 왕유령의 부인이 후다닥 일어나 자리를 피했다. 호설암도 치마폭이 움직이는 것을 보고는 잠시 걸음을 멈칫했다. 왕유령은 소리쳐 부인을 불렀다.

"여보! 어서 이리 나와 우리 아우님과 인사하구려."

이런 교분은 온 가족이 함께 나눠야 수족처럼 편한 사이가 될 수 있었다. 남편의 부름을 받은 왕 부인은 환한 표정으로 달려 나왔다.

"이분이 바로 서방님께서 꿈에도 못 잊어 하시던 호 소야시군요."

"그렇게 부르지 마십시오. 가당치 않습니다."

호설암이 가볍게 고개를 숙였다.

왕 부인은 인사에 답례하며 사뭇 감동어린 어투로 말했다.

"호 소야, 정말 얼마나 반가운지 모르겠습니다. 서방님께서는 항주로 돌아오자마자 여기저기 호 소야를 찾아다니셨어요. 매일같이 허탕을 치시자 장탄식을 하시면서 어찌해야 좋을지 모르겠다고 하시는 겁니다. 그래서 제가 막 화를 냈지요. 은인에게 어떻게 댁이 어딘지조차 물어보지 않았느냐고 말예요. 그런데 오늘 어디서 이렇게 만나게 되셨나요?"

"길, 길에서 만났습니다."

호설암은 다소 멋쩍어했다.

"여보! 우리 둘 사이의 애기는 사흘 밤낮을 꼬박 계속해도 끝이 나지 않을 거요. 그러니 차차 물어보도록 하고 우선 밥상부터 준비하구려. 미리 준비해 놓은 게 있으면 몇 가지만 어서 챙겨 주구려. 술을 한잔 해야 되겠소."

왕유령은 아내를 재촉했다.

"네, 알겠어요."

왕 부인이 입가에 여전히 웃음을 머금은 채 대답했다.

"호 소야, 서방書房으로 가시지요. 그곳이 제일 조용하고 깨끗하답니다."

"맞아! 그리로 가세."

왕유령은 호설암을 서방으로 안내했다. 이어서 왕 부인이 하인과 노마를 대동하고 들어와 직접 술 시중을 들었다. 뜻밖에 따스한 대접을 받자 호설암은 감개가 무량했다. 반년 가까운 세월 동안 의지할 곳 없이 떠돈 세월이 주마등처럼 스쳐 지나갔다.

"설헌!"

그가 물었다.

"언제 돌아오셨습니까?"

"돌아온 지 아직 한 달도 채 안 됐네."

왕유령은 영락한 호설암의 행색에 크게 상심했다.

"설암, 어쩌다 이런 모습이 되었나?"

"얘기하자면 아주 길지요."

할 말이 많았지만 어디서부터 얘기를 꺼내야 할지 몰랐다. 호설암은 우선 왕유령의 얘기부터 듣기로 마음먹었다.

"설헌 형은요? 제가 보기엔 일이 아주 잘 풀리신 것 같은데요."

"다 자네 덕분 아니겠나. 연달아 기우奇遇가 있었네.《고금기관古今奇觀》에 보면 '운 좋은 사람은 넘어져도 동정홍을 만난다[倒運漢巧 遇洞庭紅]'는 말도 있지 않나? 내 경우에 비하면 이건 아무것도 아닌 셈일세."

잠시 말을 멈췄던 왕유령은 큰소리로 다시 입을 열었다.

"됐어! 어쨌든 자네를 다시 찾았으니 마음이 놓이네. 자, 들자고. 오늘 같은 날은 취하지 않을 수 없지."

왕 부인은 손수 행주로 술 주전자를 잡고 두 사람에게 술을 따라 주었다. 호설암은 술잔을 받다 말고 황망히 인사를 올렸다. 왕유령이 말했다.

"여보, 아우님에게 술을 따랐으니 이제 부엌으로 돌아가 보는 게 좋겠소. 그래야 예의에 어긋나지도 않고 성가시지도 않을 테니까 말이오."

왕 부인은 호설암에게 술을 한 잔 더 따르고 자리에서 물러났다. 하녀 하나가 남아 두 사람의 술 시중을 계속했다. 두 사람은 술잔을 주고받으면서 이야기를 시작했다.

왕유령은 북통주에서 우연히 하계청을 만난 일부터 시작하여 해운국 좌판에 위임된 일까지 하나도 빠뜨리지 않고 그간의 일을 들려주었다. 호설암은 시종일관 유쾌한 얼굴로 왕유령의 모험담을 경청했다. 술자리는 데운 술이 식어 차가워질 때까지 끝이 나지 않았다.

"모든 게 잘됐군요. 정말 축하드립니다."

술기운이 오른 호설암은 얼굴이 발갛게 상기되었다. 고생으로 찌든 모습은 흔적도 없이 사라지고 시간이 지날수록 자신만만한 표정과 밝은 웃음을 되찾았다.

"제 눈이 아주 정확했죠. 설헌 형을 처음 보는 순간 운세가 바뀌고 있는 인물이란 걸 알 수 있었어요. 과연 그렇게 되지 않았습니까?"

"모든 게 자네를 만났기 때문이네."

왕유령은 미안하고 부끄러운 마음에 어쩔 줄 몰랐다.

"아내에게서도 한소리 들었네만 자네에게 큰 은혜를 입고도 집이 어딘지조차 모르고 있었네. 그땐 나도 정말 경황이 없었지. 내 얘긴 이제 그만하고 지금부터는 자네 얘기를 좀 자세히 들려주게나."

"당연히 말씀드려야죠."

호설암은 술을 한잔 쭉 들이켜고 나서 두 손으로 탁자 모퉁이를 짚었다.

"설헌 형, 설헌 형께서 보시기엔 제가 어떤 사람 같습니까?"

왕유령은 그의 씩씩한 모습을 쳐다보면서 이전에 차관에서 받았던 인상을 되새겨 보았다. 환관 가문의 자제인 것은 틀림없으나 노는 것을 좋아하여 공부도 제대로 못했으며, 그래서 매일 차관에서 뭉개면서 시간을 보내는 사람일 거라는 인상을 받았던 것이다. 하지만 자신의 느낌을 그대로 말할 수는 없는 노릇이었다.

"아우, 내가 하는 말에 절대로 화내면 안 되네. 내가 보기에 자네는 꼭 귀한 집안의 응석받이 같네."

"귀한 집 응석받이라고요?"

호설암이 웃었다.

"차라리 절 개망나니라 그러시는 게 낫겠습니다."

"난 도저히 알아맞히지 못하겠네. 자네가 속 시원히 말해 주게나. 궁금해 죽겠네."

"정 그러시다면 말해 드리지요. 전 전장錢莊에서 장사를 배우고 있습니다."

"전장이라면 개인이 운영하는 금융기관을 말하는 게 아닌가?"

"맞습니다."

호설암의 집안은 부친이 세상을 떠난 후 가세가 급격하게 기울었다. 가난했던 호설암은 어려서부터 전장에 나가 학도學徒의 길을 걸었다. 항주 사람들은 이들을 가리켜 특별히 '학생자學生子'라고 불렀다. 마당 쓰는 일로부터 시작해서 주전자 닦는 일까지 온갖 궂은 일을 도맡아야 하는 신분이었다.

학도 중에서도 호설암은 남달리 총명했다. 사람 보는 눈이 있는데다 말재주가 뛰어나 3년 동안 학도 생활을 하고 나서 전장의 점원으로 승진했다. 처음에는 출납 업무를 보다가 나중엔 주인과 대점원들의 신임을 사 수금 업무를 맡게 되었다. 위낙 일처리가 분명했던 터라 작은 사고 하나 내지 않았다.

문제가 발생한 것은 지난해 여름이었다. 우연히 왕유령과 얘기를 나누던 호설암은 그가 후보 염대사라는 사실을 알고 돕고 싶은 마음이 생겼다. 마침 호설암에게 수금이 가능한 돈이 있었고 그 액수도 딱 500냥이었다. 받아서 전장에 입금시켜야 하는 악성 부채의 회수금이었다. 하지만 그 돈은 전장에서 이미 결손 처리한 금액이었다. 받아서 잠시 유용한다 해도 크게 문제가 되지 않을 것이라고 판단했던 것이다.

돈을 빌려 쓴 사람은 녹영의 한 영관이 뒤를 밀어 주는 자였다. 그가 갚으려고 하지 않으면 전장으로서는 받아 낼 마땅한 방법이 없는 처지였다. 하지만 이런 사람도 호설암과는 말이 통했다. 호설암이 사정을 알아보기 위해 찾아가겠다고 하자 그는 절대로 다른 사람이 오면 안 되고 호설암이 와야 한다며 부채 정리의 뜻을 밝혔다. 호설암은 받은 돈을 왕유령에게 밀어 주기로 결심했다. 그의 재능을 아깝게 여겼기 때문이었다.

호설암의 생각은 이랬다. 어차피 전장에서 회수가 불가능한 것으로 간주하던 돈이었다. 이를 왕유령에게 빌려 주어 나중에 갚을 수 있게 한다면 전장으로서는 크게 손해 볼 일이 없었던 것이다. 전장 안에서 누군가가 나서서 특별 조사만 하지 않는다면 그럭저럭 넘어갈 수 있는 문제였다. 훗날을 생각해 왕유령에게 돈이 나간다는 차용증을 전장의 업무를 총관하는 대점원에게 이미 보내 놓은 상태였다.

그러나 대점원의 생각은 달랐다. 그는 주인의 위임을 받는 사람이었다. 호설암의 공적이 아무리 뛰어나다 하더라도 그냥 넘길 수 없는 일이었다. 호설암이 자신에게 한마디 상의도 없이 혼자서 일을 처리한 것이 무엇보다 괘씸했다. 처음 하는 일이 어렵지 나중 일은 쉬운 법이었다. 500냥에 그쳤으니 망정이지 5천 냥, 5만 냥이 되었다면 그 일을 누가 책임질 수 있단 말인가. 호설암은 즉시 해고되어 거리로 쫓겨났다.

호설암에 관한 소문은 즉각 주변 전장으로 퍼졌다. 전장 주인들은 호설암의 일솜씨를 인정하면서도 누구 하나 선뜻 그를 고용하려 들지 않았다. 호설암의 평소 재능을 시기하던 사람들이 때를 놓칠세라 들고일어났다. 일부 사람들은 그가 평소에도 축재를 해왔다고 의심하기 시작했다. 나아가 도박에서 돈을 날렸다는 소문을 퍼뜨리는 사람도 있었다. 오명이 퍼지자 호설암은 살 길이 막막해졌다. 전장은 물론이고 다른 곳에서까지 호설암을 꺼리게 되었던 것이다.

"어쨌든 다행입니다. 설헌 형이라도 일이 계획대로 잘 풀려 이렇게 다시 만나게 되었으니까요."

호설암은 여기까지 말하고 나서 큰 짐을 덜었다는 듯 긴 한숨을 내쉬었다.

"설암……."

왕유령은 아무런 말도 못하고 호설암의 손을 마주 잡았다. 눈시울이 축축하게 젖어 들었다.

"결국 돌아오셨으니 됐지요. 시간 나실 때 제 누명이나 벗겨 주십시오.

제가 중간에서 돈을 착복한 게 돼 버렸으니……."

왕유령이 긴 한숨을 내쉬며 말했다.

"모두가 하늘의 도움일세. 오늘 우연히 자네를 만나지 못했더라면 자네가 나 때문에 이렇게 비참한 지경에 처하게 된 것도 모르고 지낼 뻔했군. 자네에게 은혜를 갚는 건 고사하고 우선 내가 어떻게 해주면 좋을지 차분히 말해 보게나."

"설헌 형이 처한 사정도 모르는데 제가 어떻게 말을 할 수가 있겠습니까?"

"아닐세. 아니야."

왕유령은 자기가 말을 잘못했다는 사실을 깨닫고 황급히 두 손을 가로저었다.

"내 말뜻은 그게 아닐세. 내 말은 자네의 일이 바로 내 일이라는 뜻이야. 어떻게 하면 자네의 위신을 예전처럼 회복시킬 수 있느냐 하는 문제에 대해선 내게도 방법이 없는 바가 아니네. 지금 내가 자네에게 묻는 건 앞으로의 계획이 어떤가 하는 것일세. 자넨 다시 그 전장으로 돌아가고 싶은 건가?"

호설암은 조용히 고개를 저으며 항주의 속어로 대답을 대신했다.

"국으로 다시 돌아간 두부는 맛이 없는 법입니다."

"그럼 따로 전장을 하나 차리고 싶은 건가?"

정곡을 찌르는 말이었다. 호설암은 그렇다고 대답하려다 잠시 말을 미루었다. 형편을 따져 보니 전장을 따로 여는 것이 결코 쉬운 일은 아니었다. 자금도 필요하지만 무엇보다 뒤를 봐줄 사람이 있어야 했다. 왕유령이 차사의 직위를 얻긴 했지만 아직 역량에 한계가 있었다. 호설암이 자신의 계획을 밝히면 은혜에 보답하려는 왕유령은 물불 가리지 않고 도우려 나설 것이다. 갓 부임한 차사에게 그건 너무도 큰 부담이었다.

　호설암은 일단 자신의 계획을 포기했다. 애당초 실현 가능한 일도 아니었기 때문이다. 한참을 우물쭈물하다가 호설암이 입을 열었다.

　"전 더 이상 전장 밥을 먹고 싶지 않습니다. 해운국에도 사람이 좀 필요할 테니 편하신 대로 한가한 자리 하나 마련해 주시죠."

　바로 왕유령이 기다리던 말이었다. 왕유령은 흔쾌히 웃으며 항주 말로 대답했다.

　"자네가 한가한 밥을 먹어선 안 되지."

　왕유령의 마음속에는 오래전부터 한 가지 계획이 잡혀 있었다. 호설암을 해운국 요직에 앉힐 작정이었던 것이다. 그렇게 되면 일을 통해 그를 충분히 도울 수 있을 것 같았다. 그를 보살펴 주면서 한편으로 수천 냥의 은자를 마련하여 자본을 만들어 주는 것이다. 시일이 좀 걸리겠지만 그렇게 할 수 있다면 더는 그에게 미안한 마음을 갖지 않아도 될 터였다.

　밥을 배불리 먹고 술도 취할 만큼 마셨다. 왕유령은 황종한의 사람 됨됨이를 말해 주고 곁들여 춘수 사건을 언급했다. 입가심으로 상품 용정차를 두 잔씩이나 들이켰지만 두 사람의 흥은 가실 줄 몰랐다. 이런저런 얘기끝에 왕유령은 등원하여 황종한과 나눈 얘기와 어려움에 봉착한 조운 사정을 들려주었다.

　"그럼 당장 어떻게 하실 건지 구체적인 계획이 있으십니까?"

　호설암이 물었다. 어떻게 조미를 제때에 상해까지 운반하여 납입액을 채울 수 있느냐는 뜻이었다.

　"내게 무슨 방법이 있겠나? 그저 최선을 다해 재촉해 보는 수밖에."

　"쉽지 않을 겁니다."

　호설암이 고개를 저으며 말했다.

　"나도 그게 걱정이네. 황 무대는 시험하듯 이번 일을 내게 떠넘기는 추세고. 자네에게 좋은 생각이 있으면 말해 주게."

호설암이 대답했다.

"관리들이 어떻게 백성들의 고초를 알겠습니까? 조운이 해운으로 바뀌면 조방들은 전부 밥을 굶게 됩니다. 때문에 조방들은 이 일이 잘 성사되지 않기를 은근히 바라고 있지요. 관청에서는 운하를 이용하여 조미를 상해까지 운반하려고 하지만 급한 건 관청이지 그들이 아니거든요. 미적미적 시간을 끌다가 기한을 넘겨야 관청은 그들의 위력이 대단하다는 걸 새삼 알게 될 겁니다."

"어허!"

왕유령은 조바심이 난 듯 갑자기 자리에서 일어났다.

"자네 말대로라면 기한을 넘길 수밖에 없겠구먼. 그럼 이제 어떡하면 좋겠나?"

"방법이야 생각해 보면 다 나오게 마련이죠."

호설암이 자신의 태양혈太陽穴을 두드리며 말했다.

"세상에 해결 방법이 없는 일은 없습니다. 머리 쓰는 게 귀찮아서 그렇죠. 제게 한 가지 방법이 있는데 한번 써보시지요. 아마 짐이 훨씬 가벼워지실 겁니다. 겨우 돈 몇 냥이면 해결되는 일이니까요. 무대라는 직위를 유지하는 데 은 몇 냥이면 아무것도 아니잖아요?"

호설암이 너무 쉽게 얘기를 하는 터라 왕유령은 반신반의했다. 얘기를 자세히 들어 보는 게 좋겠다고 생각하고 왕유령은 고개를 끄덕이며 동조의 뜻을 내비쳤다.

"어떤 방법인지 자세히 좀 들어 보세."

"쌀은 누가 뭐래도 쌀입니다. 어디든지 마찬가지지요. 그러니 부족분을 다른 지방에서 보충하면 된다 이겁니다. 제 말뜻은 상해에서 쌀을 사다가 조미의 부족액을 채우면 아무 일 없지 않느냐 이거지요."

말이 채 끝나지도 않았는데 왕유령은 자리를 박차고 일어났다. 한껏 들뜬 얼굴이었다.

"맞아! 맞아! 아주 기가 막히는 묘책이야. 그렇게 하면 되겠구먼. 나는 우둔하여 미처 그 생각을 하지 못했네."

호설암은 침착했다.

"한 가지 주의하셔야 할 일이 있습니다."

"그게 무엇인가?"

"절대로 소문이 나서는 안 된다는 것이죠. 이건 지극히 상식적인 일입니다. 조미의 양이 많기 때문에 풍문이 떠돌면 미상들이 당장 쌀값을 올리게 됩니다. 그렇게 되면 비용이 너무 많이 들어 일처리가 어려워지게 되고요."

"그렇겠군."

왕유령은 정신을 가다듬었다. 잠시 머릿속으로 주판알을 굴려 보고는 다시 물었다.

"설헌, 자네 혹시 공명功名의 등급이 있나?"

"과거의 칭호나 관직의 등급을 말하는 게 아닙니까?"

"그렇다네."

"전 일품一品 백성에 불과합니다."

"가서 보연報捐을 해야 되겠구먼! 미관말직이긴 하지만 관리는 관리인 만큼 업무를 보기가 훨씬 편리할 걸세. 지금 관서關書를 준비하고 있네만……."

왕유령은 생각에 잠겼다가 말을 이었다.

"자네를 문안으로 초빙해도 좋을지 모르겠네."

"서두르지 말고 천천히 하십시오."

호설암은 추호도 부담을 주고 싶지 않았다.

"어찌 서두르지 않을 수 있겠나? 자네에게 도움을 청하려면 아무래도 명분이 있는 게 유리할 테고."

왕유령은 눈썹을 치켜세우며 말했다.

"두서가 너무 많았네. 그냥 남들과 마찬가지로 해도 되겠지. 설헌, 그건 그렇고 집안에는 자네 말고 또 누가 계시나?"

"어머님과 마누라뿐입니다."

"그럼 자네 어머님을 찾아가 인사를 올려야겠군."

"아닙니다. 그러실 필요 없습니다."

호설암이 황급히 가로막았다.

"지금은 그러실 필요 없습니다. 제가 살고 있는 골목은 가마가 들어가지 못할 정도로 좁고, 집 안에도 들어와 앉으실 만한 자리가 없습니다. 지금 찾아오시면 절 기쁘게 하는 게 아니라 오히려 더 초라하게 할 뿐입니다. 그 문제는 나중에 다시 얘기하기로 하지요."

왕유령은 그의 말이 그저 인사치레로 하는 말이 아님을 잘 알고 있었다. 그래서 더 이상 이 문제를 거론하지 않고 몸을 일으키며 말했다.

"잠시만 앉아 있게. 내 곧 돌아올 테니."

왕유령은 황급히 어디론가 사라졌다. 다시 돌아온 왕유령의 손에는 50냥짜리 은표가 한 장 들려 있었다. 그는 우선 갖다 쓰라고만 말했다. 호설암은 사양하지 않고 받아 넣었다.

"늦었으니 그만 가 보겠습니다."

호설암은 내일 다시 오겠다는 말과 함께 작별 인사를 했다.

"내 오늘은 붙잡지 않겠네. 내일 아침 일찍 해운국으로 찾아오게나. 기다리고 있을 테니까. 그리고 또 한 가지, 자네 집 주소를 좀 적어 주고 가게."

호설암은 원보가元寶街에 살고 있었다. 주소를 받아 든 왕유령은 고승을 불러 지시했다.

"원보가엘 좀 다녀오게나."

왕유령은 고승에게 '세우질世愚姪'이라는 명첩과 함께 사색정치*를 준비하여 원보가로 가게 했다. 호胡 부인을 만나 자기 대신 인사를 드리게 하려는 심산이었다.

선물을 전달하고 돌아온 고승은 연신 싱글벙글 웃었다. 호설암은 사정이 좋지 않아도 손은 큰 인물이었다. 고승에게 넉 냥이나 되는 은자를 상으로 내주었던 것이다.

"전 받지 않으려고 했습니다. 상금이 너무 많아서요."

고승은 주인에게 일일이 다 보고했다.

"호 소야는 제가 받지 않으면 안 된다고 하면서 자기도 남의 돈으로 선심 쓰는 거라고 하더군요."

"그럼 받아 두도록 하게."

왕유령은 생각에 잠겼다. 호설암은 재간이 뛰어나 일단 기회가 생기면 이를 아주 빨리 활용하여 발전시킬 줄 아는 인물이었다. 호설암과 서로 도우며 관계를 잘 유지한다면 모든 일이 잘 풀릴 것 같았다.

호설암은 다음날 아침 일찍 해운국으로 찾아왔다. 전날과 달리 대단히 화려한 복장을 하고 있었다. 문 앞에 대기하고 있던 고승이 그를 보자마자 직접 첨압방으로 안내했다. 왕유령이 물었다.

"자네가 있던 전장은 어디에 있나?"

"하성下城 염교鹽橋에 자리 잡고 있습니다. 상호는 '신화信和'라고 하지요."

"나와 함께 가세. 원래 자네 직함이 있지 않았나? 그 영수증에는 뭐라고 적혀 있지? 내게 자세히 얘기해 주게. 말이 안 통하면 안 될 테니까."

호설암은 기억을 더듬었다.

<hr>

* 사색정치四色精緻__네 가지 진귀한 물건.

"생각났습니다. '후보 염대사 왕유령이 경사에 투공할 비용으로 호설 암의 보증 하에 신화 전장으로부터 은 500냥을 정히 차용함. 2년 이내에 상환하되 시세에 따른 이자를 함께 지불함. 이를 구두로 증빙할 수 없는 바 특별히 본 영수증을 발행하여 이를 보증함.' 이렇게 적혀 있을 겁니다."

"그럼 이자가 얼마쯤 되겠나?"

"그건 일정하지 않습니다. 대개 은자의 유통 상태에 따라 달라지니까 요. 많으면 1푼 2리쯤 되고 적으면 7리 정도 됩니다. 1푼으로 통산해 볼 경우, 10개월이니까 50냥쯤 되겠네요."

왕유령은 공금 600냥을 지급하라는 쪽지를 써서 고승에게 내주었다. 장방帳房에 가서 돈을 타 오되 회계를 관리하는 사사司事가 처리하게 하지 말고, 직접 사람을 데리고 가서 은자를 가져오라고 분부했다. 번고藩庫에 서 갓 나온 101정의 관보육정官寶六錠은 아직 한 번도 사용하지 않아서인 지 반짝반짝 빛이 났다.

"자, 가세! 같이 신화 전장으로 가세나."

"전 갈 필요가 없을 것 같은데요."

호설암이 극구 손을 내저었다.

"어떤 연유인가?"

"제가 설헌 형과 함께 나타나면 그곳의 대점원이 얼마나 무안해하겠습 니까? 한 가지 더 말씀드리자면 신화라는 이름을 살려 주는 것도 괜찮은 일일 겁니다. 우린 이미 잘 아는 사이거든요."

왕유령은 호설암의 성품에 크게 감동했다. 호설암은 천성이 온유하고 인자할 뿐 아니라 이를 행하는 방법까지도 아름다웠다. 다른 사람 같았으 면 이런 호기를 십분 이용하여 눈썹을 치켜올리고 큰소리를 치면서 거드 름을 피우는 데 급급했을 것이다. 호설암은 오히려 자신을 낮추고 다른 사람의 체면을 존중해 주려고 노력했다. 정말 대단한 도량이 아닐 수 없었다.

왕유령은 관복을 입고 갈도 소리와 함께 요란하게 신화 전장을 찾아갈 심산이었다. 호설암의 얘기를 듣고 보니 크게 깨달은 바가 있었다. 왕유령은 생각을 바꿔 간편한 복장으로 갈아입고 작은 가마를 대령하게 했다. 그리고 여섯 정의 은자를 천보자기로 싸서 가마에 실은 다음 고승을 대동하고 신화 전장으로 향했다.

가마가 멈추자 고승이 먼저 가서 명첩을 내밀었다. 관장官場의 소식에 대해 가장 영통한 곳이 바로 전장이었다. 신화의 대점원인 장張뚱보는 명첩을 받아 보자 그가 바로 무대의 면전에 있던 행운아임을 알아보았다. 왕유령이란 이름 석 자도 어디선가 들어 본 것 같아 자세히 생각을 더듬어 가던 뚱보는 갑자기 기억이 되살아나면서 온몸에 식은땀이 흘렀다. 하지만 일단은 그를 안으로 맞아들이는 수밖에 없었다.

그가 입구까지 나왔을 때 왕유령은 이미 가마에서 내린 상태였다. 장뚱보는 문 앞에서 큰절을 올렸다. 그런 다음 왕유령을 객당 안으로 모시고 들어와 차를 대령하느라 소란을 떨었다.

"왕 노야께서 저희 전장을 찾아 주시다니 어떤 분부가 계신지 모르겠습니다."

장뚱보는 노련한 말투로 물었다.

"귀 전장에 성이 호가인 내 친구가 하나 있다는데 잠시 좀 불러 주시겠소?"

왕유령도 은흑수정 안경을 벗으면서 웃는 얼굴로 물었다.

"아하! 호설암을 말씀하시는 거군요? 그는 지금 저희 전장에 없습니다. 왕 노야께서 분부하실 일이 있으시면 제게 말씀하셔도 마찬가지일 것 같습니다만……."

왕유령은 잠시 멈칫하다가 다시 물었다.

"성씨가 어떻게 되시는지 아직 여쭤보지도 못했군요."

"말씀 낮추십시오. 저는 장가입니다. 모두들 장뚱보라고 부르지요. 저희 주인을 대신해서 신화 전장의 크고 작은 일들을 모두 도맡아 처리합니다."

"아주 훌륭하시군요."

왕유령이 고승을 향해 말했다.

"은자를 가져오너라!"

고승이 은자를 가져와 탁자 위에 올렸다.

"작년에 귀 전장에서 내게 현금을 빌려 주셨소. 그래서 지금 그 부채를 정리하러 온 것이오."

왕유령이 시원스럽게 나오자 장뚱보는 당황했다.

"아닙니다. 그렇게 서두르실 필요 없습니다. 왕 노야께서 계속 두고 쓰셔도 상관없습니다."

"그럴 수는 없지요. 일단 빌렸으면 갚아야 다시 빌리기가 쉬운 것 아니겠소? 나도 귀 전장의 자본이 대단하다는 건 알고 있소. 신용도 아주 좋다고 들었지요. 이 정도의 돈이 크게 중요하지는 않겠지만 나로서는 빨리 갚아 버리는 게 홀가분하고 좋습니다. 너무 겸양하지 마시고 원금과 이자를 좀 계산해 주세요. 내친 김에 원금 차용증도 좀 내주시고요."

장뚱보가 당황하는 이유는 바로 차용증 때문이었다. 차용증이 당시에는 그다지 중요하게 생각되지 않았기 때문에 어디다 보관해 두었는지 행방이 묘연했던 것이다.

전장을 운영하면서 가장 빈번하게 접하게 되는 사람들은 대부분 관원 신사官員紳士들이었다. 그렇지 않으면 부유한 상인들이라 이들을 대하는 방법도 기민해야 했다. 그러다 보니 장뚱보의 임기응변도 보통이 아니었다. 장뚱보는 속으로 생각했다. 차용증을 내놓지 않으면 그 돈을 회수하기가 어려울 것이다. 차용증 없이 돈을 회수하려면 돈을 대출해 준 담당자가 있어야 했다. 그는 다름 아닌 호설암이었다.

장뚱보는 우선 왕유령을 추켜세웠다.

"왕 노야께서는 정말 일등 인덕군자仁德君子십니다. 왕 노야처럼 보살 같으신 분이 저희 전장에 고객으로 오실 줄은 감히 꿈도 꾸지 못했습니다요. 그러니 재신財神께서도 문을 열고 나가질 못하시지요. 그 돈은 일단 가지고 계시다가 설암이 오면 다시 처리하기로 하시지요. 아울러 말씀드리자면 혹시 왕 노야의 해운국에서 돈을 보내실 일이 있으실 때는 저희 전장을 이용해 주십시오. 저희는 상해 남시南市의 삼대, 즉 대형大亨과 대예大豫, 대풍大豊 등과 모두 거래를 트고 있습니다. 이 세 집은 사선방沙船幇과도 매우 친하기 때문에 조미 해운의 운송료를 저희 전장을 통해 곧장 삼대로 보내시면 아주 편리하실 겁니다. 회수도 그렇게 높지 않으니 언제 든지 저희 전장을 이용해 주십시오."

이는 장뚱보가 속사정을 잘 모르고 한 말이었다. 해운의 운송비는 절강으로 입고되지 않고 곧장 상선 선주들에게 지급되도록 되어 있었다. 그런 일을 일일이 다 설명해 줄 수 없어 왕유령은 거듭 재촉했다.

"그 전에 서로 해결할 일부터 깨끗이 청산하는 게 좋을 것 같습니다."

왕유령은 여전히 500냥짜리 차용증을 요구했다. 여러 차례 이런저런 말로 둘러댔지만 소용이 없자 장뚱보는 사실대로 말하기로 마음먹었다.

"왕 노야를 믿고 대부한 마당이라 차용증을 그리 중하게 생각하지 않았습니다. 시일도 오래됐고 해서 지금 찾아 올리기가 매우 난감한 처지이지요. 시간을 주신다면 내일까지 꼭 찾아서 올리도록 하겠습니다. 이자에 관해선 애당초 말이 없었습니다. 전장에서 이자를 계산할 때는 사람에 따라 이율이 달라집니다. 왕 노야께서 앞으로 저희 전장을 돌봐 주셔야 할 일이 많을 텐데 그 돈에 이자까지 계산했다는 걸 우리 주인이 알면 절 크게 책망하실 겁니다."

장뚱보는 제법 그럴듯한 말로 둘러댔다. 왕유령은 호설암의 체면을 살려 주려는 요량으로 한술 더 떴다. 왕유령은 고승을 시켜 보따리를 풀고 550냥의 은자를 꺼내 탁자 위에 쌓아 놓게 했다. 그런 다음 편안한 얼굴로 말했다.

"여태 신세진 것만 해도 태산 같은데 어찌 이자를 갚지 않을 수 있겠소? 그 당시 호 아무개란 친구에게서 듣기로는 이자가 많으면 1푼 2리고, 적으면 7리쯤 된다고 합디다만 그것도 대개는 은자의 유통 정도에 따라 결정된다고 들었습니다. 대충 1푼으로 계산해서 기간을 10개월로 잡으면 50냥이 되지 않겠소? 여기 550냥이 있으니 받아 주시오. 되는 대로 원금과 이자에 대한 영수증이나 한 장 써 주시면 될 것 아니오? 이전에 제가 써드린 차용증은 힘들면 찾지 않으셔도 됩니다. 귀 전장의 업무 처리가 전적으로 고객 편의를 위주로 이루어진다는 점에 크게 탄복했습니다. 우리 해운국에도 공금 사용이 많으니 호 아무개라는 친구가 오면 그 문제를 좀 상의해 주십시오. 그러면 귀 전장과 장기 거래도 틀 수 있을 것 같습니다."

장뚱보는 뜻밖의 반응에 그 자리에서 부채를 청산했다는 영수증을 써서 고승에게 건네주었다. 그러면서 이자는 받지 않겠다고 단호하게 잘라 말했다. 왕유령은 왕유령대로 이자를 받지 않으면 한 발짝도 움직일 수 없다고 우겼다. 장뚱보는 고맙다는 인사를 연발하며 마지못해 이자를 받았다.

장뚱보의 전송을 받으며 가마에 오른 왕유령은 일이 아주 통쾌하게 처리된지라 남몰래 흐뭇한 미소를 지었다. 장뚱보는 해운국과의 사업을 확보하고 싶어 당장 사람을 보내 호설암을 찾을 것이 분명했다. 그러나 장뚱보는 호설암이 모든 걸 알고 있을뿐더러 다시 전장으로 돌아갈 마음이 없다는 사실을 모르고 있었다. 과거 호설암에게 책임을 물었던 것에 대한 일종의 징벌인 셈이었다.

왕유령은 호설암에게 전장에서 있었던 일을 자세히 얘기해 주었다. 호설암은 신화에서 사람을 보내 자신을 찾게 될 것이 두려워 서둘러 집으로 돌아갔다. 대비책을 강구하기 위해서였다. 왕유령은 관복으로 갈아입고 등원하여 황 무대를 알현했다. 그러나 무대가 바로 만나 줄지 의문이었다. 왕유령은 유 이야를 불러 조미의 교태에 관해 정말 절묘하고 확실한 방법을 보고 드리러 왔다고 전했다.

유 이야는 일전에 왕유령에게 전했던 이력서 두 장이 잘 처리된 터라 더욱 우호적이었다. 황종한은 절묘한 방법이 있다는 말에 일그러져 있던 낯빛을 바꾸며 즉시 접견을 허락했다.

왕유령이 호설암이 생각해 낸 이화접목移花接木의 묘계를 내놓자 황종한은 크게 흥분했다. 그러나 워낙 규모가 큰 일이라 당장은 결정을 내릴 수가 없었다.

황종한은 하인을 시켜 번대와 독량도를 모두 불러 놓고 무서의 서화청에서 비밀리에 회의를 열었다. 공사를 하루속히 마무리하기 위해 모두들 왕유령의 의견에 찬동했지만 걱정거리가 전혀 없는 것도 아니었다.

"조미가 전량 상해로 운송됐다고 이미 상주를 올린 마당이오. 한데 지금에 와서 이를 상해에서 산 쌀로 채우게 된다면 세상에 큰 웃음거리가 아니겠소."

인계가 대답했다.

"어려운 상황임은 틀림없습니다."

"인 번대의 말씀이 맞습니다."

독량도가 잽싸게 나서며 맞장구를 쳤다. 그는 왕유령의 눈치를 살피면서 조심스럽게 중얼거렸다.

"한 사람이 나서서 이를 막아 주기만 하면 될 텐데……."

이른바 '막아 준다'는 말은 상부에서 알지 못하도록 누군가가 나서서 일을 해결해야 한다는 뜻이었다. 그래야 일단 일이 터져도 화를 피할 수 있는 여지가 있기 때문이었다.

무대와 번대가 그런 이치를 모를 리 없었다.

잠시 어색한 침묵이 흘렀다. 황종한과 인계가 둘 다 눈동자만 굴리고 있자 왕유령이 말했다.

"번대 대인의 배려로 해운에 관한 업무를 전담하게 됐으니 이 일은 제가 나서서 처리해 보겠습니다."

자리에 있던 세 상사는 기다렸다는 듯 만족을 표했다.

황종한이 느릿느릿 입을 열었다.

"조미는 무슨 일이 있어도 제때에 공급되어야 합니다. 더군다나 지금처럼 병란으로 인해 군사 업무가 많아지는 때에는 식량이 나라의 생명이지요. 식량이 군영의 명맥인 만큼 권한대로 마구 일을 처리해서는 안 될 것이오. 기왕에 왕형께서 이 일을 맡겠다 하시니 서로 잘 도와주어 무사히 일이 진행되도록 힘써 주시오."

말을 마친 황종한은 곧장 내실로 들어가 버렸다. 자신은 이 일에서 손을 떼겠다는 태도였다.

무대가 발을 빼려는 기미가 보이자 인계는 얼마 전에 있었던 춘수의 사건을 떠올렸다. 매사에 단단히 대비하지 않으면 또다시 화를 부르는 것이 식량 운송 업무였다. 인계가 중립적인 입장을 취하는 사이 독량도는 책임 있는 태도를 보이며 열심히 왕유령과 세부 사항을 의논했다.

상해에서 적당한 곡물상을 찾아 먼저 상당한 양의 양곡을 대부받는 것이 일의 관건이었다. 이를 강소 번대 예량요에게 납부한 다음, 절강의 조미가 상해에 도착하는 대로 곡물상에게 넘겨주면 그만이었다. 이를테면 양곡상이 양곡을 팔았다가 나중에 다시 되사는 방식인 것이다. 팔 때와 사들일 때 가격에 약간 차이가 있는 건 당연했다. 조미의 질이 전보다 떨어질 경우 이에 따른 차액도 보상해 주어야 했다. 또한 운송 과정의 손실도 고려해 두어야 했다. 무엇보다도 이를 위한 재원을 어디서 끌어올 것인지가 가장 중요한 논의 대상이었다.

"일이 이 지경에 이르렀으니 달리 방법이 없습니다. 금년도 신조에서 조금씩 더 거둬들이기로 하고 지금 당장은 우선 번고에서 좀 차용하는 수밖에 없지요."

독량도가 인계를 쳐다보며 말했다.

"물론 번고에서 차용하는 것은 가능합니다."

인계가 독량도의 제안에 대답했다.

"하지만 노형께서도 제 입장을 좀 생각해 주셔야 합니다. 이 일을 제가 전적으로 책임지는 건 좀 곤란합니다. 번대의 재가가 있어야 행동에 옮길 수 있다 이겁니다."

"번대께서 공사로 처리하지 못하시더라도 어느 정도 확실한 말씀이 있으실 겁니다. 지금은 모두가 한 배를 탄 운명이니까요. 대인께서는 안심하셔도 될 것 같습니다. 만일 앞으로 무슨 불상사가 생기면 제가 증인이 되겠습니다."

애기가 이쯤 진행되자 인계도 하는 수 없이 고개를 끄덕이고 말았다.

"그렇게 하는 수밖에 없겠군요."

독량도가 왕유령을 향해 공수하며 말했다.

"이 이후의 일들은 전부 왕형께서 맡아서 처리해 주셔야 할 것 같습니다."

왕유령은 속 시원히 대답하지 못했다. 상해의 사정에 대해 제대로 알지도 못할 뿐 아니라 강녕이 함락되면서 인심이 흉흉해진 상태였다. 양곡상들이 다량의 양곡을 방출하는 데는 적지 않은 위험이 따랐다. 때문에 누가 선뜻 이 일에 나서 줄지 아무도 장담할 수 없는 실정이었다. 왕유령이 미적미적 대답을 못 하자 독량도가 나섰다.

"왕형, 걱정하실 필요 없습니다. 제가 방금 얘기하지 않았습니까? 이번 일은 모두가 고락을 같이해야 하는 만큼 혹시 어려운 일이 생기면 모두가 나서서 방법을 강구할 겁니다. 왕형 혼자 궁지에 몰리게 하지는 않을 거란 얘깁니다. 왕형께서는 일을 처음 시작하는 단계이면서도 대단한 능력과 수완을 발휘하고 계십니다. 이런 묘계를 생각해 내시다니, 정말 탄복했습니다. 내친 김에 다시 한 번 멋지게 실력을 발휘해 주십시오."

이처럼 칭송과 격려의 말을 들으면서 왕유령은 호설암을 생각했다. 칭송을 받아야 할 사람은 따로 있었던 것이다.

얘기가 이쯤 되면 사태는 결정된 것이나 다름없었다. 인계와 독량도는 따로 무대를 알현하여 양곡 매매의 차액을 어디서 끌어 올 것인지를 의논하기로 했다. 왕유령은 수만 석의 양곡을 내줄 수 있는 큰 양곡상을 확보해야 했다.

왕유령은 해운국으로 돌아오자마자 호설암을 찾았다. 호설암은 아직 돌아오지 않고 있었다. 정오가 가까운 시각이라 집에서 점심을 먹고 오겠거니 생각했다. 그러나 오후 세 시가 지나도 호설암은 나타나지 않았다. 시간이 흐를수록 왕유령은 조급해졌다. 호설암과 상의해야 할 일이 수없이 많고, 호설암 자신도 이러한 사실을 잘 알고 있을 터였다. 그런데 어째서 이토록 종일 무소식이란 말인가?

왕유령은 호설암이 장뚱보에게 잡혀 있으리라고는 생각지도 못했다. 왕유령이 나타나자 신화는 그를 대단한 거래 상대로 인식하게 되었다. 왕유령을 잡기 위해서는 필연적으로 호설암이 필요했다. 호설암은 전장에 있을 때 대인관계가 나쁘지 않았다. 그가 전장을 그만둔 것은 일을 마음대로 처리했고, 그에 대한 오해가 너무 많았던 탓이었다. 배신감을 느낀 호설암은 그날 이후 옛 동료들을 찾지 않았다. 전장 사람들과의 관계는 점점 소원해질 수밖에 없었다.

그러나 모두가 지난 일이었다. 신화의 옛 동료들은 호설암의 좋은 면을 더 많이 떠올렸다. 그들의 기억 속에 호설암은 눈빛이 날카롭고 수완이 좋은 사나이였다. 장뚱보는 해운국과의 관계를 발설하지 않고 호설암을 다시 영입할 것이라는 소문을 흘렸다. 일이 이렇게 되자 장뚱보는 한 가지 걱정이 생겼다. 혹시라도 이 일이 주인의 귀에 들어가 500냥짜리 차용증을 찾지 못하면 여간 낭패가 아닐 수 없었다. 신화의 주인은 소흥에 또 하나의 전장을 갖고 있었다. 공교롭게도 이를 맡아 운영할 책임자가 결원인 상태였다. 자기를 그곳으로 파견하게 될지의 여부가 보장되지 않는 상황에서 느닷없이 공석에 호설암을 들여앉히게 되는 날에는 자신의 체면은 엉망진창이 되고 말 것이었다.

장뚱보는 호설암의 집을 알고 있는 도제를 찾아 직접 말을 몰고 그의 집을 찾아갔다. 물론 사전에 계산은 끝내 놓았다. 호설암의 한 달 월급이은 넉 냥이니 신화를 떠난 날부터 계산하여 이를 보상해 준다면 10개월 월급 총액이 40냥이 되는 셈이었다. 그는 본표 한 장을 끊어 홍포에 넣고 잘 봉한 다음 차와 돼지고기 등의 선물을 챙겨 호설암을 찾아갔다.

그가 원보가 어귀에 들어섰을 때 공교롭게도 호설암과 마주쳤다. 호설암은 해운국에서 막 집으로 돌아오던 길이었다. 장뚱보를 발견한 호설암은 눈길을 돌려 그를 피하고자 했다. 하지만 때는 이미 늦은 상태였다.

"설암! 설암!"

장뚱보가 숨을 헐떡거리며 달려왔다. 얼굴이 발갛게 상기된 채 숨을 몰아쉬고 있었다. 호설암으로서는 이것이 오히려 다행이었다. 자신의 궁색한 모습이 어느 정도 가려질 수 있기 때문이었다.

"장 선생님."

호설암이 공손한 태도로 예를 올렸다.

"전장은 줄곧 잘 운영되고 있지요?"

"잘되긴 뭘!"

장뚱보는 시치미를 뚝 떼며 말했다.

"자네가 나간 다음부터는 팔 하나가 잘려 나간 것처럼 사사건건 말썽이 생기고 매사가 순조롭지 못했다네."

호설암은 벌써 그의 의중을 가늠하고 있었다. 장뚱보는 남을 추켜세우는 데 도가 튼 인물이라 이런저런 미사여구로 사람들을 잘도 구워삶았다. 상대가 정신을 못 차리면 그때 슬며시 본론을 꺼내 드는 것이다. 호설암은 아무런 대답 없이 빙글빙글 웃고만 있었다.

"설암!"

장뚱보는 머리끝에서 발끝까지 호설암의 모습을 죽 훑어 내려갔다.

"신수가 아주 훤해지셨구먼!"

"다 장 선생님 덕분이죠, 뭐."

호설암은 자기 집 안으로 들어오라는 말만은 끝까지 하지 않았다. 장뚱보가 도제 아이를 나무라며 말했다.

"멍청한 놈! 차와 돼지고기를 안으로 들여놓지 않고 뭘 하고 있는 거냐?"

도제가 호설암의 집으로 들어가자 장뚱보도 덩달아 발걸음을 옮기며 말했다.

"처음으로 자네 어머님께 인사를 올리는 셈이군. 오랫동안 마음만 먹고 행동으로 옮기질 못했네. 햇차와 싱싱한 돼지고기를 함께 올리게 되니 마치 우리 부모님께 효도라도 하는 기분일세."

이런 너스레에 호설암은 그를 안으로 청해 들이는 수밖에 없었다. 장뚱보는 그의 어머님과 호 부인을 꼭 만나야겠다고 우겼다. 평민들 사이의 내외 구별은 관직에 있는 사람들처럼 엄격하지 않았다. 호설암의 모친과 아내는 하는 수 없이 장뚱보와 인사를 나누었다. 자리에 앉자 장뚱보는 왕유령이 나타나 부채를 갚고 사라진 저간의 얘기를 들려주었다. 물론 차용증을 분실했다는 얘기는 끝까지 하지 않았다.

"이보게, 설암!"

그가 물었다.

"한번 맞춰 보게. 왕 노야께서 다녀가셨는데 내 기분이 이렇게 좋은 이유가 뭐겠나?"

"당연히 큰 고객을 끌어들일 수 있게 된 거겠죠."

장뚱보의 의중을 꿰뚫은 말이었다. 그러나 장뚱보는 고개를 흔들었다.

"아닐세, 설암."

"……?"

"그 전에 우선 옛 일을 정리해야겠네. 내가 전장 안에서 자네에게 크게 화를 냈던 것은 대점원으로서 달리 방법이 없었기 때문일세. 난 그저 점 내의 규정에 따랐던 것뿐이야. 마음속으로는 그냥 모르는 척하면서 왕 노야께서 하루속히 갚으러 오시길 기다린 게지. 다행히 일이 잘 처리되었지만 왕 노야가 나타나지 않으면 내가 자네 대신 500냥을 갚을 생각이었네. 그 이유가 뭔지 알겠나? 결국엔 자네가 다시 신화로 돌아올 줄 알았기 때문이지. 그건 그렇고, 요즘 자네 근황에 대해 얘기 좀 해보게나."

두서없이 이야기를 늘어놓던 장뚱보는 미리 준비해 간 홍포를 꺼냈다.

"이건 자네의 열 달치 봉급일세. 40냥짜리 본표니 받아 두게나. 자, 가세."

이렇게 말하면서 그는 오른손으로 홍포를 호설암의 손에 쥐여 주고 왼손으로 그의 소매를 잡아 끌었다.

"천천히 얘기합시다, 장 선생님. 제게 갑자기 이런 환대를 하시는 이유가 뭡니까? 전 아직 어리둥절하기만 합니다. 그리고 도대체 지금 어디로 가자고 이러시는 겁니까?”

“어디로 가겠나? 자네 직장인 신화로 가는 거지.”

호설암은 강경하게 고개를 저었다.

“장 선생님, 좋은 말은 고개를 돌려 풀을 뜯지 않는 법입니다. 마음만으로도 감사합니다.”

호설암은 돈 봉투를 장뚱보에게 돌려주었다. 장뚱보가 나무라듯이 말했다.

“설암, 이건 자네 돈이라니까 그러네.”

이때부터 장기적인 설복 작업이 전개되었다. 장뚱보의 말재주도 훌륭했지만 호설암의 고집도 이만저만이 아니었다. 쉽게 달래고 감정으로 움직일 수 있는 인물이 아니었다.

실랑이를 벌이는 사이 점심 때가 되었다. 호 부인은 장뚱보에게 식사를 하고 가길 권했다. 실상은 손님들을 쫓아내려는 의도가 더 강했다. 호설암이 넘어오지 않자 장뚱보는 그 나름대로 한 가지 꾀를 내었다.

“자, 오랫동안 서로 만나지 못했으니 그간의 회포나 풀어 보세. 오늘은 내가 한턱 쓰도록 하지.”

그는 쇄은 몇 덩이를 꺼내면서 큰소리로 도제를 불렀다.

“소자리, 골목 어귀에 있는 황반아皇飯兒에 가서 음식을 좀 시켜 오너라. 목랑두부木郞豆腐랑 건아육件兒肉, 향령아響鈴兒, 훈소채薰素菜, 이렇게 네 가지만 갖다 달라 하고 죽엽청주竹葉靑酒도 두 근 사 가지고 오너라.”

장뚱보가 이렇게 나오자 호설암 부부는 어찌해야 좋을지 몰라 안절부절못했다. 술이 몇 잔 들어가자 호설암은 마음이 더욱 거북해졌다. 아무리 머리를 굴려도 장뚱보를 내보낼 만한 핑계가 떠오르지 않았다. 장뚱보의 혀는 정말 대단했다. 남이야 듣든 말든 연신 이런저런 얘기를 쏟아냈다. 술잔이 비워지고 화제도 끊임없이 바뀌었다. 호설암의 아내는 불편함을 참지 못해 끙끙거렸다. 한참 이러고 있을 때 뜻하지 않은 구세주가 나타났다.

"아니……."

순간 장뚱보의 두 눈이 휘둥그레졌다.

"고 이야, 여길 어떻게 찾아오셨습니까?"

고승이 왕유령의 지시로 호설암을 데리러 왔던 것이다. 뜻밖에 장뚱보를 만난 고승도 당황했다. 상황을 파악하지 못한 고승은 멀뚱멀뚱 호설암만 바라보았다.

'일이 난감하게 돼 가는군.'

호설암은 속으로 생각했다. 보아하니 속여 넘기기가 어려울 것 같았다. 사실은 속일 필요조차 없는 일이었다. 호설암은 사실대로 얘기하기로 마음먹었다. 얘기를 다 하자면 너무 길어질 테니 우선 고승이 찾아온 이유부터 해결하기로 했다.

"식사는 하셨습니까?"

호설암이 매우 친절하게 물었다.

고승이 고개를 흔들었다.

"술안주가 좀 준비되어 있으니 앉아서 같이 한잔 하십시다."

"아닙니다. 말씀만 들어도 감사합니다."

고승이 대답했다.

"호 소야께서 언제쯤 시간이 나실지 모르겠습니다만……."

호설암은 고승의 말이 무엇을 뜻하는지 금방 알아챘다.

"알았소."

그는 탁자 위의 자명종을 보면서 대답했다.

"네 시까지 가도록 하겠소."

"그럼 공관에 나오셔서 식사를 하도록 하시지요."

찾아온 의도가 확실히 전달됐다고 생각한 고승은 이내 자리를 떴다. 호설암은 미안하다는 표정으로 손님을 향해 빙긋이 웃어 주었다. 장뚱보의 표정이 어두웠다.

"장 선생님. 이거 죄송하게 됐습니다. 원래 속일 의도는 아니었지요. 전 벌써 왕 노야를 뵈었습니다. 제가 직접 그분을 모시고 신화로 가지 않은 것은 그럴 만한 이유가 있어서입니다. 지금 이 자리에서 말씀드리긴 곤란하지요. 왕 노야께서는 제게 해운국에서 함께 일을 해보자고 청하셨고 저는 이를 기꺼이 받아들였습니다. 따라서 전장으로 다시 돌아가는 것은 불가능합니다. 장 선생님께서 제 고충을 너그럽게 이해해 주셨으면 고맙겠습니다."

"어허……!"

장뚱보는 입을 쩍 벌리고 긴 탄식을 내뱉었다. 어이가 없다는 표정이었다.

"설암, 축하하네. 이거야말로 '잉어가 용문으로 뛰어오른[鯉魚跳龍門]' 격이로구먼!"

"용문에 오르다니요. 전 아직 잉어에 불과합니다. 사람은 근본을 잊어선 안 되는 법이지요. 제가 배운 거라야 전장 일이 고작인데 같은 업계에 있으면 모두 제 가족이나 다름없는 것 아니겠습니까? 앞으로 잘 좀 돌봐 주십시오."

"무슨 말씀을. 이젠 내가 자네에게 좀 봐달라고 부탁해야 할 것 같네!"

장뚱보는 갑자기 목소리를 내리깔며 말했다.

"앞으론 자네에게 도움을 청해야겠네. 왕 노야께도 해운국과 거래를 하고 싶다고 말씀을 드려 놓았네. 지금은 은자의 값이 좋아서 창고에 그대로 쌓아 두는 것은 좀 아까운 일이지. 자네라면 그 많은 은자를 어떻게 처리하겠나? 이자도 상당히 좋은 편인데 말일세."

"알겠습니다."

호설암은 매우 신중한 표정으로 고개를 끄덕였다.

"한번 생각해 보지요."

장뚱보는 헛걸음한 것은 아니라고 자위하면서 몸을 일으켰다. 그들은 웃는 얼굴로 작별 인사를 나누었다.

호설암은 곧장 왕유령의 공관으로 갔다. 호설암은 오전에 장뚱보가 보인 태도와 말투를 왕유령에게 자세히 전해 주었다. 두 사람은 배꼽을 잡고 통쾌하게 웃었다.

"그건 그렇고, 할 얘기가 한 가지 있네. 자네와 공무를 좀 의논해야 되겠네."

왕유령은 등원하여 무대를 알현한 얘기와 번대, 독량도 등과 조미의 해운에 관해 상의한 결과를 호설암에게 자세히 설명해 주었다.

"좀 더 좋은 방법이 없겠나?"

"일이 좀 번거롭게 된 것 같습니다. 하지만 크게 걱정하실 필요는 없습니다. 장사꾼들이란 본래 이윤을 추구하는 것이 본질 아닙니까? 이익만 보장된다면 기름을 지고 불 속에라도 뛰어들 것입니다. 위험을 감수할 사람은 어디에나 있게 마련이지요. 중요한 건 무슨 일이 있어도 이들의 이익을 보장해 주어야 한다는 점입니다."

"어떤 식으로 보장한단 말인가?"

"가장 좋은 건 우리 절강성에서 그들에게 공문을 보내는 것입니다. 관에서 보증을 서는 것이지요. 이렇게 해서 안 되면 또 다른 방법을 써야 합니다. 방법은 얼마든지 있겠지요. 그 전에 한 가지 여쭙겠습니다. 확보해야 하는 조미의 양이 얼마나 됩니까?"

"직접 장부를 조사해 봤는데, 아직 14만 5천 석이 모자라네."

"그다지 큰 물량은 아니군요."

호설암이 말했다.

"전장에 부탁하면 양곡상을 수배하는 일은 쉽게 해결할 수 있을 겁니다."

"그거 잘됐군! 그럼 신화에 부탁하도록 하세."

"신화에 부탁한 뒤 다시 상해의 전장에 부탁하면 문제 없을 겁니다. 하지만 일을 원만하게 처리하려면 무대의 분명한 언질이 있어야 합니다. 제 생각엔 왕 노야께서 직접 황 무대를 찾아가서 말씀하시는 게 좋을 것 같습니다. 중간에 말이 와전되는 일은 없어야 하니까요."

"글쎄……."

왕유령은 좀 다른 생각을 갖고 있었다.

"이미 번대와 양도가 찾아가 말씀을 올렸으니 곧 확실한 대답이 나오겠지. 굳이 다시 찾아갈 필요는 없을 것 같네."

"다시 찾아가는 데는 별개의 의미가 있을 수 있지요."

호설암은 목소리를 낮춰 은밀하게 말했다.

"즉, 무대와 별개의 관계를 엮어 두는 겁니다. 예를 들어 어떤 지출 항목은 밖으로 드러나 있지 않기 때문에 자기 입으로 발설하기도 곤란할 것이고 그러다 보면 번대가 직접 말하기도 껄끄러울 겁니다. 전적으로 왕 노야만 믿도록 만들어 놓으면 무대도 쉽게 입을 열 겁니다."

"아하!"

왕유령은 새로운 깨달음에 연신 고개를 끄덕였다.

"한 가지가 더 있습니다. 번대와 양도가 그쪽에서 잘 안배해 주겠지만 그들이 아무리 청렴하다 해도 그 밑에 있는 사람들은 하나같이 눈들이 벌개져 있을 겁니다. 이번 출장이 아주 배부른 여행이 되도록 내버려 둘 사람이 누가 있겠습니까? 자기들에게 돌아오는 이익이 없으면 절대로 협조

하지 않을 겁니다."

왕유령은 갈수록 더 놀라지 않을 수 없었다.

"그런 문제는 정말 생각지도 못했네. 자넨 관무에 대해 나보다 정통해 있구먼!"

"관리의 일과 장사꾼의 일은 같은 원리로 이루어지는 겁니다."

이 말을 듣고 왕유령은 울지도 못하고 웃지도 못하는 기분이 되어 버렸다. 호설암의 말은 상당히 솔직하면서도 문제의 핵심을 찌르고 있었다. 어차피 이번 일은 처음부터 샛길을 따라왔던 것인 만큼 끝까지 샛길을 따라가는 것이 바람직하다는 것이었다. 절강의 조미만 제대로 납부되고 조정의 지침을 그르치지만 않는다면 나머지는 얼마든지 편법이 가능한 것이었다. 만일 샛길을 따라가다가 도중에 그만두게 된다면 중간에 문제가 발생할 것은 불 보듯 뻔한 일이었다. 위에 상사들이 버티고 있긴 하지만 겉으로 드러나게 일을 하는 것은 왕유령 자신이기 때문에 가장 먼저 타격을 입고 큰 해를 당하게 될 것이 분명했다.

이렇게 생각해 볼 때, 호설암의 말은 정말 금옥양언金玉良言인 셈이었다. 왕유령은 호설암이야말로 자신에게 없어서는 안 될 중요한 인물임을 다시 한 번 깨닫게 되었다.

"설암, 내 생각은 이렇다네. 내가 서둘러 자네를 위해 연관을 하면 일단 실수입이 있게 되고, 그러면 아무도 자네가 관원이 아니라고 말하지 못할 게 아닌가? 그렇게 되면 해운국 안에서의 자네 위신도 좋아질 것이고 위원이 되는 셈이니 일하기도 편할 게 아니겠나?"

"그건 그리 급한 일이 아니잖아요. 우선 이번 출장부터 잘 마무리하신 다음에 얘기하기로 하지요."

왕유령은 호설암의 숨은 뜻을 알 수 있을 것 같았다. 이번 일만 잘 처리하면 3천에서 5천 냥 정도는 쉽게 챙길 수 있는 것이다. 그 돈이면 호설암을 좀 더 괜찮은 관직으로 연관시킬 수 있을 터였다. 호설암도 나름대로 그런 계산을 하고 있을 것이라는 생각이 들었다.

"내게 일단 돈이 생기면 가장 먼저 자네를 위해 일을 처리하겠네. 하지만 지금 당장은 어쩌겠나? 명분이 있어야 자네가 나를 대신해서 전면에 나설 수 있는 일 아니겠나."

"그러실 필요 없습니다."

호설암이 말했다.

"저와 설헌 형과의 교분은 장뚱보가 이미 밖으로 돌아다니며 떠벌려 놓았을 겁니다. 때문에 이젠 모르는 사람이 없을 테지요. 제가 대신 나서서 어떤 일을 한다 해도 사람들은 당연히 저를 믿게 될 겁니다."

"그렇겠군. 그럼 우선 자네 편한 대로 하게나."

그날 밤, 두 사람은 술잔을 기울이며 각자의 포부를 분명하게 확인했다. 왕유령은 비록 주현관이 속세의 비속한 관원으로 간주되고 있긴 하지만 사실은 전망이 전혀 없는 것도 아니라고 생각했다. 학문으로는 이룰 수 없어 기왕에 연관을 통해 이 길로 들어선 이상 금마옥당의 생각을 버리고 훌륭한 관원으로서 공적을 많이 이루면 되는 것이다.

호설암의 생각은 그보다 훨씬 더 현실적이었다. 호설암은 관원이 되겠다는 욕심을 떨치지 못했지만 돈 버는 것을 우선 과제로 삼았다. 돈을 벌어 연관하면 관원이 될 수 있었다. 그러나 연관은 고작해야 삼품 도원 이상으로 오를 수 없어 어차피 홍모紅帽는 쓸 수 없는 형편이었다.

삼경이 지나도록 대화는 계속되었다. 두 사람의 우정도 더욱 깊어 갔다. 호설암은 새벽이 되어서야 자리를 털고 일어났다. 고승이 해운국 등롱을 받쳐 들고 집까지 바래다 주었다.

다음날 아침 호설암은 평소와 다름없이 일찍 자리에서 일어났다. 신화전장으로 나가 장뚱보를 만나야 하는 날이었다. 호설암은 속으로 생각했다. 빈손으로 전장 문을 들어서는 것은 아무래도 남 보기에 별로 좋지 않았다. 선물을 준비해 간다 하더라도 장똥보에게 직접 주는 것 역시 바람직하지 않은 일이었다. 보다 많은 사람들에게 신임을 얻기 위해서는 신화 전장에서 일하는 사람들 모두가 기뻐할 수 있는 선물을 준비하는 것이 좋겠다는 생각이 들었다.

돈 몇 푼으로 간단히 해결될 수 있는 일이 아니었다. 호설암은 같이 일했던 신화의 동료들을 생각하며 한 사람에 한 가지씩 각자 선물을 준비했다. 선물을 준비하느라 오전 반나절이 고스란히 흘러갔다. 호설암은 짐꾼을 불러 선물을 싣고 염교에 있는 신화 전장을 찾아갔다.

신화의 위아래 직원들은 모두 같은 생각을 갖고 있었다. 곤경에 처했을 때 친구들의 도움을 받지 못한 호설암이 친구들과의 관계를 회복하려 한다는 것이었다.

누구보다도 흥분한 사람은 장똥보였다. 어제 저녁 그는 호설암과 헤어진 다음 곧장 주인을 찾아갔다. 장똥보는 해운국과 거래를 트게 된 애기를 자세히 들려주며 자신이 일찍부터 호설암을 후하게 대우해 주었다고 호들갑을 떨었다. 자기가 찾아갔을 때 호설암은 아무런 불만도 토로하지 않았고 지금까지 신화를 잊지 않고 있는 것도 모두 자신과의 정분 때문이라고 설명했다.

주인은 이런 공치사를 사실로 받아들여 몇 마디 칭찬을 하면서 해운국이라는 대고객을 절대로 놓쳐선 안 된다고 당부했다. 돈을 벌고 못 벌고는 차치하고라도 신용과 명성에 손상이 가서는 안 된다는 것이었다. 전장이나 표호에게는 이런 명성도 큰 자본이었다. 신화가 해운국의 예산 집행을 대리할 수만 있다면 대규모 전장으로 발돋움할 수 있는 것이다.

장똥보와 호설암은 둘 다 수완이 만만치 않았다. 문을 닫아 걸고 사업을 이야기하기 시작하면 아무도 진의를 드러내려 하지 않았다. 호설암이 먼저 말했다.

"오늘 우연히 왕 노야를 만나 신화와의 거래에 관해 얘기를 나누었습니다. 왕 노야께서는 지금 두세 군데 전장들이 해운국에 은자를 대출해 주겠다고 나서고 있다고 말씀하시더군요. 은자 대출뿐만 아니라 선대 지불도 거론되고 있답니다. 이자는 등락이 있고 모든 게 확정된 것도 아니라 제가 듣기로는 아직 불확실한 상황인 것 같습니다. 장 선생님도 한번 주판알을 튕겨 보시지요."

장뚱보는 다짜고짜 질문부터 던졌다.

"두세 집이라는 게 어느 전장을 말하는 건가?"

호설암은 웃으면서 질문을 피했다.

"그런 걸 누가 공개적으로 털어놓겠습니까?"

"그렇다면 이자는 어떻게 되는지 말해 보게. 겉이자는 얼마이고 속이자는 얼마나 되는지."

"속이자는 아직 얘기가 안 된 상태이고 겉이자만 대충 정해진 것 같더군요."

"말이야 그렇게 하겠지."

장뚱보가 또다시 목소리를 낮추었다.

"자네는? 모자를 얼마나 더 씌웠나?"

호설암은 머리를 좌우로 흔들었다.

"왕 노야께서 제게 부탁한 일인데 어찌 제 이익을 챙길 수 있겠습니까? 그건 말도 안 되는 일이지요."

"자네가 원치 않는다니 우리에게도 생각이 있네."

장뚱보가 다시 물었다.

"선대 지불을 얼마나 받을 생각인가? 기한은 장기인가, 아니면 단기인가? 우선 몇 가지만이라도 얘기 좀 해주게나."

"전부 합쳐서 20만 정도……."

"20만이라고?"

장뚱보가 놀란 표정으로 입을 쩍 벌렸다.

"신화의 자금은 자네도 알고 있겠지. 그 정도라면 우리도 밖에서 융통하지 않으면 안 되는 액수일세."

전장업계에서 지불준비금을 대출받는다는 것은 이자를 높인다는 말이나 마찬가지였다. 호설암은 그의 속뜻을 알아차리고 빙긋이 웃었다.

"그럼 더 얘기할 필요가 없겠군요."

"그런 뜻이 아닐세. 절대 그런 뜻이 아니라고."

장뚱보는 황급히 말을 바꿨다.

"여보게, 신화는 반드시 자네의 체면을 세워 줄 걸세. 이자가 약간 높아진다고 해도 방법은 있지. 이건 자네하고는 관계가 없는 일일세. 자, 말해 보게. 기한은 얼마나 되나?"

"긴 것이 좋습니까? 아니면 짧은 것이 좋습니까? 길면 긴 대로 방법이 있고, 짧으면 짧은 대로 방법이 있겠지요."

기한이 넉넉하기만 하다면 호설암은 이를 이용해 이화접목을 시도해 볼 생각이었다. 신화의 자금으로 자기 자신의 전장을 여는 것이었다. 장뚱보는 확실한 대답을 유보한 채 겸양을 가장하여 얼버무렸다.

"주인은 고객의 편의를 따르는 법이니 자네가 여기서 확언을 해준다면 우리는 즉시 부족한 돈을 융통할 걸세."

호설암은 확답을 내리기가 곤란했다. 해운국에서 필요로 하는 것은 현은現銀이 아니라 신화의 보증이었다. 어찌 됐든 왕유령과 더 의논을 해야 될 사안이었다.

호설암이 망설이자 장뚱보는 엉뚱한 오해를 했다. 호설암이 아직도 자기 몫의 '모자 씌우기'를 기대하고 있는 것으로 판단했던 것이다. 장뚱보는 은근히 암시를 주었다.

"자넨 지금 관원이 되어 있으니 체면 유지를 위해선 항상 돈이 필요할 걸세. 때론 목돈을 융통해야 될 때도 있겠지. 내가 자네에게 통장을 하나 개설해 주겠네. 2천 냥의 범위 안에서 언제든지 마음대로 갖다 쓰고 돈이 생기면 아무 때나 도로 채워 놓게. 물론 이자는 계산하지 않겠네."

2천 냥이나 되는 돈을 거저 주겠다는 얘기였다. 신화의 이런 모험에는 당연히 대가가 뒤따랐다. 돈을 받게 되면 앞으로 신화의 요구 사항을 전부 들어주어야 하는 것이다. 그렇다고 딱 잘라 거절하기도 곤란한 일이라 호설암은 공연히 너스레를 떨었다.

"이러실 필요 없습니다. 신화는 제 친정이 아닙니까? 제게 돈이 생긴다면 신화에 갖다 맡기지 않고 어디로 가져가겠습니까? 며칠 있으면 제게도 제법 큰돈이 생기게 됩니다. 한 5천에서 6천 냥 정도 되는데 손에 쥐는 대로 곧장 이리로 가져오겠습니다. 우선 거래를 시작하도록 하지요."

"그렇게만 된다면 더 좋을 게 있겠나? 돈을 가져오면 내가 잘 처리해 주겠네. 이자도 포함해서 말이야."

"그럼 이 문제는 다시 얘기하기로 하지요."

호설암은 화제를 돌렸다.

"신화에서는 아직도 상해의 삼대와 거래가 많습니까?"

"그저 그런 상태일세."

거래가 별로 없다는 뜻이었다. 호설암은 속으로 뭔가를 중얼거렸다. 따져 보니 더 이상 울타리를 벗어나지 못할 것 같다는 생각이 들었다. 서로 속이기만 하고 사실을 말하지 않다가는 결국 중요한 대목에서 어려운 문제가 발생할 수 있기 때문이었다. 호설암은 태도를 진지하게 바꿨다.

"저도 장 선생님의 의도를 잘 알고 있습니다. 신화가 해운국과 거래를 트게 되면 신화의 명성이 올라가고 신용도가 크게 높아지겠지요. 이 일을 위해서라면 저도 최대한 노력하겠습니다. 하지만 그 전에 해운국에서 신화의 도움을 받아야 할 일이 한 가지 있습니다. 이 일이 잘 성사되기만 하면 신화로서도 얻는 게 한두 가지가 아닐 겁니다."

흥분한 장뚱보는 본론을 꺼내기도 전에 다짐을 연발했다.

"여부가 있겠나. 도와주고말고."

"그 전에 한 가지 분명히 해 둘 일이 있습니다."

호설암은 짐짓 심각한 표정을 지었다.

"오늘 제가 장 선생님께 드리는 말씀은 무대 어른께서 하신 말씀입니다. 즉, 조금이라도 다른 사람들에게 누설해서는 안 되는 비밀이란 얘깁니다. 혹시 말이 새어나가 화가 미치기라도 하는 날에는 저는 말할 것도 없고 왕 노야조차도 장 선생님을 구해 드리지 못할 겁니다. 관리란 도리를 따지지 않는 법입니다. 그때 가서 무대가 병졸들을 보내 신화 전장의 문을 닫아 버린다 하더라도 절 원망하지 마십시오."

듣기에 따라 매우 험악한 말이었다. 노상 얼굴에 웃음을 달고 다니던 장뚱보의 얼굴이 파랗게 굳어졌다.

"어허! 이거 장난이 아닌 것 같은데 우선 문부터 걸어 잠가야겠군!"

문을 걸어 잠그고 나서 두 사람은 전장 한쪽 구석에 얼굴을 마주하고 앉았다. 호설암은 자신이 갖고 있는 이화접목지계를 간략하게 설명한 다음 장뚱보에게 두 가지를 물었다. 첫째는 잘 아는 양곡상을 소개해 줄 수 있는가 하는 것이고, 둘째는 지불보증을 해줄 수 있는가 하는 것이었다.

이는 위험부담이 대단히 큰 일이었다. 장뚱보는 당장 답변을 할 수가 없어 선 채로 방 안을 왔다 갔다 하면서 속으로 주판알을 튕겼다. 호설암은 장뚱보의 마음을 움직이기 위해선 뭔가 이익을 보장해 주어야 한다고 생각했다. 그를 자리에 끌어 앉힌 다음 낮은 목소리로 말했다.

"위험 요소들을 세심하게 따져 보십시오. 항주에서 상해로 이송되는 수운에 문제가 발생하여 조미의 상환이 불가능해지지만 않는다면 별다른 위험은 없을 겁니다. 신화의 이익을 따져 보자면 기간이 길지 않기 때문에 지불보증을 결정한 날부터 해운국이 신화의 현은을 차용하는 것으로 이자를 계산할 용의가 있습니다. 양곡상들과의 부채 관계가 청산될 때까지만 그렇게 하는 겁니다. 자, 어떻습니까?"

장뚱보의 가슴이 쿵쿵 뛰기 시작했다. 지불준비금을 외부에서 융통해 올 필요도 없이 그저 계약서 한 장만으로 현금을 방출한 것으로 계산하고 이자를 받게 되는 것이다. 이거야말로 본전 없는 장사나 마찬가지였다. 게다가 해운국을 통해 자신의 명성을 높일 수 있으니 꿩 먹고 알 먹는 일이 아닐 수 없었다.

장뚱보는 이해득실이 확실해지자 본격적으로 머리를 굴리기 시작했다. 사업이란 원래 안목과 배짱으로 하는 것이다. 호설암의 경우만 보더라도 그가 맨 처음 왕유령에게 500냥이나 되는 은자를 빌려 준 것은 뛰어난 안목의 소치였다. 그 결과 일자리를 날렸지만 이제 와서 따져 보면 오히려 그런 모험이 그에게는 더 잘된 사업인 셈이었다.

배포가 커진 장뚱보는 민첩하게 머리를 굴렸다. 그는 이미 호설암의 제안을 받아들이기로 마음을 굳힌 터였다. 다만 확실한 결정을 밝히는 것은 아직 곤란했다. 몇 가지 일이 더 남아 있기 때문이었다. 번대아문에 가서 정황을 알아보고 조미가 상해까지 운송되는 상황을 살펴봐야 했다. 아울러 왕유령에 대한 번대의 태도도 확인해야 했다. 이 두 가지 사항에 아무런 문제가 없어야만 이번 사업의 실행 여부를 결정할 수 있었다. 장뚱보가 말했다.

"설암, 우린 형제나 다름없는데 어찌 통하지 않는 말이 있을 수 있으며 서로 믿지 못할 데가 어디 있겠나? 이 일은 거의 결정된 것이나 마찬가지일세. 하지만 이렇게 큰 지출을 결정하려면 주인의 허락도 받아야 하니 내일 정오쯤 다시 만나 최종적인 결정을 내리는 것이 어떻겠나?"

"안 될 게 뭐가 있겠습니까? 하지만 저도 한 가지 분명히 밝혀 두고 싶은 게 있습니다. 누구나 남의 일을 대신 해주다 보면 주인처럼 하기가 어려운 법이지요. 굳이 내일 정오까지 맞출 필요는 없을 것 같습니다. 모레로 기한을 정합시다. 내일 모레까지 회답이 없으면 없었던 일로 하고 더 이상 장 선생님을 찾지 않겠습니다. 시간을 절약해야 하니까요."

마지막으로 기한을 못박아 둔 셈이었다. 장뚱보는 호설암의 일처리가 대단히 명쾌하고 대담하다고 생각했다. 장뚱보는 힘 있게 대답했다.

"좋아. 그렇게 하세."

해운국으로 돌아온 호설암은 왕유령을 만나 각자의 협상 결과를 서로 얘기했다. 왕유령은 몹시 흥분하면서 오늘 하루는 모든 일이 아주 순조로웠다고 자평했다. 먼저 인계를 만나 봤더니 무대가 이미 지시를 내려 차액을 번고에서 우선 지급하도록 지시했다는 것이었다. 금년도 신조에서 어떻게 해서든지 더 거둬들여 이를 채워 놓으라는 얘기였다. 또한 때가 되면 방법을 정할 터이니 왕유령과 따로 의논할 필요가 없다고 덧붙이더라는 것이었다.

이어서 무대를 찾아가니 황종한은 일을 빨리 처리하는 것이 중요하지 비용이 좀 더 드는 것쯤은 상관이 없다고 말하면서 두 건의 상유를 왕유령에게 보여 주었다. 하나는 팔기八旗의 경병京兵이 약 15만인데 훈련을 엄하게 보강하고 병사들의 봉급을 정리해 주되 각 성에 상유를 전달하여 조미를 처분한 은자로 공평하게 사용하라는 내용이었다. 또 하나는 문무 대신들의 봉급을 줄여서 병사들의 봉급에 사용하라는 내용이었다. 양식과 병사들의 봉급 때문에 조정에서 쩔쩔매고 있다는 사실을 알고도 남았다. 황종한은 조미의 운송을 앞당기기만 하면 왕유령의 승진을 보장하겠다고 특별히 다짐하기도 했다.

"그렇다면 일은 이미 다 된 거나 마찬가집니다."

호설암은 장뚱보가 형세를 알아보러 갔다는 사실을 이미 알고 있었다. 번대가 이처럼 확실하게 태도 표명을 한 이상 신화는 당연히 이 일에 대해 마음을 놓게 될 것이다. 그렇게 되면 장뚱보의 정식 회답을 기다릴 필요도 없이 일의 흐름이 명백해진 것이었다.

"빨리 움직여야 합니다. 상해로 가서 구좌를 찾아 봐야 하거든요."

"내 생각에는 자네가 날 데리고 가는 게 좋겠네. 물론 해운국에서도 두어 사람 파견하겠지. 그건 그저 모양새를 갖추는 데 불과하고 실제로 일은 자네와 내가 처리하는 걸세."

호설암은 여러 가지 궁리 끝에 대답했다.

"정말 저에게 일을 시키실 요량이라면 반드시 제가 제시하는 방법대로 하셔야 합니다."

"알았네. 무조건 자네 말대로 하겠네."

왕유령은 망설임도 없이 대답했다. 이미 호설암의 능력을 충분히 신뢰하고 있었기 때문이었다. 일의 편리를 위해 왕유령은 '관서'를 한 통 내려보내 호설암을 '사사司事'로 초빙했다. 사사는 잡무를 맡아 처리하는 형식상의 말단 관리였다. 아울러 첨압방 옆에 있는 조그만 관옥을 호설암에게 내주어 막후에서 모든 일을 계획하고 진행하게 했다.

남이 나를 한 치 존중하면,
나는 남을 한 장 존중해 준다

가장 먼저 할 일은 번고에서 10만 냥의 현은을 타는 일이었다. 신화와 지불보증 방법에 관한 협상이 끝나는 대로 즉시 이를 신화 금고로 입고시켜야 하는 것이다. 우선 3만 냥의 현은을 상해의 '대형大亨' 전장으로 보내야 하는데 이 가운데 1만 냥은 공비로 사용하고 2만 냥은 황종한의 고향으로 보내 주어야 했다. 모든 일은 극비였다.

호설암은 해운국에서 두 명의 위원을 뽑았다. 하나는 인계의 수하에 있는 주周 아무개였고 또 하나는 양도와 관계가 있는 오吳 아무개였다. 왕유령은 두 사람을 상해로 떠나는 명단에 넣고 은 200냥씩을 각각 여비로 지급했다. 주, 오 두 사람은 호설암을 약간 적대시하던 인물이었다. 그러나 이번 일을 계기로 호설암에 대한 태도를 바꾸었다.

여행에는 장뚱보도 동행했다. 그 밖에 잡무를 처리할 서무庶務와 주방장, 심부름꾼 등 10여 명을 속도가 빠른 두 척의 '무석쾌無錫快'와 함께 고용했다. 아울러 사람들에게 나누어 줄 대량의 토산품을 준비하여 함께 배에 실었다. 모든 준비가 끝나자 항주 성내에서 가장 큰 다리인 만안교萬安橋 밑에서 배를 띄워 강줄기를 따라 동쪽으로 항해하기 시작했다.

때는 바야흐로 3월 봄기운이 가득한 때였다. 강 양안의 들판에는 푸른 뽕나무 숲이 시원함을 더해 주었고 노란 유채화와 발갛게 익은 복숭아꽃

들이 한데 어우러져 한 폭의 금수 평원을 이루었다.

왕유령은 뱃전에 몸을 기댄 채 한가로이 아름다운 풍경을 바라보았다. 저절로 흥이 일었다. 끓어오르는 흥취를 왕유령은 시작詩作으로 풀어 냈다. 다른 사람들에게선 그런 고상함을 찾아볼 수 없었다. 주, 오 두 위원과 호설암, 장뚱보 등은 마장麻將 판을 벌일 준비를 하고 있었다.

마장을 제안한 사람은 장뚱보였다. 옆에 있던 호설암도 기꺼이 동조했다. 장뚱보는 당장 사람을 보내 앞에 가는 배에 타고 있는 주, 오 두 사람을 부르기로 마음먹었다. 옆에 있던 호설암이 말했다.

"천천히 부르세요. 먼저 상을 차려 놓고 나서 얘기하자고요."

호설암은 일찌감치 준비해 둔 게 있었다. 그는 상자를 열고 새로 만든 죽배아패竹背牙牌 한 질과 아주 정교하게 만든 주마籌碼 한 질, 그리고 새하얀 아패를 한 질 꺼내 놓았다.

선부船夫의 딸인 아주阿珠가 준비한 탁자에 주마를 나누었다. 양쪽에 차탁이 놓이고 과일 접시와 차가 준비되었다. 모든 준비가 끝나자 앞에 가는 배를 세우고 답판을 올려 주, 오 두 위원을 맞아들였다.

눈앞에 벌어진 광경을 보고 두 사람은 몹시 즐거운 표정을 지었다.

"재미있겠는데요. 한번 해봅시다!"

주 위원이 웃으면서 말했다.

오 위원은 더욱 다급하게 보채며 나섰다.

"쓸데없는 얘기 그만하고 어서 와서 앉기나 합시다. 어떻게 노는 겁니까?"

네 사람은 자리에 둘러앉았다. 장뚱보는 판돈을 현은 100냥을 일저一底로 하자고 제안했다. 그렇게 되면 패의 하나인 '랄자辣子'를 자막*하기

----

* 자막自摸__자기가 집어 온 패가 가지고 있는 다른 패에 들어맞는 것.

만 해도 한 사람에 30냥씩이니까 다 합쳐서 90냥을 거둬들이게 되는 셈이었다.

"판이 너무 크지 않습니까?"

주 위원이 말했다.

"우리끼리 재미로 치는 건데 좀 줄이지요."

"맞아요, 맞아. 좀 줄입시다."

오 위원도 이에 동조했다.

"전 겨우 30냥밖에 없는데 이것 가지고는 끼지도 못하겠네요."

"너무 걱정하지 말아요. 전장에서 일하시는 분이 여기 계신데 겁날 게 뭐가 있습니까?"

호설암은 장뚱보를 향해 눈짓을 보냈다.

장뚱보는 금방 뜻을 알아차렸다. 장뚱보는 주저 없이 주머니에서 은표를 한 뭉치 꺼내 그 가운데서 100냥짜리 두 장을 두 위원 앞에 내려놓았다.

"제가 밑천을 빌려 드리지요. 따시면 거기서 1할을 떼겠습니다."

"다 잃으면 어떡하죠?"

오 위원이 물었다.

호설암이 끼어들었다.

"그럼 따실 때까지 계속 빌려 드려야죠."

그렇게 되면 이건 무조건 이기는 놀음이나 마찬가지였다. 주, 오 두 사람은 갈수록 신이 났다. 마음이 즐거우니까 도박운도 대단히 순조로웠다. 게다가 상냥하고 귀여운 아주가 수시로 물수건을 갖다 주고 간식을 날라다 주어 더욱 편안하고 유쾌한 자리가 되었다.

첫 판을 끝내고 나서 따져 보니 호설암 옆에 앉았던 주 위원이 가장 많이 땄고 오 위원도 그런 대로 괜찮은 편이었다. 잃은 사람은 호설암과 장뚱보였다. 두 사람의 마장 솜씨도 괜찮은 편이라 여전히 시시덕거리며 약간 잃은 것에 개의치 않았다. 다시 패를 돌리기 시작하자 오 위원의 패풍은 더욱 활기를 띠었다. 모든 게 호설암 바로 옆에 자리를 잡은 덕분이었다. 그 옆자리에 앉은 사람은 주 위원이었다. 오 위원은 자신의 패에만 몰두해 있고 장뚱보는 좀 느슨한 기분으로 풀어져 있었다. 덕분에 주 위원도 제법 편안한 기분으로 마장에 몰두했다.

여러 판을 거듭하는 사이 배는 강안에 정박했다. 날도 어두워져 자연스럽게 파장을 하게 되었다. 주마를 따져 보니 오 위원이 한 저底 반을 땄고 주 위원이 한 저를 땄다. 장뚱보는 따지도 않고 잃지도 않았지만 주, 오 두 위원이 딴 돈에서 1할씩 받으니 결과적으로 딴 셈이 되었다. 호설암만 크게 잃어 개평을 받았다. 그래도 결국엔 세 명이 한 명을 잡아먹은 꼴이 되고 말았다.

"자, 이제 그만 합시다. 파장하자고요."

주 위원이 강력하게 제안했다.

"내일 한 판 더 치고 나서 계산합시다."

"노름은 현찰 박치기 아닙니까?"

호설암은 항주의 속담을 써가며 이에 반대했다.

"게다가 처음 치는 거잖아요. 자, 주마를 교환하세요. 주마를 가져오시라고요!"

호설암은 자신의 함을 열고 은표를 꺼내 주마대로 일일이 지불해 주었다. 잔돈까지도 현은으로 정확히 계산해 주었다.

오 위원은 호설암의 이런 모습에 탄복하여 엄지손가락을 세워 앞으로 내밀며 그를 칭찬했다.

"설암 형, 나라의 재물을 관리하기에 딱 맞는 재목이십니다!"

오 위원은 약간의 먹물이 든 인물이었다. 오 위원이 한 말은《신당서新

唐書》에서 인용한 것이다. 당 현종玄宗이 자신을 대신해서 국가 재정을 잘 관리해 준 양국충楊國忠을 칭찬할 때 사용한 말이었다. 호설암은 대충 좋은 의미로 자신을 칭찬하는 말이라는 걸 알아차리고 감사의 표시로 살짝 웃었다.

마지막으로 개평이 계산되었다. 호설암은 주마를 앞에 놓고 큰소리로 아주를 불렀다.

"아주!"

아주는 엄마를 도와 선미에서 음식을 만들고 있었다. 멀리서 자신을 부르는 소리가 들리자 교태가 철철 넘치는 목소리로 대답했다.

"네, 가요!"

선문 입구에 나타난 아주는 행주치마에 두 손을 문지르면서 간드러지는 미소를 지었다. 반질반질 윤기가 흐르는 까만 변발이 가냘픈 어깨 아래로 흘러내려 오리알같이 둥근 얼굴에 매력을 더해 주었다. 사내들의 애간장을 녹이기에 충분한 자태였다.

호설암은 아주에게 고정되어 있는 주, 오 두 위원의 시선을 날카롭게 간파했다. 순간 머릿속에 또 하나의 계산이 떠올랐다.

"자, 아주! 이리 오너라. 넉 냥의 개평은 네 몫이다. 네 엄마에게 갖다 드려라."

"고맙습니다, 호 노야!"

아주는 호설암에게 허리가 꺾어질 듯이 큰절을 올렸다.

"절은 나한테 할 게 아니라 주 노야랑 오 노야께 해야지. 상대를 잘못 찾았어!"

그는 은표를 한 장 꺼내 손짓을 하다가 아주가 가까이 다가오자 낮은 목소리로 속삭였다.

"개평은 넉 냥으로 그칠 게 아니야. 주 노야랑 오 노야께서 따로 상급을 내려 스무 냥을 채워 주실 게다. 전부 네 용돈이 되는 거야."

이 말에 아주는 눈이 휘둥그레지면서 너무 좋아 어쩔 줄을 몰랐다. 장 뚱보가 웃으면서 끼어들었다.

"아주! 주 노야와 오 노야께서 시집 갈 밑천을 마련해 주신단다. 어서 인사 올리지 않고 뭐하고 있는 거냐?"

"장 노야께서는 농담을 너무 좋아하시는 것 같네요."

얼굴이 새빨개진 아주는 고개를 돌려 눈을 내리깔고 주, 오 두 사람에게 인사를 했다.

"이거 생각해 보지 않을 수 없게 됐구먼!"

오 위원이 주 위원을 향해 말했다. 결국 두 사람은 각자 열 냥씩 추렴하여 따로 아주에게 상금을 내렸다. 아주로서는 엄마 뱃속에서 나온 이후로 처음 만져 보는 큰 돈이었다. 그녀는 거듭 인사를 올리고 나서 몸을 일으켜 긴 변발을 출렁거리며 총총걸음으로 달려갔다. 이어서 희희낙락하는 웃음소리와 함께 아기자기하게 소곤대는 말소리가 들려왔다. 뜻밖의 횡재를 엄마에게 전하고 있는 것이었다.

모녀의 대화를 엿듣던 네 사람은 서로를 쳐다보며 웃었다. 바로 이때 밖에서 누군가가 갑판으로 올라오는 소리가 들렸다. 이어 선부가 외쳤다.

"왕 노야께서 오셨습니다요!"

왕유령이 배 안으로 들어서자 모두들 자리에서 일어나 그를 맞이했다. 왕유령은 손에 편지 한 장만 달랑 들고 기분 좋은 표정으로 다가왔다.

"승패가 어떻게 결판났소?"

상사가 자신들이 도박을 한 사실을 알고 이에 관해 묻자 주, 오 두 사람은 얼굴이 화끈거렸다. 주 위원이 빨개진 얼굴로 대답했다.

"다 대인 덕분이지요……."

"좋아요, 좋아."

왕유령은 장뚱보를 가리키며 말했다.

"보아하니 장 노야께서 잃으셨구먼! 전장의 주인이시니 여러 번 잃어주셔도 상관없을 거외다."

"아, 예. 응당 그래야죠."

모두들 웃고 떠드는 사이에 아주가 밥상을 준비했다. 무석쾌의 선반船飯은 푸짐하기로 유명했는데, 특별히 신경을 쓴 터라 거의 진수성찬에 가까웠다. 게다가 각자 가지고 온 짐 속에 음식 보따리가 들어 있어 상 위에다 늘어놓을 수 없을 지경이었다. 결국 남는 음식들은 두 개의 차탁 위에 펼쳐 놓게 되었다. 호설암은 서무가 오래된 죽엽청주를 많이 준비해 왔다는 사실을 알고 그 자리에서 한 항아리를 따기로 결정했다. 한 잔 가득 술을 따르자 향기가 사방에 퍼져 술을 별로 못하는 주 위원조차도 한잔 마셔 보고 싶은 마음이 들 정도였다.

이런 자리에 여흥과 향기를 더해 주기라도 하듯 아주가 배석을 했으니 순우곤*이 말한 '음가팔두'**의 경지가 아닐 수 없었다. 하지만 왕유령이 자리를 같이하고 있다는 것이 모두에게 방해가 되었다. 왕유령의 말벗이 될 수 있는 사람은 오 위원 한 사람뿐이었다. 왕유령은 오후에도 뱃머리에 몸을 기대고 서서 네 수의 칠언율시를 지었다. 시의 제목은 '춘망春望'이었다. 왕유령은 오 위원과 더불어 연신 시에 관한 애기를 주고받았다. 두 사람은 '이 글자는 압운이 안 돼요', '그 글자는 거성去聲을 써야 돼요' 하며 자기들끼리 이야기를 나누니 자연 분위기는 어색해졌다.

호설암이 보기에도 정말 갑갑한 광경이 아닐 수 없었다. 모두들 왕유령의 학자연하는 태도에 숨통이 막혔다. 호설암은 적당한 기회를 잡아 왕유령에게 눈짓을 보냈다. 일찌감치 자기 배로 돌아가 모두들 편히 놀 수 있

----

* 순우곤淳于鯤__전국시대 제나라 출신의 학자.
** 음가팔두飮可八斗__술을 여덟 되나 마실 만큼 술자리의 분위기가 좋음.

게 해달라는 뜻이었다.

술기운이 올라 신나게 얘기하던 왕유령은 호설암의 눈짓을 알아채지 못했다. 때문에 처음에는 호설암의 눈짓이 먹혀 들지 않았다. 호설암이 거듭 눈짓을 보내니 그제야 분위기를 파악하고 어색하게 기침을 했다.

"술은 이만하면 된 것 같군."

왕유령은 눈치가 빠른 편이었다.

"자, 천천히들 드시게나."

아주가 밥 반 공기를 갖다 주자 왕유령은 금세 그릇을 비우고 자리를 떴다. 호설암은 그의 주량이 아직 채워지지 않았다는 사실을 알고 특별히 술 한 근을 따로 준비해서 왕유령의 배로 보내 주었다.

"자, 됐습니다!"

주 위원이 허리를 펴며 입을 열었다.

"이제 마음껏 편하게 마셔 봅시다."

이들은 대충 자리를 정리하고 술잔을 씻어 새롭게 술판을 벌였다. 왕유령이 돌아간 자리에 서무가 끼어들어 여전히 다섯 명이었다. 서무는 성이 조趙씨로 일처리에 매우 능한 인물이었다.

"우리 마시는 방식을 정하는 게 어떻겠습니까?"

오 위원이 제안했다.

"저는 활권*밖에 할 줄 모릅니다."

장뚱보가 말했다.

"활권은 저도 할 줄 압니다만 술은 못 마십니다."

주 위원이 말을 받았다.

"걱정 마세요. 제가 대신 마셔 줄 사람을 찾아 드릴 테니까요."

....

* 활권豁拳__술 마실 때 제비를 뽑아 벌주를 내리는 것.

호설암이 큰소리쳤다.

"아주! 네가 주 노야를 대신해서 술을 좀 마셔 드려야겠다."

"어머……. 아이."

아주는 금세 입을 삐죽 내밀고 어리광을 부려댔다.

"그래, 알았다!"

호설암도 어린애처럼 흥흥거리며 그녀의 어리광을 받았다.

"대신 마시게 하지 않을게."

아주는 좀 미안한 생각이 들었는지 싱긋 웃으며 말했다.

"이렇게 하지요. 주 노야께서 한 잔 드시면 저도 한 잔 마실게요."

"그럼 주 노야가 열 잔을 마시면 어쩌겠느냐?"

조 서무가 물었다.

아주는 잠시 생각에 잠기더니 자신 있게 대답했다.

"저도 열 잔을 마시지요."

모두들 박수를 치면서 아주를 추켜세웠다. 주 위원만은 웃으면서 손을 내저었다.

"안 돼요, 안 돼. 이건 날 술통에 빠뜨리려는 거나 마찬가지라고요."

주 위원은 급히 자리를 뜨려 했다. 조 서무와 아주가 양쪽에서 그를 붙들었다. 그러자 오 위원이 위엄 있는 목소리로 입을 열었다.

"제가 상관인데 주령은 군령과 마찬가집니다. 주공께서 제 명령을 듣지 않는다면 먼저 벌주 한 잔을 내리겠소이다."

"제가 주공을 대신해서 용서를 빌겠습니다."

호설암이 말했다.

"안 됩니다. 주공을 구해 줄 수 있는 사람은 아주밖에 없어요."

"어머, 오 노야께서는 농담도 아주 잘하시네요."

아주가 웃으면서 말을 받았다.

"이게 저랑 무슨 관계가 있다고 그러세요?"

"네가 주 노야를 대신해서 술을 마시기로 되어 있지 않느냐? 주 노야랑 사이가 좋으면서 왜 구해 주려 하지 않는 게냐?"

도대체 누구의 입장에서 하는 말인지 알 수 없었다. 아주는 말뜻을 몰라 어리둥절하기만 했다.

"제가 여러 노야님들을 대하는 마음은 항상 똑같습니다. 모두가 다 좋으면 되는 것……."

아주의 대답이 다 끝나기도 전에 장뚱보가 끼어들어 다그치듯 따져 물었다.

"그럼 모두에게 잘 대해 주지 않으면 전부 안 좋다는 얘기로구나. 그렇지?"

"아이, 제 말씀은 그런 뜻이 아니고요."

아주는 궁지에 몰리자 금세 얼굴이 빨개지면서 아미를 더욱 빠르게 깜빡거렸다.

"노야님들 모두 좋습니다만 한 분만은 예외입니다."

"그게 누군데?"

"바로 장 노야지요."

아주는 이렇게 말하고 나서 자신이 먼저 웃어 댔다. 그러더니 허리를 구부린 채 술을 가지러 선미로 가 버렸다.

술이 도착하자 오 위원이 통관通關을 시작했다. 통관은 술자리에 동석한 사람들에게 잔을 권하고 건배하면서 한 바퀴 도는 놀이였다. 모두들 흥이 올라 있는데다가 화단 위로 나비가 날아다니듯 아주가 좌중을 이리저리 옮겨 다니니 여간 즐겁지가 않았다.

마장과 술판이 매일 계속되는 동안에도 배는 쉬지 않고 움직였다. 배는 천천히 항해했지만 배에 탄 손님들은 너무 빠르다고 느꼈다. 나흘째 되는 날, 배는 간신히 가흥嘉興에 도착했다. 오 위원은 호설암에게 뭍으로 올라가 좀 돌아다닐 수 있었으면 좋겠다는 암시를 보냈다. 호설암은 왕유령에게 가서 가흥에서 하루 묵어 갈 것을 제안했다.

가흥에 도착한 이상 남호南湖를 유람하지 않을 수 없었다. 왕유령도 다른 사람들과 어울려 연우루煙雨樓에서 차 맛을 감상했다. 장뚱보는 들뜬 마음에 안절부절못하면서 배를 한 척 빌려 본격적으로 유람을 하자고 제의했다.

"하필 또 뱁니까?"

오 위원이 반대하고 나섰다.

"지금까지 줄곧 배를 타고 왔는데 또 배를 타고 싶으세요? 여기 있는 배를 빌릴 바에는 차라리 우리 배로 유람하는 게 더 낫겠네요."

이들이 타고 온 배에는 아주가 있었지만 남호의 배에도 적지 않은 여자들이 타고 있었다. 그러나 아주의 미모와 애교를 능가하는 여자가 없어 별다른 흥미는 기대할 수 없었다.

"제게 한 가지 좋은 생각이 있습니다."

장뚱보는 조용히 호설암의 옷소매를 잡아당겼다. 장뚱보는 불교 염적艶跡을 방문하고 싶었던 것이다. 가흥에는 불문을 모독하는 유흥지가 많다는 사실을 호설암도 알고 있었다. 하지만 왕유령은 관원 신분으로 차마 그런 곳에 가기가 편치 않았다. 결국 장뚱보가 주, 오 두 위원을 데리고 환락가를 경유하기로 결정을 보았다. 호설암은 왕유령과 더불어 가흥의 명승지를 둘러보기로 했다.

두 패로 나뉘자 호설암은 꾀를 부려 왕유령을 데리고 먼저 출발했다. 두 대의 가마가 번화가에 멈춰 섰다. 두 사람은 가마에서 내려 발길 닿는 대로 걷다가 어느 서방書坊으로 들어갔다. 왕유령은 시집을 한 권 살 생각이었다. 호설암은 손길이 닿는 대로 아무 책이나 뒤적거리다가 우연히 새

로 나온 경보京報에서 한 건의 상유를 발견하게 되었다. 맨 위에 황종한이
란 이름이 나오자 호설암은 눈을 크게 뜨고 읽어 내려갔다.

맨 위에는 황종한의 이름뿐만 아니라 춘수의 자살 원인과 상주에 대한
비주批注가 등재되어 있었다.

이에 대한 황제의 대답은 알았다는 한마디뿐이었다. 호설암은 황종한
의 한 가지 걱정거리가 사라져 버렸음을 알게 되었다. 이는 전적으로 하
계청의 공로였다.

왕유령은 시집을 한 권 샀고 호설암은 경보를 한 부 샀다. 서방을 나서
니 더는 갈 곳이 없었다. 두 사람은 책을 뒤적거리며 배로 돌아왔다. 주,
오 두 위원이 없는 틈을 타 밀담을 나눌 생각이었다.

경보에 게재된 상유를 읽고 난 왕유령의 마음속에는 기쁨과 두려움이
교차했다. 기쁜 것은 황종한이 모든 혐의를 벗은 채 다시 황은을 입어 정
무에 전념하게 되고, 이에 따라 앞으로 절강의 공사가 잘 처리될 전망이
었기 때문이고, 두려운 것은 그의 성품이 몹시 각박하고 간교하다는 오랜
소문 때문이었다. 그가 이미 강을 건너간 이상 앞으로는 하계청의 청탁을
받아들이지 않을 것이고, 이는 곧 왕유령이 기댈 수 있는 벽을 상실했다
는 것을 의미했다.

"설공雪公!"

얼마 전부터 호설암은 왕유령에 대한 호칭을 공석에서나 사석에서나
두루 통용될 수 있는 것으로 바꿨다.

"한 가지 잘못 생각하고 계신 게 있는 것 같아서 말씀을 좀 드릴까 합니다. 황 무대는 일을 처리할 때 항상 자신의 공적을 드러내려 하지요. 우리가 그의 생각에 따라 일을 처리하려면 그가 예상하는 것보다 훨씬 잘 해내야 합니다. 그래야 아무 말이 없을 겁니다. '사부가 입문을 시켜 주면 수행은 각자가 해야 한다[師父領進門, 修行在各人]'는 속담이 있듯이 하 학대께서는 설공을 입문시켜 주신 것으로 충분합니다. 스스로 수행하지 않으면 등받이가 아무리 든든해도 소용 없는 법이지요. 자, 보세요!"

그는 경보에 게재된 상유를 왕유령에게 보여 주며 말했다. 상유에서는 이렇게 지시하고 있었다.

내각대학사와 군기대신에게 형부에서 회동하여 서광진徐廣縉의 죄명을 조사하라고 지시하였는바, 호광 총독 서광진은 이미 혁직되었다. 일찍이 짐이 그를 흠차대신으로 파견하여 군무를 담당하게 하였으나 형보가 늦어 반도를 쳐부술 기회를 놓치고 호남의 하찬下竄과 한양, 무창을 연달아 적에게 내주었을 뿐만 아니라 악두岳州마저 잃고 말았다. 이에 서광진은 유성裕誠 등의 조사에 의해 정율에 위배되는 것으로 판명되어 엄히 처벌하되 처결은 추후로 미루었다.

"서 대수大帥는 황제가 특파한 흠차대신으로서 두려울 것이 없는 인물이었습니다. 그런데 자신을 지키지 못해 이처럼 큰 권력에도 기댈 수 없게 된 것이지요."

호설암은 서글픈 감상에 젖어 말을 이었다.

"모든 것이 허사입니다. 실체는 자기 자신밖에 없어요. 사람들과의 인연에 있어서도 우선 자신을 믿어야 합니다. 자신을 지키지 못한다면 친구가 무슨 소용이겠습니까?"

옆에서 듣고 있던 왕유령은 연신 고개를 끄덕이고 있었다.

"설암! 자네를 공연히 추켜세우는 건 아니네만, 난 자네가 책을 안 읽은 게 정말 안타깝네. 공부만 좀 했더라면 하 학대나 황 무대보다 훨씬 더 크게 출세했을 텐데 말이야."

"전 그렇게 생각하지 않습니다. 벼슬하는 사람들에겐 권력의 즐거움이 있고, 사업하는 사람들에게는 돈 버는 즐거움이란 게 있는 법입니다. 벼슬을 하는 데는 수많은 구속이 있지만 사업은 돈만 많이 벌면 되니까 오히려 더 편하다고 할 수 있지요."

"음, 그렇기도 하겠군!"

왕유령은 호설암의 색다른 주장에 흥미를 보이며 말했다.

"그럼 자네의 포부를 한번 말해 보게나."

호설암은 왕유령이 이런 질문을 하는 속뜻을 잘 알고 있었다.

"제 포부는 다른 사람들과 좀 다릅니다. 저는 돈이 많은 걸 좋아합니다. 많을수록 좋지요."

그는 두 팔을 둥그렇게 모아 돈을 한아름 껴안는 척했다.

"하지만 전 돈이 생기면 은표로 벽을 바르는 짓은 하지 않을 겁니다. 돈이 생기는 대로 곧장 써 버릴 겁니다. 이 세상에서 가장 통쾌한 일은 몹시 곤궁한 사람을 대하거나 돈이 없어 죽음에 처하게 된 영웅호걸을 만나게 되었을 때 마침 제가 큰돈을 갖고 있는 그런 상황이지요."

그는 이렇게 말하면서 손을 휘둘러 돈을 뿌리는 시늉을 했다. 대단히 실감나는 몸짓이었다.

"마음껏 갖다 쓰세요! 모자라십니까?"

왕유령이 크게 웃었다.

"자네 얘기만 들어도 아주 통쾌하군!"

"한 가지 더 있습니다. 사업을 해서 돈을 벌면 최대한 즐기며 살 겁니다. 큰 정원이 딸린 커다란 저택을 짓고 그 안에 열댓 명쯤 되는 하녀들을 거느리면서 편안하고 한가롭게 지내는 거죠. 죄송한 말씀입니다만, 벼슬 하는 사람들은 돈을 벌어도 저처럼 마음대로 쓰지 못할 겁니다. 다른 건 고사하고라도 등 뒤로 손가락질을 받으면서 '도둑 관리'라고 욕을 먹게 될 테니까요. 이건 정말 견뎌 내기 힘든 일이지요."

"어휴!"

왕유령은 그의 말에 마음이 움직인 듯 한숨을 내쉬며 말했다.

"자네 애길 들으니 나도 관직을 포기하고 장사나 해보고 싶구먼!"

"그렇게 생각하실 필요 없습니다. 벼슬을 하는 사람에겐 벼슬하는 대로의 맛이 있지요. 조상을 빛내게 되니 부모님들께서도 기뻐하실 게 아닙니까? 저 같은 놈이 하루아침에 큰돈을 벌어 늙으신 어머님을 편히 모신다고 해도 노인네들 마음에는 열댓 명의 하녀들보다는 조정에서 고봉*을 받는 것이 훨씬 더 가치 있게 느껴지는 모양입니다."

"고봉을 받는 게 그렇게 힘든 일은 아니지."

왕유령이 위로하듯 말했다.

"하지만 일품 부인의 고봉을 청하기는 어려울 거야."

연관은 삼품 도원까지 가능했기 때문에 얼마든지 고봉을 받을 수 있었다. 그러나 호설암은 그때까지도 이런 사치스러운 희망을 가져 본 적이 없었다.

"고봉을 청하는 것은 물론 그리 어려운 일은 아니겠지만 벼슬을 하려면 명실상부한 관맥이 있어야 하는 게 아니겠습니까? 그게 쉽지 않다 이 겁니다."

그는 웃으면서 애기를 계속했다.

....
* 고봉誥封__오품 이상 벼슬아치들의 가족에게 땅이나 작위를 주는 것.

"제가 벼슬하는 사람들을 한꺼번에 매도하는 건 아니지만 일부 후보 노야들은 여러 해가 지나도록 차사差使 한 번 제대로 해보지 못하고 가난에 찌들어 살고 있지요. 전 그런 벼슬이라면 안 하는 것이 좋을 것 같습니다."

이 말에 왕유령도 마음에 찔리는 바가 있었다. 그러면서 이번 기회가 더없이 값지게 느껴지는 것이었다.

"설암! 주, 오 두 사람을 어떻게 생각하나?"

도대체 뭘 어떻게 생각하느냐는 것인지 호설암은 대답할 방법이 없었다. 하지만 이런 질문을 던진 의도는 짐작이 가고도 남았다.

"설공! 걱정하지 마십시오. 이 두 사람은 완전히 제 손 안에 있습니다. 그들이 똑똑하면 똑똑한 대로, 멍청하면 멍청한 대로 마음에 두지 않으셔도 됩니다. 제가 지금 걱정하는 건 우리에게 이만한 양의 양곡을 대여해 줄 만한 양곡상이 있을까 하는 점입니다."

"그건 그래."

왕유령도 마음속으로 걱정하고 있던 일이었다.

"양곡상을 찾는다 해도 우리의 말을 믿어 주지 않을 땐 어떻게 해야 할지 모르겠네."

"그건 말이죠……."

호설암은 고개를 가로저었다.

"걱정하실 것 없습니다. 그들에게 실력만 있다면 우리 얘기를 듣지 않을 수 없을 겁니다."

호설암의 자신감을 확인한 왕유령은 이제까지 그가 보여 준 치밀한 모습이 떠올라 비로소 마음을 놓을 수 있었다.

저녁 늦게까지 한담을 나누고 있는데 장뚱보가 주, 오 두 위원과 함께 여흥이 가시지 않은 모습으로 돌아왔다. 자세히 보니 모두들 얼굴에 비밀스런 웃음이 서려 있었다. 호설암은 왕유령이 같이 있어 묻기가 곤란했지만 오늘 일이 그들 모두에게 평생 처음 갖는 경험임을 확실히 알 수 있었다.

"아, 참! 하마터면 잊을 뻔했군요!"

갑자기 장뚱보가 정색을 하면서 말했다.

"오늘 우연히 한 친구를 만났는데 대화 도중에 송강에 큰 양곡상이 하나 있다는 얘기를 하더군요. 조방하고도 사이가 아주 좋답니다. 10여만 석의 양곡을 팔 생각이라는데 한번 흥정을 해보는 것도 괜찮을 것 같지 않습니까?"

호설암이 막 입을 열려는 순간 왕유령이 흥분을 가라앉히지 못하고 먼저 말했다.

"이거야말로 길을 제대로 찾은 거로군!"

"아, 잠깐만요. 설공!"

호설암은 그의 경솔함이 한심하게 느껴졌다.

"방금 들은 얘기고 속사정이 어떤지도 알 수 없는데 길을 제대로 들었다는 걸 어떻게 아십니까?"

"자네도 모르는 구석이 있구먼!"

왕유령은 자신 있는 미소를 지으면서 그에게 자신이 그렇게 말한 이유를 자세히 설명해 주었다.

그는 다년간 조운을 경험해 보았기 때문에 사정을 훤히 알고 있었다. 송강의 출미는 강소와 절강의 경계에 위치해 있기 때문에 수로가 매우 편리했고, 따라서 송강의 조방은 대방에 속할 수밖에 없었다. 그것도 부방임에 틀림없었다. 그러나 부방들은 도마 위의 고기 신세를 면할 수 없었다. 따라서 송강 지부는 사천 성도부와 호남 장사부 등과 더불어 부결府缺 중에서도 가장 유명한 삼대 비결*을 구성하면서 각기 특수한 상황을 드

---

* 비결肥缺__챙길 것이 많은 요직의 결석.

러내고 있었다. 송강부는 관수로의 조절에 지대한 영향을 미치는 위치에 있기 때문에 조방들은 그에게 잘 보이려 애쓰지 않을 수 없었다.

그러나 세월이 흐르고 흘러 여기저기 뜯기는 것이 많다 보니 송강 조방의 창고도 바닥을 드러내면서 피방으로 전락하고 말았다. 왕유령은 이 미곡상이 실제로는 조방에서 개설한 것이라 판단하고 지금 식량을 팔려고 하는 의도에 대해 커다란 의심을 갖기 시작했다. 어쩌면 이들이 팔려고 하는 양곡은 조미 중에서 빼돌린 것일 수도 있었다. 그렇다면 미질이 그다지 좋지 않을 것이고, 그만큼 가격도 쌀 것이 분명했다.

"거 참 잘됐군요!"

호설암은 자세히 생각해 보지도 않고 그저 왕유령의 설명만 듣고는 이렇게 말했다.

장뚱보는 다시 뭍으로 올라가 친구를 찾았다. 그리고 당장 송강에서 양곡상과 만날 시간, 장소를 정했다. 장소는 배 안으로 정했는데 이는 왕유령의 세심한 배려에서 나온 것이었다. 뭍에서 만날 경우 다른 사람들의 시선을 피하기 어렵고 그만큼 의심을 사기 십상이기 때문이었다.

한참 만에 돌아온 장뚱보는 이미 약속을 했으며 사흘 뒤에 송강으로 가서 배를 성내 천야교泉野橋에 정박시키면 자신의 친구가 양곡상을 데리고 올 것이라고 말했다. 왕유령의 말이 그대로 증명되었다. '통유通裕'란 상호를 지닌 이 양곡상은 송강 조방의 배후 조종자로서 미곡 매매뿐만 아니라 별도로 표호를 경영하고 있었다. 남방은 전장이 지배하는 천하였기 때문에 북방의 이름 있는 표호들도 전장과 겨룰 수가 없었다. 장뚱보도 '통유'라는 이름은 익히 들어 온 터였지만 왕래가 거의 없었기 때문에 신용이 어떤지는 전혀 알 수가 없었다.

"내일 하루 더 나가서 놀다 오시오."

왕유령이 제법 생각해 주는 듯한 어투로 말했다.

"일단 송강에 도착하면 정사로 바빠질 테니까 말이오."

사실은 이날 저녁부터 정사가 진행되고 있는 것이나 마찬가지였다. 모두들 왕유령의 배 위에서 식사를 함께 하면서 조운에 관해 이야기를 나누었다. 이 분야에 관한 왕유령의 지식은 대부분 책에서 얻은 것이라 규제와 정령, 그리고 몇 가지 사례가 그가 아는 전부였다. 오히려 주 위원이 이 분야에 더 정통한 사람이었다. 그는 오랫동안 압운위원으로 있으면서 운하를 여덟 번이나 왕복한 경력이 있기 때문에 조운 과정에서 일어나는 갖가지 병폐를 속속들이 다 알고 있었다. 그가 말하는 자잘한 얘기들은 두서가 없긴 했지만 왕유령의 이론 위주의 얘기보다는 훨씬 더 실감나게 들렸다.

두 사람의 얘기는 호설암의 머릿속으로 들어와 다시 조합되면서 정연하게 질서가 잡힌 새로운 이야기로 변했다. 밤새 얘기를 나눈 결과 호설암은 모든 규제를 파악하는 동시에 실제적인 속사정도 확연하게 알 수 있었다.

"한데 한 가지 여쭤볼 게 있습니다."

호설암에게는 아직 궁금한 점이 남아 있었다.

"도대체 '민절관판民折官辦'이란 게 뭡니까?"

"이른바 '민절관판'이란 건 이런 것이라네."

왕유령이 호설암을 위해 설명을 해주었다. 조량의 징수에는 다섯 가지 방식이 있었다. 그 중 정태正兌는 직접 경성의 십삼창으로 양곡을 운반하는 방식이고, 개태改兌는 양곡을 통주에 있는 창고로 납부하는 방식인데, 이 두 곳의 창고를 각각 경창京倉과 통창通倉이라 불렀다. 또한 백량白粮은 다름 아닌 나미懦米로서 역시 경창으로 입고되어 제사나 왕공관원들의 봉미용으로 제공되었다. 규정에 따르면 백량은 강소의 소주와 송강, 상주, 태창, 그리고 절강의 가흥과 호주 등 오부 일주에서 납부하도록 되어 있었다. 이 세 가지 항목은 전부 실물로 납부하게 되어 있었다. 그러나 특수

한 사정으로 인해 실물 납부가 여의치 않을 경우 쌀을 잡량으로 바꾸고 잡량을 현은으로 바꿔 징수하기도 하는데, 이는 모두 특지特旨에 의한 것으로서 개징改徵이라 불렀다.

마지막 한 가지 방식은 이른바 절징折徵으로 실물의 징수액을 현은으로 바꿔 징수하는 것인데, 여기에도 네 가지 구분이 있었다. '민절관판'도 그 중 하나로서 백성들의 조미 납세액을 가격을 조금 할인한 현은으로 계산하여 관부에서 조미로 대신 납부해 줌으로써 정태와 개태를 보완하는 방식이었다.

"그렇군요. 한 가지만 더 여쭙겠습니다만, 그럼 어떤 상황에서 '민절관판' 방식을 사용할 수 있는 겁니까?"

이런 세부 사항에 대해서는 주 위원이 대답하는 것이 훨씬 바람직했다.

"그것도 일정한 규정이 있는 게 아닙니다. 한마디로 말해서 관민이 둘 다 편하면 되는 것이지요. 예컨대 조정에서 정용正用을 위해 조미를 재촉하는 유지를 내렸다고 가정한다면, 관부에서는 먼저 창고에 남아 있는 현은으로 쌀을 사서 송출한 다음, 다시 현은을 개징하여 이를 채워 두게 되지요. 소호小戶들이 납부할 쌀이 없어 시가대로 현은 납부를 원할 경우에도 관부에서는 기꺼이 이를 대리하게 됩니다. 또한 각지의 작황이 제각기 다를 경우 풍작인 곳에서는 당연히 실물로 납부하겠지만, 정규 항목 이외의 '조모漕耗'나 '선모船耗' 등의 모미耗米와 모미 이외의 부수는 모두 작황이 안 좋은 지방으로 팔려 가게 됩니다. 그러면 그 지방 백성들도 쌀을 싼 값에 사서 조미를 납부할 수 있게 되지요. 간단히 말해서 장부상으로 조미의 납부를 깨끗이 정리하는 겁니다. 이를 일컬어 민절관판이라 하는 겁니다."

"아, 그렇군요! 그럼 우리도 일을 몰래 처리할 필요가 없겠군요!"

호설암이 말했다.

"지금은 군정이 매우 긴박하여 해운을 재촉하고 있는 형편이니 우리도 이런 방법을 쓰면 되지 않겠습니까? 통유의 문제에 대해선 조방이 모미를 구해 줄 것이고 게다가 민절관판도 가능하다 하니 그들이 쌀을 판다 해도 위법은 아니지 않습니까? 그들에겐 훔친 물건이 될지 몰라도 우리에겐 응당 얻을 수 있는 모미가 되는 셈이니까요."

"맞아요!"

입이 제일 빠른 장뚱보가 말했다.

"마대 위에 '훔친 물건'이라고 쓸 것도 아니잖아요."

왕유령과 주, 오 두 위원은 서로 얼굴을 쳐다보며 말없이 고개만 끄덕였다. 모두의 얼굴에는 곤혹감이 역력히 드러나 있었다.

"말이야 맞는 얘기지."

왕유령이 말했다.

"그런 방법대로 된다면야 더 좋을 게 없겠지. 하지만 해운국에서는 운송만 관장하고 민절관판의 징세 같은 일은 번대와 양도, 두 아문에서 관장하고 있기 때문에 그쪽에서 공사를 우리에게 위임하지 않는 한 우리로서는 월권 행위를 할 수가 없는 입장일세."

이 대목에서 그동안 호설암이 줄곧 주, 오 두 위원에게 달라붙어 비위를 맞춰 준 효과가 나타나기 시작했다. 두 사람은 동시에 입이 쩍 벌어지면서 서로 상대에게 대답을 미루는 듯한 눈치를 보였다. 그러나 하고 싶은 얘기가 둘 다 같았기 때문에 둘 중 한 사람만 얘기해도 충분했다.

주 위원이 나이도 약간 많고 또한 번대 인계의 심복이기도 한 터라 그가 얘기하는 것이 아무래도 나을 것 같았다.

"그건 걱정하지 마세요. 번대아문에서 어떤 일을 어떻게 도와야 하는지 말씀만 해주시면 제가 돌아가는 즉시 처리하도록 하겠습니다."

주 위원에 이어 오 위원도 한마디 덧붙였다.

"양도아문도 마찬가집니다. 제가 돌아가서 잘 처리하도록 하겠습니다."

"그렇게만 해주신다면 더 고마울 것이 없겠소이다!"

왕유령이 공수하며 말했다.

"그럼 두 분께 부탁 좀 드리겠습니다."

"각자 할 수 있는 일을 알아서 찾아 해야죠."

두 사람은 이구동성으로 대답했다.

"그렇게 서두르지 말고 천천히 생각해 보도록 하지요."

장뚱보가 느닷없이 끼어들었다.

"이제껏 이처럼 계산이 쉽게 이루어지는 걸 보지 못했습니다."

그의 생각에도 일리가 없는 것은 아니었다. 통유는 쌀을 팔려고 하는데 이쪽에서는 잠시 빌리려 하기 때문에 애당초 목적이 같다고 볼 수가 없고, 따라서 좋은 협상 결과를 보장할 수 없는 것이었다.

호설암이 말했다.

"꼭 그렇지만도 않습니다. 장사에 있어서 자기가 가진 것을 전부 팔면서 상대방의 것을 하나도 사지 않는 일은 거의 없습니다. 상담 과정에서 애기를 어떻게 하느냐에 달려 있다고 할 수 있지요."

모두들 그의 말에 고개를 끄덕여 시인했다. 장뚱보도 마찬가지였다.

"호 노야께서 가시지 않으면 안 될 것 같군요."

그가 웃으면서 말했다.

"다른 사람들은 그럴 만한 능력이 없으니까요."

장난처럼 하는 말이었지만 사실은 진담이나 다름없었다.

주 위원은 왕유령에게 관직에 있는 사람이 곁으로 나서는 것이 일을 확실히 증명할 수 있는 방법이라고 말했다. 실제로 모두들 호설암과 장뚱보가 함께 가는 것으로 생각을 굳히고 있었다. 장사하는 사람 둘이 가면 비교적 쉽게 기회를 잡아 일을 해결할 수 있다는 생각에서였다.

왕유령은 흔쾌히 이들의 의견을 받아들였다. 호설암도 굳이 사양하려 하지 않고 직접 나서서 송강에 도착한 이후의 일들을 다시 조정했다. 원래는 통유에서 파견된 사람을 배에서 몰래 만날 예정이었으나 이제는 본격적으로 나서서 허세를 좀 부릴 필요가 있다고 판단한 것이었다. 그래야 담판이 이루어질 수 있을 것 같았다.

항해가 아주 순조로워 배가 가선嘉善을 지나 풍경楓涇에 이르자 곧장 송강부 화정현華亭縣에 속한 경계지로 진입했다. 그 다음날은 성내로 들어와 '입이 크고 비늘이 가는' 아가미 농어로 유명한 수야교 아래에 배를 정박시킬 수 있었다.

왕유령은 서무를 뭍으로 올려 보내 가마를 한 대 빌린 다음 단정하게 관복을 갖춰 입고 고승과 함께 가지고 온 토산품을 넉넉하게 챙긴 뒤 사람들을 만나러 돌아다녔다.

먼저 송강부를 찾아가 수본을 들여보내 지현을 알현하고 이어서 화정현과 누현婁縣을 찾아갔다. 화정은 송강의 수현首縣으로서 관례에 따라 지부의 예를 다하는 곳이라 당장 회배回拜가 날아왔다. 연회를 준비하고 아울러 사람을 보내 보살펴 주기도 했던 것이다. 이어서 지부에게서 '해채석'*이 한 상 보내져 왔다. 호설암은 심부름한 사람들을 후하게 대접하고 음식들을 관저 안으로 돌려보낸 다음 어떻게 처리할 것인지는 따로 통보하기로 했다. 호설암이 말했다.

"왕 노야께서는 저녁에 주, 오 두 사람을 데리고 화정현으로 가서 연회에 참석하십시오. 지부에서 보낸 이 요리는 제가 따로 쓸 곳이 있습니다."

"그래, 알았네. 자네 편할 대로 하게나."

말이 끝나기 무섭게 장뚱보의 친구가 통유의 주인장을 데리고 찾아왔

....

* 해채석海菜席__해산물 요리.

다. 그는 왕유령을 보자마자 먼저 고개 숙여 절부터 했다. 왕유령은 호설 암의 충고대로 최대한 거드름을 피우기로 했다.

장뚱보의 친구는 성이 유劉씨였고 통유의 주인장은 고顧씨였다. 왕유 령은 성씨를 물어보고 나서 몇 마디 상투적인 대화를 나눈 다음 자리에서 일어서며 말했다.

"제게 선약이 좀 있어서……. 먼저 실례하겠소이다."

이어서 장뚱보에게 말했다.

"말씀들 나누십시오. 모든 일을 제가 함께 있다고 생각하시고 편하게 의논들 하세요. 결정할 일이 있으면 두 분이 결정하도록 하시고……."

그가 자리를 뜨자 주, 오 두 사람도 왕유령과 함께 화정 지현이 마련한 연회에 참석해야 한다면서 자리를 떴다. 그리하여 주인과 손님을 모두 합 쳐 네 사람만 남아 얘기를 나누기 시작했다.

대담은 본래의 화제를 벗어나 측면에서 배후를 공략하는 전술로 시작 되었다. 고 주인장은 통유가 송강 조방의 공동 재산이라는 사실을 솔직하 게 밝혔다. 이어서 호설암은 조방의 실정에 대해 물었다.

그는 명목상의 주인장에 불과했으나 조방 내의 규율에 대해선 제법 많 이 알고 있었다. 덕분에 물어보고 싶은 말들은 대부분 아주 중요한 관건들 이었는데도 짧은 시간에 확실히 정리해 낼 수 있었다. 송강의 조방에서 실 질적으로 지위가 가장 높은 사람은 성이 위魏씨인 기정으로서 나이가 이 미 여든에 가까웠고 한쪽 눈을 잃어 집에서 쉬고 있었다. 현재 조방 전체 를 관장하고 있는 사람은 그의 '관산문關山門' 도제로서 우오*라 불렸다.

"일이 급하게 됐군요!"

호설암이 말했다.

"유형과 고형 두 분께 저희를 위 노야께 안내해 주십사고 부탁을 드려 도 될지 모르겠습니다. 직접 찾아가 인사를 올리고 싶군요."

그러자 유, 고 두 사람은 펄쩍 뛰며 고사하는 것이었다.

"아이고! 그건 안 됩니다. 당치 않은 말씀이십니다. 저희가 호형의 말씀을 가서 전하도록 하겠습니다."

"그건 별로 좋은 방법이 못 되지요. 두 분께선 저를 관가에 있는 사람으로 보지 말아 주십시오. 사실대로 말씀드리자면 전 비록 하찮은 관직에 있긴 하지만 항상 방회**에 소속되어 있는 것처럼 가장하고 다니지요. 그렇다고 해서 건달은 아닙니다. 하지만 오늘 진짜 방회에 계신 분들을 만나 뵙게 되니 사실대로 말씀드리지 않을 수가 없군요. 자, 두 분께서 길을 인도하시지요. 위 노인을 만나 뵙게 되면 인사를 올리고 나서 밖으로 모시고 나와 술을 한 잔 대접해 드리고 싶습니다. 주안상이 마련되어 있긴 한데 어떨지 모르겠습니다. 송강부에서 우리 주인 어른께 보내 온 것입니다만 이 음식으로 위 노인을 모시면서 경의를 표하고 싶습니다."

두 손님은 호설암의 말에 마음이 움직여 그를 '사귀어 볼 만한 친구'로 여기게 되었다. 이들은 그를 위 노인에게로 안내하기로 마음먹고 흔쾌히 배를 떠나 뭍으로 올라왔다.

걷다가 가마를 타다가 하여 위가에 도착했으나 위 노인은 이미 문을 걸어 잠근 채 손님을 사절하고 있었다. 고 주인장은 감히 집 안으로 들어가지는 못하고 집사에게 절강에서 친구가 찾아왔다고 설명하면서 만나 보실 의향이 있으신지 여쭤봐 달라고 부탁했다. 호설암은 이럴 경우에 대비하여 전첩全帖을 미리 준비해 두었다. 자칭 아랫사람이라는 의미의 '만생晚生'이라고 적힌 전첩을 위가의 집사에게 전해 주자 이내 안으로 전달되었다.

객청 안에 얼마 동안 앉아서 기다리고 있으려니까 잠시 후 위가의 집사

<hr>

* 우오尤五__성이 우尤이고 항렬이 다섯째인 사람을 지칭하는 말로 이름을 대신하기도 함.
** 방회幫會__청대에 유행하던 민간의 비밀 결사 조직. 조방도 일종의 방회에 속한다.

가 돌아와 위 노인께서 손님들을 안으로 모시라고 분부했다는 전갈을 전해 주었다. 유, 고 두 사람의 얼굴에는 금세 희색이 돌았다.

"장형!"

유씨가 말했다.

"우리 어르신께서 안에서 손님들을 접견하는 건 아주 드문 일입니다. 사실은 저희들조차도 들어가기가 어렵지요. 오늘 두 분께서는 정말 특별한 대우를 받으시는 겁니다."

이 말에 호설암은 자신의 생각이 정확히 맞아떨어졌다고 생각했다. 안으로 따라 들어가 보니 위 노인은 덩치가 아주 작고 왜소한 체구에 눈빛이 몹시 날카로운 인물이었다. 사람들을 쳐다볼 때마다 눈에서 강한 빛이 쏟아져 나올 것 같았다. 범상치 않은 인물임에 틀림없었다.

호설암은 후배의 예를 다해 그를 알현했다. 거동이 불편한 위 노인은 힘겹게 몸을 가누면서 '당치 않으신 말씀입니다'를 연발했지만 몸은 거의 움직이지 않았다.

자세를 가다듬은 위 노인은 호설암을 이리저리 훑어보고는 천천히 입을 열었다.

"오늘 호형께서 예까지 오신 것은 필시 뭔가 하실 말씀이 있어서일 것 같은데……? 강호*에서는 태도가 분명한 걸 좋아하니까 속 시원히 말씀해 보시지요."

"저는 저희 주인이 보내서 온 것입니다. 저희 주인께서 조방에서는 연장자에게 깍듯이 존경의 예를 갖춰야 한다고 말씀하시더군요. 자신은 관복을 입고 있는 처지라 직접 오지 못하고 특별히 절 보내서 어르신을 뵈라고 하셨습니다. 남의 물건으로 선심 쓰는 것 같긴 하지만 지부에서 보

* 강호江湖__재물을 차지하기 위해 온갖 폭력과 속임수가 난무하는 세상으로, 현실적인 이익과 의리를 원리로 하여 움직이는 중국의 특수한 사회 형태.

내 온 술상이 있어 어르신을 모시고자 합니다."

"어허! 나랑 술을 마시자는 겁니까?"

위 노인이 조심스럽게 물었다.

"네, 그렇습니다. 저희 주인은 지금 화정현의 연회에 초대되어 갔습니다. 돌아오는 대로 어르신을 배로 모셔다가 함께 오붓한 시간을 가졌으면 하시더군요."

"고맙긴 합니다만 제 몸이 이 모양이라……."

"그럼 이렇게 하시지요. 제가 사람들을 시켜 그 음식 상을 이리로 가져오도록 하겠습니다."

호설암이 말했다.

"그건 더 곤란하지요. 어떻게 그런 폐를 끼칠 수 있겠소이까? 왕 노야의 그런 마음만으로도 충분히 고맙게 생각합니다. 호형, 그러지 마시고 어서 속 시원히 말씀해 보시구려. 제가 할 수 있는 일이라면 최대한 도와드리도록 하겠소이다."

"물론 이곳에 온 것은 어르신께 도움을 청하지 않으면 안 될 일이 있기 때문이지요. 하지만 사실대로 말씀드리자면 저희 주인은 제게 어르신을 찾아뵙고 어르신의 견해를 성심성의껏 듣고 오라고 하셨습니다. 어르신께서는 처리하지 못하시는 일이 없다고 하면서요. 그런데 이렇게 어르신을 마주 대하고 보니 왠지 입이 떨어지지 않습니다."

호설암은 의도적으로 입장의 진퇴를 반복하고 있었다. 그러다가 갑자기 해운의 문제를 거론하자 위 노인의 한쪽밖에 남지 않은 눈이 휘둥그레지면서 호설암을 뚫어지게 쏘아보는 것이었다. 이런 반응도 전혀 예상하지 못했던 것은 아니었다. 이는 인지상정의 발로일 수밖에 없었다. 조운이 해도로 옮겨가면서 전적으로 운하에 매달려 살아가던 조방의 운영이 큰 타격을 입게 되었고, 이는 수많은 민중의 생계가 달려 있는 일이라 겉으로든 속으로든 목숨을 건 싸움이 일어나지 않을 수 없었다. 지금 위 노인이 보여 주고 있는 적대적인 태도가 그의 판단이 옳았음을 여실히 증명해 주고 있는 것이었다.

판단이 틀리지 않은 덕에 일을 처리하는 것도 어렵지 않았다. 그가 전혀 흐트러지지 않은 자세로 하고 싶은 얘기를 다 끝내자 위 노인도 약간 태도를 바꾸면서 눈빛도 훨씬 부드러워졌다. 그러나 처음 얼굴을 대했을 때와 같은 친절한 기색은 이미 찾아보기 어려웠다.

"호형, 혹시 알고 계실지 모르겠소만……."

위 노인이 천천히 입을 열었다.

"우리 조방은 이제 먹고 살 일이 막막하게 되었소."

"저도 잘 알고 있습니다."

위 노인이 가볍게 고개를 끄덕였다.

"알고 계시다면 우리가 안고 있는 고충도 충분히 이해하시겠구려. 통유의 일은 나도 아직 잘 모르고 있소. 하지만 장사는 어디까지나 장사인 만큼 길은 있게 마련일 것이오. 지금 호형께서 돈을 가지고 쌀을 사시려고 하는데 만일 통유에서 팔기를 원치 않는다면 이건 세상 어디에 가서 물어봐도 말이 되지 않는 일일 것이오. 내가 반드시 체계를 잡아 놓고 말겠소. 장사하는 사람이라면 이윤이 생명이기 때문에 혹시 잠시 동안 물건을 빌리는 것이라면 적당한 이익을 고려해 주어야 할 거요. 이 점에 있어선 나도 구체적인 대안을 내놓기가 곤란하오."

이는 거절의 뜻을 표하는 것으로서 역시 호설암이 예상하고 있던 일이었다.

"어르신! 제가 몇 마디 더 말씀드려도 되겠습니까?"

그가 다소 항변조로 말을 받았다.

"어허! 원 별 말씀을 다 하시는구려. 하실 말씀이 있으시면 기탄없이 말씀하세요. 전 오히려 한 사흘 호형을 붙들어 놓고 실컷 마음속의 애기나 나누고 싶소이다. 그래야 빨리 친구가 될 수 있지 않겠소?"

"제가 실언을 했군요."

호설암이 웃으며 말했다.

"저희 주인은 이번 일이 조방과 밀접한 관계가 있다고 말하더군요. 솔직히 말씀드리자면 조미의 해운이 기한을 넘기는 바람에 관직에 계신 분이라 응분의 처벌을 받게 된 것이죠. 그런데 문제는 이 일로 인해 조방이 더 불리한 처지에 놓이게 됐다는 점입니다."

이어서 호설암은 위 노인에게 이 일에 얽힌 이해관계를 자세히 설명해 주었다. 기한을 어기면 해운에 문제가 있는 게 아니라 운하를 따라 하구에 이르는 노선에 문제가 있는 것이기 때문에 책임의 소재를 따지게 될 경우 절강의 조방들도 배상의 의무를 면치 못하게 되어 있었다. 일명 '통조通漕'라 불리기도 하는 조방의 조직인 '해저海底'는 전부 고락을 함께하는 사이라 송강의 조방에서는 이런 상황을 가만히 보고만 있을 수가 없었다.

먼저 조방 내의 의견이 서로 엇갈릴 것을 생각한 위 노인은 뒤통수를 한대 얻어맞은 듯이 일순간에 안색이 변했다.

"해운에 관해 다시 말씀드리자면 지금은 아직 시험 단계에 불과하지만 앞으론 완전히 해운으로 전환될 조짐도 없지 않습니다. 이제까지의 규례를 계속 유지하게 될지, 혹은 해운과 하운을 병행하게 될지는 아무도 모르는 일이지요. 사실 지금의 조방으로서는 하운을 반대하고 해운을 주장하는 사람들을 도와줄 수 없는 형편이지요."

"그건 또 무슨 말씀이시오?"

위 노인이 매우 조심스럽게 물었다.

"어르신께서도 알아 두셔야 할 사실입니다만 지금 조방의 편에서 주장을 펴는 사람들이 많습니다. 저희 주인도 그 가운데 하나지요. 하지만 아무리 조방을 도우려 해도 조방 스스로 힘을 쓰지 않으면 해운으로의 전환을 주장하는 사람들의 입김이 더욱 거세질 수밖에 없습니다. 반대로 하운이 이전처럼 기한에 맞춰 순조롭게 진행되고 아무런 착오도 발생하지 않는 반면 바다로 나간 해운선이 바람에 휘말려 침몰되기라도 하면 조방을 돕는 사람들의 말이 훨씬 더 설득력을 갖게 되지 않겠습니까?"

위 노인은 호설암의 얘기를 다 듣고 나서 아무런 대답도 하지 못했다. 그러더니 좌우에서 시중드는 사람들을 향해 한마디 분부를 내렸다.

"가서 우오를 좀 불러오너라!"

이는 사태의 대전환을 의미했다. 호설암은 이런 상황에서 바람직하게 처신하는 방법을 누구보다도 잘 알고 있었다. 더 이상 사안을 거론하지 않고 상대방을 기쁘게 해주는 것이었다. 두 사람은 일단 화제를 접어 두고 개인적인 신상 이야기로 돌아갔다. 위 노인은 평생 항주를 찾아간 횟수가 기억할 수 없을 정도로 많다고 말했다.

항주는 운하의 기점으로, 성 밖에 있는 공진교拱辰橋는 조방과 특별한 관계를 갖고 있었기 때문에 위 노인이 수시로 항주를 드나든 것도 결코 이상한 일이 아니었다. 항주에 얽힌 수많은 얘기들이 쏟아져 나오자 호설암은 당황하여 일일이 대답할 말을 찾지 못하고 오히려 위 노인에게 계속 질문을 던지며 화기애애하게 대화에 빠져 들어갔다.

대화가 한창 무르익어 가고 있을 때 우오가 도착했다. 나이는 대략 마흔 살 전후로 몸집이 다소 왜소하면서 매우 침착하고 조용한 인상이었다. 세상사를 훤히 꿰뚫고 있는 듯한 눈빛이 범상치 않아 보였다. 위 노인이 직접 나서서 호설암과 장똥보를 그에게 소개했다. 우오는 호설암과 장똥보를 어르신의 친구로 생각하여 깍듯한 예를 보이며 호설암을 '호 선생'이라 불렀다.

"호형께서는 우리 조사야祖師爺가 계신 곳에서 오신 분일세."

위 노인이 이렇게 말한 것은 조방 내의 비밀 조직인 청방靑帮의 삼대 종조인 옹조翁祖, 전조錢祖, 반조潘祖가 모두 항주 공진교에서 유래됐기 때문이었다.

"그럼 우리와 한 가족이나 다름없군요."

우오가 말했다.

"너무 겸양치 마시고 편하게 말씀하십시오."

호설암이 대답도 하기 전에 위 노인이 말을 가로챘다.

"호형은 외부 인물이긴 하지만 우리와 아주 중요한 교분을 나누게 될 걸세. 우오, 자네는 호형을 야숙爺叔이라 부르게. 호형은 문외소야門外小爺나 마찬가지니까."

우오는 즉시 호칭을 바꿔 아주 다정한 목소리로 그를 불렀다.

"호 야숙!"

호설암은 황송하면서도 난처하기 그지없었다. 자신도 '문외소야'에 얽힌 전고를 잘 알고 있기 때문이었다.

전해 오는 얘기에 따르면 맨 처음에 조방 삼조三祖 가운데 한 사람이 신변에 시동을 하나 거느리고 다녔는데 대단히 충성스럽고 신실하여 삼조가 비밀 회의를 할 때에도 그를 따돌리거나 피하지 않았다고 한다. 그는 한 식구나 마찬가지이긴 했지만 끝까지 입방하지 않고 문지방 밖에 있었기 때문에 이를 존중하여 '문외소야'라 부르고, 아울러 조직의 종조를 모시는 묘당인 '개향당開香堂'에 분향할 때에도 반드시 문외소야의 분향소도 설치하게 했다는 것이다.

위 노인이 이런 비유를 사용한 것은 호설암을 비밀 교우로 끌어들이려는 의도에서였다. 호설암은 특별히 '야숙'이란 존칭까지 얻었으니 위 노인과 대등한 위상을 확보한 것이나 마찬가지라 앞으로 적어도 송강 지역 내에서는 조방의 상객으로 대우받게 된 것이었다. 강호에 처음 발을 내디

디면서 이런 수확을 얻기란 결코 쉬운 일이 아니었다.

호설암은 애써 사양했지만 위 노두老頭가 한번 입 밖에 낸 말은 반드시 실행하도록 되어 있었기 때문에 호설암의 반응에 상관없이 모두들 위 노두의 분부를 받아들여 이구동성으로 '야숙'이라 부르기 시작했다. 장뚱보의 친구인 유씨와 통유의 주인장인 고씨도 마찬가지였다.

"우오! 절강 해운국의 왕 노야께서 우리에게 술과 음식을 한 상 보내주셨네. 원래 우리 송강부에서 보낸 건데 왕 노야께서는 이를 특별히 우리에게 선사하셨네. 귀한 선물을 받았으니 마땅히 우리의 성의를 표해야 하지 않겠나? '남이 우리를 한 척尺 존중해 주면 우리는 남을 한 장丈 우러러야 한다[人敬我一尺, 我敬人一丈]'고 했으니 자네가 먼저 배로 찾아가서 나 대신 인사를 여쭙고 오게."

"아닙니다. 그러실 필요 없습니다! 제가 가서 그렇게 전하면 되지요, 뭐."

호설암은 입으로는 이렇게 말했지만 내심 말할 수 없이 기뻤다. 하지만 왕유령에게 분명히 해 두지 않으면 안 될 일이 있었다. 우오가 왕유령을 찾아가게 되면 그는 벼슬아치의 허세를 있는 대로 부리면서 거드름을 피울 것이 분명했기 때문에 이를 사전에 막아야 했던 것이다. 그래서 호설암은 한마디 덧붙였다.

"한데 저희 주인은 귀현의 대노야께서 베푸신 연회에 참석하러 가셨습니다."

"그럼 내일 아침 일찍 찾아뵈어야 되겠구려."

호설암은 우오에게 사람을 보내 해물 요리 술상을 위 노두 댁으로 옮겨 올 것을 요청했다. 위 노두는 채식만으로 생활해 온 지 오래라 자리에 동석하지 않고 우오로 하여금 자신을 대신하게 했다. 호설암과 우오가 어느새 반객반주半客半主의 관계가 되어 있다 보니 어부지리로 장뚱보가 상석을 차지하게 되었다.

술잔이 돌기 시작하면서 대화는 점차 본격적인 주제로 넘어갔다. 호설암은 위 노두가 했던 얘기를 다시 한 번 반복했고 우오는 이에 대해 매우 긍정적인 반응을 보였다.

"모든 게 잘 얘기됐군요! 잘 됐습니다!"

하지만 말은 이렇게 하면서도 확실한 대답은 나오지 않고 있었다. 이번 일은 책임자들에게 난처한 점이 매우 많았다. 조방 내부의 결손을 채워 넣어야 하는 문제는 차치하고라도 조미를 해운으로 바꿔 버리면 강소 조방들이 극도로 어려운 지경에 처하게 되어 있었다. 운송할 조미가 없어지면 수입도 크게 줄게 되고, 조방에 속한 형제들의 생계가 막막해지는 만큼 이에 대한 대책을 마련할 일이 시급했다. 해운을 취소하고 하운을 회복시키기 위해 온갖 노력을 다 기울이면서 각처에 진정도 해보고 이를 위해서라면 돈이 좀 드는 것도 개의치 않는다는 입장이었다.

그리고 이에 소요되는 비용은 전적으로 10만 석의 조미를 팔아서 해결하기로 했다. 지금 절강 해운국에 쌀을 빌려 주면 약간의 차액을 챙길 수 있긴 하지만 앞으로 다시 회수되는 것도 쌀이기 때문에 '상품을 팔아 현금을 챙긴다[脫價求現]'는 그들 본래의 종지에 완전히 부합되는 것은 아니었다.

호설암은 그들의 말과 표정을 유심히 관찰해 보고 나서 겉으로는 모든 것이 말과 일치하는 것처럼 보이지만 표정이 좀 석연치 않은 것을 발견할 수 있었다. 그들은 주판알을 튕기고 있었다. 이는 해운국에서 무책임하게 나올 경우를 대비한 계산이 아니라 그들 나름대로 또 다른 어려움에 대비하고 있는 것이었다. 일이란 항상 사람을 위해 계획되어야 하는 것이었다.

호설암이 사뭇 진지한 태도로 입을 열었다.

"우오 형, 기왕에 한 집안 식구가 되었으니 서로 나누지 못할 이야기가

없을 줄 압니다. 혹시 무슨 어려움이 있으시면 사실대로 말씀해 주시지
요. 다같이 상의하는 게 좋지 않겠습니까? 조방의 어려움이 바로 우리 해
운국의 어려움입니다. 자기만 생각하다 보면 남을 돌볼 수 없는 것 아니
겠습니까?"

우오는 마음속으로 위 노두가 호설암을 특별하게 생각해 주는 것도 당
연하다고 생각했다. 호설암은 정말 문자 그대로 '문지방 안과 밖이 따로
없는[落門落檻]' 인물이었다. 그는 감격에 겨운 듯한 목소리로 대답했다.

"야숙, 정말 이해심이 많으시군요! 하지만 노두께서 이미 말씀하신 바
가 있으니 야숙께서는 너무 조급해하실 필요 없습니다. 오늘 서로 처음
만난 것이고 또 여기 장 주인장께서도 계시지 않습니까? 오늘은 우선 술
이나 한잔 하시고 내일 다시 분부대로 실행에 옮기도록 하십시다."

이것이 바로 위 노두가 했던 '남이 나를 한 척 존중해 주면 나는 남을
한 장 존중해 주어야 한다'는 말의 속뜻이었다. 호설암은 그제야 자신의
말이 이렇게 멋진 대답이 나오게 만들었다는 것을 깨달았다. 하지만 우오
가 한 말은 빈틈없이 계산된 말이었다. 우정을 나누는 것도 여기서 그칠
수도 있었다. 두 번 다시 기회가 오지 않을 수도 있는 것이었다.

"제 말뜻은 그런 게 아닙니다! 그렇지 않다면 어떻게 제가 마음을 놓을
수 있겠습니까? 우오 형!"

호설암은 아주 진지한 표정으로 말했다.

"제가 한 말씀만 더 드리겠습니다. 이번 일은 이쪽에서 행동을 취해야
전부가 가능해집니다. 몇 가지 어려운 점이 있겠지만 다 같이 방법을 모
색하면 될 것입니다. 강호의 세파를 헤쳐 가면서 좋은 친구에게까지 해를
입힐 수는 없지 않겠습니까?"

"야숙께서 그렇게 말씀하시니 제가 더 말씀드리지 않아도 되겠군요."

우오는 잠시 말을 끊었다가 다시 입을 열었다.

"어려운 점이 없는 건 아니지만 그렇다고 담판이 어려운 것도 아니지요. 예컨대 고객들이 우습게 보는 것도 두렵지 않다 이겁니다. 우리 송강 조방은 빛 좋은 개살구에 불과합니다. 건륭乾隆 연간부터 오늘에 이르기까지 계속 빚 갚느라 세월을 다 보내고 있지요. 그렇지만 않다면 왜 굳이 이렇게 많은 현물을 팔아 버리려고 하겠습니까? 이제 곧 3월 말이 됩니다. 머지않아 오뉴월 보릿고개가 돌아오겠지요. 틀림없이 쌀값이 뛸 거라는 걸 알고는 있지만 그때까지 기다릴 수 없는 형편입니다."

"아하! 이제 알겠습니다."

호설암은 장뚱보를 쳐다보며 말했다.

"이 일은 그쪽에서 도와주셔야 되겠습니다."

우오도 그의 말뜻을 이해하고 있었다. 전장에서 먼저 송강 조방에 돈을 빌려 주고 나중에 쌀을 팔아서 이를 정리하자는 것이었다. 그 역시 이런 계산을 안 해본 것이 아니었다. 그러나 전장으로서는 이윤이 최우선이었다. 조운이 해운으로 바뀌면 모두들 사선방으로 몰릴 것이 분명한데 조방에 현금을 빌려 주는 것은 아무래도 위험하다는 결론이었다. 우오는 체면이 깎일 것이 두려워 아무 말도 하지 않았다. 결국 남을 구해 주는 것이 자기를 구하는 것만 못하다는 이치를 인정하고 스스로 물건을 팔아 현금을 챙기는 방법을 택하려는 것이었다.

얼마 전부터 장뚱보는 호설암에게 완전히 심부름꾼 노릇을 해주고 있었다. 호설암의 말에 그는 아무 생각도 없이 무조건 대답부터 했다.

"아, 네! 타당한 근거가 있다면 마땅히 시도해 봐야 되겠지요! 분부만 내리십시오!"

이 말을 들으면서 우오와 고 주인장은 말없이 눈빛을 주고받았다. 너무나 뜻밖의 대답이라 다소 못 믿겠다는 듯한 눈치였다. 호설암은 그 이유를 알고 있었다. 장뚱보가 장난치듯 대답을 너무 쉽게 해 버리는 바람에 성의가 부족한 것으로 받아들였던 것이다. 호설암은 장뚱보를 깨우쳐 주기 위해 항주의 속담을 이용하여 정색을 하며 말했다.

"장 주인장, 말이 곧 돈인데 그렇게 장난하듯 대답하시면 곤란합니다!"

장뚱보는 재빨리 말뜻을 알아채고 애써 변명하여 말했다.

"장사하는 사람이 어떻게 감히 장난을 치겠습니까? 우오 형께서 필요로 하시는 돈은 액수가 너무 많아 제 능력으로는 힘에 부쳐서 그러는 것이지요. 10만 냥 정도는 제가 보장할 수 있습니다만……. 우오 형의 계산은 어떠신지 모르겠군요."

"대충 그 정도 될 겁니다."

우오는 이를 받아들이면서 농담하듯 대답했다.

"저희는 피방이라 나중에 장부를 정리하는 데 애가 좀 타실 겁니다."

"농담도 잘하시는군요! 저는 전혀 걱정하지 않습니다. 첫째는 송강 조방의 신용과 체면이 있고, 둘째로 절강 해운국의 간판이 있으며, 셋째로는 쌀이 있기 때문이지요. 이 세 가지 담보면 충분하지 않겠습니까?"

우오는 그의 말이 그럴듯하다고 여겼다. 사람들마다 제각기 계산이 있는 것이지 결코 되는 대로 떠벌리는 것이 아니었다. 그는 크게 만족하여 흐뭇한 표정으로 말을 하기 시작했다.

"좋아요, 아주 좋습니다! 이렇게 하면 모두의 체면이 서겠군요. 사실은 야숙께서 우릴 도와주신 셈이네요. 소야숙이 아니었더라면 물건을 팔아 현금을 챙기는 방법을 써야 했을 테고 일이 이렇게 쉽게 해결되지도 않았을 겁니다."

이렇게 말하면서 그는 호설암을 향해 연신 공수를 했다. 호설암도 몹시 기뻤다. 이번 일은 정말 순조롭게 해결된 셈이었다.

이들 주빈은 한데 어우러져 신나게 먹고 마시며 놀았다. 물론 다음날 아침에 다시 만나 같은 배로 상해를 향해 떠나기로 약조가 되어 있었다.

통유가 어떤 방법으로 물건을 인도하고 장뚱보는 어떻게 현은을 마련하여 송강 조방에게 전해 줄 것인가 하는 문제들은 모두 상해에 가서 다시 상의하기로 했다.

우오가 직접 손님들을 수야교까지 배웅했다. 그때 마침 그곳에서 이상한 현상이 하나 발견되었다. 평소에 그렇게 시끌벅적하진 않았지만 지나치게 썰렁하지도 않았던 부두라 배가 적어도 열 척 정도는 정박해 있어야 하는데 이날은 왠지 호설암 일행이 타고 온 배 한 척밖에 눈에 띄지 않았다.

장뚱보가 말했다.

"어허! 어떻게 된 거지? 다른 배들은 전부 어디로 가 버린 건가? 물귀신이라도 있는 건가?"

"그럴 리가 있습니까?"

우오가 펄쩍 뛰며 말했다.

"이곳은 아주 깨끗한 곳입니다. 우리는 보통 배들을 한 곳에 정박시키지요. 배들이 서로 부딪치는 소리에 사람들이 잠을 자지 못할까 봐 전부 다른 곳으로 옮겨 간 것 같습니다."

그의 대답에서 운하를 아끼는 진지한 태도와 손님에 대한 존경심을 확인할 수 있었다. 호설암과 장뚱보는 우오에게 충심의 인사를 올렸다.

"오늘은 너무 늦었군요. 왕 노야께서 먼저 돌아와 계실지도 모르겠습니다. 수다는 이만 떨고 돌아가 보겠습니다. 내일 아침 일찍 다시 인사 드리러 오겠습니다."

이렇게 말하고 나서 우오는 손님들이 배에 오르는 것을 확인하고 나서야 발길을 돌렸다.

아주는 자지 않고 기다리다가 이들에게 물수건과 차를 준비해 주면서 송강 조방에서 적지 않은 일용품을 보내 왔다고 알려 주었다. 보내 온 물건 가운데는 상품 백미 한 석과 닭 네 마리, 고기 열 근, 석탄과 기름등, 그리고 풀 종이까지 포함되어 있었다. 뿐만 아니라 사람을 보내 아주의 아버지와 서무를 뭍으로 데리고 나가 목욕도 시켜 주고 밥도 사 주었으며 얼큰하게 취하도록 술을 대접하여 방금 배로 데려다 주었다는 것이었다.

"호 노야, 제가 지금까지 이 송강 부두를 열 번도 넘게 건너 다녔는데 오늘 같은 일은 처음이었어요."

아주가 천진난만하게 말했다.

"혹시 호 노야께서 조방에 계신 건 아니죠?"

장뚱보가 웃으면서 맞장구를 쳤다.

"맞아, 다 호 노야 덕분이지! 아주네는 이번에 정말 운수대통한 거야. 호 노야께 어떻게 보답할래?"

"당연히 감사의 표시를 해야겠지요. 호 노야께 신발을 한 켤레 만들어 드리겠어요."

"고작 그것뿐이야?"

"그럼 호 노야께 두 가지 요리를 만들어 드릴게요."

"갈수록 빗나가는구먼!"

장뚱보는 일부러 아주를 놀려 대고 있었다. 이래도 안 된다, 저래도 안 된다며 비아냥거리자 아주는 마지막으로 큰 인심을 쓰듯이 말했다.

"그럼 호 노야께 큰절을 한번 올릴게요."

"그거 좋겠다! 호 노야뿐만 아니라 호 부인께도 절을 올려야 할 게다."

장뚱보가 웃으며 말했다.

"그런 법이 어디 있어요?"

"바보 같은 녀석!"

호설암이 참지 못하고 나섰다.

"장 주인장이 네 마음을 떠보려고 그러는 걸 모르겠니?"

아주가 아직도 말뜻을 못 알아차리자 장뚱보가 다시 말했다.

“어허, 아직도 모르다니! 네가 호씨 집안의 문 안에 들어온 이상 누가 뭐래도 호씨 집안의 하녀가 되는 거야. 그러니 호 부인께도 큰절을 올려야 하지 않겠니?”

그제야 장난임을 알아챈 아주가 눈을 흘기며 말했다.

“갈수록 태산이로군요!”

아주는 몸을 돌려 가 버렸다.

장뚱보는 껄껄거리며 큰소리로 웃었다.

“이번에는 집을 나온 후부터 재미있는 일만 생기는군!”

“한가한 이야긴 그만합시다. 그건 그렇고 사람들에게 현금을 빌려 주겠다고 했는데 확실한 겁니까? 강호에서는 깔끔하게 행동하는 걸 좋아하지요. 일단 말을 했으면 그걸로 끝인 겁니다. 공연히 ‘오리 똥냄새’ 풍기지 마세요.”

“그럴 리가 있겠나? 상해에 5만 냥의 현은이 있다네. 삼대에서 5만 냥을 빌리면 당장이라도 현금을 마련할 수 있지. 하지만 그 책임은 우리 모두가 함께 져야 할 걸세.”

“그거야 더 말할 필요 없지 않습니까? 해운국이 보증을 섰는데요…….”

이런 식으로 얘기가 끝나고 모두들 마음을 놓게 되었다.

다음날 아침 비몽사몽간에 호설암은 누군가가 자신의 몸을 흔들어 깨우는 것을 느꼈다. 눈을 뜨고 쳐다보니 아주가 바로 눈앞에 서 있었다.

“아니!”

호설암이 몸을 일으켜 앉으며 시계를 보니 겨우 일곱 시밖에 되지 않았다.

아주는 호설암의 옷을 챙겨 들고 그에게 가까이 다가서고 있었다. 처녀의 향기가 물신 풍겨 왔다.

호설암은 뛰는 심장을 억누르며 한 손으로 아주의 손을 잡아 자신의 품

안으로 끌어당겼다.

"어머! 이러시면 안 돼요!"

아주가 거부하는 몸짓으로 목소리를 낮춰 말하며 한 손으로 벽을 가리켰다. 정말 안 된다는 게 아니라 건너편 선창에 있는 사람들이 들으면 곤란하다는 뜻이었다.

호설암은 그녀의 손을 잡아당겨 향기를 맡아 보고는 미소 띤 얼굴로 말했다.

"향기가 좋구나!"

아주는 손을 뿌리치고서 고개를 숙인 채 살포시 웃었다. 그러고는 가져온 옷을 침상 위에 던져 두고 휙 돌아서서 나가 버렸다. 선창 입구에서 그녀는 다시 한번 고개를 돌려 두 손으로 자신의 얼굴을 감싸 쥐고 귀신 흉내를 내더니 다시 허리를 굽혀 가 버렸다.

호설암은 지난달에 성황당의 이철구李鐵口가 도화운桃花運을 만날 거라고 말하는 걸 들었는데 바로 이걸 두고 한 얘기였구나 하고 생각했다. 문득 자책감이 밀려왔다. 운수를 빙자하여 허튼수작을 부리는 것이 무슨 얼어 죽을 도화운이란 말인가? 돈만 있으면 날마다 도화운이지! 이런 생각에 그는 아주의 교태를 머릿속에서 지워 버리고 서둘러 자리에서 일어나 옷을 챙겨 입고 곧장 앞에 있는 배로 왕유령을 찾아갔다.

왕유령은 그를 기다리며 아침을 먹는 중이었다. 호설암은 어제 있었던 일의 전말을 보고했다. 왕유령은 정신없이 호설암의 설명을 듣고 나서는 고개를 설레설레 흔들며 도저히 믿어지지 않는다는 듯이 한마디 내뱉었다.

"어쩌면 기우奇遇가 이렇게도 많단 말인가!"

"일은 대체로 순조로운 편이지만 아직도 조심해야 할 일이 많습니다."

호설암이 물었다.

“어제 관가 소식은 들어 보셨습니까? 시국이 어떻게 돌아가고 있습니까?”

“들어 봤지. 아주 좋은 소식이 있더군.”

좋은 소식이란 전부 홍양군에 관한 것이었다. 홍수전은 이미 칭제하여 국호를 ‘태평천국’이라 하고 강녕을 ‘천경天京’으로 개명했으며 자신의 존호를 ‘천왕天王’이라 했다. 아울러 그는 백관을 세우고 조의를 정했으며 열 가지 금령을 발표하여 ‘천조天條’라 명명했다. 소문에 의하면 기독교의 ‘십계’를 모방한 것이라 했다.

태평천국의 군대는 태평군이라 하여 천관승상天官丞相 임봉상林鳳祥과 지관승상地官丞相 이관방李關芳이 대군을 이끌고 진강을 탈취한 데 이어서 과주瓜洲를 건너 유양을 함락시키고 점차 북진하고 있는 중이었다. 호설암이 놀란 표정으로 말했다.

“와! 태평군의 기세가 정말 대단하군요.”

“태평군이 대단하긴 하지만 관군이 점차 전쟁의 주도권을 잡아 가고 있네.”

왕유령이 말했다.

“향向 흠차가 이미 강녕까지 이들을 추격해 올라가 성동城東에 진을 치고 있고 곧 성을 포위하게 될 걸세. 그리고 또 다른 흠차대신인 이전의 직예 총독 기선琦善도 직예와 섬서, 흑룡강의 기병과 보병을 이끌고 하남에서 남하하여 진격을 서두르고 있지. 내 생각엔 전세가 점차 호전될 것 같네. 사병 훈련과 군량 조달이 가장 중요한 문제겠지.”

“그렇다면 틀림없이 양곡 가격이 오르겠군요?”

“그야 당연하지. 어느 조대, 어느 시대든지 전쟁이 벌어지면 양곡 가격이 뛰곤 했네. 그래서 양곡 장사는 잘만 하면 손해를 안 보고 떼돈을 벌 수가 있었던 걸세.”

"그렇군요!"

호설암은 신이 나서 말했다.

"그럼 우리가 지금 진행하고 있는 일도 송강 조방에 큰 도움이 될 수 있 겠군요!"

왕유령은 말없이 고개를 끄덕이고 나서 두 눈을 먼 허공으로 향했다. 무슨 생각을 하는지 얼굴에 야릇한 표정이 떠올랐으나 호설암은 그 의미 를 짐작하지 못했다.

"설공, 무슨 좋은 생각이라도 있으십니까?"

"한 가지 생각이 있는데 어떤지 한번 들어 보게."

왕유령이 목소리를 낮춰 말했다.

"남의 수입을 생각해 줄 게 아니라 우리가 돈을 좀 버는 게 어떻겠나? 장뚱보랑 상의해서 돈을 좀 빌려 가지고 통유의 쌀을 사는 걸세. 그걸로 교태를 해결하고 절강의 조미는 우리가 그대로 갖고 있다가 값이 올랐을 때 파는 걸세."

"그럴 듯한 생각이긴 합니다만 우리가 직접 하기는 좀 어려울 것 같습 니다. 우선 조미를 저장할 장소가 없지 않습니까?"

"그건 걱정하지 말게."

왕유령이 말을 가로채며 말했다.

"통유랑 상의해서 그들 땅을 좀 쓰면 되지."

"그건 더더욱 안 됩니다, 설공."

호설암이 정색을 하고 말했다.

"강호에서의 일은 한번 말하면 그걸로 끝입니다. 송강 조방과의 약조 도 번복이 불가능하지요. 그렇지 않을 경우엔 남들에게 무시당하게 되고 앞으로의 일도 진행할 수 없게 됩니다."

호설암을 절대적으로 신임하고 있는 왕유령은 그의 이런 지적에 즉시 자신의 욕심을 포기했다.

"맞아, 그렇겠군! 그냥 자네 말대로 하겠네."

"한 가지 더 있습니다. 잠시 후에 우오가 찾아올 텐데 설공께서는 최대한 위신을 세워 주셔야 합니다."

"알겠네!"

얼마 있지 않아 우오가 배로 왕유령을 찾아와 알현하고 큰절을 올렸다. 왕유령은 깍듯이 예의를 갖추어 그를 맞았다. 곧이어 닻줄이 당겨지고 배가 움직이기 시작했다. 배는 성내를 벗어나 오송강을 따라 동행東行하여 다음날 오전 상해에 도착했다.

길이 멀어야 말의 힘을 알고,
오랜 세월이 지나야 사람의 마음을 안다

상해 현성은 명조明朝 가정嘉靖 32년에 왜구의 침입에 대비하여 축조한 것으로서 둘레가 9리고 성벽의 높이가 2장 4척이며 도합 여섯 개의 성문을 갖고 있었다. 동서남북의 네 성문은 각각 조종朝宗, 과해跨海, 의봉儀鳳, 안해晏海라는 이름을 갖고 있었고 나머지 두 개, 즉 보대문寶帶門과 조양문朝陽門은 속칭 소남문小南門과 소북문小北門이라 불리고 있었다. 왕유령 일행의 배는 바로 소동문 밖에 닻을 내렸다.

배가 막 도착하자 부두 위에서 누군가가 손을 흔드는 모습이 눈에 띄었다. 뱃머리에 서 있던 우오도 손을 흔들어 이에 답했다. 도판跳板이 놓여지기도 전에 그 사내가 배 위로 뛰어 올라왔다. 몸이 흔들리지도 않고 평지와 똑같이 행동하는 것으로 봐서 오랫동안 수상 생활을 한 사람임을 한눈에 알아차릴 수 있었다.

"아상阿祥! 모두 준비됐나?"

우오가 물었다.

"네, 준비됐습니다. 북문의 고승잔高陞棧을 잡아 놓았고 삼다당三多堂에도 통보해 놨습니다. 가마는 부두에 있고요."

"좋아! 부두에 가서 사람들을 불러오도록 해라. 모든 일이 아주 치밀하게 준비됐구나!"

아상이 떠나자 우오는 즉시 선창으로 돌아왔다. 호설암은 장뚱보와 어느 객잔에 묵을지, 어떤 일을 먼저 처리하고 어떤 일을 나중에 처리할지를 상의하고 있었다. 두 사람 모두 상해의 실정에 대해 전혀 아는 바가 없었기 때문에 하루 종일 얘기해도 의논이 끝나지 않을 것 같았다.

우오가 나타나자 더 이상 의논할 필요가 없게 되었다. 그는 호설암에게 이미 사람들을 시켜 모든 것을 준비해 두었으니 걱정할 필요가 없다고 말하면서 상해현은 송강부에 속해 있고 자신이 지주인 만큼 상해에 머무는 동안 필요한 모든 걸 자기가 마련해 주겠다고 말했다.

"그걸 어떻게 다 감당하시려고요?"

우오가 소리 없이 웃고 나서 그에게 되물었다.

"호 야숙! 상해를 잘 아십니까?"

"아니요. 잘 모릅니다."

"그럼 빨리 뭍으로 올라가십시다. 돌아다녀야 할 곳이 너무 많아 시간을 낭비해선 안 될 것 같습니다."

왕유령도 함께 배에서 내려 뭍으로 올라갔다. 부두에는 이미 몇 대의 남니 가마가 대기하고 있었다. 다섯 개의 항구를 개방하여 외국과 통상을 시작한 지 10년도 채 안 됐는데 상해는 이미 대단히 번화한 도시가 되어 있었다.

가마는 성내로 들어서자 북쪽으로 방향을 돌려 달리기 시작했다. 도중에 잠시 가마를 세워 주위를 둘러보니 사방이 온통 객잔客棧이었다. 크기도 제각기 달라 큰 집에는 금박 입힌 글씨로 관리 전용이란 의미의 '사환행대仕宦行臺'라고 쓰여 있고, 좀 작은 집에는 상인 전용이란 뜻의 '안만객상安萬客商'이라고 쓰여 있었다. 물론 고승잔은 사환행대였다. 우오가 사람을 보내 모두 다섯 개의 방을 잡아 두었다. 하나같이 넓고 깨끗한 방이었다. 짐은 어느새 모두 방 안으로 옮겨져 있었다. 우오가 호설암을 한쪽 구석으로 잡아 끌며 목소리를 낮춰 물었다.

"혹시 왕 노야께서 성격이 까다롭진 않으십니까?"

정말 대답하기 곤란한 질문이었다. 호설암은 대충 반문으로 얼버무리고 말았다.

"우오 형, 이런 걸 묻는 데는 무슨 특별한 이유가 있을 것 같은데 그걸 먼저 말씀해 주시지요."

"제 생각은 이렇습니다. 우선 제가 여러분을 위해 환영 연회를 열까 합니다. 그러고 나서 읍묘邑廟를 구경하는 겁니다. 전업공소도 읍묘 뒤의 화원 쪽에 있으니 장 주인장께서 동행하신다면 더욱 좋겠지요. 그리고 저녁에는 제가 또 화주花酒를 한잔 내겠습니다. 왕 노야께서 함께 가시길 원치 않으신다면 따로 의논하기로 하지요."

호설암은 그의 속마음을 알고는 감탄을 금치 못했다. 왕유령도 풍류 인물이라 그다지 문제 될 건 없을 것 같았지만 관원으로서 화류계를 드나드는 것은 여간 조심하지 않으면 안 될 일이기 때문에 반드시 본인의 의중을 확인해야 했다.

"시간이 아직 이른 것 같은데……."

우오가 다시 입을 열었다.

"먼저 식사부터 하고 읍묘에 가서 차를 마시면서 다시 이야기하도록 합시다."

"그러지요, 그게 좋겠군요."

우오가 그들을 위해 자리를 마련한 곳은 상해성에서 제일가는 음식점으로 소동문 안 읍묘 앞의 화초빈계원 골목에 자리 잡고 있어 역참 골목에 있는 것과 같았다. 왕유령은 간단한 음식은 고맙게 먹겠지만 상다리가 부러지게 차리는 음식은 절대로 사양하겠다고 다짐해 두었다. 우오는 상해의 특선 요리와 조발두糟鉢頭, 독폐禿肺, 권채捲菜 등을 주문했다. 음식 맛은 시원찮았지만 시장이 반찬이라 모두들 군말 없이 맛있게 식사를 했다.

식사를 마치고 일행은 읍묘로 향했다. 지척간이라 모두들 천천히 걸어서 가기로 했다. 읍묘란 다름 아닌 성황묘를 가리켰다. 성황이란 존신尊神은 북제北齊에서 기원했는데 원래는 진한의 사신社神에서 변천한 것으로 맨 처음에는 강남 일대에서만 모셔졌다. 확실하진 않지만 동남의 인문人文이 집중되는 지역에서 아주 영리한 사람이 하나 나타나 성황에게 확실한 신분을 부여하게 되었다고 한다. 성황이란 음간陰間의 지방관으로 도성황都城隍은 순무에 상당하고 현성황縣城隍은 현령에 해당된다고 볼 수 있었다. 이들도 일반적으로 지방관 조직인 삼반육방三班六房을 거느리고 있어 암암리에 사람들을 잡아들이고 처단할 수 있었다. 때문에 백성들에게는 억울한 일을 당할 때 마지막으로 하소연할 수 있는 기관이 하나 더 늘어난 셈이었다. 현관도 자신의 관할 지역 내에 자신과 지위가 완전히 같은 동료가 있다는 사실을 인정했지만 이 음세의 지방관이 때로는 양세의 현관을 간섭하기도 했기 때문에 기탄의 대상이 되지 않을 수 없었다.

사람들에게 지방관의 역할과 기능 등을 설명하는《복혜전서福惠全書》가 한 권 있었는데 그 책에는 현관이 부임하기 하루 전 또는 사흘 전에 성황묘에 가서 재숙齋宿해야 한다는 기록이 남아 있었다. 그 의미는 첫째, 예의상의 예방을 의미하는 것으로서 먼저 잘 봐달라는 청탁을 하기 위한 것이다. 그리고 둘째, 어떤 토호열신土豪劣紳들이 농민을 착취하면서 괴롭히고 있는지 또는 억울한 사정이 아직 해결되지 않은 채로 남아 있지는 않는지, 있다면 그 내막은 어떠한지 등등에 대해 꿈을 통해 계시받기 위한 것이었다.

성황은 조정에서 지명하여 파견하는 것이 아니라 백성들 스스로 선출하는 직위로서 양세의 선현과 유사하다고 할 수 있었다. 일반적으로 성황을 선출할 때는 총명함과 정직함을 기준으로 했는데 부정직할 경우 백성들의 억울함을 풀어 주려는 의지가 결여되기 쉽고, 총명하지 못할 경우에는 백성들의 억울한 사정을 풀어 줄 능력이 모자라기 때문이었다.

상해현의 성황 역시 백성들이 뽑은 성황으로, 소주 성황 춘신군春申君 황헐黃歇, 항주 성황 문천상文天祥 등과 더불어 동남 지역에서 가장 명망이 높은 세 명의 성황 가운데 하나였다. 상해는 원래 춘신군의 채읍采邑이었으나 그가 소주 사람들에 의해 영입되어 가는 바람에 상해현은 부득불 새로 성황을 선출하게 되었다. 이때 선출된 인물이 바로 진유백秦裕伯이었다. 그는 대명부大明府 출신으로 원조元朝 말년에는 복건성 행랑중行郞中을 역임하기도 했으나 천하가 대란에 휩쓸리면서 군웅이 할거하여 대적하게 되자 관직을 포기하고 상해로 피난 온 인물이었다. 명 태조 주원장이 천하를 손 안에 쥐게 되자 다시 조정에 들어가 시독학사侍讀學士의 벼슬을 하다가 용주 지주知州로 파견되었으나 연로한 후에는 대명부로 돌아가지 않고 자신이 기적寄籍했던 상해로 돌아왔다. 사후에는 영적靈跡이 뚜렷하여 민생을 돌봐 주었기 때문에 상해 사람들은 그를 성황으로 모시게 된 것이었다.

상해의 성황묘는 개봉開封에 있는 대상국사大相國寺와 마찬가지로 매우 번화하여 먹고 마시며 놀기에 딱 좋은 곳이었다. 두산문頭山門을 들어서면 통로 양쪽에 잡화점들이 죽 늘어서 있고, 이산문二山門 정중앙에는 놀이마당이 마련되어 있었으며 그 아래는 통로가 이어져 양편에 계화당죽桂花糖粥과 주양원자酒釀圓子 등의 음식을 파는 노점들이 늘어서 있었다. 또한 놀이마당 앞은 널따란 광장으로서 서랑에는 도장을 전문적으로 새기는 각자포刻字鋪가 자리 잡고 있고, 동랑에는 차점이 하나 있었다. 여기가 바로 상해현 아문의 서판이나 하급 심부름꾼들이 모이는 차회의 장소로 관청을 상대로 한 온갖 거래와 청탁이 이곳에서 이루어졌다.

북쪽으로 조금 더 걸어가면 성황묘의 대전이 나오고 그 양쪽 석벽에는 모두 40위의 석상이 세워져 있었다. 전해 오는 얘기에 따르면 이 40위의 석상들은 모두 진유백의 원적인 복건에서 떠내려 온 것으로서 동해 바다 위를 부유하다가 옛 주인을 만나게 됐다고 한다.

전문을 들어서면 바로 마주 보이는 성황의 문미門楣에 커다란 주판이 하나 걸려 있고, 그 위에는 커다랗게 두 줄로 '인간세에는 천 가지 계산이 있으나 천당에는 단 한 가지 계산밖에 없다[人有千算, 天有一算]'는 글귀가 쓰여 있었다. 이는 분향을 마치고 전문을 나서는 사람들에게 주는 이른바 '임별증언臨別贈言'인 셈이었다. 그 커다란 주판 바로 맞은편에는 아주 높고 큰 신상의 머리 위로 '금산신주金山神主'라 적힌 편액이 걸려 있는데 이것이 바로 상해현 성황의 정식 존호였다. 여기서 안쪽으로 더 들어가면 후전이 나오는데 이곳이 성황과 성황 부인을 공봉供奉하는 장소였다. 성황 부인의 침궁은 서쪽 아주 깊은 규방 안에 자리 잡고 있어 생일에만 범부속자凡夫俗子들에게 공개되곤 했다.

성황묘가 놀기 좋은 장소로 꼽히는 것은 묘당 뒤에 있는 예원豫園 때문이었다. 예원은 상해성에서 제일 가는 원림으로, 원래는 명조 가정 연간에 사천 포정사를 역임한 바 있는 반윤서潘允瑞의 가산이었으나 명말의 대란으로 폐허가 된 것을 건륭 중엽에 다시 중건하여 당시의 모습을 되찾게 된 것이었다. 더없이 사치스럽고 호화로운 곳이라 상해 사람들은 연해 지역의 번영을 기원하기 위해 이곳을 위락 지구로 만들기로 마음먹고 특별히 반씨의 후예에게 이 폐원을 팔아넘겼다. 그 후 20여 년에 달하는 긴 기간 동안 수만 냥의 공사비를 들여 바야흐로 완공 단계에 들어선 것이었다. 예원은 묘당의 서북쪽에 위치해 있었기 때문에 서원이라 불리기도 했고, 묘원 동쪽에 있는 동원은 속칭 '성황묘 후원'이라 불렸다.

동원은 매년 전장의 동업자들이 나서서 대대적인 수리를 하여 성황과 성황 부인의 생일이나 초여름의 난초를 감상하는 '혜란아집蕙蘭雅集' 때에만 개방해 온 데 반해, 예원은 1년 내내 개방했을 뿐만 아니라 안에 여러 개의 차점과 서방書房을 갖추고 있었다.

우오는 사람들을 '계화청桂花廳'의 청분당淸芬堂으로 초대하여 차를 대접했다. 이날은 마침 투조鬪鳥가 있는 날이었고 투조꾼들은 대부분 우오의 조방 형제들이라 그를 보자 우르르 달려와서는 함께 어울려 놀자고 권하는 것이었다. 투조는 귀뚜라미 싸움과 마찬가지로 내기를 걸 수도 있고 그 규모도 대단했다. 우오는 주, 오 두 위원과 장뚱보를 데리고 함께 투조판으로 내려갔다. 호설암과 왕유령은 편하게 둘만의 대화를 나누기 시작했다.

"설공!"

호설암이 이런 기회를 기다렸다는 듯이 물었다.

"오늘 저녁엔 다같이 거나하게 놀아 볼 생각인데 어떻습니까?"

왕유령은 그가 마장을 하자고 권하는 줄 알고 고개를 설레설레 흔들었다.

"평소처럼 자네들끼리 어울려 놀게. 난 도박에는 재주가 없다네."

"대나무를 보자는 게 아니라 꽃을 보자는 거라고요."

왕유령은 그제야 그의 말뜻을 알아차렸다. 대나무는 마장패를 말하는 것이고 꽃은 두말할 것도 없이 '아름다운 꽃가지를 떨치지 못하고 사뿐사뿐 가볍게 꽃잎 위로 날아드네[倡條冶葉恋留連, 飄蕩輕於花上絮]' 하는 시구의 꽃, 즉 미인을 의미하는 것이었다. 왕유령은 즉시 웃는 낮으로 대답했다.

"대나무도 보고 꽃도 볼 수 있다면 더욱 절묘하지 않겠나!"

두 사람은 교분이 두터워 서로 가리는 것이 없었지만 이런 얘기는 처음 거론되는 것이라 왕유령으로서는 다소 난처하지 않을 수 없었다. 나이로도 자신이 연장일 뿐 아니라 관직에 있다는 사실을 염두에 두지 않을 수 없었던 것이다.

호설암은 인지상정에 통달해 있는 인물이라 왕유령의 속마음을 이해하고도 남았다. 그는 왕유령의 마음이 움직이고 있다는 것을 알았지만 주, 오 두 사람과 함께 화주花酒를 즐긴다고 하면 그가 원하지 않을 것이고 원한다 하더라도 별 흥미를 보이지 않을 것이라는 사실을 충분히 헤아렸다. 생각이 이에 미치자 호설암은 또 다른 계획을 준비하며 잠시 공사에 관한 얘기로 화제를 옮겼다.

이날은 그냥 쉬기로 하되 다음날부터 왕유령은 손님 접대를 시작하고 호설암과 장뚱보는 우오와 함께 은자를 대부받으러 돌아다니기로 결정되었다.

"한 가지 중요한 일이 더 있네."

왕유령이 말했다.

"황 무대가 복건으로 부치라고 한 2만 냥도 되도록이면 빨리 처리해야 할 걸세."

"알고 있습니다. 그 일은 그다지 급하진 않지만 비밀리에 진행해야 하겠지요. 제가 알아서 처리할 테니 너무 걱정하지 마세요."

이렇게 말하면서 그는 자리에서 일어났다.

우오는 대단히 눈치가 빠른 인물이었다. 그는 호설암이 자리에서 일어나자 핑계를 대면서 투조판에서 나와 함께 자리를 떴다. 두 사람은 한쪽 구석에서 다시 만나 귓속말로 대화를 나누면서 대충 계획을 정리했다.

이날 저녁 항주에서 온 사람들은 각각 세 무리로 나누어 상해 현성을 돌아다녔다. 한 무리는 삼다당으로 갔고, 고승은 혼자였기 때문에 우오가 보내 준 몇 명의 형제들과 더불어 거리 구경에 나섰다. 모두들 밖으로 나가고 혼자 남게 된 왕유령은 간편한 복장으로 갈아입고 흑수정 안경을 손에 든 채 뱃머리에 앉아 책을 읽었다.

날이 막 어두워지기 시작하자 호설암은 삼다당을 빠져나왔다. 우오가 사람들을 대동하여 미리 기다리고 있다가 가마를 타고 소동문 밖 부두로 가서 왕유령과 합류했다. 수행원 가운데 하나가 가마꾼에게 분부했다.

"매가농梅家弄으로 갑시다!"

매가농은 매우 외진 곳에 있긴 했지만 구불구불하게 이어진 길이 별난 정취를 자아냈다. 가마가 도착하여 길을 안내하는 사람이 아주 조그만 석고石庫 문의 구리 손잡이를 두드리자 금세 사람이 달려 나와 문을 열어 주었다. 일행을 맞아 준 사람은 마흔 살 전후의 부인으로 아주 듣기 좋은 소주 사투리를 쓰고 있었다.

등불이 환히 밝혀진 객청으로 들어선 왕유령은 흑수정 안경 너머로 주위를 한번 둘러보고 나서야 부인의 모습을 발견했다. 나이가 들긴 했지만 청초하고 그윽한 분위기를 그대로 간직하고 있는 여인이었다. 객청 안의 장식이나 배치도 매우 깨끗하고 운치가 있어 저속한 기운은 추호도 찾아볼 수 없을 만큼 편안하고 아늑했다.

"삼아이三阿姨!"

길을 안내한 사람이 주인에게 손님들을 소개했다.

"왕 노야와 호 노야 두 분 모두 귀한 손님들이니 특별히 모셔야 하오!"

삼아이는 연신 고개를 끄덕이며 다소곳이 순종하는 태도를 보였다. 잠시 후 길을 안내한 사람은 인사를 하고 돌아갔다. 삼아이는 그제야 왕유령과 호설암을 향해 인사를 올렸다. 한 마디 한 마디가 조금도 예의에 어긋나지 않는 완벽한 인사치레였다. 인사가 끝나자마자 그녀는 손님들의 신분을 알 수 있었다. 물론 그녀가 아는 이들의 신분은 가짜였다. 왕유령과 호설암은 둘 다 항주에서 온 향신鄕紳으로 행세하고 있었다.

과반果盤이 나오고 차가 올려지자 삼아이는 안쪽을 향해 소리쳤다.

"큰애야! 이리 와서 왕 노야와 호 노야께 인사 올려라!"

호수 빛 협사夾紗 주렴을 들추며 눈부시게 아름다운 여인 하나가 들어

왔다. 그녀의 모습을 바라보던 왕유령의 두 눈이 반짝거리더니 이내 흑수정 안경이 벗겨졌다. 그러고는 바람에 하늘거리는 버들가지처럼 부드럽게 다가오는 그녀의 모습을 끈질기게 쫓고 있었다.

그녀는 비 온 뒤에 날이 갠 듯한 분위기를 자아내는 얇은 비단 저고리를 입고 있었다. 원보령*으로 높게 올려 목은 보이지 않았지만 허리의 곡선과 상체의 돌출부는 그대로 드러났다. 하반신은 치마를 걸치는 대신 검정색 겹바지를 입고 있었다. 바지 위에는 서양에서 건너온 듯한 커다란 꽃무늬가 아로새겨져 있었다. 얼굴에는 연지분을 연하게 발랐고 칠흑 같은 머리는 반질반질 윤기가 흐르게 곱게 빗겨져 있었다. 꼭지머리에 비취 장식이 달려 있는 금비녀가 꽂혀 있는 것 외에 별다른 머리 장식은 눈에 띄지 않았다. 이런 집의 분위기에 어울릴 것 같지 않은 매우 조용하고 얌전한 자태의 여인이었다.

가까이 다가갈수록 청초한 자태가 더욱 고혹적으로 느껴졌다. 오리알과 오이의 중간쯤 되는 갸름한 얼굴에 초롱초롱한 눈동자가 마치 서양에서 들여온 섬광비단 같은 인상을 주었고, 긴 속눈썹이 한데 어우러져 사내들의 가슴을 흔들기에 충분했다.

그녀는 만면에 미소를 머금고 삼아이의 지시에 따라 여유 있는 태도로 손님들을 모시기 시작했다.

"두 분 노야께서는 방 안으로 들어가시지요!"

안으로 들어오자 또 다른 정취의 광경이 펼쳐졌다. 화류계의 분위기라고는 조금도 찾아볼 수 없는 지서식자知書識字 가문의 규방 같은 모습이었다. 홍목으로 된 가구 외에 서가도 마련되어 있었고, 벽에는 대희戴熙의 산수화와 등석여鄧石如의 초서가 걸려 있었다. 두 사람 모두 당대의 명인

---

* 원보령元寶領__청대 복식으로 깃 형태의 일종.

들이었다. 다보 선반 위에는 갖가지 진귀한 장식품이 진열되어 있었다. 그 중간에 있는 신기한 형상을 한 청동 향로에서 그윽한 향기가 발산되는 가운데 파르스름하게 피어오르는 연기는 난향인지 사향인지 분간할 수 없었다. 코끝에 연기가 닿자 마음까지 녹아내릴 것 같았다.

"왕 노야, 차 좀 드시지요."

그녀가 찻잔의 뚜껑을 열어 왕유령에게 건네며 말했다. 이어서 그녀는 두 손으로 과반의 잣을 몇 알 집어 껍질을 벗긴 후 옷깃을 여미며 왕유령의 입으로 가져갔다.

왕유령은 그녀의 손가락까지 함께 깨물어 먹고 싶었지만 그럴 수는 없는 노릇이라 대신 그녀의 손을 잡으며 물었다.

"큰애는 이름이 어떻게 되는가?"

"완향婉香이라 합니다."

"무슨 '완' 자에 무슨 '향' 자인가?"

"자란구완滋蘭九婉의 완 자에 왕자지향王者之香의 향 자입니다."

"대단히 문아文雅한 이름이로군!"

왕유령이 또 물었다.

"완향이라, 그럼 글은 누구에게서 배웠소?"

"글을 배우긴요? 글을 배운 몸이 이런 모습으로 있겠습니까?"

이렇게 말하면서 그녀는 처량한 웃음을 지었다.

왕유령은 어느 집 규수가 이렇게 전락했을까 하는 연민의 정이 솟아 자신도 모르는 새 그녀의 손을 꼭 움켜쥐었다. 무한한 감개에 젖어 무슨 말을 해야 좋을지 모르는 듯한 표정이었다.

호설암은 이런 광경을 바라보면서 이미 배가 항구에 든 것이나 다름없다고 생각하고 곧 자리에서 일어나 작별 인사를 했다.

"설공, 전 먼저 일어나겠습니다."

"어허! 그렇게 서두르지 말고 천천히 가도록 하게."

왕유령은 손을 내저으며 그를 만류했다.

"조금만 더 앉아 있다 가라고."

"그럴 필요가 뭐가 있겠습니까?"

호설암도 더 눌러앉고 싶었지만 두 사람의 오붓한 자리를 방해하고 싶지 않아 얼른 자리를 박차고 일어섰다.

"잠시 후에 다시 오겠습니다."

"완향, 호 노야가 완향에게 삐친 모양이오."

이 말에 호설암은 가던 걸음을 멈췄다. 완향이 일어나 그의 옷소매를 잡아 끌었다.

"호 노야, 왕 노야께서 하신 말씀 들으셨죠? 앉아서 기분 좀 맞춰 드리세요. 가시기엔 너무 이르잖아요."

"말은 아주 잘 하는구려!"

호설암이 장난조로 말했다.

"지금 날 붙잡으면 나중에 자리를 뜨기가 더 어려워진단 말이오."

"무슨 말씀이신지 전 잘 모르겠네요."

완향은 이렇게 말하면서 왕유령에게로 눈길을 돌렸다. 순간 두 사람의 눈길이 마주치면서 불꽃이 일었다. 왕유령은 이런 추파의 맛을 처음 경험했다. 말 그대로 신선이 되는 듯한 기분이었다.

"오늘 저녁엔 술을 안 마실 수 없겠구나!"

그는 미지근한 눈빛으로 호설암을 바라보았다. 이곳에서 화주花酒를 마실 수 있느냐는 뜻이었다.

호설암이 입을 열기 전에 완향이 황급히 대답했다.

"벌써 준비가 다 되어 있습니다. 먼저 가벼운 소찬을 좀 드시는 게 어떠신지요?"

그녀는 대답을 기다리지도 않고 주렴을 들추고 밖으로 나갔다. 주방으로 음식을 재촉하러 간 것 같았다.

"이렇게 그윽하고 운치 있는 곳이 있을 줄은 꿈에도 몰랐네!"

왕유령은 그녀의 뒷모습을 눈으로 배웅하며 흡족한 표정으로 말했다.

"설공!"

호설암이 웃으며 말했다.

"보아하니 오늘은 돌아가고 싶어도 돌아가실 수 없을 것 같습니다."

"어째서 그런가?"

"완향의 표정을 좀 보세요. 눈으로 말하고 있지 않습니까? 오늘 저녁 설공을 놓아 주지 않겠다고 말입니다."

"언제 그런 말을 했지?"

"가시기엔 너무 이르다는 말이 가지 않으셔도 된다는 뜻이 아니겠습니까?"

생각해 보니 그런 것도 같았다. 하지만 왕유령은 여전히 주저하고 있었다.

"제 생각에는 차라리 제가 일찍 가는 게 좋을 것 같습니다."

호설암은 그를 위해 한 가지 계획을 준비하고 있었다.

"다행히 제가 삼다당에서 나올 때 다른 사람들에게 설공께서 오랫동안 뵙지 못한 친척 한 분을 만날 예정이라고 말해 두었습니다. 제가 다시 가서 설공의 친척께서 설공을 놓아 주지 않아 내일이나 돌아오실 거라고 말하겠습니다."

왕유령은 흐뭇한 미소를 지으며 연신 고개를 끄덕였다.

"그렇게 하도록 하게. 사실 내게는 성이 양梁가인 사촌 형님이 한 분 계시거든."

두 사람의 얘기가 끝나자마자 어느새 삼아이가 '큰아가씨'를 데리고 쟁반을 받쳐 든 채 들어와 술상을 차리면서 어떤 술을 마실 건지 물어왔다. 그러면서 음식 솜씨가 변변치 못해 맛이 있을지 모르겠다고 덧붙였다. 용의주도하고 빈틈없는 화술이었다.

네 가지 음식이 정갈하게 상에 오르고 술도 따뜻하게 데워졌다. 가장 중요한 사람이 눈에 띄지 않자 호설암이 물었다.

"완향은 어디 갔소?"

"여기 왔습니다!"

밖에서 대답하는 소리와 함께 완향이 홍조백합연자탕紅棗百合蓮子湯을 두 손으로 받쳐 들고 들어왔다. 거짓말인지 사실인지는 알 수 없으나 자신이 손수 끓인 음식이라고 했다. 어차피 왕유령의 입으로 들어갈 음식이라면 그런 말로도 얼마든지 향기와 맛을 더할 수 있었다.

빈 배에 간단하게 몇 가지 음식이 들어가자 왕유령은 술잔을 들기 시작했다. 완향은 쉴 새 없이 왕유령에게 술을 따르면서 안주를 집어 주었다. 간간이 몸을 그에게 기울이거나 손을 뻗어 잡혀 주면서 조용히 왕유령의 얘기에 귀를 기울이곤 했다.

호설암은 눈치를 살피다가 더 이상 자신이 앉아 있을 필요가 없다고 생각하고는 적당한 기회에 작별 인사를 하고 떠났다. 내일 아침 자신이 직접 왕유령을 모시러 오겠다는 약속도 잊지 않았다.

문을 나서자 그는 생각을 바꿔 삼다당으로 돌아가는 대신 곧장 배로 돌아왔다. 부두에 도착하여 소리를 지르자 선주가 후선창에 앉아 있다가 달려 나와 의아한 표정으로 물었다.

"아니! 어째서 호 노야 한 분만 돌아오셨습니까?"

"왕 노야를 모시고 그분의 사촌 형님을 뵙고 오는 길입니다. 오랫동안 서로 못 만났으니 밤새 이야기꽃을 피우다 보면 오늘밤엔 돌아오시기가 어려울 겁니다."

호설암은 선두로 올라와 이렇게 대답하고 나서 다시 말을 이었다.

"나머지 사람들은 모두 삼다당에서 술들을 마시고 있습니다. 나만 몸이 좀 불편해서 일찌감치 잠이나 자려고 먼저 돌아왔지요."

"그럼 식사는 하셨겠군요? 혹시 식사를 안 하고 돌아오실까 봐 집사람을 시켜 죽을 좀 쑤어 놓긴 했습니다만……."

"그거 잘됐네요! 죽 한 그릇 먹어 봅시다. 간단한 반찬도 좀 곁들이면 더 좋겠군요."

선주는 곧장 선미의 간이 주방으로 뛰어갔다.

호설암이 쓸쓸히 자신의 선창으로 들어와 보니 이부자리에 베개와 이불호청이 새 것으로 갈아 놓여 있고, 바닥의 탁자와 의자도 먼지 하나 없이 깨끗하게 정리되어 있었다. 게다가 탁자 위의 서양등도 유리덮개가 반질반질하게 닦여 있고 몇 권 안 되는 책들도 가지런히 정돈되어 있었다. 자리에 앉자 어디선가 은은한 향기가 풍겨 왔다. 사방을 둘러보니 베개 옆에 주란珠蘭 한 다발이 놓여 있었다. 손으로 집어 들고 자세히 살펴보니 주란을 꿰고 있는 가느다란 구리철사 위에 기름이 묻어 있었다. 아주가 머리에 바르고 다니던 계화유桂花油였다.

아주가 머리에 꽂고 다니던 꽃이 도대체 어떻게 자신의 베개 밑에서 발견될 수 있는 것일까? 재미있는 수수께끼가 아닐 수 없었다. 한창 생각에 골몰해 있는데 주렴이 걷히는 소리가 들리면서 아주가 들어왔다.

"차를 찻잔에다 타지 않았어요."

그녀는 호칭을 쓰지도 않고 스스럼없이 말을 이었다.

"차에 먼지가 많아서 주전자에다 끓였지요."

호설암은 아무 대답도 없이 그녀를 물끄러미 바라보았다. 순간 그녀의 두 눈이 토끼 눈으로 변하면서 오른쪽 볼이 발갛게 물들었다.

"방금 일어나셨나 보군요?"

“응!”

아주는 차를 따르면서 교태 어린 표정으로 웃고 있었다.

“어떻게 된 건지 모르겠어요. 하루 종일 몸이 노곤해서 얼마나 힘들었는지 몰라요.”

“다 이유가 있지. 아마 춘곤증 때문일 거야. 혹시 춘몽을 꾸진 않았나?”

“꿈이면 꿈이지 춘몽은 또 뭐예요?”

아주가 투덜거리며 따졌다.

“춘몽이란 게 어떤 건데요? 호 노야랑 장뚱보 아저씨는 항상 말 속에 뼈가 있는 것 같아요. 하지만…….”

그녀는 말끝을 흐렸다.

“하지만 뭐?”

“그래도 주 노야나 오 노야보다는 맘에 들어요. 그분들은 하는 짓마다 미워 죽겠어요.”

“그렇게 생각해 주니 고맙구나!”

호설암은 화제를 돌리며 질문을 던졌다.

“이 주란은 네 것이지?”

“어머!”

아주는 두 눈이 휘둥그레지며 되물었다.

“이게 어째서 호 노야의 손에 들어갔죠?”

“내 베갯머리에 있더군. 좋다가 말았네. 내게 특별히 선물한 게 아니란 말이지?”

“호 노야께 드릴게요.”

아주는 다소 억울한 기분이 들었는지 애써 사족을 달았다.

“오후 내내 방 정리를 했어요. 이부자리를 정리하다가 잠깐 숨을 돌렸는데 아마 그때 내려놓고 깜박 잊었나 봐요.”

"내가 먼저 돌아와 발견했기에 다행이지 그렇지 않았더라면 큰일 날 뻔했구나!"

"어째서 그렇죠? 그게 뭐 그리 대단한 일이라고요?"

그녀는 기세를 늦추지 않고 따져 물었다.

"넌 정말 아무것도 모르는구나!"

호설암이 웃으며 말했다.

"한번 생각해 봐라. 네가 머리에 꽂고 다니던 꽃이 내 베갯머리에서 발견됐다는 사실을 남들이 알면 뭐라고들 떠들어 대겠니?"

"전 잘 모르겠어요. 그다지 좋은 소리는 아니겠지요, 뭐."

"그럼 내가 가르쳐 주지."

"무슨 얘긴데요?"

"이리 와. 내가 말해 줄게!"

아주가 가까이 다가가자 그는 낮은 목소리로 말했다.

"남들은 틀림없이 이렇게 생각할 거야. 네가 나랑 같은 베개를 베고 한 이불 속에서 잤다고 말이야."

"뭐라고요? 내 참, 기가 막혀!"

그녀는 갑자기 얼굴이 새빨개지면서 이를 악물고 호설암의 등을 한 대 후려쳤다. 그러나 주먹에 너무 힘을 주면서 몸의 중심이 흔들렸는지 오히려 그녀는 호설암의 품 안으로 안겨 버리고 말았다.

"날 때리려는 거냐, 아니면 껴안으려는 거냐?"

호설암이 그녀의 허리를 감아 안으며 말했다.

"이거 놔요! 놓으라고요!"

아주는 낮은 목소리로 항변하며 허리를 두 번 비틀어 보았다. 그러나 그녀의 몸부림에는 조금도 힘이 들어 있지 않았다. 호설암은 손을 풀지 않고 그녀를 번쩍 안아 올려 침상 위에 나란히 앉았다.

"오늘은 아무도 없어. 그러니 널 이 문 밖으로 내보내 주지 않을 수도 있단 말이다."

"뭐라고요?"

아주는 눈을 부라렸다.

"그럼 우리 아빠랑 엄마는 사람이 아니란 말인가요?"

"그분들은 한가하게 네 일에 신경 쓰실 분들이 아니지."

말이 채 끝나기도 전에 아주의 엄마가 외치는 소리가 들려왔다.

"아주야! 호 노야께 데운 술을 드실 건지 여쭤보고 오렴."

그녀가 후다닥 몸을 일으켰지만 호설암은 붙잡지 않았다. 어느새 그녀는 선창 문 앞에까지 멀어져 있었다. 그녀는 알았다고 대답하고 나서 다시 고개를 돌려 호설암에게 물었다.

"술 드실 거예요?"

"이리 가까이 오면 얘기해 주지."

"싫어요. 더 이상 안 속아요. 거기서 말씀하셔도 다 들린다고요."

"두통이 좀 있어서 마시고 싶지 않았는데 이젠 괜찮아졌어. 그러니 한 잔 해도 되겠지."

"흥!"

아주는 콧방귀를 뀌었다.

"꾀병을 앓았던 거로군요. 워낙 음흉한 양반이라 도무지 속을 알 수 있어야지!"

아주는 주렴 밖으로 뛰어나갔다가 금세 술과 안주를 챙겨 가지고 돌아와서는 탁자 위에 정갈하게 차려 놓았다. 호설암이 함께 마시자고 청했지만 그녀는 응하지 않았다. 그렇다고 밖으로 나가지도 않고 선창 문에 기대어 입술을 삐죽거리며 자신의 긴 변발을 앞으로 잡아당겨 만지작거리고 있었다.

호설암은 술을 마시면서 그런 그녀의 모습을 바라보고 있었다. 혼자 보다가 웃으면서 제 흥에 겨워 술을 마시고 있었다. 아주가 더 참지 못하고 입을 열었다.

"뭘 그렇게 웃어요?"

"아직은 말해 줄 수가 없는걸."

"그럼 언제 말해 주실 거죠?"

"언젠가는 말할 때가 오겠지. 그리고 그건 누구보다도 네가 더 잘 알고 있을 텐데?"

아주는 냉소로 받아쳤다.

"흥! 무슨 뚱딴지 같은 생각을 하고 있는지 모르겠네요. 속 시원하게 얘기 좀 해보시라고요!"

호설암은 아주의 말을 곰곰이 되새겨 보았다. 그녀의 속마음을 대충 알 수 있을 것 같았다. 그는 손을 내저으며 말을 이었다.

"이건 한두 마디로 설명할 수 있는 얘기가 아니야. 그리고 네 태도도 별로 바람직하지 못하고 말이야. 어차피 오늘은 사람들도 없으니 이런 기회를 허비하지 말고 얌전히 앉아서 내 얘기를 들어 보는 게 어떻겠니?"

"앉는 거야 어렵지 않죠."

그녀는 아무렇지도 않다는 듯이 한마디 덧붙였다.

"두려울 게 뭐람!"

그녀가 자리에 앉자 호설암이 물었다.

"나이가 올해 몇이나 됐지?"

"그건 왜 물으세요?"

"어허! 그렇게 따지고 들면 끝이 없지. 말 못할 게 뭐냐? 네가 대답하기 싫다면 내가 먼저 말하지. 난 올해 서른하나야."

아주가 빙긋이 웃었다.

"제가 호 노야의 연세를 여쭤볼 수는 없잖아요."

"아무려면 어떠니? 내가 보기에 넌 스물여섯쯤 될 것 같은데?"

"뭐라고요?"

그녀는 또다시 어이없다는 표정을 지었다. 몹시 불쾌하다는 항변도 담겨 있었다.

"무슨 말씀을 그렇게 하세요? 제가 어디를 봐서 스물여섯씩이나 먹어 보인단 말이에요? 터무니없이 남의 나이를 열 살이나 올리다니! 제가 정말 그렇게 나이 들어 보인단 말이에요?"

"그렇다면 열여섯이란 얘기로구나?"

호설암은 천천히 고개를 끄덕였다.

"때가 거의 다 된 셈이군."

아주는 그제야 눈치를 채고서 그의 생각을 가늠해 보았다.

"관직에 있는 분들은 정말 하나같이 다 못됐어요. 항상 나쁜 모략을 일삼기 때문에 한시도 방심할 수가 없다니까요."

그녀는 머리를 세차게 좌우로 흔들어대면서 진저리를 쳤다.

"정말 상대하기 어려워요! 한시라도 마음을 놓았다가는 꼼짝없이 당하고 마니까요."

"내가 못된 게 아니라 네가 너무 멍청한 거야!"

호설암은 이렇게 말하면서 어포를 한 조각 집어 그녀에게 던졌다.

"전 싫어요!"

아주는 고개를 한쪽으로 획 돌려 버렸다. 불쾌한 감정이 남아 있는 건지 아니면 애써 그의 마음을 거부하고 있는 건지 알 수가 없었다.

"한번 맛을 좀 봐! 맛이 변한 어포를 갖고 와서 날 보고 먹으라고?"

그는 어포를 한 조각 집어 들었다가 다시 접시 안으로 던져 넣었다. 그녀가 또다시 속아 넘어간 것이었다. 그녀가 젓가락으로 어포를 한 조각

집어 호설암의 입에 가까이 가져가자 그는 금세 태도를 바꿔 장난기 어린
얼굴로 빙긋이 웃었다.

아주는 은근히 억울한 기분도 들면서 한편으론 짜릿한 흥미를 느끼고
있었다. 그녀는 입술을 지그시 깨물어 교태 어린 표정을 지었다. 그런 모
습을 본 호설암이 웃는 얼굴로 입을 열었다.

"아주! 일찌감치 솔직해지는 게 좋을 거야. 내 말 안 들으면 노래를 시
킬 테니까."

그러면서 호설암은 흥얼흥얼 노래를 부르기 시작했다. 노래 가사가 무
석無錫 지방의 방언으로 되어 있어 우스꽝스럽게 들렸다. 그가 어색한 목
소리로 흥얼대기 시작하자 아주는 깔깔거리고 웃다가 잠시 웃음을 멈추
고 말했다.

"정말 웃기네요. 하지만 너무 부끄러워하진 마세요!"

그녀의 마지막 한마디도 완벽한 무석 사투리였다.

"아주! 어떻게 된 거야? 평소에 말할 때는 호주 사투리를 썼잖아?"

"전 원래 무석 사람인 걸요."

"그럼 언제부터 절강 사람이 되었지?"

"6월 한더위에 양 한 마리를 얼려 죽인다고, 얘기하자면 아주 길지요."

아주는 그다지 얘기하고 싶지 않은 듯 고개를 설레설레 흔들었다. 줄곧
그녀의 내력을 궁금해하던 호설암은 이런 기회를 놓치려 하지 않았다. 그
가 한두 마디 부드러운 말로 부추기자 아주는 곧 자신의 내력에 대해 늘
어놓기 시작했다. 부모님이 듣지 못하도록 목소리는 아주 작게 낮추어 말
했다. 그녀가 하려는 얘기는 다름 아닌 자신의 부모에 관한 것이기 때문
이었다.

"저희 엄마는 아주 훌륭한 집안 출신이세요……."

그녀의 엄마는 서향세가書香世家의 규수로서 집이 강가에 자리 잡고 있

었기 때문에 집안에서 배를 한 척 사 가지고 친지나 친구들을 방문하거나 세금을 거둬들일 때마다 자기 집 배를 이용하곤 했다.

성이 장張씨인 청년 하나가 배를 관리하고 있었는데 나이가 어려 소장小張이라 불렸다. 그녀의 엄마는 이 청년의 성실하고 소박한 성품에 반해 두 번 정을 통했는데 이때 곧바로 아주를 갖게 되었다. 이 사실이 알려져 큰 소동이 벌어질 것을 우려한 청년과 아주의 엄마는 몰래 상의한 결과 멀리 달아나기로 결심했다. 청년은 사람됨이 정직하여 여자의 집안에서 나무토막 하나 가지고 나오는 걸 원치 않았다. 재물을 훔쳐 달아났다는 오명을 뒤집어쓰고 싶지 않았던 것이다. 그러나 두 사람은 결국 여자의 집에서 한 가지 물건을 취할 수밖에 없었다. 다름 아닌 배였다.

태호를 지나면 곧 오흥吳興이었다. 바람과 파도가 심해 사람들이 잘 다니지 않는 뱃길이었으나 두 사람은 여자의 집을 피해 운하를 따라 흘러 내려갔다. 그때 이후로 그녀는 다시는 무석으로 돌아가지 않았다. 배 위에서만 살면서 오흥에서 항주로, 항주에서 상해로 흘러 다닌 지 어느새 15년이란 세월이 흘렀다.

자기 부모님의 떳떳치 못한 애정 행각을 얘기하는 동안 아주는 얼굴이 발갛게 달아오르면서 부끄러운 생각마저 들었다. 간신히 얘기를 마친 그녀는 긴 한숨을 내쉬면서 허리를 꼿꼿이 세우고 다시 이전의 낯빛을 되찾았다. 모든 것을 털어놓으니 속이 시원하다는 표정이었다.

"음, 그랬구나!"

호설암은 오히려 더욱 진지한 표정을 지으며 말을 이었다.

"엄마가 양가집 출신이고 아빠 역시 품성이 좋은 사람이라 너처럼 사람을 미치게 할 정도로 예쁜 딸이 나온 거로구나!"

자신을 칭찬하는 말이었지만 아주는 '사람을 미치게 한다'는 표현에 다시 얼굴이 붉어지면서 가슴이 두근거리기 시작했다.

"부모님은 슬하에 자식이 너 하나밖에 없나 보구나?"

"원래는 남동생이 하나 있었는데 다섯 살 때 죽었어요."

"그렇다면 네가 부모님을 모셔야 되겠구나?"

아주는 아무런 대답이 없었다. 얼굴색도 별로 좋아 보이지 않았다. 공연한 얘기를 꺼내 그녀의 심기를 뒤틀어 놓은 것 같았다.

그녀의 부모는 그녀의 혼사를 의논한 끝에 몇 가지 결론을 내린 적이 있었다. 그 가운데 하나가 같은 뱃사람 중에서 신랑감을 골라 배와 함께 그녀를 시집 보낸다는 것이었다.

아주는 어려서부터 귀엽고 애교가 넘치는 성격이었지만 엄마의 출신이 남다르다 보니 다른 선주의 딸들과는 달리 상당한 교양과 문아한 자태를 지니고 있었다. 게다가 그녀의 아버지가 모는 무석쾌는 시설이 좋고 깨끗한데다 손님 접대가 훌륭하여 명성이 자자했다. 때문에 그의 배를 찾는 고객들은 대부분 신사나 관리가 아니면 이름난 부자들이었다. 이런 배경 덕분에 아주는 어려서부터 눈이 매우 높았고 무식쟁이 뱃사람에게는 절대로 시집 가지 않겠다고 마음먹고 있었다. 때문에 부모님이 그녀에게 이런 결정을 말할 때마다 그녀는 눈을 부라리며 험악한 표정을 짓곤 했다.

지난해에는 아주가 우연히 부모님이 주고받는 얘기를 엿듣게 되었다.

"아주가 벌써 열다섯이오. 생일이 좀 빠른 편이니까 열여섯이나 마찬가지지. 세월이 너무 빨라 어영부영하다가는 혼기를 놓치고 말 것 같소."

아주의 아버지가 말했다. 그녀의 엄마는 아무런 대꾸도 하지 못하다가 한참 만에야 긴 한숨과 함께 입을 열었다.

"하지만 상대의 수준이 너무 높아도 안 되고 너무 낮아도 안 될 것 같군요."

"아주 마음대로 할 수도 없는 형편이오. 아주 생각대로 하자면 적어도 소년 공자에게 보내야 하는데 그게 이만저만한 망상이라야지."

여기까지 들은 아주는 더 참지 못하고 울음을 터뜨리고 말았다. 첫째는 아버지가 자신에 대해 몹시 불편해하고 있다는 사실을 깨닫지 못하고 있었다는 자괴감 때문이었고, 둘째는 아버지가 그녀 자신의 가치를 너무 과소평가하고 있다는 억울한 생각 때문이었다. 소년 공자의 배필이 된다는 게 어째서 지나친 망상이란 말인가? 황후가 되겠다고 우긴 것도 아닌데…….

"행복해지려면 우선 자신을 낮춰야 하는 법인데……."

"그럼 어떻게 하지요?"

아주의 엄마가 말했다.

"무조건 아주 생각대로 할 수는 없잖아요."

"내 말이 그 말이오. 차라리 정직하고 성실한 젊은이를 하나 찾아보는 것이 좋을 것 같소. 좀 어렵긴 하겠지만 어차피 일부일처가 아니겠소."

"아주를 고생시킬 수는 없어요."

"아주가 고생을 견뎌 내지 못하는 게 아니라 당신이 아주를 너무 걱정하는 것일 게요."

"그런 뜻이 아니에요. 바라는 것이 있어야 그만큼 발전할 수 있다는 말이라고요. 제가 한평생 당신이 배 모는 일을 도왔다고 우리 아주도 그래야 된다는 말인가요? 한번 생각 좀 해보세요. 우리 모녀에게 미안하지도 않아요?"

대화가 점점 심각하게 빗나가기 시작하자 아주의 아버지는 얼른 입을 닫아 버렸다. 내심 찢어지는 듯한 고통을 참고 있는 것이 분명했다.

"여러 가지로 생각해 봤는데 가난한 서생에게 보내는 것이 제일 나을 것 같아요."

아주의 엄마가 다소 누그러진 목소리로 말했다.

"인품이 훌륭하고 출세하고자 하는 야심이 있기만 하면 아주를 줘도 괜찮지 않겠어요?”

“됐어요. 그만합시다.”

아주의 아버지가 더 이상 참지 못하겠다는 듯이 말을 잘라 버렸다.

“그 다음은 내가 얘기하리다. 그 가난한 서생은 ‘삼경이 되어서야 책을 덮고 오경 닭소리에 다시 일어나 책을 펴는[三庚燈火五庚鷄]’ 각고의 노력 끝에 장원에 급제하게 될 것이고, 그러면 우리 아주도 일품 부인이 되겠지. 당신은 소서小書만 읽더니 정신이 나간 것 같구려.”

“그렇게 되지 말란 법도 없잖아요? 대관이 되지 못한다 하더라도 수재의 부인이 되는 것만으로 만족할 수 있을 것 같아요.”

“세상 만사가 다 당신 마음대로 되는 건 아니오. 남자가 출세를 하면 아주를 못마땅히 여길 수도 있지 않소? 진세미陳世美가 전처를 버리고, 조오랑趙五娘이 찌개미를 먹었다는 얘기를 못 들어 본 건 아니겠지. 그때 가서 아주를 위해 울어 봐야 아무 소용도 없다고!”

남편의 반박에 아주의 엄마는 일언반구 대꾸하지 못하고 긴 탄식만 내뱉었다. 잠시 후 두 사람의 언성은 가라앉았으나 아주는 밤새도록 잠을 이룰 수 없었다. 자신의 일생을 좌우할 혼사가 거론되자 그녀의 마음속에 예정된 번뇌의 회오리가 일기 시작한 것이다.

아무리 호설암이 사람을 놀라게 하는 기지를 지녔다 해도 그녀의 복잡한 심사를 다 헤아릴 수는 없었다. 아주가 아무 말도 없자 호설암이 먼저 재촉하며 물었다.

“아니! 왜 갑자기 말을 안 하는 거냐?”

아주는 마음속 가득히 끓어오르는 고통을 토로할 곳을 찾지 못하고 있던 터라 호설암에게 짜증을 풀어 버리려는 듯이 버럭 소리를 질렀다.

“할 말이 없단 말이에요!”

호설암은 깜짝 놀랐으나 도대체 그녀가 왜 이처럼 화를 내는지 알 수가 없었다. 그는 맞받아 화를 내는 대신 너그러운 미소로 그녀의 화를 받아 주었다.

아주는 자신이 화를 냈다는 사실을 뒤늦게 알아차리고 즉시 자신의 잘못을 인정했다. 다른 건 고사하고 손님에게 버릇없게 굴었다는 사실 하나만으로도 부모님이 알게 되면 크게 꾸중을 듣기 때문이었다. 그녀는 입으로 사과하는 대신 술 주전자를 들어 호설암에게 한 잔 가득 따라 주고 이것으로 충분히 자신의 의사를 표시했다고 자위했다. 호설암도 자신의 말 한마디가 그녀의 심기를 건드린 만큼 최대한 그녀를 위로해 줘야겠다고 마음먹었다.

호설암이 아주의 손을 꼭 움켜쥐었다. 그녀도 그의 이런 몸짓이 형식적인 위로가 아님을 알고 있었다.

"아주!"

그가 나지막한 목소리로 말했다.

"네 마음속에 고민거리가 많다는 건 나도 알아. 사람의 일이라는 게 다 그렇겠지만 어떤 고민은 부모님에게조차 말하지 못할 때가 있지. 그런 걸 일컬어 '유고난언有苦難言'이라고 하지."

호설암의 말이 채 끝나기도 전에 아주의 두 눈에서 뜨거운 눈물이 흘러내리기 시작했다. 그의 말 한 마디 한 마디가 그녀의 가슴속 깊은 곳을 어루만졌다. 아무리 '유고난언'이라고 하지만 자신이 말하지 않아도 고통을 이해해 주는 사람이 있었던 것이다. 이처럼 짜릿하고 감미로운 아픔은 그녀도 처음 경험하는 것이었다. 아주는 이내 마음이 홀가분해지면서 다시 안정을 되찾았다.

호설암은 이런 상황을 경험하면서 놀라움과 함께 불안감을 떨치지 못했다. 그녀에게 이런 남모르는 아픔이 있는 줄 모른 채 지금에 이르렀다는 사실에 갑자기 상황 정리가 되지 않아 입이 떨어지지 않았다. 오히려 아주는 그의 진지하고 세심한 태도에 당황하여 재빨리 호주머니에서 손수건을 꺼내 눈물을 닦았다. 배꽃 위로 비가 내리고 있는 듯한 그녀의 표정에 호설암은 연민의 정을 금할 수 없었다.

"아주! 앞으로 무슨 일이 있으면 서슴지 말고 내게 와서 얘기해. 다 털어놓고 나면 속이 시원하잖아?"

아주는 아무런 대답이 없다가 한참 만에 간신히 입을 열었다.

"전 아주 슬픈 운명을 타고났나 봐요."

슬픈 운명이란 어떤 것일까? 호설암은 마음속으로 생각해 보았다. 아주가 비록 몹시 구차한 집안의 벽옥 같은 존재이긴 하지만 부모들에겐 똑같은 장상명주掌上明珠가 아닐 수 없었다. 다른 집안의 서출 자녀들이 남들에게 업신여김당하는 것과 비교해 볼 때 특별히 더하거나 덜할 것도 없는데 도대체 어디에 아주의 슬픔이 감춰져 있는 것일까? 혹시…….

"아! 알겠다."

그는 확실한 이유를 알아내기라도 한 듯 자신 있게 입을 열었다.

"부모님께서 어렸을 때부터 널 시집 보내기로 정해 둔 혼처가 있는데 막상 갈 때가 되니까 상대방이 마음에 들지 않는 거로구나?"

"아니에요! 그런 게 아니라고요!"

그녀는 황급히 호설암의 추측을 일축하며 변명을 늘어놓았다. 그러나 그녀의 행동으로 봐서는 어느 정도 정확한 추측인 것 같았다.

"반밖에 맞추지 못하셨어요."

"아, 알았다. 그럼 지금 한창 혼사가 진행되고 있다는 뜻이로구나?"

아주는 아무런 대꾸도 없이 묵묵히 고개를 떨어뜨렸다. 호설암의 말을 수긍한다는 뜻이었다.

"도대체 어떤 집안인데 그래? 어떻기에 마음에 안 드는 거지?"

"아이! 그 얘긴 이제 그만해요."

"그래, 알았다. 그럼 우리 다른 얘기를 해보자꾸나."

호설암의 자신만만한 표정이 그녀의 시름을 깨끗이 걷어가 버렸다. 어느새 그녀의 마음은 호설암 한 사람에게로 집중되고 있었다.

"저한테만 자꾸 묻지 마시고 이젠 호 노야 자신에 대한 얘기 좀 해보세요."

아주가 말했다.

"그래, 알았다. 한데 어디서부터 얘기할까? 네가 어떤 얘기를 듣고 싶어하는지 나도 모르잖아? 공사에 관한 얘기는 이해하지도 못할 테고……"

"누가 공사 얘기를 듣고 싶댔어요?"

호설암 개인의 신상에 관한 얘기를 듣고 싶다는 뜻이었다. 그가 다시 생각에 잠겼으나 아주는 그가 무슨 생각을 하고 있는지 알 길이 없었다.

"이렇게 하는 게 좋겠군! 알고 싶은 걸 네가 먼저 물어봐. 그러면 대답해 줄 테니까."

마침내 그가 내놓은 제안이었다.

"사실대로 솔직히 말해 줄 테니까 걱정하지 말고."

아주는 그의 가족 상황이 가장 알고 싶었다. 그리고 혼인을 했는지도 묻고 싶었다. 하지만 그건 물으나마나라고 생각했다. 장가를 갔을 게 뻔했다. 그렇다면 부인이 현모양처인지 아니면 악처인지 알고 싶었다. 그러나 이것 역시 물어보나마나였다. 현모양처면 어떻고 아니면 어떻단 말인가? 어차피 그녀가 호설암과 함께 있고 싶다고 해도 부모님이 허락하지 않을 게 분명했다. 순간 아주는 장뚱보가 했던 농담이 생각났다.

'호씨 집안에 들어왔으면 당연히 호 부인에게 인사를 올려야지.'

그렇다면 호설암은 역시 장가를 들었다는 얘기가 아닌가? 자녀들은 있을까?

생각이 여기까지 미치자 아주는 기발한 착상을 해냈다. 호설암에게 아이가 없다면 좋은 방법이 있을 수도 있다는 것이었다. 특히 시어머니께서 엄연히 살아 계시고 하루 빨리 손자 보기를 기대하고 있는데 며느리가 아이를 못 낳고 있는 경우라면 노인네들이 직접 나서서 아들의 재가를 재촉할 수도 있는 일이었다. '불효에는 세 가지가 있으니 자식을 못 낳는 것이 가장 큰 불효[不孝有三, 無後爲大]'라는 말도 있지 않은가! 이런 이유라면 정정당당하게 호설암을 차지할 수도 있었다. 단지 며느리가 그런 상황을 원치 않을 게 분명하지만 그런 것쯤은 참고 살아갈 수 있다는 게 아주의 각오였다.

호설암에게 시집을 가서 혹시 같이 살기를 원치 않는다면 따로 집을 얻어 살면 그뿐이고, 원래 이런 규례도 공공연하게 세워져 있는 터였다. 물론 이럴 경우 호설암의 지출이 늘게 되겠지만 그건 어쩔 수 없는 일이었다.

생각은 꼬리를 물고 이어졌다. 그녀는 호설암이 따로 살림을 차리기를 원할 경우 부모님을 새로 얻는 집으로 이주시켜 함께 살 요량이었다. 호설암이 이를 원치 않는다 해도 그렇게 하도록 설득하면 되는 일이었다.

이처럼 가슴 벅찬 생각에 그녀는 금세 쾌활한 표정을 되찾고는 마음을 정리하면서 한담을 가장하여 호설암에게 다시 물었다.

"호 노야께서는 자제 분을 몇이나 두셨나요?"

"둘이야."

자식이 둘이란 소리에 아주는 흥이 싹 가시고 말았다.

"두 분 다 도련님이신가요?"

그녀가 다시 물었다.

"도련님은 무슨 도련님? 둘 다 계집애지."

"어머나!"

아주가 미소를 지었다.

"천금소저*가 두 분이시군요!"

"아주, 한데 그건 왜 묻는 거지?"

호설암이 술잔을 들이켜며 지나가는 말로 물었다.

"그냥 생각나는 대로 여쭤보는 거예요. 호 노야께서 그러셨잖아요. 하늘과 땅 사이에 있는 건 뭐든지 얘기해도 좋다고요."

아주의 질문은 아직 끝나지 않았다.

"그럼 큰마님은요? 올해 연세가 어떻게 되셨어요?"

"곧 환갑이 되실 거야."

그녀가 그 다음 묻고 싶은 건 혹시 손자를 보고 싶어하시지 않느냐는 것이었다. 그러나 이 말을 입 밖에 냈다간 자신의 속마음을 너무 드러내게 될 것 같아 차마 입을 열지 못하고 주저하고 있었다.

호설암은 그녀의 말과 표정을 살피다가 문득 지난달 항주 성황산에서 이철구가 도화운을 주겠다고 말했던 것이 생각났다. 그러면서 적이 놀라지 않을 수 없었다. 아주가 자신에게 야릇한 연정을 품고 있다면 판단과 행동이 여간 신중해지지 않으면 안 될 일이었다. 혹시 안 좋은 소문이라도 퍼지는 날에는 뒷수습이 곤란해지기 때문이었다. 연정을 품은 여자는 대장부에게 부담을 주게 마련이고, 자칫 둘 다 곤경에 처하는 경우가 비일비재했다.

이런 생각에 호설암은 갈수록 더 말수가 줄어들었고 그럴수록 아주는 더 좌불안석이었다.

생각다 못해 그녀가 또 물었다.

"두 분 공주님들은 나이가 어떻게 되셨는지요?"

"하나는 다섯 살, 하나는 여섯 살이야."

---

* 천금소저千金小姐__양가집 규수를 미화하여 부르는 말.

“그 후로 호 부인께는 좋은 소식이 없으셨나요?”

“없었지.”

호설암은 고개를 설레설레 흔들면서 한마디 덧붙였다.

“줄곧 아무 소식도 없었어.”

“먼저 꽃이 피어야 열매가 맺히는[先開花, 後結實] 법이라고 큰마님께서는 손자를 애타게 기다리시겠군요.”

이 말은 그의 의중을 떠보기 위한 것이었고 호설암도 그 뜻을 충분히 알아차리고도 남았다. 어떤 태도를 보일 것인가? 지금 당장 확실한 태도를 비쳐 두어야 했다.

'맞아. 모두들 그렇게 말하지. 나도 그렇게 믿고 있고.'

이 한마디면 아주의 입을 간단히 틀어막을 수 있었다. 그러나 왠지 그는 이 한마디가 별로 마음에 내키지 않았다.

그럼 뭐라고 말할 것인가? 한참 머뭇거리고 있는데 육지 쪽에서 왁자지껄하는 소리가 들려왔다. 삼다당에서 화주를 마시던 사람들이 돌아온 것 같았다. 두 사람은 대화를 멈추고 밖에서 들려오는 소리에 귀를 기울였다. 아니나 다를까 서무가 외치는 소리가 들려왔다.

“여보쇼, 선주 양반! 도판을 내려 주시오.”

“장뚱보 일행이 돌아왔나 봐요!”

아주는 황급히 자리에서 일어나 밖으로 나갔고 잠시 후 호설암이 나갔다.

제일 먼저 배에 오른 사람은 장뚱보였다. 그는 호설암을 보자마자 술을 한잔 하자고 잡아 끌더니 갑자기 정신을 차리고는 의아한 표정으로 물었다.

“아니! 호 노야는 어째서 삼다당으로 오지 않으신 거요? 나는 줄곧 왕 노야랑 함께 있는 줄 알고 있었지 뭐요?”

이어서 주, 오 두 위원도 따라 들어왔다. 모두들 술에 얼큰하게 취해 말들이 많았다. 호설암은 미리 준비해 놓은 거짓말로 왕유령의 행적을 감춘 다음 장뚱보의 물음에 대답했다.

"원래는 삼다당으로 돌아갈 예정이었는데 생각해 보니 내일 처리해야 할 일이 너무 많은 것 같더군요. 여러분들이 실컷 즐기시는 동안 저라도 뭔가 자세한 계획을 좀 세워 두어야겠다는 생각에 먼저 배로 돌아왔던 겁니다. 그래야 귀중한 시간을 낭비하는 일이 없을 테니까요!"

"역시 생각이 남다르시군요."

주 위원이 술주정을 하면서 엄지손가락을 치켜들며 말했다.

"설암 형은 정말 좋은 친구야! 그렇지 않습니까? 조금이라도 어려운 점이 있으면 말씀만 해주십시오. 제가 다 해결해 드릴 테니까. 은혜를 알면 보답이 있어야지요. 우린 원래 이런 사람들입니다. 안 그렇소, 오형!"

이렇게 말하면서 그는 자신의 가슴을 몇 번 두드리더니 다시 오 위원의 어깨를 두드렸다. 아주가 차를 끓여 내오자 모두들 아주를 앉혀 놓고 이 소리 저 소리 술기운에 의지하여 허풍을 떨어 댔다. 아주는 울지도 웃지도 못하는 어색한 표정으로 계속 호설암의 눈치만 살폈다. 구원을 요청하는 것 같기도 하고 이해를 바라는 표정 같기도 했다. 마치 '내가 경망스러운 것이 아니라 이 두 사람이 술에 취해 나를 못 살게 구는 거야'라고 항변하고 있는 것 같았다.

간신히 주, 오 두 위원을 앞에 있는 배로 데려다 주고 나서 장뚱보와 호설암은 조용한 분위기 속에서 대화를 나누게 되었다. 장뚱보는 화주를 마시던 상황을 설명하면서 우오가 아주 극진히 대접해 주었고 주, 오 두 위원의 주사가 몹시 심했다는 얘기를 실감나게 들려주었다. 한쪽 구석에 앉아 있던 아주도 들리는 얘기가 하도 우스워 소리 없이 키득키득 웃어 댔다.

"그런데 언제 돌아오신 거요?"

장뚱보가 호설암에게 물었다.

"꽤 오래됐습니다."

호설암이 아무 생각 없이 대답했다.

"오래됐다고요?"

장뚱보는 고개를 돌려 아주를 쳐다보았다. 아주는 어색한 표정을 지으며 황급히 자리를 뜨고 말았다. 장뚱보는 속으로 뭔가를 유추하며 그녀의 뒷모습을 유심히 바라보다가 옆에서 아무 말 없이 미소만 짓고 있는 호설암을 보며 야릇한 미소를 지었다.

"왜 웃는 겁니까?"

"주 위원과 오 위원 두 사람 때문에 웃는 거요."

장뚱보가 말했다.

"두 사람 모두 줄곧 아주에게 관심을 보이고 있지요. 그런데 둘 다 '도둑고양이는 말이 없다'는 교훈을 모르고 있는 것 같군요."

"그렇게 함부로 얘기하지 마세요."

호설암이 밖을 가리키며 말했다.

"이런 말을 아주가 듣지 않도록 조심하시라고요."

"그럼 호 노야께서 사실대로 한번 말해 보시오."

장뚱보는 반들반들 윤이 나는 머리를 들이대며 목소리를 높여 말했다.

"손목은 잡았습니까?"

"아, 아니요! 어떻게 그럴 수가 있겠습니까?"

호설암은 머뭇머뭇 대답했다.

"그럼 두 사람이 무슨 얘기를 나누셨소?"

"그냥 생각나는 대로 이런저런 얘기를 했지요. 그걸 어떻게 다 기억하겠습니까?"

호설암은 정색을 하며 대답했다.

"그럼 장 주인장께선 오늘 우오와 중요한 얘기라도 나누셨던 말입니까?"

"그럼요! 막 그 얘기를 하려던 참이었소. 이미 그들과 얘기를 다 끝냈지요. 내일 함께 청첩을 내기로 했어요. 삼대의 책임자들을 초대해서 식사를 하기로 했으니 호 노야께서도 자리를 같이해 주셔야 합니다. 돈을 대부하는 문제는 그 자리에서 의논하기로 했으니까요."

"좋습니다. 그렇게 하지요. 상의할 일이 한 가지 더 있습니다. 그런데……."

"아니! 왜 그러십니까? 내게 못할 말이 어디 있다고?"

장뚱보는 몹시 의아한 듯한 표정으로 눈을 커다랗게 뜨며 말했다.

말이 목구멍까지 나왔으나 끝내 입 밖으로 내지 못했다. 장뚱보가 입이 가볍다는 사실을 호설암도 잘 알고 있기 때문이다. 황종한에게 보낼 2만 냥의 은자를 그에게 처리해 달라고 부탁했다가는 금세 말이 새어 나갈 위험이 있기 때문에 내일 아침 우오와 다시 상의하여 처리하는 게 더 안전할 거라는 판단이 섰던 것이다.

다음날 아침 일찍 호설암은 슬그머니 매가농으로 가서 왕유령을 데리고 배로 돌아왔다. 왕유령은 얼굴 가득 웃음을 띠며 가벼운 발걸음으로 배로 돌아왔다. 모두들 이향에서 겪는 재미있는 사건과 즐거운 얘기들을 늘어놓으며 상쾌한 아침을 맞았지만 어느 누구도 왕유령의 비밀스러운 행적을 눈치채지 못했다. 왕유령은 삼다당의 소란스러운 분위기와는 전혀 다른 한적한 자연을 찾아 깊어 가는 봄날의 춘광을 만끽하다 돌아온 것으로 알려졌다.

이날부터 본격적으로 일이 시작되었다. 왕유령은 주, 오 두 위원을 불러 놓고 호설암과 함께 의논을 시작했다. 그는 원래 이날 오전에 손님들을 만나러 다닐 예정이었으나 호설암이 그렇게 서두를 필요가 없다고 말리는 바람에 다음으로 미루기로 했다.

"오늘 오후에 우오와 장뚱보가 나서서 삼대의 책임자들과 식사를 할 예정입니다. 현금 대부의 문제가 결정되면 곧장 통유의 쌀을 대여하는 문제로 넘어가게 되겠지요."

왕유령이 말했다.

"설공! 침착하게 조금만 더 기다리십시오. 그리 오래 걸리지도 않을 겁니다. 한 2~3일 뒤에 우리 쪽의 준비가 끝난 다음에 다시 얘기하는 걸로 하시지요."

"그렇게 하는 게 좋겠습니다!"

주 위원이 먼저 찬성의 뜻을 표했다.

"내일이나 모레쯤 왕 노야께서 이곳 안찰사를 만나서 직접 조미의 교태를 담판 지으시는 겁니다. 그러면 이번 출장이 멋지게 정리되지 않겠습니까?"

"좋소! 그럼 여러분들 생각대로 해봅시다."

왕유령은 이들의 제안에 흔쾌히 동의했다.

"점심 식사 자리에는 주, 오 두 위원을 대동하지 않는 게 좋겠습니다."

호설암이 두 번째 얘기를 거론하기 시작했다.

"상인이란 기본적으로 관리를 싫어하는 법입니다. 주, 오 두 위원이 자리를 함께하면 오히려 삼대 사람들에게 구속감을 주기가 쉽지요."

"맞아요, 맞아!"

주 위원이 호들갑을 떨며 말했다.

"그야 설명할 필요도 없는 일 아닙니까?"

"대신 두 위원께서 맡아 주셔야 할 더 중요한 일이 있습니다. 민절관판의 수속을 지금 당장 처리해야 하는데 공사에 관한 일은 저도 잘 모르거든요. 설공께서 보시기엔 어떻게 처리하는 게 좋을 것 같습니까?"

"그 일이라면 당연히 두 분께 부탁을 드려야지!"

왕유령이 두 사람을 쳐다보며 말했다.

"두 분은 전문가시니까 빈틈없이 해내실 수 있을 겁니다. 대신 제가 나서야 할 일이 있으면 뭐든지 말씀하십시오!"

주, 오 두 위원은 서로 얼굴만 쳐다볼 뿐 말이 없었다. 어떻게 일에 착수해야 할지 몰라 막막한 표정들이었다. 호설암은 잠시 두 사람의 난처해하는 모습을 바라보다가 참지 못하고 다시 입을 열었다.

"제가 보기엔 이번 일은 공문상으로도 정확히 정리되어 있지 않기 때문에 누군가가 항주에 가서 보고를 해야 할 것 같습니다."

"맞아요!"

오 위원이 손바닥을 비비며 말을 받았다.

"저도 그렇게 생각합니다. 물론 공문이 필요하긴 하지만 최대한 간단한 것이 좋습니다. 예컨대 '민절관판이 순조롭게 진행되어 특별히 아무개를 보내 보고한다' 이렇게만 하면 될 겁니다."

"그럼 좋습니다! 두 분 중에 어느 분이 수고를 좀 해주시겠습니까?"

주, 오 두 사람은 잠시 머뭇거렸다. 번화한 지역으로 가면서 신나게 놀 수가 없으니 마음이 내킬 리가 없었다. 게다가 내용이 복잡한 일이라 상부에서 손을 써 주지 않으면 원만한 해결이 어렵기 때문에 출장을 망칠 소지가 많았다. 그래서 두려운 마음에 아무도 감히 총대를 메려고 하지 않는 것이었다.

"아니! 왜들 머뭇거리는 거요?"

왕유령이 다소 불쾌한 어투로 말했다.

"보아하니 내가 갔다 오는 수밖에 없을 것 같군!"

"그럴 수야 없지요."

주 위원이 미안해하는 표정으로 말했다.

"제가 가겠습니다."

주 위원이 먼저 자기가 가겠다고 나서자 오 위원도 미안했던지 덩달아 자기가 가겠다고 나섰다.

"당연히 제가 가야지요."

두 사람이 서로 가겠다고 실랑이를 벌이고 있긴 했지만 진심으로 가기를 원하는 것인지는 알 수가 없었다. 왕유령도 억지로 보내는 것을 원치 않았다.

"이렇게 합시다. 우리 제비를 뽑는 게 어떻겠소?"

그가 내놓은 제안이었다.

"그러실 필요 없습니다."

주 위원이 서둘러 앞으로 나서며 말했다.

"제가 가는 걸로 결정하시지요. 오 형은 문장이 훌륭하니 여기 남아서 왕 노야의 공사 처리를 돕는 것이 더 바람직할 겁니다. 제가 오늘 오후에 출발해서 최대한 빨리 일을 마치고 돌아오도록 하겠습니다."

"그렇게 서두를 건 없습니다."

호설암이 야릇한 미소를 지으며 말했다.

"오늘 저녁에 제가 주 노야를 위해 송별연을 마련할 테니까 내일 아침 출발하도록 하십시오."

"설암 형의 말이 맞습니다. 아무리 공사가 급하다 해도 반나절 정도야 시간을 낼 수 있지 않겠습니까?"

오 위원도 거들고 나섰다.

"저녁에 주 위원을 위해 마련하는 송별연에는 나도 설암 형과 함께 동가*가 되도록 하겠습니다."

왕유령도 호설암의 제안에 흐뭇해하는 얼굴이었다. 동시에 그는 앞으로 공적을 따지는 '보안保案'에 주 위원을 특별히 좋게 서술함으로써 적절한 보상이 돌아가도록 하겠다는 의지를 넌지시 밝혔다.

주 위원이 항주로 돌아가게 되자 서무는 특별히 더 바빠졌다. 가장 시급한 일은 배를 고용하는 일이었다. 주 위원은 원래 아주가 시중을 드는 무석쾌를 타고 갈 생각이었다. 하지만 이 배는 이름만 빠를 '쾌' 자이지 실제로는 전혀 빠르지 않았다. 원래 항해보다는 정박하여 주변 풍광을 감상하는 완상용 배였기 때문이다. 빠른 배를 타려면 모양이 이상하게 생겨먹은 '수상비水上飛'가 훨씬 더 제격이었다.

둘째는 일이 많아졌기 때문이었다. 역시 호설암의 건의로 결정된 것이지만 항주의 무撫, 번藩, 얼臬 삼헌三憲과 양도, 그리고 이번 일과 관련된 각 아문의 문안이나 막료들에게 줄 선물을 하나씩 준비해야 했던 것이다. '십리이장'**에는 진귀하고 신기한 물건들이 많았지만 제대로 된 선물을 고르려면 적지 않은 돈과 정성이 필요했다. 게다가 선물이 적절치 못할 경우 돈은 돈대로 들이고도 좋은 인상을 주지 못하는 경우가 비일비재했기 때문에 선물을 준비하는 일은 보통 어려운 것이 아니었다. 미리 생각해 둔 바가 있는 호설암은 우오에게 사람을 하나 보내 달라고 요청했다. 그러고는 서무와 고승을 데리고 이장에서 외국인이 경영하는 최대 규모의 양행洋行인 '헌트리' 상점으로 가서 물건을 고르기 시작했다.

왕유령과 주, 오 두 위원은 배 안에서 문서를 작성했다. 이번 일이 어떤 이유로 얼마나 힘들었으며 또 어떤 방법으로 얼마나 원만하게 해결했는지를 최대한 간단 명료하게 서술하는 일이었다. 물론 호설암과 장뚱보의 임무가 더 중요했다. 우오는 점심 때 '삼대'의 책임자들을 영국 조계지에 있는 서양 식당 번채관番菜館으로 불러 식사를 함께하며 사업을 의논할 계

---

* 동가東家__노름이나 술자리에서 돈을 내는 사람.
** 십리이장十里夷場__상해 황포강 남경로 주변의 외국인 조계지에 각국의 은행과 기업들이 10리 정도 길이로 밀집되어 있어 이를 통칭하던 말로 십리양장十里洋場이라 불리기도 했다.

획이었다.

강호의 관례에 따르자면 연회에는 반드시 기생들을 불러야 했기 때문에 번채관에서 사업 얘기를 하는 것은 바람직하지 못했다. 그렇다고 새떼처럼 앵앵거리는 노류장화들 앞에서 사업 얘기를 꺼내는 것도 불편하고 어색한 일이었다. 우오는 먼저 연회를 마치고 함께 성황묘 후원에 위치한 전업공소로 가서 차를 마시는 자리를 따로 마련하기로 했다. 이때 장뚱보가 본격적인 사업 얘기를 거론했다.

삼대에서 나온 사람들 가운데 '대형' 전장의 손씨가 책임자 자격으로는 가장 연장자였기 때문에 그가 먼저 대표로 입을 열었다. 우선 그는 최근의 현은 유통 상태가 매우 빡빡하다는 말로 얘기를 시작했다.

"시국이 불안하기 때문에 돈 있는 사람들이 하나같이 은자를 손에 쥐고 풀지 않는 실정입니다. 돈놀이 하는 것이 두려운 것이지요. 솔직히 말씀드리자면 전장의 금고들이 오래전부터 텅텅 비어 있는 형편입니다."

이는 상투적인 엄살에 불과했다. 현은의 유통 상태가 넉넉지 못하게 되는 데는 여러 가지 이유가 있기 때문에 아무렇게나 마음대로 꾸며 대는 일도 많았고, 그럴 경우 그 목적은 대부분 보다 높은 이자를 받기 위한 것이었다. 장뚱보와 호설암은 이런 이치를 누구보다도 잘 알고 있었다. 암암리에 상해 전장으로부터 압력을 받고 있던 우오는 마음속에 확실한 견해가 있음에도 신속한 대응을 할 수가 없었다.

"제가 보기에는 은의 유통 상태가 안 좋은 것이 아니라 빌려 주는 사람들의 신용에 문제가 있는 것 같군요."

뼈가 있는 말이었지만 말하는 태도는 대단히 훌륭했다. 반농담조로 은근히 정곡을 찌르는 전략이었다.

"조방은 지금 몹시 어려운 상태라 '사선방沙船帮'의 욱郁 어르신께서 한마디만 하시면 금세 은자의 유통이 원활해질 겁니다."

우오가 말한 '욱 어르신'이란 인물은 이름이 욱복산郁馥山으로, 사선방의 우두머리이며 100여 척의 사선을 가지고 북쪽의 관동關東 지역으로부터 남쪽으로는 복건과 광동에 이르는 해상권을 장악하고 있는 인물이었다. 중국에서는 해양의 방위에 따라 '북양北洋'과 '남양南洋'의 구별이 있었는데 욱복산은 남북양을 막론하고 크게 사업을 일으켜 상해 현성에서 제일 가는 부호가 되었다. 최근에는 조미의 해운으로 큰돈을 벌게 되자 소남문 근처에 새로 거대한 저택을 짓고 서양식으로 장식을 했다. 이 건물은 '해천욱일海天旭日'이나 '황포추도黃浦秋濤' 같은 상해의 명승지들과 함께 이른바 '상해팔경'의 하나로 꼽히게 되었다.

사선방과 조방은 원래 해수와 하수를 나누어 점유하면서 서로 상대방의 영역을 침범하지 못하게 되어 있었다. 그러나 조운이 개혁을 맞게 되면서 엄청난 이권의 충돌이 발생했기 때문에 우오의 말은 상당히 큰 무게를 가질 수밖에 없었다. 하지만 손씨는 이를 쉽게 받아넘길 수가 없는 입장이었다.

"어허! 우오 형."

손씨가 황송한 듯이 말했다.

"방금 하신 말씀을 우리로서는 한 자도 그냥 받아들일 수가 없습니다. 객호들도 모두 마찬가지일 겁니다. 교분에 관해 얘기하자면 우오 형의 체면도 옛날 같지 않습니다. 자, 그만합시다. 오늘은 우오 형께서 분부를 내리시지요."

우오처럼 강호에서 상당한 지위를 갖고 있는 사람은 이처럼 쉽게 무게 있는 말을 꺼내지 않는 법인데 방금 한 말 속에는 다분히 오해의 소지가 들어 있어 이미 위험 수위를 넘은데다가 방금 손씨가 한 대답이 자기가 한 말이 몰고 올지도 모를 어떤 불화에 대한 위협을 의미하고 있어서 갈수록 불안이 더해 갔다. 우오는 황급히 주먹을 감싸 쥐며 웃는 낯으로 말했다.

"입을 조심하도록 하겠습니다! 그리고 전적으로 여러분들의 도움을 바랍니다."

장뚱보는 어디까지나 같이 온 사람의 편에 설 수밖에 없었다. 자기 자신에게도 담보의 책임이 있기 때문이었다. 그는 속으로 생각했다. 손씨는 우오를 당해 내지 못할 것이고 '분부를 내리시라'고 말한 것도 결국엔 실수한 셈이 되고 말 것이다. 만일 말 한마디로 꼬투리를 잡고 늘어진다면 앞으로 큰 말썽이 생길 터인데 그렇게 된다면 결국 손해를 보는 쪽은 전장이 될 것이고 자기 자신에게도 연대 책임이 돌아오게 될 것이다.

판단이 정리되자 그는 강호의 의리를 따지기보다는 사업상의 담판을 짓기로 마음먹었다. 그러나 그의 말 역시 상당히 우회적이고 부드러울 수밖에 없었다.

"우리 모두 한편 아닙니까? 게다가 우오 형께서는 좋은 친구이니 말이 통하지 않을 일이 없을 것입니다."

장뚱보가 말했다.

"삼대에서 도와줄 마음만 먹는다면 우오 형께서도 절대로 삼대에 손해를 끼치지는 않으실 겁니다. 그렇지 않습니까?"

물론 우오도 그의 말 속에 담긴 숨은 뜻을 알아차리고 있었다. 그가 재빨리 말을 받았다.

"맞습니다. 강호는 강호고 사업은 사업이지요. 제가 보기엔 이렇습니다."

그는 호설암을 바라보며 말을 이었다.

"야숙! 이 일은 장 주인장과 손 주인장 두 분이 알아서 의논하도록 하고 우리는 두 분의 결정에 그대로 따르는 걸로 합시다. 저는 일체 신경을 끊도록 하겠습니다. 그러니 우리가 자리를 함께하고 있을 필요도 없는 겁니다."

호설암은 그의 말을 들으며 마음속으로 경탄을 금치 못했다. 과연 일개 방의 우두머리답게 일처리 솜씨가 보통이 아니었던 것이다. 호설암은 흐뭇한 표정으로 대답했다.

"맞아요, 맞아! 저도 우오 형과 할 얘기가 있던 참이었소."

이렇게 말하면서 두 사람은 동시에 자리에서 일어나 그 전장 친구를 향해 의미심장한 고갯짓을 해보인 다음 한쪽 구석에 마련되어 있는 다른 자리로 옮겨가 차를 마셨다. 삼대와의 담판은 완전히 장뚱보에게 일임한 것이었다.

"야숙!"

우오가 먼저 자신의 생각을 말했다.

"현금 대부와 통유의 쌀 문제는 완전히 별개의 일입니다. 다리는 다리고 길은 길이다 이겁니다. 쌀은 제가 이미 통유에게 운송을 시작하라고 일러두었습니다. 그곳에서 교태할 때 따로 사람을 보내실 겁니까, 아니면 제가 끝까지 대신 처리해 드릴까요? 말씀만 하시면 제가 3일 이내에 깨끗이 처리해 놓겠습니다."

"그거 좋지요! 우오 형께서 이렇게 확실히 정리해 주시니 제가 더 이상할 말이 없습니다. 길이 멀어야 말의 힘을 알고, 오랜 세월이 지나야 사람의 마음을 알 수 있다더니[路遙知馬力, 日久見人心] 이제 앞일을 훤히 알 수 있을 것 같소이다."

호설암은 말을 계속했다.

"교태하는 문제는 제가 가서 확실히 물어본 다음에 다시 알려 드리도록 하겠습니다. 아직 공사에 익숙지 않아서 사람을 보내야 할지 어떨지 잘 모르겠거든요. 만일 제가 모든 일을 책임지게 된다면 당연히 우오 형께 맡길 테니까 알아서 수고 좀 해주십시오."

"알겠습니다. 이 정도만 결정을 내려 두도록 하지요. 전 가서 통유의 고객들을 좀 돌보고 오겠습니다. 왕 노야께서 어떤 말씀이 있으시면 서슴지 마시고 제게 알려 주십시오.”

절강성 지방관의 앞길이 달려 있는 큰일이 이렇듯 두세 마디 간단한 대화로 결론이 나 버렸다. 그러나 호설암에게는 우오에게 도움을 청해야 할 중요한 일이 한 가지 더 있었다.

“우오 형, 우오 형의 자문을 받아야 할 일이 한 가지 더 있습니다.”

호설암이 낮은 목소리로 말했다.

“복건으로 2만 냥을 보내야 하는데 절대로 다른 사람이 알면 안 됩니다. 무슨 좋은 방법이 좀 없을까요?”

우오는 잠시 동안 말이 없다가 조심스럽게 입을 열었다.

“현은입니까, 아니면 장표莊票입니까?”

“당연히 장표지요.”

“그럼 문제 없습니다.”

우오는 별 대단한 일이 아니라는 듯한 표정으로 말했다.

“편지를 한 통 쓰시고 장표를 그 안에 넣어 봉하세요. 그럼 제가 사람을 시켜 편지를 보내면서 회신을 받아 오게 할 테니까요. 어떻습니까, 제 생각이?”

“그렇게만 해주신다면 더 좋을 게 없겠습니다. 한데 시간이 얼마나 걸릴지 모르겠군요?”

“대엿새 정도면 될 겁니다.”

호설암은 적이 놀라지 않을 수 없었다.

“어떻게 그렇게 빨리 처리할 수 있지요?”

“화륜선에서 일하는 사람에게 부탁할 생각이거든요.”

도광 15년 영국 상선 셔먼 호가 처음 중국에 들어온 이래로 동남 연해에는 기선이 운항하기 시작했고, 얼마 지나지 않아 아편에 대한 수입 금지 조치가 행해지자 도광 21년 신유년 7월에는 영국 군대가 진강을 공격하여 함락시키고 곧장 강녕을 포위한 다음 대포를 종산鍾山으로 운반하여 포격 태세를 갖추었다. 그러자 조정에서는 크게 놀라 이들과 화해하기로 결정하고 기영耆英과 일리프, 그리고 양강 총독 우감牛鑑을 전권대신으로 파견하여 영국 공사와 협상하게 했다. 이때 13개 조의 강화 조약을 체결하게 되었는데 그 내용은 군비를 배상하고 홍콩과 광주廣州, 하문廈門, 복주福州, 영파寧波, 상해 등의 항구를 통상 항구로 개방하여 이른바 오구통상五口通商을 시작하는 것이었다. 그리하여 대영 공사의 기선이 상해에서 복주 사이를 수시로 드나들게 되었으나 중간에 영파와 온주溫州를 거치게 되어 한 번 왕복하는 데 빨라야 보름 남짓 걸렸다. 그러니 대엿새 만에 다녀올 수 있다는 말이 믿어지지 않는 것은 너무도 당연한 일이었다. 호설암은 갈수록 더 이해가 가지 않았다.

"제가 영국 대사관에 가서 방법을 찾아보겠습니다. 그들이 직접 운항하는 기선이 있거든요."

"아하! 그렇군요."

충분한 대답을 얻었지만 호설암의 마음속에선 갖가지 생각이 꼬리를 물고 기복하고 있었다. 첫째는 외국인들의 뛰어난 운송 능력을 이용하는 것이었다. 장사를 하려면 운송이 편리해야 하는데 남들이 모두 구식 선박을 이용하고 있을 때 자기만 신식 선박을 이용하여 물건을 부릴 수만 있다면 쉽게 큰돈을 벌 수 있을 것이었다. 소형 기선은 호설암 자신도 본 적이 있었다. 부두에 커다란 창고를 지어 놓고 엄청난 양의 물건을 실어 나르는데 어찌 떼돈을 벌지 못하겠는가?

둘째는 우오의 발이 대단히 넓다는 사실을 새삼 발견하게 된 것이었다. 외국 대사관에까지 발길이 통하는데다 일처리가 대단히 민첩하고 용의주도한 사람이라 앞날을 위해서는 충분히 사귀어 둘 만한 가치가 있다는 것이 그의 판단이었다.

이런저런 생각에 호설암은 모든 일을 우오에게 털어놓게 되었고, 두 사람은 의기투합하여 진지하면서도 허심탄회한 대담을 나눌 수 있었다. 호설암이 왕유령과의 관계를 적당히 노출시키자 우오도 그를 의협義俠으로 간주했고 두 사람 모두 서로를 자기 편으로 인식하게 되었다. 방금 전까지만 해도 명령이나 지시에 따라 일을 진행하던 것이 이제는 둘 다 자발적으로 서로를 돕는 입장이 되었다.

두 사람은 시간 가는 줄 모르고 얘기에 열중했다. 옆에서 열심히 상의에 몰두해 있던 전장 친구들도 거의 결론에 도달해 가는 모양이었다. 통유가 나서서 쌀을 대여해 주고 삼대와 장뚱보가 공동으로 10만 냥의 은자를 준비하여 3개월을 기한으로 돈을 회전시키기로 했다. 그리고 이를 우오와 호설암이 보장하기로 했다. 왕유령이 한 가지 확실한 답변을 내려야 할 조건은 이 차관을 깨끗이 정산하기 전까지는 절강 해운국의 상해에서의 공금 유통을 완전히 삼대에게 위탁한다는 것이었다. 이는 일종의 상호 보증을 의미했다.

"그런 거라면 왕 노야께 말씀드릴 필요 없이 제가 확답 드릴 수 있습니다."

호설암의 자신감 넘치는 대답에 우오가 물었다.

"이자는요?"

이번에는 장뚱보가 나서서 고개를 돌려 삼대에서 온 사람들을 쳐다보며 나지막한 목소리로 말했다.

"이자는 이렇습니다. 연 이자를 1푼 1리로 계산하기로 했습니다."

"별로 비싸지 않군요."

우오가 말했다.

"그렇게 싼 편도 아니네요!"

호설암은 이미 우오와 남다른 관계를 맺은 상태라 빈말 한마디로 천 냥 빚을 갚는다고 재빨리 그의 입장을 옹호하고 나섰다.

장뚱보는 뭔가 하고 싶은 말이 더 있는 듯하면서도 아무 말 없이 잠자코 있다가 오가는 대화 내용을 유심히 살펴보고 나서 입을 열지 않으면 안 되겠다는 생각이 들자 짐짓 불만 섞인 어투로 말했다.

"두 분은 정말 성미도 급하십니다. 아직 제 얘기는 끝나지 않았습니다. 사실은 이렇게 정해졌습니다."

그는 이렇게 말하면서 엄지와 식지를 동시에 들어 보였다.

"8리厘라고요?"

"네, 그렇습니다. 8리입니다. 그 외에 별도의 3리가 있는데 이는 여러 분들께 돌아갈 별도의 몫이지요."

"우리들 몫까지 생각해 주실 필요는 없습니다. 제 몫은 우오 형께 드리세요."

호설암이 재빨리 나서서 말했다.

"야숙, 정말 의리 있는 분이시군요! 하지만 전 이런 식으로 모자를 하나 더 얹어 가질 생각은 없습니다. 그건 그렇고……."

우오는 고개를 돌려 장뚱보를 쳐다보았다.

"장 주인장은?"

"저요?"

장뚱보가 활짝 웃는 얼굴로 말했다.

"저야 돈을 빌려 주는 입장인데 무슨 상관이 있겠습니까?"

"그렇게 말씀하시면 안 되지요. 장 주인장, 저도 잘 알고 있습니다. 장 주인장께서 명목상으로는 주인장이지만 실제로는 계원이라는 사실을 말입니다. 그러지 마시고 솔직히 입장을 말씀해 주세요. '황제도 굶주린 병사는 심부름을 보내지 않는 법'인데 제가 어찌 장 주인장의 이익을 고려

하지 않을 수가 있겠습니까? 하지만 이번엔 힘든 출장이고 하니 제가 3개월 동안 차용하는 걸로 하고 이자를 9푼으로 하도록 합시다. 겉으론 8푼으로 하되 속으로 1푼을 더 낸다 이거지요. 그리고 이 1푼을 우리의 이익금으로 간주하여 장 주인장께 드리겠습니다."

"그럼 제가 너무 미안하지요."

"그렇게 생각하실 필요 없습니다."

호설암은 완전히 우오의 입장에 서서 말을 도왔다.

"계약은 언제 하게 되지요?"

"아마 내일 하게 될 겁니다."

일이 대충 정리되자 다음날 오후에 다시 만나기로 하고 모두들 헤어져 돌아갔다. 장뚱보가 잠시 남아 삼대에서 온 사람들과 못 다한 대화를 나누는 동안 호설암은 조용히 배로 돌아와 왕유령에게 일의 경과를 설명했다. 왕유령과 주, 오 두 위원은 흥분을 감추지 못하고 연신 호설암을 칭찬했다.

한가로운 사람들이 물러가자 호설암은 복건으로 돈 보내는 문제에 대해 왕유령과 은밀한 대화를 나누었다. 왕유령이 눈썹을 치켜세우며 웃는 낯으로 말했다.

"설암, 일이 너무 순조롭게 이루어지니까 난 오히려 두렵기까지 하네!"

"걱정하실 일이 뭐가 있겠습니까?"

"뜻하지 않은 일이 터지지나 않을까 걱정일세. '모든 사물이 지극한 곳에 이르면 다시 거꾸로 진행되고, 즐거움이 다하는 곳에서 슬픔이 생기는 [凡事物極必反, 樂極生悲]' 게 아닌가?"

"그거야 사람 나름이지요. 전 그런 말을 별로 믿지 않습니다. 의외의 사건이라는 것은 대부분 처신을 잘못해서 생기는 변고거든요."

호설암이 자신 있게 대답하면서 자신의 태양혈을 가볍게 두드렸다.

"그런 것 같군. 설암, 자네는 정말 머리가 좋아. 혹시 반드시 해야 할 일을 아직 하지 않은 건 없는지 생각 좀 해보게나."

"우선 편지를 두 통 쓰셔야 합니다. 한 통은 황 무대에게 보내는 것이고 한 통은 하 학대에게 보내는 것이지요."

"맞아, 그 일이 있었군! 지금 당장 쓰도록 하겠네."

왕유령은 호설암을 내보내고 황종한과 하계청에게 편지를 쓰기 시작했다.

2권에 계속...